우리 고전 캐릭터의 모든것

4

대중문화와 눈부시게

만난 고전 캐릭터

우리 고전 캐릭터의 모든것

대중문화와 눈부시게
만난 고전 캐릭터

4

서대석 엮음

휴머니스트

■ **일러두기**

- 이 시리즈는 담촌 서대석 교수(서울대학교 국어국문학과) 정년퇴임 기념 저작으로, 한국 고전 문학계의 대표적인 연구자 85명이 참여하였다.
- 인용문은 출처의 쪽수까지 밝히는 것을 원칙으로 하였으나, 해당 글의 필자가 직접 원문을 옮긴 경우에는 쪽수를 밝히지 않았다.
- 한 편의 글에 두 번 이상 인용된 작품의 경우, 지은이와 옮긴이, 각편이 실린 본 저작을 생략하고 출처를 밝히는 것을 원칙으로 하였다.

고전과 캐릭터

1

문학의 가장 기본적이고 궁극적인 탐구 대상은 '인간'이다. 인간에 의한 인간에 대한 서술이 문학이라 할 수 있다.

인간에 대하여 서술하는 것은 문학만이 아니다. 철학이나 과학도 인간에 대하여 탐구하고 서술한다. 하지만 문학 속의 인간은 철학이나 과학 속의 인간과 다르다. 문학의 인간은 추상적 지식으로 설명되는 존재가 아니라 구체적으로 살아 움직이는 존재이다. 실제의 인간과 똑같이 느끼고 생각하고 행동한다. 맑은 눈빛, 은은한 체취, 깊은 한숨, 분노의 포효—문학 속의 인간은 그렇게 생생히 다가와 우리 마음을 흔든다. 천 리나 만 리, 백 년이나 천 년 같은 간극도 장애가 되지 않는다.

문학, 특히 서사문학 속에 형상화된 개성적 인물을 캐릭터(character)라고 한다. 지식의 차원에서 해부하여 정리한 인간이 아니라 저만의 성격을 가지고 살아 움직이는, 형상(形象)으로서의 인간이다. 그들은 상상을 매개로 창조된 가상의 존재이지만, 실제의 인간을 넘어서는 힘을 발휘하기도 한다. 사람을 웃기고 울리며 인생에 변화를 가져다준다. 때로 사람들이 문학 속의 캐릭터를 깊이 사랑하여 가슴에 품고 삶의 힘을 얻는 것은 드문 일이 아니다.

캐릭터의 창조는 서사문학의 성패를 좌우한다. 독자의 가슴속에 깊이 각인될 만한 생생한 캐릭터를 만들어 냈다면 그 작품은 그것만으로도 성공한 것이라 할 수 있다. 반면 캐릭터를 제대로 살려 내지 못했다면, 인생에 대한 진지하고 유익한 성찰을 가득 담고 있더라도 그 작품은 성공한 것이라 하기 어렵다.

이렇듯 캐릭터가 중요한 위치를 차지하고 있음에도 근래 문학에 대한 논의에서 그것을 소홀히 다루지 않았나 반성해 본다. 구조와 형식, 작가와 독자, 사회와 현실 등에 관해서는 많은 논의가 있었던 데 비해 캐릭터에 대해서는 상대적으로 한산했다. 서사문학을 다루다 보면 당연히 '인물'을 살피게 마련인데, 그것을 살아 있는 개성적 인간(캐릭터)으로 다루었는지 의문이다. 돌이켜 생각해 보니 구조나 현실과의 연관 속에서 추상적으로 개념화한 측면이 컸던 것 같다.

우리네 가슴속에 생생히 살아 있는 캐릭터에 대한 새로운 발견, 그것이 현 단계 문학에 대한 논의에서 중요한 과업이라는 데 많은 연구자들이 동의하고 공감해 주었다. 이것이 이 책의 출발점이다.

2

최근 들어 고전의 가치를 새롭게 인식하고 있지만, 아직도 고전을 어렵고 고루하며 따분한 것으로 보는 시선이 많다. 고전은 왠지 봉건적이고 경직된 것이어서 현대적 감성과는 잘 맞지 않을 것이라고 예단하고는 한다.

고전에 등장하는 인물들에 대해서도 그와 비슷한 선입견이 있다. 많은 사람들이 고전소설의 주인공에 대하여 상투적인 인물 묘사, 비현실적인 외모와 능력, 평면적으로 유형화된 성격 등을 연상하고는 한다. 고전 속의 인물들은 틀에 박힌 존재라서 인간적 매력을 느끼기 어렵다는 반응이다. 학교에서 오랫동안 그렇게 가르친 결과 이것이 하나의 고정관념이 되었다.

고전 서사문학의 주인공 가운데는 평면적 인물이 많은 것이 사실이다. 홍부나 심청은 시종일관 선량한 인물이고, 놀부나 뺑덕어미는 소유에 대한 집착이 남달리 강한 인물이다. 유충렬은 언제라도 충성스런 마음을 놓지 않으며, 정한담은 일관되게 간신배로서 행동한다. 배비장은 속마음과 달리 체면치레를 중시하는 인물로, 애랑은 남성을 골탕 먹이고 이익을 챙기는 인물로 유형화되어 있다.

인물의 평면성은 고전문학의 가치를 낮춰 보는 주요한 근거가 되어 왔다. 하지만 이는 합당한 것이라 하기 어렵다. 평면적 인물이라도 얼마든지 개성이 강한 매력적인 캐릭터가 될 수 있다. 홍부나 심청, 유충렬, 배비장 등은 특유의 일관된 성격으로 편안하고도 선명하게 다가와 독자의 기대를 충족시킨다. 평면적 인물이 큰 매력을 발산하는 사례는 세계적으로도 매우 많다. 《삼국지》의 장비는 성질 급한 싸움꾼이면서 불의를 못 참는 정의의 사나이이고, 유비는 저보다 다른 사람을 먼저 생각하며 인의와 덕을 중시하는 인물이다. 햄릿은 매사에 의심이 많아 행동으로 실행하는 데 주저하는 인물이며, 돈 키호테는 추호의 의심 없이 자기 판단을 확신하고 과감하게 행동하는 인물이다. 이러한 일관된 성격은 이들을 최고의 개성과 생명력을 지닌 캐릭터로 올려놓았다.

우리 고전 속에 평면적 인물이 많긴 하지만, 대개가 그런 식이라고 보는 것은 잘못이다. 언뜻 평면적 인물로 보이지만 실제로는 주어진 상황 속에서 심각하게 고뇌하고 결단하여 행동하는 인물들이 많다. 예컨대 춘향을 열녀로 규정하여 평면적 인물의 전형으로 삼는 시각이 있으나, 학계의 연구 결과는 그것을 지지하지 않는다. 춘향은 봉건적인 열(烈) 관념에 구속된 인물이 아니라 제 삶을 주체적으로 살아간 인물이며, 옥중에서 시련을 거치면서 이타적 사랑과 인간 해방의 화신으로 거듭나는 존재라는 것이 작품의 실상이다. 이본에 따라서는 흥부 같은 인물도 극한 상황 속에서 폭력적 면모를 보이다가 고비를 벗어난다는 식으로 성격이 입체화된 사례가 있다. 세심하게 작품을 살펴보면, 고전문학의 수많은 주인공들에게서 입체적 인물로서의 인간적 체취와 매력을 느낄 수가 있다.

3

우리 고전문학 작품에는 여러 유형의 수많은 캐릭터들이 있다. 당대는 물론 현대에도 호소력 있게 다가올 만한 가지각색의 인물이 살아서 숨 쉬고 있다. 최근 들어 여러 고전 캐릭터들을 현대적으로 재창조하는 움직임이 가시화되고 있기도 하다.

이 책에는 여러 고전 캐릭터 가운데 현대적 재조명 또는 재창조의 움직임이 활발히 이루어지고 있는 캐릭터들이나 현대 대중문화 속의 캐릭터들과 비견될 만한 면모를 지니고 있는 캐릭터들을 널리 수록하였다. 현대의 문화, 미래의 문화를 향해 문이 활짝 열려 있는 캐릭터들이다.

황진이나 장화 홍련은 드라마와 영화로, 또는 소설이나 동화 등으로 다양한 재창조가 이루어지고 있는 대표적인 캐릭터들이다. 이들이 관심 대상이 되는 것은 그 캐릭터가 현대적 또는 보편적인 자질을 함유하고 있기 때문일 것이다. 하지만 재창조 상황을 보면 그 진면목을 놓친 채 인물의 일부 외면적 자질을 과장되게 변형하는 데 그친 사례가 많다. 황진이는 자신을 억압하는 제반 조건에 치열하게 맞섰던 불온한 인물이었는 바, 원전에 입각하여 그 참모습을 더욱 폭넓게 반영하는 형태로 캐릭터를 살려 낼 필요가 있다. 장화와 홍련이 맞이한 비극과 관련해서는 그 원인이 계모의 악행 때문이라는 시각을 넘어서서 장화 홍련 자매의 신체에 각인된 비정상적인 '착한 아이 콤플렉스'에 눈을 돌릴 필요가 있다. 자매가 겉으로는 착하게 행동하지만 마음속으로 미움과 불만을 쌓은 결과가 비극으로 이어졌으니, 흉칙한 귀신의 모습은 실상 두 자매의 내면 심리의 표상에 해당한다고 할 수 있다. 이러한 이중성은 오늘날에도 얼마든지 볼 수 있는 것으로, 장화 홍련은 매우 현대적이고도 입체적인 캐릭터라 할 수 있다.

수로부인이나 도깨비, 방귀쟁이 며느리 등도 현대적 계승과 관련하여 새로운 각도에서 재조명해 볼 만한 캐릭터들이다. 수로부인은 역대 최고의 미인으로 손꼽히는 인물이라는 측면에서 캐릭터 재현이 이루어지곤 하는데, 그녀가 당대 세상을 짊어진 큰 샤먼이었다는 입장에 서면 새롭고도 역동적인 방향으로 그 캐릭터를 창조할 수 있을 것이다. 오늘날 인기 캐릭터 가운데 하나인 도깨비도 옛날에 '두두리'란 이름으로 불렸으며 그 행동방식에 난타의 원형이 깃들어 있다고 하는 사실이 연구자들 사이에만 부분적으로 알려져 있는데, 캐릭터를 제대로 재창조함에 있어 놓치지 말아야 할 의미심장한 면모라 할 수 있다. 또 방귀쟁이 며느리를 단순한 웃음거리로만 다루지 말고 '방귀 뀌기'에 얽힌 욕망과 저항의 상징성을 짚어 내어 캐릭터를 더 생생하게 살릴 수 있을 것이다.

이 밖에도 또 다른 여러 캐릭터들이 갖추어 지니고 있는 현재적, 미래적 재창조의 가능성은 말 그대로 무궁무진하다. 영화 〈마파도〉의 여인들을 연상시키는 목화 따는 노과부는 당장이라도 채택이 가능한 캐릭터이며, 기발한 술법으로 엉뚱하고 놀라운 사건들을 빚어내는 전우치는 코믹 사극이나 퓨전 판타지 드라마의 주인공으로 딱 맞는 인물이다. 당금애기나 옥영 같은 인물도 그 서사나 캐릭터가 무척이나 드라마틱해서 한시라도 그냥 놔두기가 아까운 존재들이다. 애니메이션, 영화, 드라마 등 캐릭터를 살려 낼 만한 길이 사방으로 열려 있다. 춘풍처와 누이장사, 독수공방 여인과 갖은 병신 노처녀, 덴동어미 등 또 다른 여성 인물들 또한 다양한 장르의 대중문화 속에 다각적으로 차용될 수 있는 재미있는 캐릭터들이다. 이 책에서 다루고 있는 캐릭터 누구라도 보란 듯이 거듭날 만한 자질을 지니지 않은 이가 없다.

어떤 캐릭터든 그 생명력을 제대로 살리기 위해 선행되어야 할 일은 그 본래의 모습을 제대로 짚어 내는 것이다. 여러 고전 캐릭터들에 대하여 깊은 관심과 애정을 가지고 다가가서 깊이 있는 교감을 나누려 시도하면 그들은 우리의 기대를 배반하지 않고 우리 앞에 넓고도 좋은 길을 활짝 열어 줄 것이다.

4

고전 서사문학 속의 캐릭터들은 당대 사회의 산물인 한편, 시대를 뛰어넘는 원형적 보편성을 함축하고 있다. 세월의 검증을 거치며 살아남은 캐릭터가 지니는 문학적 생명력이란 만만한 것이 아니다. 수백 년의 간극을 훌쩍 뛰어넘어 사람들의 마음을 흔들 만한 힘이 그 속에 담겨 있다.

고전 캐릭터들은 우리에게 인간 존재에 대한 새로운 발견의 기쁨을 전해 주는 한편, 폭넓은 '문화적 영감'을 불러일으킨다. 최근 세계의 문화 산업계에서 고전적이고 원형적인 캐릭터를 발굴하는 일에 다투어 나서고 있는 현상을 예사로이 볼 일이 아니다. 그들이 지닌 원형적 힘을 깨달은 데 따른 필연적 현상이다. 고전 캐릭터의 재발견은 이미 시대의 문화적 과제가 되었다. 수많은 매력적인 캐릭터를 보유하고 있는 우리 고전도 예외일 수는 없다. 그것이 지니는 문화 자원으로서의 가능성이 그야말로 무궁무진하다.

요즘 스토리나 캐릭터가 황금알을 낳는 존재로 다루어지는 것을 보고는 한다. 멋진 캐릭터를 잘 살려 내면 엄청난 부가가치가 생겨난다고 한다. 고전 캐릭터가 그러한 자원이 될 수 있다는 것은 무척 반가운 일이다. 하지만 캐릭터에 대한 우리의 관심은 그것을 황금의 수단으로 삼는 데 있지 않다. 사람들에게 영혼의 울림을 전해 줄 수 있는, 삶의 표상이 될 수 있는 살아 있는 인간들과 제대로 대면해 보자는 것이 우리의 관심사이다. 그를 통해 우리의 정신을 더욱 아름답고 풍요롭게 하자는 것이다. 그렇게 '인간의 길'을 열어 나가는 것이 곧 인문학의 본령이라고 우리는 믿는다.

그렇게 찾아낸 '살아 있는 인간'들이 오늘날의 대중문화 속에 보란 듯이 당당하게 되살아난다면 더욱 좋을 것이다. 대장금이나 뮬란을 뛰어넘는 놀라운 성과들이 속속 이어진다면 금상첨화이겠다. 그 몫은 이 책의 독자들이 담당해 주면 좋겠다는 것이 우리의 희망 사항이다. 특히 21세기 문화의 주역이 될 젊은 독자들이 폭넓은 문화적 영감을 얻어서 놀라운 일들을 해낼 수 있기를 기대한다. 이 책이 그를 위한 좋은 출발점이 되어 준다면 더 바랄 것이 없겠다.

이 책은 수많은 사람들의 정성이 모여 이루어졌다. 고전 캐릭터를 제대로 살려 내 보자는 취지에 많은 연구자들이 성원을 보내고 자발적으로 작업에 참여했으며, 기획 방향에 맞추기 위한 번거로운 원고 수정 작업을 흔쾌히 감수해 주었다. 고전에 대한 진정한 사랑이 있었기에 가능한 일이었다. 그 많은 연구자의 노력으로 85명의 고전 캐릭터들이 21세기의 초입에 새로운 생명을 부여받게 되었으니 참으로 놀랍고도 고마운 일이다. 그 고귀하고 갸륵한 뜻에 깊은 감사의 마음을 전한다. 불민한 스승을 도와 책의 기획과 진행을 돕고 좋은 원고를 써

준 여러 문하생들에 대한 고마움 또한 빼놓을 수 없다. 아울러 책의 출판을 기꺼이 맡아서 까다롭고 번다한 편집 과정을 일일이 챙김으로써 널리 자랑할 만한 좋은 책을 만들어 준 휴머니스트 출판사의 여러 분께도 진심으로 감사드린다.

2008년 3월

서대석

차 례

우리 고전 캐릭터의 모든 것 4 / 대중문화와 눈부시게 만난 고전 캐릭터

우리
고전
캐릭터의
모든 것
1

고전 캐릭터,
그 수천수만의 얼굴

우리
고전
캐릭터의
모든 것
2

우리가 몰랐던
고전 캐릭터의 참모습

우리 고전 캐릭터의 모든 것 3

고전 캐릭터가 펼쳐 보이는 사랑과 인생

1

그리움과 자존심

조세형

황진이

인간 해방의 꿈을 예술로 승화하나 끝내 시대와 화해하지 못한 여인. 송도(松都) 지역을 무대로 활동했던 명기(名妓). 당대의 가치관을 뛰어넘는 대담성과 자유분방함을 지님과 동시에 현실의 모순 또는 한계를 예민하게 느끼는 감수성도 지닌 여성이다.

황진이(黃眞伊)는 '명월(明月)'이라는 기명(妓名)으로 알려진 조선 중종 때의 명기(名妓)이다. 생존 연대가 분명하지는 않으나, 실존 인물이 아니라고 볼 근거는 없다. 다만 그의 삶을 자세히 밝히는 직접적인 사료가 없는 까닭에 야사(野史)에 의존할 수밖에 없다. 그러다 보니 각양각색의 이야기로 전해지며 신비화하기까지 하여 그 실제 모습을 알기가 매우 힘들다. 역설적으로 이런 사정이 황진이의 캐릭터화를 가능하게 하는 바탕을 마련해 준다.

하루는 (황)진이가 말했다.

"당신과는 마땅히 6년을 같이 살아야 하겠습니다."

그러고는 다음 날 자기 집 재산 가운데에서 3년 동안 먹고 지낼 재산들을 (이)사종의 집으로 옮겼다. 이렇게 그 부모와 처사 등 집안 살림 일체를 돌볼 경비를 마련한 뒤, 진이는 손수 혼수를 지어 입고 첩며느리의 예식을 다하였다. 사종의 집에서는 조금도 돕지 못하게 하였다.

이렇게 하여 3년이 흘렀다. 사종이 진이 일가를 먹여 살릴 차례가 된 것이다. 사종은 진이가 한 것처럼 정성을 다하여 갚았다.

다시 3년이 흘렀다.

"이제 마침내 약속의 만기가 되었나 봅니다."

진이는 이렇게 말하고는 미련도 없이 떠나갔다.

뒤에 진이는 병이 들어 죽게 되었다. 집안사람들을 불러 놓고 유언처럼 한마디 했다.

"내 평생 성품이 분방한 것을 좋아했으니, 죽거든 산속에다 장사 지내지 말고 큰길가에 묻어 다오."

— 유몽인 지음, 이민수 역주, 《어우야담(於于野談)》, 《한국한문소설선》

예인(藝人), 아니면 애인(愛人)?

'한국을 대표하는 여인'에 대한 이야기부터 시작해 보자. 지금은 아주 당연한 것처럼 신사임당을 꼽지만, 그 시작은 언제부터인가? 1970년대는 이른바 근대 국가의 틀을 비로소 갖추어 가던 시기였다. 그때 한국의 여성상을 세워야겠다는 요청에, 작고하신 국문학자 장덕순(張德順) 선생께서 응하셨다고 한다. 최종 후보는 세 사람. 황진이, 신사임당, 윤씨 부인(서포 김만중의 어머니)이었다. 이 세 사람이 최종 심의에 오른 이유와, 그럼에도 둘이 탈락하고 나머지 하나가 뽑히게 된 이유가 재미있다.

여인으로서 매력은 단연 황진이가 으뜸이었다. 숱한 야담이 말해주는 바, 예인(藝人)으로서 지닌 그 자질 하나만으로도 만점을 받기에 부족함이 없었다. 그러나 어찌 이 남자 저 남자의 품을 떠돈 한낱 기녀에게 국가 대표 여성의 자리를 맡길 수 있으랴. 한편, 어머니로서 훌륭한 이라면 이번에는 윤씨 부인이었다. 대제학의 자리는 정승보다 명예롭기에 한 가문에서 둘이 나오기 힘드나, 윤씨 부인은 혼자의 몸으로 아들 형제를 그 자리에 올렸다. 그렇지만 때로 엄하고 때로 억척스러웠을 부인이 여인으로서는 어떠했겠는가. 두 사람의 이런 결격 사유들 때문에, 양쪽 부문에서 고른 득점을 올린 신사임당이 무난히 우승을 하게 되었다. 율곡을 키운 어머니이며 시서화에 능한 예술가였기에 얻은 국가 대표의 영광이었던 것이다.

이제, 필자의 고백을 들어주기 바란다. 필자는 황진이에게 빠진 적이 있다. 연구실 벽에 임화의 사진을 붙여 놓은 여자 동기도 있었으니, 그렇게 말을 하고도 수습이 될까. 아무튼 황진이, '매력' 부문 1위의 여인이다. 그는 당대에 여러 사람의 애인이 되었거니와, 무덤에 술을 부어 준 백호 임제를 거쳐 오늘날 우리에게까지 그러한 존재로 남아 있다.

재자(才子)들의 애인이었으며 예인의 길을 걸었던 여인, 우리 시대의 아이콘이 된 이 여인을 들여다보도록 하자.

여인(女人), 위험한…?

황진이가 등장하는 이야기는 여러 야담집에 실려 전한다. 그런데 그와 사귄 사람들의 일화에서 추측할 수 있을 뿐 그녀의 이름을 단 이야기, 예컨대 '황진이전'과 같은 이름의 전승은 보이지 않는다. 전하는 대부분의 이야기는 실존 인물을 바탕으로 다양하게 각색된 것으로, 제각각의 인물 해석을 담고 있다. 작품 소개에서 말한 것처럼, 실존 인물 이야기의 허구적 전승이라는 특성이 오히려 다양한 서술 시각을 담보해 주는 것이다. 주요 전승을 통해 그 이야기의 맥락과 인물 특성을 재정리해 보면 다음과 같다.

주인공 황진이는 예술적 재능을 파는 기생이다. 그 생존 연대와 출신은 대체로 '조선 중종 때, 송도(개성)'으로 이야기되고 있다. 연대를 더 구체적으로 잡기도 한다. 1520년대에 나서 1560년대쯤에 죽었을 것이라 하거나, 연산군 말년인 1500년대 초에 나서 중종 말년인 1540년대에 40세 미만의 젊은 나이에 죽은 것으로 추측하는 경우가 그것이다. 그러나 생존 연대에 대한 대체적 합의에서 벗어나지는 않는다.

그런데 출생 내력에 대해서는 이야기마다 다르다. 우선 그 어머니가 아전의 딸인 '진현금(陣玄琴)'이라 하는 경우가 있다. 현금이 어느 날 다리〔병부교(兵部橋)라고도 한다〕 아래 빨래터에서 빨래를 하는데 마침 지나가던 늠름하고 준수한 양반집 자제가 물을 청해 얻어 마셨다. 그는 이튿날 또 찾아왔으며, 이때부터 둘은 사랑하는 사이가 되었다. 그는 개성에서 이름난 '황 진사(黃進士)'였다. 이른바 '교하음수(橋下飮水)의 인연'으로, 현금은 황 진사의 첩이 되었다.

이것이 흔히 황진이를 황 진사의 서녀라고 하는 서사적 근거가 된다. 물론 이 이야기 모두를 사실로 믿기에는 매우 낭만적이다. 어머니의 이름이 '거문고〔玄琴〕'인 것을 보면, 그 역시 평범한 아전의 딸이 아니라 황진이와 마찬가지로 예인(아마도 거문고를 잘 타는)이었을 가능성이 짙다. 게다가 처음 만남에서 "물을 떠 주었더니 반쯤 마시고 돌려주기에, 먹어 보니 물이 아니고 술이었다."고 하거나, 태어날 때 "이상한 향기가 방 안에 가득했다.", "선녀가 나타나 찾았다."고 하는 등의 서술은 모두 황진이의 내력을 신비화하는 데 기여한다.

이와 다른 전승에서는 황진이가 '맹녀(盲女)의 딸'이라 기록하고 있다. 황진이의 어머니는 맹인이면서 악기를 다루는 사람으로, 양반들의 술자리에 자주 어울렸다고 한다. 아마도 황진이는 이러한 어머니의 처지가 계기가 되어 기적(妓籍)에 올랐을지도 모른다. 이처럼 황진이는 '맹녀지자'로 태어나 그 어머니의 예인 기질을 물려받아서 기녀의 길로 들어섰을 가능성을 무시할 수 없다. 황진이의 내력을 신비화하는 전승에서도 그 어머니의 이름을 '거문고'라 했던 이유를 이러한 데서 충분히 찾게 된다.

이러한 황진이에 대해, 그 신분을 두고서는 한결같이 '명기' 또는 '명창'이라 하였다. 따라서 그녀가 송도의 뛰어난 기생이었음은 틀림이 없다. 그러면 그 황진이를 전승자들은 어떻게 받아들였을까? 다음의 이야기를 들어 보자.

> 나이가 들수록 황진이의 성격과 미모는 돋보이게 되었다. 15세 되던 해의 일이다. 황진이가 글을 읽고 있는데〔그녀는 8세에 천자문(千字文)을 뗐고, 10세에 열녀전(烈女傳)을 읽었으며, 이어 사서삼경(四書三經)도 읽었다. 시금서화(詩琴書畵)에도 능하였다〕, 지나가던 상여가 황진이 집의 문 앞에

서 움직이지 않았다. 황진이를 사모하다가 상사병으로 죽은 동네 총각의 상여였다. 황진이가 소복을 입고 밖으로 나가 자기 치마를 벗어 관을 덮어주며 슬프게 곡을 하였더니 그때서야 상여가 움직였다.

— 김택영, 〈부숭양잡사전(附崧陽雜事傳)〉, 《숭양기구전(崧陽耆舊傳)》

이 일로 인하여 황진이가 기생이 되었다고도 하지만, 실제의 사실이라 믿기는 힘들다. 그렇다면 전승자들은 어떤 의식을 여기에 담고 있을까? 비범한 아름다움이 지니는 일종의 마력은 그 옛날 수로 부인 때부터 화두가 되어 왔던 바, 사람을 죽게도 하고 맺힌 원한을 풀어주기도 할 정도의 주술적 힘이 황진이에게 잠재되어 있었다는 것이다. 그렇지 않고서야 어떻게 한낱 기생이 한 남자에 매달려서 정절을 지킨 것도 아닌데, 고결한 선사와 고위한 대부 모두 그 치명적인 가시에 상처를 입고 말았겠는가?

황진이, 비천한 신분으로 태어나 어머니의 예인 기질을 물려받은 여인. 가장 기녀다운 기녀이되, 조선 시대의 그 어떤 기녀보다 많은 남성의 영혼을 사로잡은 여인. 당대의 사대부들, 그 여인이 어찌 두렵지 않았으랴. 이처럼 재색이 초절(超絶)한 한 여인의 매력은 후대의 윤색을 거치면서 새로운 의미를 부여 받는다.

그리움과 자존심, 황진이를 읽는 법

황진이라는 매력적인 여인을 바라보는 전승자들의 시각은 탐미와 찬미, 또는 경원(敬遠)과 경계(警戒)였을 것이다. 그런데 황진이 또한 자신을 둘러싼 세계(기녀라는 운명, 봉건 제도, 여러 남성들 등)에 대해 이중적인 태도를 보인다. 그 점을 확인해 보자.

황진이는 자신이 물려받은 재질과 미색을 발휘하여, 멸시 받는 일생 대신 자유로운 삶을 원한다. 그녀가 기생이 되자 각지의 내로라하는 풍류객들이 송도에 몰려드는데, 이들과 관계를 맺는 태도는 크게 두 가지이다. 자신의 눈에 차는 사람에 대해서는 연모하거나 존경하지만, 눈에 차지 않고 기준에 미치지 못하는 사람은 한껏 조롱한다.

그 행동은 어떻게 보면 요부(妖婦) 같기도 하고 전혀 그렇지 않기도 한 바, 이처럼 달라지는 경계는 무엇이었을까? 황진이에게 걸맞은 상대는 대개 '이름난 인사'였지만, 반드시 지위가 높거나 돈이 많은 사람은 아니었다. 그렇다고 부귀 그 자체를 싫어한 것은 아니었다. 다만 허명이나 위선 따위는 받아들이기 힘들어했다. 그러니 그 명(名)에 부합하는 실(實)을 갖춘 상대에게는 자신의 마음을 열었던 것이다.

그녀는 자신의 재색에 대해 자부심을 느끼는 한편으로, 어쩔 수 없는 자신의 처지에 대해 콤플렉스도 지닌 인물로 보인다. 자신의 자부심이 충족되고 심리적 상처를 위무받을 수 있을 때의 내적 반응과 그 상처를 공격 받았다고 느꼈을 때의 내적 반응이 전혀 달랐기 때문이다. 그 내면은 당시 송도의 유명한 학자와 선승, 이 둘에 대한 태도에서 잘 드러난다. 기철학의 대가 화담 서경덕과 30년을 면벽참선하여 '생불(生佛)'이라 불린 지족선사가 그들이다.

황진이는 평소 그 둘을 다 흠모하였다. 황진이는 처음에는 화담을 유혹하려 했으나 그의 인물됨을 알아보고서 찾아가 배우기까지 했으며, 화담과 박연폭포와 자신을 송도삼절이라 칭했다. 한편, 지족선사는 청상과부로 꾸민 황진이가 제자로 삼아 달라고 했을 때 자신의 수

강세황의 《송도기행첩》 가운데 〈화담〉

양 부족을 탓하며 귀신 쫓는 주문을 외우기까지 했음에도 불구하고, 결국은 그 유혹에 넘어가고 말았다.

여기서 대조적인 운명에 처한 이 둘을 각각 '화담형'과 '지족형'이라 불러 보자. 이들은 이인담(異人譚)과 망신담(亡身譚)의 인물 특성을 보이는데, 황진이를 거쳐 간 여러 사내들의 운명도 결국 이 둘 가운데 하나이다.

먼저 좋지 않은 결말을 맺는 쪽부터 들어 보겠다. 끝이 좋으면 모두 좋은 법이니까. 황진이에게 망신을 당한 사내로 지족선사와 쌍벽을 이루는 인물은 단연 종친 벽계수이다. 황진이를 만나고자 하였으나 자격 미달. 친구인 손곡 이달의 제안에 따라, 소동(小童)으로 변복하고 거문고를 끼고 황진이의 집 근처 누에 올라 술을 마시고서 일곡(一曲)을 부른다. 황진이가 와 곁에 앉았으나 본체만체하고 일어나 나귀를 타고 간다. 취적교를 지날 때까지 돌아보지 말아야 한다고 이달이 당부했으나 그녀를 일부러 무시한 채 가려는 벽계수의 의도를 눈치 챈 황진이가 〈청산리 벽계수야〉의 시조를 읊자 그만 뒤를 돌아보다 말에서 떨어지고 만다. 황진이가 이를 보고 웃으며 "이는 그저 풍류를 좋아하는 사내일 뿐이다." 하고 곧 돌아가 버린다.

> 청산리 벽계수야 수이 감을 자랑 마라
> 일도 창해하면 다시 오기 어려우니
> 명월이 만공산하니 쉬어간들 어떠리

그런데 이 노래에 얽힌 또 다른 이야기도 있다. 벽계수가 황진이의 소문을 듣고서 "만일 내가 그 계집을 본다면 침혹은커녕 '천하 요망스러운 년'이라고 당장에 호령을 하여 축출하겠다."고 장담한다. 이에 황진이가 중간에 사람을 놓아 벽계수를 유인하여 만월대 구경을 오게 한다. 마침 만추, 중천에 월색이 교교하고 만산에 낙엽은 소소한 때, 단장소복의 황진이가 말고삐를 잡고 노래하자, 벽계수가 정신을 차리지 못하다가 부지중에 말에서 떨어져서 창피를 당했다는 것이다.

두 이야기 모두 공통점이 있다. 자격 미달인 자, 사내랍시고 꽃을 꺾으려 하지 말라. 그 가시에 찔린 상처 너무 깊을지라. 꽃의 속마음을 모르는 자, 사내랍시고 큰소리치지 말라. 내 자존심을 짓밟은 만큼 조롱해 주리라. 나는 오로지 나의 마음을 차지하는 사내에게 모든 것을 바친다.

한편, 전해 오는 이야기에서 '화담형'으로 분류할 수 있는 인물로 또 몇을 들 수 있다. 먼저 면앙정 송순은 송도유수를 지낸 바 있어 전승에 끌려들었겠지만, 그보다는 호남가단의 영수로서 시조의 대가라는 점이 또한 중요한 이유라고 여겨진다. 황진이가 면앙정에게 시조를 사사하였다고 하는 근거가 되기도 한다. 아무튼 서로 노래를 주고받으며 마음까지 주고받았다는 점이 중요하다.

선전관으로 있던 이사종과의 관계도 노래로 맺어진다. 그는 명창으로 유명하였는데, 황진이와 교유하기를 원하여 그녀 집 부근의 천수원 냇가에서 노래를 부른다. 이윽고 황진이가 이사종의 노랫소리를 듣고는 그를 만난다. 그러고 두 사람은 6년 동안의 계약으로 동거생활에 들어간다. 또 거문고 명인 엄수와의 교유는 송도유수 송순의 대부인(大夫人) 수연(壽宴)에서 이루어진다. 황진이의 노래를 듣던 70세의 엄수는 그녀를 선녀와 같다고 극구 찬양하며, 이를 계기로 명창과 명인의 연령을 초월한 교유가 이루어진다.

소세양과 나눈 사랑은 무척 짧지만 '정석'에 가깝다. 소세양은 판서와 대제학을 지낸 인물로, 젊었을 때 여색에 굳기로 자처하여 늘 친구들에게 "여색에 혹함은 남자가 할 바가 아니다."라고 장담하였다 한다. 그가 말하기를, "듣건대 송도에 절창 진이가 있다 하나, 만일 나라면 30일만 함께 살면 능히 헤어질 수 있다. 그러고도 추호의 미련도 두지 않을 것이다." 하였다.

그러나 그가 날을 채운 뒤 떠나려 하자 황진이가 작별을 서글피 여기며 남루에 올라 주연을 베풀고 한 편의 시를 지어 발걸음을 잡아맸다.

달빛 어린 마당에 오동잎은 지고,
차가운 서리 속에 들국화는 노랗게 피어 있네.

다락은 높아 하늘과 한 척 사이라,
사람은 취하여 술잔을 거듭하네.
물소리는 거문고 소리를 닮아 차갑고,
피리 부는 코끝에 매화 향기 가득하도다.
내일 아침 이별한 뒤에는,
우리의 그리움은 푸른 물결과 같이 끝이 없으리라.

이에 소세양이 "나는 사람이 아니로구나, 고쳐 머물게 되다니〔吾其非人哉 爲之更留〕."라고 말하였다. 자기의 장담을 스스로 탄하면서 마음이 동하여 다시 머물렀던 것이다. 윤임과 더불어 정쟁을 벌이다 향리로 물러났던 소세양이고 보면, 이 일화는 충분히 사실일 수 있다. 그러나 그보다 더 중요한 문제는 그 사랑의 진실성에 있다.

소세양은 처음 정(情)에 끌리는 남녀 관계는 부정적으로 보았다. 사대부에게 정식의 혼인으로 맺어진 부부 관계란 항심(恒心)이 개재해야 하며 가변적이고 흔들리기 쉬운 애정이 본질이어서는 곤란한 것이다. 오늘날 우리가 보기에 '자연스러운' 남녀 사이의 욕구는 일회적인 관계에서 해소하면 그로써 충분한 것인데, 그 일회적이어야 할 것에 혹하여 빠져 든다면 우습지 않은가. 소세양의 장담은 그러한 의미를 함축하고 있다.

그러나 그는 적어도 자기 내면을 부정하거나 위선적인 사람은 아니었다. 황진이가 마지막 날에 작별의 서글픔을 진심으로 노래하자 그 진정을 받아들이고 거기에 집중하여 반응할 줄 아는 사람이었다. 두 사람의 사랑이 그 뒤 얼마나 지속됐는지는 알 수 없으나, 황진이는 분명 소세양과 헤어진 뒤에도 그리움에 찬 나날을 보냈으리라.

황진이가 마흔 살 안팎에 병으로 죽게 되었을 때, "나 때문에 천하의 남자들이 자애(自愛)하지 못했으니, 벌레들이 내 살을 뜯어 먹게 하여 천한 여자들의 경계를 삼으라." 하였다. 그의 평생은 이렇게 끝이 났다. 세상과 더불어 한바탕 크게 놀고자 했던 그녀, 세상을 조롱하면서도 모든 인간다운 인간에게 자신을 열어 보였던 여인.

"마음이 어린 후이니 하는 일이 다 어리다. / 만중운산(萬重雲山)에 어느 임이 오리만은, / 지는 잎 부는 바람에 행여 그인가 하노라."에서 상대 '임'은 황진이라 해도 무방하다. 이처럼 여인을 그리는 남자의 순수하고 아름다운 마음을 드러낸 화담이라면, 황진이는 주저 없이 존경과 연모의 마음을 표했을 것이다.

다시 불러 낸 황진이, 또 무엇이 남았을까

황진이는 이중의 전복(顚覆)적 의미를 담고 있는 캐릭터이다. 하나는 조선 후기의 시대정신과 관련하여 신분 갈등의 징표로 읽어 내는 것이다. 또 하나는 20세기 후반부터 제기된 여성 해방의 상징으로 부각시키려는 것이다. 근대의 맹아를 준비하던 그때로부터 탈근대의 대안을 찾으려 여러모로 모색하는 지금까지, 황진이라는 '기생'이 걸어갔던 길은 사람들로 하여금 다단한 심적 반응을 끌어내게 했으리라 생각한다. 비판에서 옹호까지, 경원에서 동일시까지. 그러니 이 매력적인 캐릭터가 소설이나 영화로 거듭 형상화된 것은 당연하다.

최근 흥미롭게도 '황진이'라는 제목으로 TV 드라마와 영화가 거의 동시에 선을 보였다. 드라마는 예술인의 삶에, 영화는 사랑에 초점을 맞추었다. 먼저, 드라마에서의 황진이는 무슨 일이든 포기하지 않는 추진력이 강한 인물로 설정되었다. 예인으로서 눈물겨운 노력 끝에 재예를 하나하나 완성해 갔고, 시청자들은 그 과정에 동참하며 기쁨을 느꼈다. 한편, 영화에서의 황진이는 온화하고 부드러우면서도 사랑을 위해 헌신하는 인물로 설정되었다. 종의 신분인 정인(情人) '놈이'를 끝까지 지킬 줄 아는 한 여인의 순정에 대해 관객들은 눈물을 흘렸다.

영화에서 '16세기에 살았던 21세기의 여인'이나 '나는, 세상이, 두렵지 않다(나는, 세상이 우습다)'라는 카피가 그려 내는 캐릭터는 물론 페미니즘을 대중적으로 활용한 경우이고, "어찌하여 나는 화적떼 두목이 되고, 아씨는 기생이 됐습니까."라는 영화의 대사는 신분제 사회의 모순을 극적으로 그려 내기 위한 캐릭터 설정이다. 따라서 황진이가 '위험하고도 대범한 아가씨'라는 느낌이 상대적으로 적고 오히려 '놈이'의 주도적 역할이 강조된다.

이런 차이는 원전을 재구성하는 개작자의 재량에 전적으로 맡겨진 부분이지만, 문제는 황진이라는 이름만 가져오고 그 황진이를 있게 한 실질(허구든 아니든)에서 지나치게 벗어나서는 의미가 적어지리라는 점이다. 최근 황진이를 주제로 한 대중가요가 여럿 나왔다. 많은 사람들이 고전에 관심을 갖는 것은 반갑지만, 실연과 상실의 정서에만 고착되는 듯한 느낌이 든다. 세상을 조롱하되 세상에 자신을 내어놓은 황진이의 캐릭터가 왠지 세속적이고 식상한 느낌으로 퇴색된다는 생각이 들어 아쉽다. 근대 지향적인 성취 동기의 실현에 중점을 둔 드라마, 역사극과 애정극의 어정쩡한 결합이 되어 버린 영화 모두 전래의 '황진이 전승'과는 조금 거리가 있다. 너무나 '퓨전 사극'으로 나가지 말고 당대를 살다 간 당대인의 모습으로 그려 내는 것은 어떨까?

그의 작품으로 알려진 여섯 수의 시조에는 '그리움과 자존심'이 잘 드러나며, 한시에서는 지상의 것과 천상의 것 사이의 대비도 보인다. 황진이 스스로가, 또는 이후의 전승자들이 우리에게 보여 주는 그 황진이를 꼼꼼하게 따라가 보는 일은 오늘날 담론을 풍부하게 하는 원천이 됨을 알 수 있다. 또 그 이야기 속에 들어 있는, 이야기가 통과해 온 시대의 정신들을 오늘날 우리 시대의 상황에 긴밀히 관련지어 생생한 캐릭터로 만들어 내는 일도 소중할 것이다.

황진이는 요조숙녀도 요부도 아니다. 실연의 상처에 아파하는 소녀는 더욱 아니다. 그는 시대가 강요하는 대로가 아니라 자기 시대를 자기 방식으로 치열하게 살고자 했던 여인일 뿐이다. 그러므로 '불온한' 여인인 것이다.

조세형 서울시립대학교 국어국문학과 교수. 고전 시가를 전공하면서 가사의 장르적 성향에 대해 이론적 접근을 해 왔으며, 최근 조선 후기 시가 문학의 근대성과 동아시아 중세 시의 정체성을 살피는 데 관심을 쏟고 있다. 저서에는 《장르교섭과 고전 시가》, 《고전산문교육의 이론》, 《가사의 언어와 의식》 등이 있다.

2

착한 아이 콤플렉스의 함정

이승복

장화와 홍련

계모에 의해 고통과 시련을 당하는 자매. 계모의 흉계로 억울하게 죽은 후 원혼이 되어 누명을 씻는다. 계모와 아버지의 뜻을 어기지 않으려고 애쓰는 한편, 죽은 어머니에 대한 그리움에서 벗어나지 못하는 소극적이고 수동적인 모습을 보인다.

효종 연간에 전동흘(全東屹, 1610~1685)이라는 사람이 철산부사로 부임하여 그 고을에서 일어났던 원사 사건을 해결한 일이 있었다. 〈장화홍련전(薔花紅蓮傳)〉은 바로 이 실제 사건을 바탕으로 창작된 작품이다. 작자와 창작 연대 모두 미상인데, 1818년 박인수가 기존의 국문본을 한문으로 번역하였다는 사실을 감안할 때 이 작품은 대략 18세기 중반 무렵에 처음 창작된 것으로 추정된다. 또한 이 작품은 장화와 홍련의 재생담이 없는 이본과 그것이 있는 이본으로 나눌 수 있는데, 재생담이 없는 이본이 먼저 이루어지고, 재생담을 추가한 이본이 나중에 성립된 것으로 보인다.

장쇠 왈

"그대를 외가에 가라 함이 정말이 아니라 실행하여 낙태한 일이 나타났기로 나로 하여금 이 못에 넣고 오라 하였으매 이에 왔나니 쉬이 물에 들라."

하며 잡아 내리는지라. 장화가 이 말을 들으매 청천백일에 벽력이 내리는 듯 혼불부체하여 소리하여 왈

"유유창천은 이 어쩐 일이니잇고? 무슨 일로 장화를 내시고 천고에 없는 악명을 짓고 이 못에 빠져 죽어 속절없이 원혼이 되게 하시는고? 유유창천은 살피소서. 장화는 낙지 이후로 문밖을 모르거늘 오늘날 애매한 누명을 언사오니 전생 죄악이 이같이 중하던지 우리 모친은 어찌 세상을 버리시고 슬픈 인생을 끼쳤다가 간악한 사람의 모해를 입어 단 불에 나비 죽듯 하니 죽기는 쉽지 아니하거니와 불측한 악명을 어느 시절에 신설하며 외로운 홍련을 어찌하리오?"

— 김동욱 편, 《장화홍년전》(경판 18장본), 《고소설판각본전집》 2

악한 계모와 착한 전실 자녀?

우리는 언제부터인지 모르지만 계모는 전실 자녀를 못살게 구는 나쁜 사람이고, 전실 자녀는 계모의 구박 속에서 한과 슬픔을 간직한 채 눈물로 세월을 보내는 착하고 가련한 존재라는 선입견을 갖고 있다. 아마 어릴 적부터 듣거나 읽은 설화나 소설이 모두 그런 방식으로 계모와 전실 자녀를 그리고 있기 때문일 것이다. 〈콩쥐팥쥐전〉, 〈장화홍련전〉, 〈백설공주〉, 〈신데렐라〉 등이 그렇다. 전실 자녀가 딸인 경우만 그런 것이 아니다. 불쌍하고 가엾다는 느낌이 덜하기는 하지만 아들인 경우도 마찬가지이다. 계모가 전실 자녀에게 아무리 잘해도 좋은

소리 듣기 어렵다는 말들은 이렇게 굳어진 선입견 때문에 하는지도 모른다.

그러면 왜 설화나 소설에서는 계모와 전실 자녀를 그렇게 그리고 있을까? 아직 어머니의 따뜻한 품을 그리워할 어린 나이에 어머니의 죽음이라는 더할 수 없는 슬픔을 겪고, 그것도 모자라 전혀 낯선 사람을 억지로 어머니로 받아들여야 하는 전실 자녀의 고통. 그것을 모든 사람이 안타깝고 딱하게 여겼기 때문일 것이다. 하지만 그렇다고 해서 그들이 겪는 시련과 고통의 모든 책임이 계모에게만 있는 것일까? 계모와 전실 자녀의 갈등이 극단으로 치닫게 되는 데에는 선과 악의 대립으로만 설명할 수 없는 다른 요소들이 작용하고 있는 것은 아닐까? 이러한 의문들을 염두에 두면서 장화와 홍련을 살펴보자. 경판 18장본을 기본 텍스트로 하고, 구활자본을 참고한 경우에는 별도의 표시를 하였다.

밀폐된 삶의 비극

장화는 여섯 살, 홍련은 네 살 때 어머니를 여읜다. 그들은 '노비가 천여 명, 논밭이 천여 섬지기에 금은보화는 헤아릴 수 없을 정도'로 부유한 집에서 부모의 사랑을 듬뿍 받으며 자라고 있었다. 이런 그들에게 어느 날 갑자기 어머니의 죽음이라는 전혀 예상치 못한 불행이 찾아온다. 그것은 결코 일시적인 충격이나 고통으로 끝날 수 있는 것이 아니었다. 어머니의 따뜻한 품과 포근한 사랑이 절실한 어린 나이에 그것을 하루아침에 잃어버리는 것은 마음 깊숙한 곳에 치유되기 어려

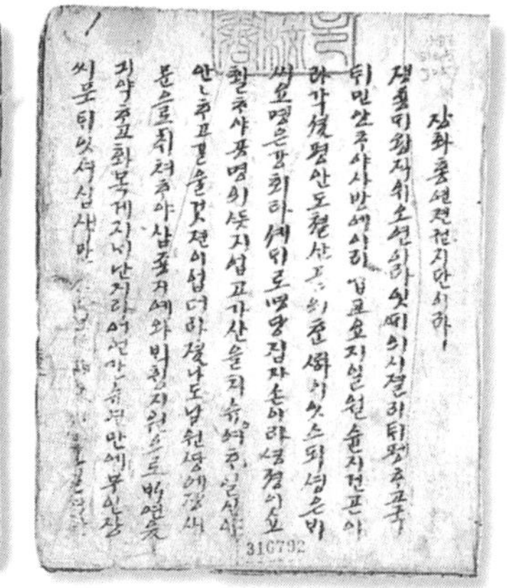

《장화홍련전》의 표지와 본문. 서울대 규장각본

운 상처로 남을 수밖에 없기 때문이다.

이후 계모가 들어와 이복동생들이 태어나고, 아버지의 마음이 예전 같지 않은 상황이 전개되자, 장화와 홍련의 삶은 완전히 달라질 수밖에 없다. 아버지 배 좌수는 후사를 생각해 허씨를 재취하여 아들 삼 형제를 낳는다. 그러자 전실 강씨가 운명하면서 염려했던 대로 두 딸에 대한 배 좌수의 마음이 변하고 만다. 허씨가 비록 천하박색이지만 아들을 연이어 낳자, 배 좌수는 마음이 허씨에게 기울어져 허씨의 '부언참설을 신청하여' 딸들을 '외대'하고 '학대'[구활자본]한 것이다.

이제 어린 자매가 믿고 의지할 사람은 아무도 없다. 서로를 믿고 의지하면서 고립된 상황을 버텨 나갈 수밖에 없다. 그들이 선택할 수 있는 길은 아버지와 계모의 마음에 들도록 행동하거나, 아니면 저항하는 것뿐이다. 하지만 어리고 나약한 그들로서는 저항이라는 것을 생각할 수 없다. 그래서 그들은 계모를 극진히 섬긴다. 진정한 어머니로 여겼기 때문이 아니라 어려운 상황을 견뎌 나가기 위한 방편, 그리고 '계모도 어미'라는 명분 때문이다. 계모에게 혹한 아버지에 대해서는 '더욱 공경하고 더욱 조심하여 아무쪼록 그 뜻을 맞추어' 구활자본 가기 위해 애를 쓴다.

명목상의 어머니와 마음이 변한 아버지에게도 효를 다하는 것이 자식의 도리라고 생각했기 때문만은 아니다. 그들의 마음을 거스르지 않는 것이 자기들이 마주한 어려움을 극복하거나 감소시킬 수 있는 유일한 방법이라고 판단했기 때문일 것이다. 그리고 살얼음판을 걷듯 아버지와 계모의 눈치를 살피는 그러한 소극적이고 수동적인 모습은 어느 틈엔가 그들 자매의 자연스런 삶의 방식으로 자리 잡게 되었을 것이다.

이러한 상황에서 장화와 홍련은 서로 의지하면서 힘든 고비마다 죽은 어머니의 따뜻한 품과 애틋한 사랑을 되새길 수밖에 없었다. 죽은 어머니에 대한 추억은 둘만이 공유할 수 있는 내밀한 슬픔이며 위안이었다. 어머니가 세상을 떠나지 않았다면 자신들이 그토록 힘들게 지내지 않아도 되었으리라는 안타까운 마음도 들었을 것이다. 하지만 시간이 지날수록 상황은 점점 나빠지기만 했고, 그럴수록 그들은 둘만의 밀폐된 삶 속으로 움츠러들면서 어머니에 대한 그리움과 슬픔을 곱씹으며 지낼 수밖에 없었다.

허씨는 장화 자매가 어릴 때에는 자기의 뜻을 거스르려 하지 않았기 때문에 굳이 해치려는 마음까지는 먹지 않았을지도 모른다. 하지만 장화 자매가 점점 자라 어진 배필을 널리 구하게 되자 시기심이 발동하여 그들의 혼인을 자꾸 늦추도록 하였으며, 장화 자매와 자기가 낳은 아들들이 집안의 재물을 나눠 가져야 한다는 데 생각이 미치자,

장화 자매를 제거해야 할 장애물로 여기게 되었다.

그리고 아버지 배 좌수의 태도 변화가 이처럼 점점 어려워지는 상황을 극단으로 몰아가고 만다. 장화 자매가 공경하고 조심스러워하는 모습을 보일 뿐 아니라 '점점 장성하여 얼굴과 재질이 못되지 아니하자' 배 좌수는 여태껏 외대하던 태도를 바꿔 두 딸을 '애지중지'하게 된다. 그는 잠시라도 딸들을 보지 못하면 삼추같이 여겨서 나갔다 들어오면 먼저 두 딸의 방에 들어가 손을 잡고 눈물을 흘리고는 한다. 게다가 허씨를 책망하며 '지금 풍족하게 사는 것이 모두 전처가 남긴 재물 덕이고, 그대가 쓰는 것이 다 전처의 기물이니 그 은혜를 생각해서 장화 자매에게 심하게 굴지 말라.'고까지 한다.

이러한 배 좌수의 태도와 아버지 앞에서 눈물짓는 장화 자매의 모습은 허씨의 시기심을 더욱 부채질하였다. 장화 자매의 태도와 재질, 용모로 인해 배 좌수가 다시 딸들에게 관심과 애정을 갖게 되었지만, 그의 무분별한 관심과 애정이 마침내는 허씨로 하여금 장화 자매를 모해하는 흉계를 꾸미도록 부추기는 결과를 초래하고 말았던 것이다.

허씨는 그렇다 하더라도, 장화 자매는 아버지의 관심과 애정을 회복함으로써 어느 정도 심리적 안정과 위안을 얻을 수 있었을까? 별로 그랬던 것 같지는 않다. 배 좌수는 '매양 딸들과 더불어 전실 강씨를 생각'하며 지냄으로써 어머니에 대한 딸들의 그리움과 슬픔을 자극할 뿐이었다. 나아가 그는 딸들 앞에서 계모의 구박을 운운함으로써 장화 자매와 허씨 사이의 정서적 거리를 한층 확대시키고 말았다. 이처럼 배 좌수가 보인 관심과 애정이란 것이 일찍 어머니를 여읜 두 딸에 대한 안쓰러움 이상의 것이 아니었기에 그것으로 인해 두 자매가 위안을 얻거나 자신들의 밀폐된 삶의 벽을 허물거나 할 수 없었다. 오히려 아버지의 그러한 안쓰러움 때문에 장화 자매는 어머니를 여읜 슬픔 속으로 더 깊이 빠져 들어갔는지도 모른다. 그러다가 결국 장화의 낙태를 조작한 흉계에 속아 허둥대기만 한 이 '미련한' 아버지 때문에 그들은 죽음의 길로 내몰리고 말았다.

풀어 내야 했던 내면의 목소리

장화와 홍련의 비극은 어머니의 죽음과 계모의 등장이라는 가족의 문제가 바람직한 방향으로 해소되지 못한 데 기인한다. 허씨는 장화 자매를 진심으로 받아들이지 못했고, 배 좌수는 그러한 허씨와 두 딸 사이를 오가다 큰일을 저지르고 말았다. 장화 자매와 허씨 사이의 관계를 조절해야 할 배 좌수가 자신의 역할을 제대로 하지 못했던 것이다.

장화와 홍련이 둘만의 고립된 삶 속에 갇혀 있었기 때문에 뜻하지 않은 둘의 이별은 그렇게 서러울 수밖에 없었다. 외삼촌 집으로 가라는 아버지의 명에 따라 홍련과 이별할 때 장화는 '가슴이 터지고 간장이 타는 심사'를 주체할 수 없었고, 그리우면 보려고 서로의 옷이라도 바꿔 입어야 했다. 홍련도 장화의 치맛자락을 붙잡고 이별을 서러워했다.

> 홍련이 형의 홍상을 잡고 울며 왈
> "우리 형제 일시도 서로 떠날 적이 없더니 홀연 금일은 나를 버리고 어디로 가려 하시는고?"
> 하며 좇아 나오니 장화는 홍련의 자닝한 형상을 보매 간장이 촌촌이

끊어지는지라 하릴없어 달래여 왈

"내 잠깐 다녀오리니 울지 말고 조히 있으라."

하며 말을 이루지 못하니 노복 등이 그 경상을 보고 눈물을 아니 흘리는 이 없더라.

— 〈장화홍년젼〉(경판 18장본)

외가로 가기 위해서가 아니라 죽기 위해 집을 나섰다는 것을 알게 된 장화는 '홍련을 버리고 죽는 간장이 굽이굽이 다 썩는다.' 라고 말하며 물에 뛰어든다. 죽는 순간까지도 홍련을 걱정했던 것이다. 홍련 역시 장화의 죽음을 자신의 일처럼 원통히 여기다가 마침내 장화가 죽은 곳을 찾아가 스스로 목숨을 끊는다. 이처럼 장화 자매의 밀폐된 삶은 결국 비극으로 마무리된다. 그들의 삶이 좀 더 적극적이고 능동적이었다면, 그럴 수 있는 가족 내부의 여건이 조금이라도 갖춰져 있었더라면 그러한 비극은 일어나지 않았을지 모른다.

장화와 홍련은 죽은 뒤 저승으로 가지 못하고 이승을 떠도는 원혼이 된다. 맺힌 한이 있어서 그것을 반드시 풀어야 했기 때문이다. 자기들을 죽게 만든 계모에 대한 미움이 사무쳐 꼭 복수를 해야 했던 것일까? 단순히 그것만은 아닌 듯하다. 장화는 '유유창천은 무슨 일로 천고에 없는 악명을 짓고 못에 빠져 죽어 속절없이 원혼이 되게 하느냐.' 며 울부짖었다. 홍련은 장화가 죽었다는 사실을 알게 되자, '장화가 이팔청춘에 불측한 악명을 신설치 못하고 천추원혼이 되었다.' 며 눈물을 흘리고, 철산부사에게는 '죽기는 쉽지 않으나 형의 불측한 악명을 신설(伸雪)할 길 없어 더욱 원혼이 되었다.' 고 한다. 이들이 원혼이 된 이유는 이처럼 낙태를 했다는 억울한 누명 때문이다.

살얼음판을 걷듯 조심하면서 계모를 극진히 섬기는 규범적인 삶을 살아온 장화 자매로서는 도덕적으로 치명적인 상처를 도저히 참을 수 없었을 것이다. 단순히 규중처자로서 지켜야 할 규범을 어겼다고 해서가 아니다. 계모를 극진히 섬기고 그 뜻을 거스르지 않기 위해 철저히 도덕적이고 규범적인 삶을 살아왔건만 바로 그 계모에 의해 도덕적인 결함을 지닌 것으로 세상 사람들에게 낙인찍히는 것을 더 이상 견딜 수 없었던 것이다.

이에 장화 자매는 어머니는 세상을 떠난 후 자신들이 억울하게 죽기까지 자신들은 어떠했고, 아버지가 어떠했으며, 계모가 어떠한 마음을 먹고 있었는지, 그동안 알면서도 모른 체 가슴에 담아 두고만 있었던 모든 일을 다른 사람들에게 토로한다. 그들은 아버지와 계모에 대한 모든 일을 알고 또 짐작하고 있었지만 그로 인한 분한(憤恨)을 안으로 삭이고만 있었던 것이다. 그러나 죽은 다음까지 그럴 수는 없었다. 여태껏 그렇게 공경하고 조심하면서 살아온 것이 억울해 마음속에 담고 있던 한을 원혼이 되어서라도 직접 자신들의 목소리로 풀어 낼 수밖에 없었던 것이다.

이제 그들은 더 이상 밀폐된 삶 속에서 흐느끼기를 거부한다. 장화 자매의 원혼은 자기들이 죽은 곳에서 슬피 울면서 계모 때문에 억울하게 죽은 것을 넋두리하여 사람들이 모두 그 사실을 알게 한다. 하지만 그것으로는 모자랐다. 고을 수령 앞에 직접 나타나 계모의 흉계를 만천하에 밝혀 자기들의 억울한 누명을 벗겨 달라고 한다. 작품에서는 실제 여기에 이르러서야 비로소 그들이 어떠한 삶을 살았는지가 구체적으로 드러난다. 이제 계모는 더 이상 명목상의 어머니도 아니다. 부임하는 수령들마다 연이어 죽어 나갔지만 장화 자매는 포기하지 않는다. 그만큼 자신들의 내면에 쌓인 분한이 컸고, 그것을 이제는 풀어 버리고 싶다는 욕망이 간절했던 것이다.

새로 부임한 철산부사 전동흘이 장화 자매의 억울함을 밝힌 다음 시신을 거둬 장사 지내고 불망비를 세워 원혼을 위로하자, 그들의 한은 비로소 풀릴 수 있었다. 아버지와 계모의 마음을 거스르지 않는 이른바 '착한 아이'가 되기 위해 묻어 두기만 했던 내면의 목소리를 세상을 향해 풀어 냄으로써 마침내 한이 풀리고, 다시 태어나 행복한 삶을 새롭게 살 수 있었던 것이다.

착한 아이 콤플렉스와 상실감

수년 전 〈장화, 홍련〉이라는 영화가 상영되었다. 이 영화는 아버지에 대한 딸의 근친애적인 사랑이 빚은 불행을 그림으로써 〈장화홍련전〉을 정신분석학적인 시각에서 재해석하고, 장화라는 인물을 새로운 캐릭터로 재창조한 작품이라 할 수 있다. 이런 점에서 영화 〈장화, 홍련〉은 〈장화홍련전〉의 새로운 의미 영역을 발견하게 해 주고, 해석적 지평을 확장시켜 주었다는 긍정적인 평가를 받기도 하였다.

고전의 재해석과 재창조는 얼마든지 가능하고, 또 필요한 일이다. 고전이 고전으로서의 가치를 발휘할 수 있는 곳은 박물관의 진열장 속이 아니다. 현재를 살아가는 우리에게 새로운 의미를 던져 주고, 우리의 삶이 좀 더 풍요롭도록 고전은 거듭 재창조되고 재해석되어야 한다.

그렇다면 근친애적 사랑 이외의 다른 방향에서 장화와 홍련을 재창조할 수 있는 방법에는 어떤 것이 있을까? 이와 관련하여 장화와 홍련이 계모와 아버지의 눈 밖에 나지 않기 위해 그들을 극진히 섬기고 조심하면서 어머니에 대한 추억이라는 공통의 상처를 보듬으며 살았다는 점을 주목해 볼 수 있다.

심리적으로 불안정한 부모 밑에서 자라는 어린아이는 자기가 부모에게서 버림받을지도 모른다는 불안감을 갖기 쉽고, 그렇게 되면 아이는 부모의 뜻에만 신경을 쓰면서 부모가 좋아하는 '착한 아이'가 되려 한다고 한다. 부모의 관심을 끌고 칭찬을 받음으로써 버림받을 수도 있다는 공포와 불안감을 떨쳐 버리려 하는 것이다. 그런데 더 중요한 문제는 아이가 이런 방식으로 길들여지면 심리적으로 건강하게 성장하지 못할 수 있다는 것이다. 그들은 성인이 되어서도 자신감을 잃고 열등감에 사로잡히기도 하고, 상대와 대립하기보다는 스스로를 억제하면서 순종하다가 우울증에 걸리기도 하며, 과도한 규범 의식이나 자책감에 시달리기도 하고, 칭찬과 관심을 바라는 욕망을 공격적인 폭력성으로 표현하기도 한다.

이를 흔히 '착한 아이 콤플렉스'라고 부르는데, 어릴 적부터 자기 주도적인 삶을 살아 보지 못함으로써 자아가 억압되고 자기 실현 능력이 결핍된 심리적 현상을 의미한다. 따라서 여기에서 벗어나기 위해서는 자기 내면의 목소리와 감정에 충실하고, 그것을 솔직하게 표현함으로써 여태껏 자신을 짓누르고 있던 억압에서 벗어나는 것이 가장 중요하다.

이런 사실을 감안하면 장화와 홍련은 착한 아이 콤플렉스의 함정, 그리고 어머니의 죽음으로 인한 상실감에서 끝내 헤어나지 못한, 헤어날 수 없었던 비극의 주인공들이라 할 수 있다. 이처럼 착한 아이 콤플렉스를 체현하고 있는 장화와 홍련을 오늘에 어울리는 새로운 캐릭터로 재창조하는 것은 충분히 의미 있는 작업이 될 것이다. 많은 아이들이 부모의 과도한 기대 속에서 착한 아이를 연기하면서 심리적으로 불안정한 성장을 하고 있는 작금의 세태를 고려할 때, 장화와 홍련은 그것이 지닌 문제점과 해결책을 제시하는 적절한 캐릭터로 얼마든지 재창조될 수 있고, 또 그럴 필요가 있다. 따라서 의도한 효과를 극대화하기 위해 진지성과 대중성을 아우르는 캐릭터로 재창조되는 것이 바람직하지 않을까 한다.

이승복 상명대학교 국어교육과 교수. 고전소설을 연구해 왔으며, 최근에는 고전산문 분야로 관심의 폭을 넓히고 있다. 저서로는 《고전소설과 가문의식》, 《한국 고전소설의 세계》(공저) 등이 있다.

3

그녀만의 작업 정석

박상란

목화 따는 노과부

가난하고 늙은 과부. 솔직하고 적극적인 성격으로 자신의 성욕을 실현하고 행복을 쟁취하는 여성이다. 대담하고 낙천적인 성격 이면에는 차분하고 노련하게 문제를 해결하는 능력도 있다.

목화 따는 노과부는 근래에 채록된 〈목화 따는 노과부와 엿장수〉에 등장하는 인물이다(2002, 딱따구리 할머니). 이 이야기는 다른 자료집에는 없고 딱따구리 할머니가 구연한 각편 둘만 전하는데, 노과부가 엿장수를 유혹해서 성욕을 실현하고 행복한 삶을 이룬다는 내용으로 되어 있다. 딱따구리 할머니는 능숙한 화자로서 주로 여성의 삶과 관련된 설화를, 여성의 이야기판을 중심으로 구연한다. 따라서 노과부의 처지에 공감하는 늙은, 여성 화자와 청자들이 이 이야기의 주 향유층이라 할 수 있다.

그런께는 엿장시도 그놈도 억지 쓰는 놈이여. 인자 목화를 요놈 요만치나 놓고 인자 이렇게 딱 엿판을 놓고 인자 그랬냐 저랬냐 하고 인자 하는 인자 하는 판인디 엿장시 보다가

"등지기 한번 벗어 볼라?"

인자 옛 그 옛날 사람들이 이 옷보다가 등지기락 했어. 한번 벗어 보라 한께

"왜요? 아니 남녀가 (중략) 신데 왜 남으 남자한테"

옛날에는 이러고 질에 이러고 바로 걸어가도 못하고 웃도 못하고 지내가도 못하고 그랬지. 옛날에는 참. 을마나 머시기했다고. (청자 : 고개도 못 들었는데.) 어 으 진짜 그랬지. 이러고 고개도 이러고 바로 못 들고 가 여자들이. 절대로 못 지내가고. 동네 앞에도 못 지내가고 그런디 옛날엔 그랬지.(엄숙한 어조) 그런디 (제보자 : 웃음) 하나 (중략) 또 목화를 이러고 준다고 이러니까 인자 그 그 점 있는가 볼라고 인자 그랬지 여자가. 그래 인자 옷을 벗어갖고 본께는 아니까사 점이 꺼먼 점이 큰 점이 아주 있다. 그래

"우리 영감이 인두환상한 것 아뇨?"

그 틀 그래서 인자 인두환상했는 거이다고 인자 그 틀림없이 인두환상했는갑다고 그 엿장시 엿판 그 지고 온 엿장시하고 그래갖고 영감이라고 그 영 영감을 델꼬 살아부렀어. 그래갖고 그 목화밭 그 벌어감서 먹고 그러고 행복하게 살아부렀어 둘이.

— 딱따구리 할머니 구연, 〈목화 따는 노과부와 엿장수〉

목화도 따고 임도 본 노과부

우리 문학에서 나이 든 여성의 자리는 통상 집안의 안주인이다. 사회의 도덕률을 크게 벗어나지 않은 점잖은 태도이다. 이쪽으로 더 나가면 지혜나 예지의 상징이 된다. 그러나 그렇지 않으면 노련한 마녀가

된다. 부정적인 성품이 오랜 세월에 걸쳐 응축된 결과이다. 이도저도 아니면 나이 많은 여성은 무기력한 모습으로 그림자처럼 한자리에 붙박여 있기 일쑤이다. 특별한 주목을 받지 못하는 것이다. 요즘 TV 드라마도 그렇듯이 온갖 사건의 중심은 젊은 남녀이고, 아름답고 젊은 그들의 성과 사랑을 둘러싸고 끝도 없이 사건이 펼쳐진다. 나이 든 여성의 성과 사랑을 다룰 여지는 별로 없다.

과부는 어떤가? 우리 문학에서 과부는 성과 관련하여 큰 관심을 받아 왔다. 그런데 그 관심이 지나치다 못해 비뚤어져 과부는 곧잘 성적인 약점을 빌미로 희화되거나 왜곡된다. 과부의 성에 대한 끝없는 호기심의 결과이다.

이런 점에서 한 남성을 유혹해 성욕을 실현하고 행복한 삶을 이룬 목화 따는 노과부는 파격적인 인물상이다. 여성, 노인, 과부라는 삼중의 불리한 위치에 있었기에 더욱 그렇다. 더 나아가서 단순히 일순간의 성욕을 실현하고자 한 것이 아니라 지속적인 관계 맺기를 추구했다는 점에서 그녀의 도발은 건강하다고 할 수 있다. 또한, 그녀는 노동하는 여성으로서 사랑 못지않게 일에 대한 열정을 유감없이 보여준다. 자신의 생업인 목화 따는 일을 통해 남성을 유혹하며, 소기의 목적을 이룬 후에도 그 일을 놓지 않는 데서 이를 알 수 있다.

성적으로 왜곡된 과부와 이념으로 포장된 열녀를 비롯해서 이런 저런 가부장제의 규율로 수난 받은 여성들, 선악의 양극적 특성을 지니지 않으면 너무나 무기력한 노인 여성들은 그동안 문학에 등장해 온 인물들이다. 현대적 감성으로 보기에도 답답한 문학 속의 여성상을 넘어 우리에게 다가온 목화 따는 노과부, 이러한 건강하고 발랄한 여성 캐릭터는 진취적이고 역동적인 삶을 추구하는 현재 여성들의 삶에 긍정적인 영향을 미치리라 본다.

작업의 전말, 그리고 성공한 그녀

'작업' 또는 '작업을 걸다.'라는 말은 최근 유행어로 이성을 유혹하는 행위를 가리킨다. 이는 감정 중심의, 그래서 모호한 연애 과정을 '작업'이라는 말을 써서 정해진 틀이 있는 구체적인 일종의 업무처럼 호도하는 의미가 있다. 무엇보다 '작업'은 성적인 의미가 다분한, 그래서 드러내 놓고 말하기가 꺼려지는 '유혹'의 행위를 공공연히 입에 담을 수 있게 해 준다는 점에서 편리한 용어이다. 어쨌든 이러한 의미의 '작업'이라는 말은 최근 경박한 성 풍속 또는 연애 풍속의 실상을 전해 준다고 할 수 있다. 진정한 사랑을 목적으로 하는 것이 아니라 유혹 자체, 그 수단의 교묘함과 성공 여부에 초점이 맞춰져 있다는 것이다. 물론 이는 젊은 남녀 간의 애정 관계를 두고 하는 말이다. 이런 점에서 유혹 자체에 머물지 않고 궁극적으로는 진실한 만남, 행복한 삶을 이루는 여기 노과부의 유혹은 이런 '작업'과는 성격이 다르다. 하지만 그 유혹의 과정이 치밀하고 교묘할 뿐만 아니라 그것이 적중했다는 점에서, 그리고 그녀의 행위에 현대적 의미를 부여하기 위해 '작업'이라는 말을 쓰기로 한다.

목화 따는 노과부는 〈목화 따는 노과부와 엿장수〉라는 최근에 채록된 이야기에 등장하는 주인공이다. 이 이야기의 중심 내용은 노과부가 엿장수를 유혹해서 함께 행복하게 살았다는 것이다. 앞에서 말한 대로 하면 노과부가 엿장수를 대상으로 한 '작업'에 성공했다는 이야기이다. 그 '작업'의 방식이나 과정이 분명하게 나타나는 같은 화자의 두 번째 구연 자료를 통해 그녀가 엿장수에게 '작업'을 거는 과정을 지켜보기로 한다.

1단계에서 과부는 죽은 남편 타령을 하며 엿장수의 주의를 끈다. 죽은 남편이 환생해서 엿장수가 된 것이 아닌가 하는 것이다. 이때 엿장수가 과부의 반응에 응한 것은 그 타령 때문이 아니라 목화를 받고 엿을 팔기 위해서이다. 반면 과부가 읊조리는 타령과, 더 확실하게는 그녀의 손에 있는 목화는 엿장수의 주의를 끌기 위한 수단일 뿐이다. 2단계로 과부는 '젖탈(젖털)' 밑에 점이 있어야 죽은 남편임을 확신할 수 있다며 엿장수를 좀 더 가까이 오게 한다. 여기서도 엿장수는 단지 엿을 팔기 위해 가까이 갔다고 할 수 있다. 3단계에서 과부는 점 근처에 '인도환상(인두환생)'이라는 글씨가 씌어 있어야 한다며 엿장수를 좀 더 가까이 다가오도록 한다. 그런데 단지 가까이 오게 한 것만이 아니라 옷을 벗도록 한 것으로 보인다. 인두환생이라는 글씨를 판독하려면 바로 눈앞에 대상물이 있어야 하고 젖털 밑 부분이라 했으니 옷을 벗은 상태에서나 판독이 가능할 것이기 때문이다. 물론 첫 번째 자료에서 점을 확인하기 위해 "등지기 한번 벗어 볼라?" 하며 엿장수가 옷을 벗도록 한 것을 감안하면 점을 보여 주기 위한 2단계에서 이미 엿장수는 옷을 벗고 있어야 한다.

물론 엿장수는 처음에 엿을 팔기 위해 왔겠지만, 또 그런 의도를 버리지 않았겠지만 어느 단계에서는 과부의 수단에 넘어가 몸을 뺄 수 없는 지경에 이른 것으로 보인다. 그리고 이렇게 끌려간 꼴이 되었지만 마지막에 과부의 말대로 젖털 밑의 점이 확인되고 또 글씨가 확인되자, 지금까지의 의도와는 무관하게 과부의 뜻에 따르게 되었다고 할 수 있다. 여기서 점이니 글씨니 하는 것이 실제로 있었는지는 중요하지 않다. "보소. 젖살 밑에 점 있는가 보소."라고 한 것처럼 엿장수도 자신의 몸에 그런 것들이 있는지 몰랐던 것으로 보인다. 이는 두 자료 모두에 나타난다. 엿장수 몸에 있는 점과 글씨는 과부의 눈에만 보이고 당사자는 모르는 것이다. 유혹의 점진적인 과정 속에서, 그 힘에 끌려 엿장수는 과부의 눈으로 확인된 사실, 즉 과부의 진심을 받아들이고 이해했다고 보는 것이 적절할 듯하다. 점과 글씨는 애초에 과부가 고안한 유혹의 수단에 불과하지만 나중에 과부의 눈으로 확인된, 보이지는 않지만 엿장수가 믿게 된 점과 글씨는 그들의 애정 또는 상호 신뢰를 의미하는 것이다.

요컨대 과부는 죽은 남편 타령을 통해 상대방의 주의를 끌고, 젖털 밑의 점을 보자며 가까이 와서 옷을 벗게 하고, 다시 글씨를 보자며 상대방의 육체를 눈으로 더듬은 것이다. 즉 과부는 단번에가 아니라 단계적으로, 억지로가 아니라 자연스럽게 거리를 좁혀 가며 엿장수를 유혹하였다. 그리고 그냥 자신과 살자며 잡아끄는 것이 아니라, 목화 받고 엿을 팔려고 하는 엿장수의 속내를 이용해서 그가 가까이 올 수밖에 없도록 만들고, 와서도 옷을 벗고 몸을 내보이지 않을 수 없도록 적절한 빌미를 제공한 것이다.

작업 과정에서 드러난 그녀의 캐릭터

그녀는 남편 없는 늙은 여성이다. 아마도 허름한 옷을 입고 목화나 따며 생계에 골몰하는 것이 그녀의 일상적인 삶일 터이다. 그런 그녀이기에 남편 없는 외로움을 토로할 여지가 없을지 모른다. 그녀에게도 성욕이 있었는지는 더욱이 알 길이 없다. 그러니 애초에 다른 남성을 유혹한다거나 그것에 성공해서 색다른 삶을 살 것이란 기대를 그녀에게 걸기는 난감한 일일 수 있다.

그런데 그런 그녀가 우리의 예상을 뛰어넘어 일을 냈다. 어여쁘지도, 그렇다고 젊지도 않은 그녀가 성욕을 숨기지 않을 뿐만 아니라 그것을 충족하기 위해 남성을 유혹한 것이다. 특히 죽은 영감 타령을 통해 거꾸로 다른 남성에게 유혹의 손을 뻗치는 행위는 그녀다운, 소박하면서도 노련미 넘치는 작업 방식이라 할 수 있다. 여기에서 그녀는 자신의 욕구를 온전히 드러낼 뿐만 아니라 그것을 채우기 위해 수단과 방법을 가리지 않는, 솔직하면서도 적극적인, 더 나아가서 대담한 성격의 소유자임을 알 수 있다. 여기에 여성, 노인, 과부라는 삼중의 불리한 처지에서도 자신의 욕구를 포기하지 않고 그것을 실현하려 했다는 점에서 그녀는 낙천적이며 건강한 인간임을 확인할 수 있다.

또한 생뚱맞게 죽은 영감을 그리워하는 노래를 읊조리다가, 인두환생을 들먹여 엿장수에 접근하는, 점을 보자며 옷을 벗게 하는 것은 그녀의 작업이 성공적으로 마무리되는 데 있어 핵심적인 요인이자 약자들의 지혜가 발휘되는 장면이기도 하다. 즉, 그녀는 남성을 유혹하는 데 있어서 성급하게 나선다거나, 강압적이거나 일방적인 태도를 취하지 않는다. 차분하고 여유 있게, 점차적으로 상대방과의 거리를 좁혀 그가 부담 없이 접근하고, 이쪽 요구에 응하도록 만든다. 이것을 두고 단지 그녀가 남성을 유혹하는 데 있어 솜씨가 좋다고만 할 수 있을까? 그보다는 늙고 허름한 자신의 처지에 맞게 문제를 해결하는 능력이 뛰어나다고 하는 것이 적절할 듯하다.

여성의 유혹은, 또는 유혹하는 여성은 기왕의 고전 서사에서 주요한 모티프로 다루어져 왔다. 그런데 이들 여성은 대개 성욕만 추구하는 부정적인 면모를 띤다. 그녀의 성욕은 지나치게 과장되어 있고, 따라서 그녀의 행위는 엽기적이기까지 하다. 이 때문에 남녀 관계가 파탄을 맞으면서 그녀의 성욕은 실현되지 않는다. 반면 여기의 노과부는 순간적인 쾌락을 위해서만 유혹하는 것이 아니다. 서로 간의 지속적인 관계를 맺기 위해 유혹하는 것이다.

여기에서의 유혹과 결연이 목화밭이라는 일터에서 이루어졌다는 점에 주목할 필요가 있다. 과부는 목화를 따서 '미영'을 잣는 자신의 일을 놓지 않는다. 이는 전통 사회에서 과부로 살기 위한 현실적인 방편일 터이다. 그저 수절만 하고, 그러다 보쌈을 당하고, 그러다가 자결하는 것만이 과부의 능사가 아님을 이 노과부를 통해 알 수 있다. 따라서 여기에서 목화는 중요한 의미를 지니며 과부의 성격 지향을 뒷받침해 주는 것이다. 그녀는 무작정 수절하거나 남성을 따라가는 것이 아니라, 목화를 따는 틈에 남성을 유혹해서는 결연을 맺은 후에도 그 생업을 놓지 않고 남성과 함께 일을 해 나간다. 그 결연의 양상이 "그 목화밭 그 벌어감서 먹고 그러고 행복하게 살아부렀어 둘이."에서처럼 함께 목화밭에서 일하며 행복하게 사는 것으로 나타나는 것도 우연이 아니다. 따라서 여기 과부의 유혹은 일시적인 성욕의 충족보다 그것을 기반으로 남성과의 지속적인 관계 맺기를 뜻한다.

무엇보다 여기 과부에게는 열(烈), 수절 또는 여성에 대한 자의식, 갈등이 전혀 없다. 그저 남편 없이 외롭게 살면서 그 외로움을 극복하기 위해 남성을 유혹하는 것이다. 그저 그뿐이다. '만리장성' 이야기에서처럼 어떤 목적을 위한 수단으로서 유혹하는 것이 아니라, 자신의 소망대로 지속적인 (성)관계를 맺기 위해 유혹하는 것이다. 따라서 여기서 과부의 유혹은 진실성을 얻는다. 마지막 장면에서 둘의 관계가 원만하고 행복했다는 점, 과부의 행위와 결말이 부정적으로 다루어지지 않았다는 점에서도 이를 알 수 있다. 이런 점에서 보면 그녀는 인간 관계에서 일시적인 이해관계보다 지속적이며 진실한 만남을 추구하는 여성임을 알 수 있다.

이상적인 여성(노인) 캐릭터 창조를 위하여

여성은 성욕이 없거나 성욕을 실현하지 않고도 살 수 있다는 것이 전통적인 열녀상의 의미이다. 이것은 현재에도 크게 다르지 않다. 여성의 적극적인 성욕 실현은 도덕성 일탈로 여겨지기 일쑤이다. 이런 점에서 '목화 따는 노과부'의 유혹과 성의 실현은 전통 사회에서뿐만 아니라 현재에도 파격적인 측면이 있다. 여성, 그것도 노인, 과부라는 세 가지 층위가 모두 성욕 실현과 거리가 멀기 때문이다.

물론 성욕 실현만이 여성 문제에서 중요한 것은 아니다. 하지만 남성 중심의 권력이 여성을 규제하는 데 있어 성 또는 몸이 일차적 표적임을 감안하면 그 중요성은 적다고 할 수 없다. 또한, 여성을 막연한 모성으로 이해하고 신화 속 여신에게서 그 모성의 근원을 찾고 안주할 수만도 없다. 모성 자체도 각 시대마다 사회마다 다르게 구성된다는 점을 감안하면, 그것이 여성의 본질일 수만은 없기 때문이다. 따라서 성과 모성이라는 이중적 잣대가 사회적으로 어떻게 구성되고, 여성에게 어떻게 권장되고 강요되었는가, 그 이데올로기적 맥락을 분

영화 〈마파도〉의 한 장면

석할 필요가 있다. 그럴 때 모성이 아닌 여성의 성욕에 대해서도 진정 한 이해가 가능할 것이기 때문이다.

'목화 따는 노과부'는 성욕을 실현하기에는 여러모로 불리한 처지에 있지만 적극적으로 그것을 추구하고 이를 통해 진실한 만남, 행복한 삶을 쟁취하기에 이른다. 물론 그녀는 자신의 삶에서 소외되지 않았고, 서사에서도 주도적인 역할을 하고 있다. 그런 점에서 이 노과부는 적극적이고 진취적인 여성 캐릭터로서 설화를 접하는 현재 여성들에게 긍정적인 영향을 끼칠 것이라고 생각한다.

이와 관련하여 영화 〈마파도〉를 주목해 보자. 여기에 나오는 다섯 할머니는 성격이 활달하고 진솔하며, 삶에 대해 매우 적극적인 캐릭터이다. 또한, 현 사회적 문제와 관련된 농촌의 소외에 기인한 것이겠지만, 그들은 젊은이 또는 남성이 없는 터전에서 생활 일체를 자립적으로 공동으로 해결한다. 그녀들의 노환을 모르는 강인한 생활력과 낙천적인 태도는 이러한 생활 환경에서 길러졌을 것이다.

무엇보다 그들은 상대역인 두 젊은 남성들에 대한 성적인 호기심을 숨기지 않을 뿐 아니라 결국 그들을 자기들의 삶의 세계로 동화시키기도 한다. 이렇게 볼 때 이들 다섯 노인들은 목화 따는 노과부의 캐릭터에 근접해 있다고 할 만하다. 이들에 이르러 무기력하고 완고한 대중매체 속의 노인 여성들의 캐릭터가 획기적으로 전환되었다고 할 수 있다. 다만 작중의 코믹한 분위기와 과장되고 엽기적인 면모에 기인한 것이겠지만, 인간적인 미덕과 행복한 삶을 위한 노력 등이 잘 나타나지 않는 것은 이들 캐릭터의 약점이라 할 수 있다. 이는 목화 따는 노과부의 경우에도 어느 정도 들어맞는 이야기지만, 삶에 대한 적극성만 두드러질 뿐 본받을 만한 인간적인 미덕이 잘 나타나지 않는다는 것이다.

이 점에 있어서는 일본 애니메이션 〈이웃집 토토로〉에 등장하는 칸타 할머니가 기대할 만하다. 이 할머니는 얼굴에 주름살이 가득한데, 이는 힘든 일을 마다하지 않고 노동하며 지내는 농촌 여성으로서 당연한 면모이다.

주름살투성이인 이 할머니는 이웃집 아이들을 정성껏 보살펴 주는 따뜻한 인간미의 소유자이다. 그리고 집 안팎 어디에서든지, 아이들의 행동과 관련 사건의 중심에는 이 할머니의 거대한 몸집이 그림자처럼 드리워져 있다. 극중 사건에 주체적으로 개입한다는 점에서도 강렬한 인상을 주는 캐릭터라 할 수 있다. 무엇보다 이 할머니는 가장 현실적인 인물 같지만 '토토로'를 중심으로 펼쳐지는 극중 환상적 분위기에 잘 어울리며 전체 서사에서 전통적인 생활상 또는 신앙을 매개하는 역할을 한다는 점에서 가장 일본적인 여성이기도 하다. 이 점에서 이 할머니는 세계 여러 문화에서 생활 공동체를 주관하던 고대 여신의 잔영으로 비치기도 한다.

목화 따는 노과부는 칸타의 할머니보다 마파도 할머니들의 캐릭터에 가깝다. 그 낙천적이고 적극적인 삶의 태도가 좀 더 두드러지고 주변 사람들을 보살피고 이끌어 주는 인간적인 미덕이 결여되어 있기 때문이다. 따라서 목화 따는 노과부의 캐릭터가 재창조될 경우 마파도의 다섯 할머니들에서 보이는 낙천적이고 강인한 성격, 그리고 적극적인 삶의 태도에 칸타 할머니의 인간적인 미덕이 부가되어야 할 것이다. 그래서 성을 비롯한 여성에 대한 억압을 극복한 것에 머물지 않고 그 인간적인 덕목으로 인해 주변으로부터 존경 받는, 그런 이상적인 여성(노인) 캐릭터가 창조되었으면 한다.

박상란 동국대학교 국어국문학과 강사. 여성 화자, 여성 캐릭터를 중심으로 설화의 전승과 의미 문제를 해명하는 데 관심이 많다. 논문에는 〈여성화자 구연설화의 특징 – 자양동 딱따구리 할머니의 구연설화를 중심으로〉, 〈구전설화에 나타나는 성적 주체로서의 여성캐릭터 – '목화 따는 노과부' 를 중심으로〉 등이 있다.

4

탁월한 문제 해결 능력을 갖춘 준비된 왕

신선희

선덕

고구려·백제·당나라의 영웅호걸의 도전에 맞서 삼국 통일의 기반을 마련한 우리 민족 최초의 여왕. 부드러우면서도 강한 외유내강형 인물로, 대극적 관계를 허물어 소통시키고 동시에 탁월한 문제 해결 능력을 갖춘 이상적 통치자이다.

우리 민족 최초의 여왕인 선덕에 관한 기록은 그녀의 탁월한 선견지명과 관련하여 세 가지 일화를 담은 《삼국유사》 기이편의 〈지기삼사(知機三事)〉와, 신라 27대 왕으로서의 업적을 주로 다룬 《삼국사기》 신라본기 〈선덕왕〉조가 있다. 이들 기록은 군왕의 신이한 행적과 역사적 사건을 토대로 이루어졌고, 선덕의 예지력과 명철함이 발휘되었던 신라 안팎의 어지러운 주변 정세를 드러내고 있다. 이에 반해 선덕의 미모에 반해 불귀신이 된 천민 지귀의 짝사랑을 전한 《수이전(殊異傳)》의 〈심화요탑(心火繞塔)〉은 상하 귀천의 장벽에 막힌 안타까운 애정담의 대상으로 여왕을 그리는 한편, 불을 물로 제압하는 단호한 제왕의 모습을 보여 주기도 한다.

선덕여왕이 생존해 있을 때 신하들이 모란꽃과 개구리에 관한 예언을 두고 어떻게 그런 사실을 알 수 있었는지를 물어보았다. 왕은 다음과 같이 설명했다.

"꽃을 그린 그림에 나비가 함께 그려져 있지 않다는 것으로써 그 꽃의 향기 없음을 알았다. 그것은 곧 당나라의 임금이 내가 여자로서 짝이 없이 독신으로 지내는 걸 풍자한 것이다. 그리고 개구리는 그 눈이 불거져 나와 성난 형상으로 생겨 있어 그것은 병사의 상징이다. 옥문이란 곧 여근이요, 여자는 음과 양 중에 음에 속하고, 그 빛깔은 흰 것이요, 흰 빛깔은 서쪽을 상징한다. 그래서 적의 병사가 서쪽에 있음을 알았고, 남근이 여근 속에 들어가면 반드시 죽는 법이라, 그러므로 그들을 쉽게 잡을 수 있음을 알았다."

이 설명을 듣고 뭇 신하들은 모두 그 성지(聖旨)에 감복했다.

—〈이혜동진(二惠同塵)〉, 《삼국유사(三國遺事)》, 의혜 제4

준비된 왕

오랜 세월 우리의 삶에서 여성의 영역은 가정에 국한되어 왔다. 그에 따라 여성의 역할도 딸, 아내, 어머니, 며느리라는 혈연관계를 중심으로 한 가사 영역에 멈추었다. 신화에서부터 설화, 고전소설에 이르기까지 그 속에 등장하는 여성 인물은 자애로운 어머니, 열녀, 효녀, 효부 들이다. 어찌 보면 시대와 사회가 요구하는 가치를 자신을 버리면서까지 수행했던 여성들의 수난과 수난 극복 과정이 우리 문학사에 수놓은 여성 인물담이라 해도 과언이 아닐 것이다. 이른바 바깥일은 남자의 몫이며 남자의 특권이었다.

21세기는 여성의 시대라고 한다. 남녀평등을 넘어서서 여성 상위의 세상이 열리고 있고, 머지않아 정치권력의 최고봉에도 여성이 자리할 것을 예견하기도 한다. 이러한 시대적 추세에도 불구하고 우리 사회에서 여성과 정치는 아직도 가장 거리가 먼 두 단어의 조합으로 보인다. 더구나 바깥일을 하는 여성에 대한 편견도 만만치 않아서 남성의 바깥일에 어렵사리 동승한 여성은 목소리가 크고 주장이 강하며 여성다운 부드러움이 부족한 사람으로 치부되는 보수적 시선이 지배적이다. 부드러움, 순종, 낮춤과 같은 여성성 대신 강인함과 공격성 같은 남성성을 가진 여성으로 돌려지고는 한다.

우리 고대사의 한 획을 긋는 출중한 지도자였음에도 여자라는 이유로 신비의 베일에 적당히 가려진 채 그 진가가 수면 위로 오르지 못한 인물이 있다. 남성의 영역에서 여성성으로 승부를 건 여성, 거세지도 공격적이지도 당차지도 강인하지도 않았으나 난세를 다스리고 용감한 남성을 부리고 감싸기도 했던 여성, 바로 선덕여왕이 그 주인공이다. 시대적 편견을 깨고 '역사상 최초'라는 타이틀에 추호의 의심이 없는 인품과 행적으로 여성의 사회 진출에 첫 단추를 끼우고 날개를 달아 준 그녀의 삶과 덕목을, 서라벌에서 피웠던 그녀의 영혼을 따라 찾아내 보자.

선덕여왕은 632년에 즉위하여 16년간 신라를 다스렸고, 왕위를 자신의 사촌 여동생인 진덕여왕에게 물려주었다. 그는 우리 역사상 최초의 여왕이자 준비된 왕이었다.

세계 최초의 여왕으로 알려진 이집트의 하트셉수트 여왕은 기원전 1503년에서 1482년까지 재위했다지만, 왕비 출신으로 조카와 함께 통치를 했다. 동양의 경우 일본의 스이코 천황이 539년 재위에 올랐으나 꼭두각시 왕으로 쇼토쿠 태자가 섭정했다. 이들은 제대로 준비되지 못한 왕이었으며, 온전한 왕도 아니었다.

오늘날까지도 여왕의 왕위 계승이 이어지고 있는 영국에서도 그 출발은 16세기에 와서야 가능했다. 첫 번째 여왕 메리 스튜어트는 국민적 분열과 갈등을 겪으며 처형대까지 올라간 '블러디 매리(Bloody Mary)'로 불린 불운한 여왕이었다. 후사 없이 그녀가 죽자 이복 여동생인 엘리자베스가 즉위하였는데, 두 여인은 숙적 관계로 선덕과 진덕의 계승 양태와는 사뭇 달랐다. 후덕한 인품의 소유자로 후계자를 지목하여 왕재로 준비시킨 선덕과 재위 말년에 일어난 비담의 반란을 제압하고 반란 세력을 처형한 진덕의 관계는 평화적 정권 이양이었다. 엘리자베스 1세는 영국을 유럽 강호의 반석에 올린 위대한 여왕으로 칭송되고 있지만 허영심이 많고 까다로우며 고집이 센 성품의 소유자였다. 여왕으로서 그녀는 대담함과 강인함으로 표상되는 여장부형이었다. 또 무소불위의 권력을 휘두르며 스스로 황제에 오른 당(唐)의 측천무후도 권력 지향형의 부정적 여왕이었다. 게다가 선덕여왕보다 60년 늦게 왕위에 올랐다.

그렇다면 적법 절차에 따라 왕위에 오르고 약소국을 강대국으로 키운 '성공한 왕', '세계 최초의 여왕'이라 명명해도 될 인물, 특히 여성사와 정치 외교사에서 빛나야 할 여성인 선덕을 신비한 예지력을 지닌 미모의 설화적 인물로 바라본 우리의 좁은 시야부터 넓혀야겠다.

군사·외교·정치·천문·지리·종교의 영역에서 뛰어난 감각과 문제해결의 능력을 갖추고 인물을 가려 뽑아 쓸 줄 아는 인간 경영 위정자의 모델을 1400년 전 우리 민족 최초의 여왕, 철저히 준비된 왕 선덕에게서 찾아보면서, 우리 시대가 요구하는 이상적 통치자 캐릭터의 창조의 길도 열어 보고자 한다.

역사 속의 선덕—울트라 슈퍼 멀티 플레이어

준비된 왕으로서, 그녀의 공주 시절은 왕재로 키워지고 단련하는 특별한 교육의 시간이었으리라. 공주 시절 그녀의 남다른 재능과 관심은 무엇이었을까? 숨겨져 있던 여왕의 어린 시절과 젊은 시절을 불러내 보자.

"왕의 이름은 덕만으로 진평왕의 장녀이다. 성품이 어질며 사리에 밝고 민첩하였다. 진평왕이 아들이 없이 돌아가자 사람들이 임금으로 세웠다."《삼국사기》의 기록이다. 진평왕은 덕만, 천명, 선화 세 딸을 두었다. 아들을 두지 못한 왕으로서 후계자에 대해 많은 고심을 했을 것이며, 세 딸의 성품과 재능도 견주어 보았을 것이다.

진평왕 재위 시절 당나라로부터 얻어 온 모란꽃 그림과 그 꽃의 종자를 보고 덕만 공주는 꽃 그림에 벌과 나비가 없으니 꽃은 비록 아름다우나 향기가 없을 것임을 예견할 정도로 명석함을 보였다. 덕만이 지닌 자질이 왕재로서 적절했을지라도 아버지 진평은 아들이 아닌 딸을 왕위에 앉히기에 적잖이 망설였을 것이다. 여왕의 존재를 낯설어할 백성과 탐탁지 않게 여길 신하들도 걱정되고, 주변 나라의 시선도 의식되었을 것이다. 여왕을 쉽게 용납하지 못하는 시대적 관습과 환경을 누구보다 잘 알고 있었기에 그는 철저한 왕재 교육에 힘썼을 것이다. 진평왕은 53년간(579~632)재위하였던 덕분에 덕만을 왕재로 키우기에 넉넉한 시간을 가질 수 있었다. 그녀 또한 아버지를 보필하며 위정자가 갖추어야 할 소양을 배우고 자신이 등용할 인재도 눈여겨보아 두었을 것이다. 역사상 전례 없는 여왕이라는 직책을 맡기에 덕만이 갖추어야 할 것은 지금까지 왕실의 여인이 갖추던 소양과는 다른 특별한 것이었다.

덕만은 신라의 지리와 형세를 익히는 것은 물론 주변 국가의 정세도 살피고 파악해 둔다. 전장 출전용 무술 대신 지휘 사령관의 작전 병법과 용병술을 배웠을 것이다. 훗날 백제군의 침입을 여근곡의 지형을 이용하여 막아 낸 것은 바로 지리와 형세에 대해 잘 알고 있었기에 가능한 것이리라. 덕만은 말 타기와 궁술 대신 지리와 형세를 훤히 꿰뚫고 음양오행과 사물의 상징 체계의 이치와도 연계시킬 수 있을 정도의 해박한 인문 지리적 안목을 갖춘다.

그녀는 인문 지리만이 아니라 천문에 대한 해박함도 다진다. 별자리의 움직임, 일월의 운행에 대한 학습은 자연의 섭리를 인간사에 대응시키는 지혜를 배우는 한 과정이었다. 재위 기간에 완공된 첨성대는 공주 시절 그녀가 받은 제왕 교육의 한 결과물이라 이를 만하다.

인문과 천문의 지리에 대한 관심과 학습이 통치의 실질적 칼이었다면, 신앙적 무장은 그녀의 갑옷이라 할 만했다. 그녀의 아버지 진평왕은 왕위에 오르자 가족의 이름을 석가모니의 가족 이름과 관련하여 지었다. 선덕여왕의 이름인 덕만(德曼)도 불교를 깊이 믿었던 석가모니 가족의 공주 이름이다.

이처럼 신라 왕실과 석가모니 가족을 동일시할 정도로 진평왕의 불심은 깊었다. 진평왕은 담육과 혜문 등의 고승을 지명하여 대덕으로 삼고 계행을 존경했다. 또한 원광법사에게 수나라에 청병을 요청하는 글까지 짓게 할 정도로 고승을 우대하고 그들의 불심과 능력을 실제 정치에 활용하면서 종교의 현세적 역할을 적극적으로 끌어내었다. 이 같은 왕가의 불교적 분위기와 신앙심 속에서 성장한 선덕여왕이 종교를 상하귀천의 장벽을 초월하는 국가 이데올로기의 구심점으

황룡사 9층목탑이 서 있던 자리. 볼록 나와 있는 것이 그 심초석이다.

로 삼은 것은 자연스러운 일이다. 즉위 후 백제와 고구려의 잦은 침략 속에서도 월정사와 영묘사, 통도사, 분황사, 황룡사 9층탑을 창건한 일도 이와 관련이 있다 하겠다.

공주 시절, 그녀는 학문과 덕이 높은 승려들을 대할 기회가 많았을 것이다. 먼저 자장, 혜공스님 등과 교유를 짐작해 볼 수 있다. 기록에 따르면, 그녀는 당나라에서 귀국한 자장의 청에 따라 황룡사탑을 세웠다고 한다. 9층탑을 축조한 이유는 탑을 세우면 "이웃 나라들은 항복할 것이며 아홉 민족이 와서 조공할 것이다."라는 말 때문이었다. 이 통일 염원 탑의 제1층은 일본, 제2층은 중화…… 제7층은 거란…… 제9층은 예맥을 진압한다는 뜻이니, 천하를 제패하려는 선덕의 웅대한 포부가 종교의 힘을 핵으로 하여 구현되었음을 알 수 있다.

또 어느 날은 풀로 새끼를 꼬아 가지고 영묘사(靈廟寺)에 들어가서 금당(金堂)과 좌우에 있는 경루(經樓)와 남문(南門)의 낭무(廊廡)를 묶어 놓고 강사(剛司)에게 말했다. "이 새끼를 3일 후에 풀도록 하라." 강사가 이상히 여겨 그 말에 좇으니, 과연 3일 만에 선덕왕(宣德王)이 행차하여 절에 왔는데, 지귀(志鬼)의 심화(心火)가 나와서 그 탑을 불태웠지만 오직 새끼로 맨 곳만은 화재를 면할 수 있었다.

—〈이혜동진(二惠同塵)〉

화재를 막고 왕의 신변을 보호한 고승의 법력은 여왕과의 친연성과 충성의 강도를 보여 주는 일화라 할 만하다.

고승과의 교유만이 아니었다. 공주 시절부터 그녀는 춘추와 유신의 활약상과 충성심을 익히 보아 알고 있었다. 고구려의 군사 기세에 눌려 싸울 의지가 없었던 신라군을 이끌고 성을 함락시킨 그들의 용맹을 눈여겨보았다. 고구려, 백제와 잦은 전란을 수없이 치르면서 수나라와의 외교를 통해 그들을 견제하는 진평왕의 외교 전략도 놓치지 않았다.

왕위에 오르자 그녀는 화랑도의 활동을 강화하고 인재 발굴에 힘쓴다. 그녀는 자신의 권좌 양편에 김춘추, 김유신이라는 맹수를 둔다. 그리고 왕위를 두고 경쟁하던 김용춘의 아들 김춘추를 최고의 수하로 인정하고 그에게 외교 전반의 권한을 부여한다. 이것은 자칫 정적이 될 수 있는 인물을 오히려 자신의 심복으로 삼은 노련한 용병술이었다. 또 금관가야의 왕족으로 신라의 귀족에게 차별 받던 김유신을 발탁하여 군사권을 맡기는 파격적인 인사를 통해 그녀는 능력으로 인정받는 충신을 얻는다. 정적을 심복으로, 이방인을 충신으로 변모시킨 그녀의 용병술은 남성 중심 사회의 여성 통치자라는 약점을 강점으로 바꾼 '마술'이라 이를 만하다. 이와 함께 당나라와의 우호적 관계를 지속하며, 백제와 고구려를 견제한 것은 주변 국가 간의 상황 변화에 탄력적으로 대응한 뛰어난 외교 전략이었다.

그녀는 팔방미인이요, 탁월한 전략가요, 국제적 감각을 갖춘 군왕이요, 인재 등용의 귀재요, 때와 상대에 따라 굽히고 펼 줄 아는 유연한 대처 능력을 갖춘 '울트라 슈퍼 멀티 플레이어'였다. 명실공이 멀티 플레이어가 되기까지의 과정은 편견에 맞서며 성숙해지고, 강인하고 공격적인 아버지에게서 스스로 터득한 방법으로 차별화시키는 시간이었으리라. 그렇다면 그 시간을 견디어 이룬 성숙하고 차별화된 그녀의 처세술은 무엇이었을까?

여왕의 처세술 1장 : 물처럼 부드럽고 강하게

하늘을 두고 말한다면 양(陽)은 강하고 음(陰)은 부드러운 것이요 사람을 두고 말한다면 사내는 높고 계집은 낮은 것이다. 어찌 늙은 할미가 안방으로부터 튀어 나와 국가의 정사를 처리하는 것을 허락할 수 있을 것인가? 신라는 여자를 잡아 일으켜 임금 자리에 앉게 하였으니 참말 어지러운 세상에나 있을 일이었으니 나라가 망하지 아니한 것이 다행이었다. 시경에 이르기를 "암탉이 새벽에 운다." 하였고 주역에는 이르기를 "암돼지가 껑충거린다." 하였으니 어찌 경계하지 아니할 것인가?

— 〈선덕왕〉, 《삼국사기》, 권5 신라본기

김부식의 평이다. 여왕의 존재 자체를 부정하는 참으로 혹독한 발언이다.

> 너희 나라가 부인으로 임금을 삼았으므로 이웃 나라가 경멸히 여겨 주인을 잃고 도적을 불러들여 편안한 세월이 없었으니 내가 나의 친척 한 명을 보내어 너희 나라 임금을 삼겠다.
>
> —〈선덕왕〉

백제와 고구려의 잦은 침략에 대처하기 위해 당에 구원을 청하자, 당 태종이 사신에게 전한 답신이다. 난세의 원인이 여왕이라고 탓하며 임시 대리왕을 보내겠다고 한다.

김부식과 당 태종이 내뱉은 노골적인 여왕 비하 발언은 최초의 여왕이 맞닥뜨리고 이겨내야 했던 도전의 강인함과 강력함을 대변하는 것이다. 백제와 고구려, 당나라 모두가 그녀를 얕잡아보고 쉽게 대했다. 고구려의 연개소문, 백제의 의자왕, 당나라의 태종이 그녀가 맞서야 할 상대였다. 결코 만만치 않은 영웅호걸들이 그녀의 적수였던 셈이다.

그들로부터 당한 침공의 횟수를 보자. 재위 16년 동안 11차례의 전투가 있었으나 신라가 먼저 공격한 것은 재위 13년 김유신을 내세워 백제를 친 것과 재위 14년 당 태종의 고구려 원병을 보낸 것뿐이다. 재위 기간 내내 국력을 외부의 침공을 막는 데 써야 할 정도로 숨 가쁘고 벅찬 시절이었다. 말년에는 비담의 반란까지 제압해야 했으니 전쟁터를 직접 누빈 남성 군왕 못지않게 전장에 시달린 여왕이었던 것이다. 그러나 숱한 전쟁에서 그녀가 쓴 병법은 승리를 위한 전략과 패배하지 않는 손자병법 전술론의 실제같이 느껴진다. 그녀는 오늘의 적군이 내일의 아군이 될 정황을 예견하며 적의 동맹 관계를 차단하고, 적군도 아군으로 만드는 탄력적 방책을 쓴다. 백제를 견제하고자 고구려에 동맹을 건의하기도 하고, 고구려와 백제를 견제하고자 당과의 친교도 게을리 하지 않는다. 싸우지 않고 이기는 고수(高手)의 방법으로 외교적 수완을 펴고, 상대에 따라 대결의 방법을 바꾸어 간 그녀의 전술은 손자가 말한 병형수상(兵形水象)의 유연성이다.

이처럼 잦은 전쟁에 해마다 일어나는 자연재해도 만만치 않았다. 재위 2년 2월에는 서울에서 지진이 발생하고, 3년 3월에는 밤톨만 한 우박이 떨어지고, 6년 9월에는 하늘에서 누런 비가 쏟아지고, 8년 7월에는 동해 물이 붉고 뜨거워져 어족이 죽는 일이 발생한다. 이는 《삼국사기》에 기록되어 있다. 오늘날이라면 황사와 엘리뇨, 해일 등의 기상 이변과 자연 재앙으로 취급될 만한 엄청난 일들이었다. 자연재난은 왕의 부덕이나 악행의 결과로 일어난다고 생각한 당대의 인식체계에서 위의 재난은 심상치 않은 국운의 조짐으로 다가왔을 것이고, 불길한 재앙으로 여기는 민심의 동요로 이어졌을 것이다.

이 같은 어지러운 상황과 동요에 여왕은 김유신, 김춘추와 같은 출중한 군사 외교 전략가를 국방의 최전방에 세우고, 후방에서는 불사와 사탑 창건에 힘쓰면서 덕망 있는 승려들의 지도력을 이끌어 내어 수습한다. 충성과 용맹으로 무장된 신하를 뽑아 쓰고 불도에 정진하는 고승을 세상 한가운데로 끌어낸 여왕의 용병술이야말로 한 손에는 포용, 다른 한 손에는 단호의 끈을 팽팽히 쥔 외유내강의 실체였던 것이다.

적이야 무찌르면 그만이지만 신하로부터 배척당하면 여간 곤란한

게 아님을 그녀는 이미 알고 있었다. 그리하여 승패로 판가름되는 전투와는 다른 정치적 처신법을 쓴다. 여왕이라는 이유로 고립되고 배척당하고 무시당하지 않기 위해 정치적·군사적·종교적 인재를 고루 등용하고, 그들의 능력이 최대한 발휘될 수 있는 장을 열어 준다. 그녀는 현실의 힘을 지배하고 이상의 꿈을 실현하는 신비의 조정자였던 것이다.

그녀는 여장부형도 나약섬세형도 아니었다. 부드러움으로 강인함을 끌어안고, 권모술수를 쓰지 않으면서 권모술수를 제압했다. 권력지향적이지 않았으나 권력의 속성도 꿰뚫고 있었다. 그녀는 현실과 이상, 성(聖)과 속(俗), 정치와 종교, 군왕과 신하, 적과 동지 등의 이항 대립적 관계를 유연하게 허물며 소통시킨 물처럼 부드럽고 강한 존재였다.

여왕의 처세술 2장 : 정복되지 않는 여유

《수이전》에 실린 '지귀 설화'의 여왕은 한 남성의 마음이 불타 죽게 할 정도로 매력을 지닌 여인이다. 그러나 지귀는 잠재워야 할 욕망이었기에 너그러운 생명의 모태인 물로 제압하며 모성적 통치자로서의 여유와 단호함을 보인다.

뛰어난 미모와 자태의 여왕을 바라보는 주변 남성의 시선은 어떠했을까? 공주 시절부터 그녀를 흠모한 남성들은 적지 않았을 것이다. 혼담도 꽤나 있었을 것이다. 외세의 잦은 공략 앞에서 불안하고 나약해 보이는 여왕에 대한 보호 본능이 생긴 신하도 있었을 것이다. 그녀에게 다가온 사랑은 대부분 존재를 바치는 사랑이었을 것이고, 그녀는 시혜자의 입장에서 넉넉한 자존감으로 그들을 대했을 것이다. 타들어 가는 쪽은 남성이었고, 그녀는 여왕이라는 공적 위치에서 벗어나지 않았다. 하지만 그녀는 결혼을 하지 않았고, 후사도 남기지 않았다. 숱한 남성들이 그녀를 흠모하였으나 정작 그녀는 한 남성을 선택하여 사랑할 수 없었다. 만백성을 품고 다스려야 하는 군왕의 길을 그녀는 독신으로 가고자 했다. 그녀는 신라와 결혼했고, 그러기에 그녀는 외로움을 시혜자의 여유로 극복했다.

즉위 첫해에 홀아비, 과부, 고아, 자식 없는 늙은이들을 위문하고 구휼한다. 외롭고 가난한 자들에 대한 배려부터 시작한 것이다. 곧이어 신하들이 어리둥절해한 사건이 일어난다. 재위 4년에 세운 영묘사 옥문지에서 겨울에 때아닌 개구리들이 울어댄다. 모두가 기이하게 여겨 왕에게 알린다. 여왕은 여근곡에 숨어 있는 백제군을 물리치라고 군사를 내어 출정 명령을 내린다. 왕의 지시에 따라 매복한 백제군을 쉽게 전멸시킨 신하들은 승리의 기쁨보다 왕의 예견력을 궁금해한다. 자연 이변을 고하는 신하들에게 군사 전략을 내다니 놀라지 않을 수 없다. "죽은 공명이 산 중달을 쫓다."라는 《삼국지》의 대목보다 소름끼치는 놀라운 장면이다. 확실히 이 전쟁에서 보여 준 여왕의 작전 수행 능력은 천재적이다. 주변 지형에 대한 완벽한 이해에 기반한 전략과 음양오행의 천문 지리적 적용을 통해 전쟁의 승패까지도 단번에 꿰뚫어 보는 탁월한 시야로 그 누구도 넘보지 못할 군사 전략가로서의 능력을 세상에 알린 사건이다.

구체적 설명을 거치지 않은 작전 명령, 승리 후 모두가 혀를 내두를 예견의 근거 설명에는 승리에 대한 확신, 곧 여유가 숨겨져 있다.

이 같은 여유가 당 태종의 놀림에도 위축되지 않는 꿋꿋함으로 나타났고, 신라가 위기에 처했을 때는 오히려 도움을 요청하며 굽힐 줄 아는 외교 전략으로 이어졌던 것이다. 굽히고 펴는 부드러움은 상황 변화에 대응한 적절한 전술 운용의 요체이고 '여유의 외교전'이었다.

이처럼 담담한 대처와 포용에 바탕한 그녀의 처세술은 '여유'였다. 그녀의 여유는 그 누구도 그 무엇으로도 정복되지 않는 힘이요 정신이었던 것이다.

외유내강과 여유의 처세는 삶과 죽음의 경계마저도 무너뜨리고 현재와 미래의 벽도 허물었다. '지기삼사'의 마지막 사건이 바로 그것이다.

> 왕이 아주 건강할 때인데 그 신하들을 보고 나는 아무 해, 아무 달, 아무 날에 죽게 되겠으니 장사를 도리천(忉利天) 안에 하라고 당부한 것이다. 신하들은 그 도리천이 어느 곳인지를 알 수 없어 왕에게 물어보았더니 왕은 그것이 낭산의 남쪽 비탈이라고 했다. 왕이 예언했던 그 날이 되자 왕은 과연 죽었다. 신하들은 왕의 당부에 따라 서울의 남쪽 근교에 있는 낭산의 남쪽 비탈에 장사 지냈다.
>
> 그로부터 십여 년 뒤 문무대왕(文武大王)은 선덕여왕의 능 아래에다 사천왕사를 창건했다. 불경에서 사천왕천은 수미산 중턱에 있고 그 위에 바로 도리천이 있다고 한 말을 상기하고서 그제사 선덕여왕의 성령함을 알았다.
>
> —〈선덕여왕 지기삼사〉, 《삼국유사》, 기이 제1

죽음을 대하는 그녀의 태도는 소위 영웅, 최고의 권력자의 그것과는 사뭇 다르다. 생에 대한 집착에서 벗어난 해탈자의 모습이다. 세속적 권력에서 초연한 평온과, 삶과 죽음의 경계를 초월한 그녀의 자세는 남성과 여성, 성과 속, 자연과 인간, 투쟁과 평화, 귀와 천이라는 대극과 이분법적 사고를 모두 털어 낸 자의 경지를 말해 준다. 이 또한 삶의 총체성을 관조한 그녀의 여유가 아니었을까 한다.

팔방미인—시간의 단절을 넘어

파파라치라는 전문 직업인이 왕실의 일거수일투족을 카메라에 담을 정도로 여왕과 왕족의 삶은 세인의 흥미와 관심의 대상이 되고 있다. 어찌 보면 오늘날 왕과 왕족은 절대 권력자나 통치자로서의 기능은 사라진 채 오래도록 살아 있는 과거의 인물로 남아 있는 듯하다. 그런데 이미 7세기에 세 명의 여왕을 두고 왕권 통치를 해 온 우리의 경우는 그마저도 없다.

'최초'라는 접두어와 뛰어난 예지력의 소유자, 용병술의 귀재라는 평가에도 불구하고 후대의 예술에서 그녀는 통치자의 모습보다는 천민의 짝사랑의 대상이 되었던 미모의 여왕으로, 못다 이룬 애정담의 인물로 형상화된다. 사실 '지귀 설화'는 술파가라는 어부가 왕녀를 사랑한 이야기를 담은 불경《대지도론(大智度論)》의 '술파가 설화'와 거의 같은 내용으로, 불교의 포교 과정에서 민간에 유출되어 구전된 술파가 설화가 신라의 인물과 배경으로 변개된 것이어서 선덕여왕 고유의 캐릭터 창조의 핵심이 될 수는 없다.

그러나 인간사에서 남녀 관계만큼 복잡한 갈등을 야기하는 관계도 없고, 좁히기 어려운 상하의 간격까지 존재하다 보니 그것처럼 심각하고 안타까운 이야깃거리는 없을 것이다. 게다가 여왕과의 사랑은 환상과 낭만까지 불러일으키는 극적 이야기이기 때문에 여러 영역의 예술 작품으로 재창조되기에 좋은 소재였을 것이다.

원통하여 불귀신이 되어 버린 지귀의 사연은 박용숙의 소설 〈지귀정전〉에서는 숭고한 사랑의 승화로 탈바꿈된다. 지혜롭지만 실질적인 정치력에서 밀릴 수밖에 없었던 선덕여왕을 목숨을 걸고 구출해 내고 자신의 몸을 공양하여 불사에 바치는 것은 지상에서의 사랑을 완성하고 귀의하는 수도자의 자세와도 견줄 만하다.

현대시에서는 지귀와 선덕여왕의 마음을 구체화하면서 신분의 격차를 떠나 남녀의 애정에 초점을 맞추고 있다. 지귀 설화를 지귀와 선덕여왕의 염사(艶史)라 하고 그들의 만남을 '데이트'라고 표제화한 미당 서정주의 작품과, 지귀와 선덕여왕의 대화 형식으로 자신의 마음과 생각을 표출한 한민의 작품이 그러하다.

이루지 못한 사랑의 안타까움에 녹아 있을 선덕여왕의 마음을 유언과 연계시켜, 선덕여왕을 생사와 귀천을 초월한 사랑을 구현한 아름다운 연인으로 형상화한 희곡 〈탑〉 또한 격렬한 감정 폭발과 대응이라는 설화적 결말을 내면의 열정을 수용하고 승화시키는 극적 구현으로 완성시킨 작품이라 하겠다.

이렇게 '지귀 설화'를 바탕으로 하여 선덕여왕을 애정담의 주체자로 확대 변모시킨 현대 작품의 대부분에서 놓치거나 관심을 두지 않는 사각지대는 그녀의 공주 시절과 왕으로서의 통치 능력이다. 15세 공주 선덕의 삶을 일기 형식으로 들려주는 미국 소설가 셰리 홀먼(Sheri Holman)의 《선덕여왕, 별과 달을 사랑한 공주》는 첨성대 축조

선덕여왕릉. 경상북도 경주시 보문동에 있다.

라는 역사적 사실에 근거하여 천문학에 남다른 애정을 보이는 공주 덕만의 캐릭터 창조에 성공한 작품이다. '성공한 여왕' 선덕에 중점을 두어 왕재로 양육된 공주로서의 삶과 천문과 지리, 인화를 꿰고 엮은 성군(聖君)으로서의 삶을 이야기화하고, 그것을 다매체 환경에 부합한 콘텐츠로 재창조하는 시도가 필요하다.

공주, 여자라면 누구나 꿈꾸며 살아 보고픈 존재이다. 왕실이라는 특수하고도 귀한 공간에서 출생하여 성장하는 것만으로도 부러움을 넘어선 환상의 대상이기에 공주는 만화와 동화에서 여주인공의 단골 배역이었다. 그러나 그들 대부분은 수동적이고 나약한 여아였다. 영화 〈로마의 휴일〉(1953)에서부터 〈마리 앙투아네트〉(2007)에 이르기까지 숱한 영화의 주인공이었던 공주는 환상적 로맨스의 대상이며 철없고 순진한 매력녀의 이미지에서 크게 벗어나지 않는다.

그렇다면 덕만의 캐릭터에 초점을 맞추고 능동적 자아를 구현한 공주 시절 그녀의 삶을 그린 스토리텔링에 기반하여 육성 시뮬레이션 게임을 만들어 보는 것은 어떨까? 진평왕이 아버지로서 왕으로서 딸과 후계자를 길러 낸 나름의 교육 과정을 상정하고, 오늘날의 여성 지도자에게 요구되는 공적·사적 영역의 삶의 지표를 천문과 인문, 국방, 외교 영역뿐만 아니라 충과 효, 우정, 사랑 등 인간관계에서 비롯되는 긍정적 가치를 그녀의 삶에서 추출한 후 그 육성 방법과 과정을 사용자의 선택으로 결정하는 게임 시나리오의 구축이다. 1991년 일본 가이낙스사에서 제작한 〈프린세스메이커〉는 플레이어가 아버지/어머니 입장에서 딸을 프린세스로 만드는 다양한 방식을 선택하는 육성 시뮬레이션 게임이다. 완벽한 육아 과정과 다양한 교육 등이 프로그램으로 개발되고 환경과 배경을 전환하면서 5편까지 출시되고 있는데, 선덕여왕의 능력을 구체적 아이템으로 세분화하여 육성시키는 시나리오 개발에 유효한 벤치마킹 사례가 될 것이다.

또 격동의 시대를 이끈 군왕의 재위 기간에 중점을 두고 보면, 강인한 여성 대통령을 모델로 한 미국 드라마 〈커맨더 인 치프〉(2005)가 지닌 흥미 요소와는 차별화된 정치 드라마의 각색도 가능하다. 〈커맨더 인 치프〉는 45세 여성 매켄지 앨런이 행하는 대통령으로서의 공적 의무와 아내, 엄마로서의 사적 의무의 균형을 그린 정치 드라마로 슈퍼우먼 이미지가 부각된 작품이다. 여성이라는 이유로 남성 정치인들로부터 받는 음모와 무시, 지도력에 대한 언론의 비판, 테러 위협과 자연재해, 세계 각국에서 터지는 사건으로 숨돌릴 틈 없는 백악관의 24시를 그리고 있다.

대립 구도를 강인함과 단단함으로 해결하는 철인 여성과 그 행보가

서구 및 오늘날의 여성 지도자의 공통 이미지라면, 선덕여왕이 펼친 외유내강의 처세술과 여유로 표상되는 부드러움과 포용력에 남다른 예지력과 같은 신비로움은 한국적 슈퍼우먼의 이미지 탄생을 예고한다고 본다. 거기에 불을 제압하고 돌을 뚫는 유연한 물의 이미지의 선덕과 그녀를 둘러싼 당대의 인물인 연개소문, 의자왕, 당 태종, 김춘추, 김유신, 비담, 진덕여왕, 자장, 혜공 등을 아우른 거대한 인물도와 역사적 사건을 삼국 시대라는 큰 줄거리 속에 포괄하면서 각각의 독립된 이야기들을 확대 재생산할 수 있을 것이다. 대하 드라마, 영화 애니메이션 등의 선형적(線型的) 서사로의 활용뿐만 아니라 전략 시뮬레이션 게임과 같은 분산다중형 서사물로의 변형이 가능할 것이다.

한편, 오늘날의 문화 환경은 그녀를 서사의 주체로서뿐만 아니라 때로는 손안에서 때로는 눈앞에서 만날 수 있는 친근한 스타로 변신시킬 수도 있을 듯하다. 한 조사에 따르면, 여성의 시대를 알리는 여러 신호의 하나로 남성이 100퍼센트 점령한 화폐 여성 후보 1위에 선덕여왕이 올랐다고 한다. 현재 신사임당이 화폐 속 여성 인물 1호로 결정되었지만, 그 뒤를 잇는 여성으로 선덕여왕은 손색없을 것이다. 세종대왕, 율곡 이이, 퇴계 이황, 충무공 이순신 등 남성 영웅이 독점한 화폐의 인물, 부(富)를 가장 실재적으로 나타내는 화폐에 그녀가 등장한다면 우리 모두가 꿈꾸는 풍요가 이루어질 것이다. 그녀의 빛나는 예지력을 내세운다면 금융권 마케팅 최고의 모델도 될 것이다.

동양의 운명 예측술인 천문과 역법, 음양오행을 근간으로 하여 상대의 의도를 훤히 꿰뚫고, 자신이 죽을 날까지 미리 예언한 그녀의 신통력도 세계 경제의 기상도를 읽고 투자를 한다면 백발백중의 성공이 보장될 것이니 화폐의 모델뿐만 아니라 보험과 증권의 광고 모델로도 손색이 없을 존재로 부상할 것이다. 선덕여왕은 과거 역사 속 인물이 아니라 삶의 굽이굽이에 복병처럼 숨겨진 난제를 풀어 갈 지혜와 처세의 열쇠를 오늘날의 우리에게 전해 주고, 또 아날로그와 디지털 매체 환경을 자유롭게 넘나들며 끊임없는 부가가치를 창출해 낼 최고의 인물임에 틀림없다.

신선희 장안대학교 디지털 문예창작과 교수. 고전 서사문학을 주 대상으로 하여 다매체 시대의 스토리텔링 구현 양상으로 연구의 방향을 넓히고 있다. 《우리 고전 다시 쓰기》, 《고전 서사문학과 게임 시나리오》, 《디지털 스토리텔링과 고전문학》 등의 저서가 있다.

5

순수남을 영웅으로 만든 자주녀

이동근

평강공주

공주의 신분을 벗어던지고 평민의 삶을 살다 스스로의 힘으로 공주의 영예를 회복하는 여성. 신분에 관계없이 자신의 삶을 스스로 개척해 나가고, 지혜와 자기주도적 실천력을 구비했다.

〈온달〉은 김부식이 편찬한《삼국사기(三國史記)》열전 권5에 실려 있다. 엄밀히 말해 김부식은 작가라기보다 전하는 자료를 편찬한 사람이다. 그렇지만 전하는 자료를 선별하고, 정리 후 중간 중간에 논찬을 덧붙인 점을 고려하면 찬자의 편찬 의식을 엿볼 수 있다. 김부식은 열전에 온달을 편입할 때 신분이 상승한 온달과 아버지의 그늘에서 벗어나 주도적으로 자신의 인생을 꾸려 나가는 평강공주를 부각하기보다는, 대형(大兄)이란 안정되고 편안한 벼슬에 올랐음에도 불구하고 또다시 국가의 당면 과제인 잃어버린 고토를 회복하기 위해 최전방 지휘관을 자청하고, 결국 전투 중 전사하는 온달의 애국하는 영웅적 면모에 관심을 두었던 것으로 볼 수 있다. 그런 점에서 열전의 전체적 내용 전개는 평강공주가 주도하고 있지만, 제목을 '온달'이라고 한 것으로 짐작된다.

"아버님께서 항상 저에게 말씀하시기를 너는 커서 온달에게나 시집가거라 하셨는데 이제 와서 무슨 까닭으로 말씀을 바꾸십니까? '시정의 필부도 거짓말을 하지 않는다.' 는 말이 그래서 나온 것 아니겠습니까? 오늘 상부 고씨에게 시집가라 하신 아버님의 말씀이 잘못되었으므로 소녀는 감히 따르지 못하겠습니다."

—〈온달〉, 《삼국사기(三國史記)》 열전

온달과 평강공주, 누가 주인공인가

온달과 평강공주 이야기는 김부식이 편찬한 《삼국사기》 열전 〈온달〉 조에 수록되어 있다. 김부식은 과연 온달과 평강공주를 어떤 인물로 생각하고 열전에 편입시켰던 것일까?

논찬(論贊)은 역사를 서술한 신하〔史臣〕의 의견을 나타낸 사론(史論)이라는 점에서 주목할 필요가 있다. 《삼국사기》에서는 논과 찬을 따로 나누지 않고 모두 논이라 하였다. 신라 본기 10축, 고구려 본기 7축, 백제 본기 6축, 열전 8축 등 모두 31축의 논찬이 실려 있는데, 내용은 대개 예법 준칙, 유교적 덕치주의, 군신의 행동, 사대적 예절 등이다. 아쉽게도 온달에는 논찬이 없다. 그러나 행적부의 내용만으로도 입전 의지가 충분히 드러났기에 논찬을 생략한 것으로 볼 수 있다. 그러면 행적부에 드러난 김부식의 입전 의식은 무엇일까?

먼저, 온달이 충신과 장수들을 집중적으로 입전한 권 5에 실려 있다는 점을 주목할 필요가 있다. 온달에 관한 이야기는 평강공주와 평원왕의 갈등을 인상적으로 담고 있지만, 김부식의 관심은 평강공주가 아닌 '나라를 위해 충성을 다한 장수' 온달에게 있었다. 그는 사냥과 전투에서 항상 선두에 섰고, 대형(大兄)이란 안정되고 편안한 벼슬에 올랐음에도 불구하고 국가의 당면 과제인 잃어버린 고토를 회복하기 위해 최전방 지휘관을 자청하였으며, 결국 전투 중에 자신의 귀한 목숨을 내놓았다. 바로 이 부분에 주목하여 김부식은 그를 충신과 장수의 인물 열전 속에 편입시켰던 것이다. 〈온달〉조에 담긴 이야기가 실질적으로 평강공주를 주도적 인물로 삼아 전개되고 있음에도 제목을 '온달'이라고 한 것은 이 때문일 것이다.

김부식의 편찬 의식은 《삼국사기》를 다 지은 후 인종에게 바치면서 올린 〈진삼국사표(進三國史記表)〉에도 잘 나타나 있다.

> 고기(古記)는 문장이 거칠어 뜻이 통하지 않고 사적(事跡)이 빠져 없어졌으므로, 이로써 임금의 착함과 악함이든지, 신하의 충직함과 간사함이든지, 국가의 편안함과 위태함이든지, 인민의 다스려짐과 어지러워짐을 모두 드러내어 뒷사람들에게 권장하고 경계를 할 수는 없게 되었습니다.
>
> — 김부식, 〈진삼국사표〉

위와 같은 표문에서 알 수 있듯이, 신하의 충성스러움과 사악함의 기준에서 볼 때 온달은 한마디로 애군(愛君)·애국(愛國)의 전형적인 장수요 신하이다. 이러한 맥락에서 한때 한 여성의 힘으로 출세의 길로 도약한 설화적 인물 '바보 온달'은 당당히 충신열사의 '열전' 속에 그 이름을 올려 놓게 되었던 것이다.

재미있는 사실은 이러한 인식이 단지 봉건시대 지식인에게만 국한되지 않는다는 사실이다. 지방자치단체에 의해 성대하게 개최되고 있는 온달 축제의 기본 화두 또한 '나라를 위해 신명을 바친 충성의 인물'을 기리는 것이다. 평강공주는 그 온달을 옆에서 보조하는 그림자와 같은 '짝'일 뿐이다.

하지만 김부식의 편찬 의식과 그것을 계승하려는 온달 축제의 기본 화두가 이렇다고 할지라도, 이야기가 전하고 있는 진실을 새로운 차원에서 다시 살펴볼 필요가 있다. 온달이 존재할 수 있었던 것은 평강공주가 있었기 때문이다. 최소한 그들을 동등한 짝으로서 나란히 다룰 때 그들의 존재가 갖는 의미망이 드러날 수 있다. 이것이 〈온달〉조의 기사에 대해 평강공주를 축으로 한 논의를 펼치려 하는 이유이다.

신분 상승자와 주체적 여성

대부분 독자는 작품 그 자체에서 주인공의 성격과 주제를 도출한다. 그들은 작자는 누구인지, 어떤 목적을 가지고 창작했는지, 작품의 시대적 배경은 어떠한지에 대하여 별로 관심을 가지지 않는다. 여기서는 이렇게 이야기를 순수하게 이야기로 받아들이는 평범한 독자의 입장에서 온달 이야기의 서사적 맥락을 살펴보고 인물의 성격을 도출해 보는 것도 의미 있는 일일 것이다.

온달 이야기의 내용 가운데 온달과 평강공주의 인간적 면모를 잘 드러내 주는 특징적인 면을 집약해서 순차적으로 제시하면 다음과 같다.

온달 1 : 얼굴은 추남이지만 눈먼 어머니를 지극 정성으로 봉양하는 심성 고운 효자

평강공주 1 : 어릴 적에는 불평불만이 많은 울보였지만, 나름대로 삶의 기준을 정립한 합리적 여성

평강공주 2 : 경우에 따라서는 부모와의 인연까지 끊겠다는 결단력과 경황이 없는 순간에도 사리 분별력이 있는 지혜로운 여성

온달 2 : 공주가 찾아와 아내가 될 것을 바라니 화를 내면서 가까이 오지 말라고 하는 고지식한 사나이

온달 3 : 공주가 자초지종을 자세히 설명하였는데도 결정을 내리지 못하고 우물쭈물하는 우유부단한 사나이

평강공주 3 : 결혼을 거부하는 온달 모자를 합리적인 이유를 들어 설득하는 사리 분별력이 있는 지혜로운 여성

평강공주 4 : 병든 말을 사 오게 하여 건장한 말로 길러 내는 문제 해결력이 있고 궂은 일도 마다하지 않는 억척 여성

온달 4 : 사냥 대회에서 탁월한 실력을 보여 준 무예가 뛰어난 사나이

온달 5 : 외적의 침입을 물리친 용맹이 뛰어난 무인

온달 6 : 고토를 회복하기 위해 전장에 나가 싸우다 전사하는 위국헌신의 장수

평강공주 5 : 움직이지 않는 온달의 관을 어루만지며 달래는, 극한의 순간에도 평정심을 잃지 않는 여성

위와 같이 남녀 주인공을 분석해 볼 때 온달의 성격은 추남, 효자, 완고, 우유부단, 무예 출중, 용맹, 충정 등으로 집약되며, 이를 다시 한마디로 정리하면 '훌륭한 장수의 덕목을 구비한 군사 영웅'이라고

할 수 있다. 하지만 역시 빈한한 가정에서 태어나 정략 결혼에 의해 '개천에서 용이 난' 측면이 독자의 관심을 사로잡는다고 할 수 있다. 한편 평강공주의 성격은 합리적, 결단력, 사리 분별력, 강인함, 침착성, 지혜 등으로 집약되며, 이를 한마디로 정리하면 '지혜와 실천력을 구비한 적극적인 여성'이라고 표현할 수 있다.

여기서 볼 때 전반부 온달은 심성은 곱지만 약간 고지식하고 우유부단한 인물이었는데, 후반부 평강공주를 만나서 비로소 잠재해 있던 무인적 기개와 용맹성을 드러낼 수 있었다. 그것은 바로 '병든 국마를 정성껏 사육하여 사냥터로 내보낸' 평강공주의 공에서부터 비롯되었다. 이상과 같은 점에서, 이야기 자체에 충실해서 판단할 경우 작품명 '온달'은 '평강공주'로 바뀌는 것이 이치에 합당하다.

평강공주가 전해 주는 의미

문학에 대한 시대적 평가란 당연히 작품에 기술된 내용에 근거해야 한다. 단지 이제까지 주목하지 않았던 사실에 착안하여 시대적 의미를 부여하는 작업을 시도해야 한다. 우리가 살고 있는 이 시대의 특징과 과제는 접근하는 사람마다 다를 수 있는데, 필자는 성별과 사회윤리에 입각하여 남녀평등의 사회, 개인주의의 팽배, 결혼관의 변화, 여성의 사회적 진출 증대, 국가관의 위기 등을 들고자 한다. 이러한 다섯 가지 관점에서 평강공주가 어떤 미래 지향성을 보여 주었는지 알아보자. 온달의 연고지이기도 한 영월군 영춘면의 이야기꾼 우계홍이 구연한 것을 윤수경이 정리한 〈온달 이야기〉를 기본 텍스트로 삼아서 이야기를 전개하기로 한다. 김부식의 〈온달〉을 넘어서 주목할 만한 창조적 해석과 시대적 의미 부여와 화자의 창조적 해석이 이루어진 점에 주목한다.

첫째, 현대가 양성 평등의 사회란 점에서 볼 때 무능한 남자를 대신하여 모든 가정사를 해결해 나가는 평강공주의 활약상은 오늘날 우리에게도 시사하는 바가 크다. 평강공주는 신분이 낮은 남성에게 먼저 결혼을 제의한다. 그녀는 곤궁한 생활에서 벗어날 수 있는 아무런 방도가 없는 상황에서 호구지책은 자신이 마련하고, 온달에게는 남자가 출사할 수 있는 유일한 길인 무예와 학업에 전념하게 한다. 어느 것 하나 평강공주가 주도하지 않는 것이 없다.

> 오늘부터는 집안 걱정은 조금도 하지 말고 열심히 학문과 무예를 닦아야 합니다. 무예에 어둡고 배움이 없으면 아둔하고 잔꾀에 넘어가기 쉽고, 학문만 있고 무예가 없으면 사리 분별함이 물에 물탄 것 같아서 끊고 맺음이 없습니다. 그러니 서방님은 오늘부터 글공부, 활쏘기, 말타기, 창 던지는 방법을 시간을 정해 놓고 하셔야 합니다.
>
> — 우계홍 구연, 〈온달 이야기〉, 《단양팔경 가는 길》, 221쪽

그러나 온달이 춘삼월 삼일 낙랑의 언덕에서 수렵할 때 무예를 인정받고, 이어서 후무제군과의 격전에서 공을 세운 후에는 평강공주의 내조가 보이지 않는다. 이는 여러모로 부족했던 남편이 관계(官界)에 진출하여 스스로의 능력으로 공직 생활을 하게 되자, 이제는 가정주부로 돌아가 가정사에만 전념하는 현숙함을 보이는 것으로 평가해도 좋을 것이다.

둘째, 결혼관의 변화란 점에서도 평강공주가 온달을 선택하는 과정은 오늘날의 시각에서도 파격적이라고 할 만하다.

> "나 같은 평민과 결혼하여 후회하지 않을까요?" 하고 온달이 묻자 "지금부터 학문과 무예를 익힌다면 얼마든지 대성할 수 있습니다."라고 공주가 말하였다. "다른 사람들이 나보고 바보 온달이라고 하는데 공주는 왜 하필이면 바보한테 시집오려는 거예요?"라고 하자, "서방님이 왜 바보입니까? 바보라고 부르는 사람이 바보이지요. 늙으신 어머님 봉양 잘 하고, 맡은 일 열심히 하고, 남 해롭히지 않는 착한 분이 왜 바보입니까?"
>
> — 우계홍 구연, 〈온달 이야기〉, 221쪽

원전에서는 평강공주가 가출한 이유가 단순히 '임금은 자신이 한 말에 책임을 져야 한다.'는 논리에 따른 것으로 되어 있지만, 위의 예문을 보면 실제로는 평강공주가 온달이 신분이 낮을 뿐 결혼 상대자로서 훌륭한 신랑감임을 잘 알고 스스로 선택한 것임을 알 수 있다. 따라서 평강공주는 사회적 조건을 고려하지 않고 함께 살 사람을 자신이 선택한다는 뚜렷한 결혼관을 가진 여성이라고 할 수 있다.

셋째, 여성의 사회 진출 증대란 점에서 자발적으로 출궁하여 온달의 영혼을 위무하는 순간까지 평강공주의 역동적 활약상과 때에 따른 냉정함은 무한 경쟁 시대를 살아가는 이 시대 여성들의 귀감이라 할 수 있다.

> "철부지일 때 너의 울음을 달래려고 아무 뜻 없이 한 소리이거늘, 어찌

하여 이 아비의 속도 모르고 온달에게 시집가려 하느냐."라며 성난 목소리로 질책을 하였다. 그러나 공주는 일반 백성도 언약을 지키는 것이 하나의 관례인데, 군왕이 실언하였다는 것은 용인될 수 없다고 하면서 (중략) 아버지의 심기를 더 이상 불편하게 하고 싶지 않아 궁궐을 떠날 결심을 하였다.

— 우계홍 구연, 〈온달 이야기〉, 219쪽

영국의 에드워드 8세는 이혼녀인 심슨 부인을 아내로 맞이하기 위하여 왕위까지 버렸지만, 평강공주는 평민 남성을 남편으로 맞이하기 위하여 공주의 직위를 버렸다. 이는 에드워드 8세보다 더 고뇌에 찬 결정이었다고 생각된다.

누군가 원혼이 서러워서 못 떠나는 것이니 평강공주를 불러 모시고 가야 한다고 했다. 며칠 후 온달산성 아래에서 평강공주가 온달장군의 관을 부여잡고 "이제 죽고 삶이 결판났고 서로가 갈 길이 다른데 이렇게 하면 어쩌란 말입니까?"라고 하자 관이 떨어져서 장사를 지냈다.

— 우계홍 구연, 〈온달 이야기〉, 225쪽

일부 구비 전설에 따르면 평강공주가 온달의 관을 부여잡고 통곡을 하였다고 되어 있지만, 원전과 우계홍의 구전에는 평강공주가 매우 냉정하게 온달의 혼을 위로하는 것으로 되어 있는 점에 주목하고 싶다. 한 인간으로서 뜻하지 않게 생을 마감하는 것은 비극적인 일이지만, 삼국 시대 무장들의 경우 전장에서 전사하는 것을 개인적으로나 가문의 입장에서나 명예롭고 영광스런 일로 생각했던 것 같다. 이런 점에서 속으로는 어땠는지 몰라도 겉으로는 장군의 부인으로서, 또한 일국의 공주로서 남편의 죽음을 경건한 마음으로 받아들인 것으로 생각된다.

오늘날은 양성 평등이 요구되고 여성의 사회적 역할이 강화되고 있다. 여성들은 남성들과 대등하게 사회에 참여하도록 요구된다. 그러기 위해 가장 필요한 것은 지혜와 독립적 사고라 할 수 있다. 바로 평강공주가 실현해 보인 미덕이다. 자주성을 가지고 온갖 역경을 헤쳐 나가는 귀감이 될만한 역사 속 여성으로 평강공주만 한 인물을 다시 찾기 어려울 것이다.

먼저 적극성의 측면에서 볼 때 평강공주가 스스로 궁을 뛰쳐나온 사실을 강조하지 않을 수 없다. 그 배경에 대하여는 여러 가지 해석이 있지만, 문맥상으로 본다면 남아일언중천금(男兒一言重千金)을 실천하지 못한 국왕(아버지)에 대한 질타적 행위요, 아버지가 자책하지 않으면 자신이라도 책임을 지겠다는 행위이다. 바보 온달에 대한 소문이 궁중까지 전해졌던 것을 보면, 평강공주는 온달이 겉으로는 바보스럽지만 잠재 능력을 가진 순수한 총각임을 이미 알고 있었을 것이다. 온달의 어머니가 가난하여 귀인을 며느리로 맞아들일 수 없다고 하자, "한 말의 곡식도 방아를 찧어 가족의 허기를 메울 수 있고, 한 자의 천도 마름질하여 생활용품으로 만들 수 있다."는 고사를 인용하면서 가난이 문제가 아니라 합심하여 가난을 극복하려는 마음을 갖는 것이 중요하다고 적극적으로 설득한다. 온달과 결혼한 후 평강공주는 공주가 아니고 평민에 가까운 생활을 한다. 그것은 수척(瘦瘠)한 국마를 사다가 다시 준마로 만드는 과정에서 여실히 드러난다. 신라와의 국경 지대에서 전투 중 사망한 남편을 위무하기 위해 천 리 길을

〈목마도(牧馬圖)〉(작자미상). 옛 말 목장의 모습을 그린 그림

멀다 하지 않고 달려온 아내로서의 평강공주 역시 보통 여자와는 거리가 멀다.

다음으로 지혜의 측면에서 볼 때 평강공주는 지혜의 화신이라고 해도 부족함이 없다. 그녀의 행동은 처음부터 끝까지 지혜로 점철되어 있다. 출궁할 때 무작정 궁을 나온 것이 아니라 궁 밖에서의 궁핍한 생활을 예견하고 팔뚝에 금과 보석을 감고 나온다. 또한, 평강공주는 부족 국가 시대 특출한 능력을 가진 무사가 우대를 받을 것이고, 출중한 무사가 되기 위해서는 당연히 특출한 말이 필요하다는 것을 예견하고서는 말을 살 때 온달에게 반드시 전쟁에 동원하는 국마 중에서 병들어 내다 파는 말을 사 오도록 신신당부한다. 낙랑의 언덕에서 사냥할 때나, 후무제군 또는 신라군과의 전투에 나갈 때 냉정하다고 할 정도로 그녀는 남편에게 아무런 말도 건네지 않는다. 그녀는 온달이 만에 하나라도 부마로서 허세를 부린다면 그 순간 남편의 존재 가치가 추락할 것이기에 평범한 군사로서 행동하도록 냉정함을 잃지 않았다.

필자는 이상과 같은 적극성과 지혜를 통틀어 평강을 '자주녀'라고 칭하고자 한다. 양성 평등 사회에서 말로만 평등을 주장하는 페미니스트가 아니라, 사회 활동의 모든 측면에서 주어진 역할을 대등하게 수행해 나가는 '자주녀'가 되기 위해서는 자신의 인생은 스스로 개척해 나간다는 독립 정신과 모든 난관 앞에서 순간순간 지혜를 발휘하여 효과적으로 대처해 나가는 슬기가 필요하다고 할 것이다. 이런 점에서 평강공주는 현대 여성들에게 귀감이 될 만한 인물이다.

현대 문화 속의 온달과 평강

단양 지역에서는 현재에도 온달의 설화가 구전되고 있다. 단양이 온달의 연고지임을 확인한 단양군은 1996년 이래 매년 온달 문화 축제를 통하여 온달의 사적을 기리고 있다. 이제 전통 캐릭터의 현대적 계승이라는 문제와 관련하여 온달 문화 축제에서 재창조하려는 온달과 평강공주상은 무엇인지, 단양군의 캐릭터로 채택된 온달과 평강공주 캐릭터의 정체성에 대해 살펴보고자 한다.

단양군에서는 온달장군의 넋을 기리기 위해, 매년 10월 온달 문화 축제를 성대히 개최하고 있다. 이 축제는 단양군 영춘면 온달 관광지를 주 무대로 하여 단양군 일원에서 이루어진다. 온달 축제는 온달과 평강공주의 전설 재현과 고구려의 문화 전통 계승을 통한 군민의 자긍심 고취와 화합, 그리고 관광 경제 활성화를 도모한다는 목적을 가지고 있다. 주요 행사를 열거해 보면 온달장군 승전 행렬, 온달장군 선발 대회(씨름, 창 던지기, 산성 밟고 오기), 온달장군배 전국 검도왕 선발 대회, 온달과 평강 학생 백일장, 고구려 복식 패션쇼(고구려의 혼), 온달장군 윷놀이 대회, 온달장군 추모제, 온달장군 진혼굿 등을 들 수 있다.

이창식은 온달 문화 축제가 개인적 차원에서는 질 높은 정신적 삶의 추구를, 사회적 차원에서는 단양 지역민의 동질성 회복을 목적으로 한다고 하였다. 그러나 이들 행사의 면면을 살펴보면 행사의 정신이 무엇인지 드러나지 않는다. 단순히 이 지역과 관련이 있는 역사적 인물을 대상으로 하는 축제일 뿐 축제의 정신을 찾아보기 어렵다. 일정 기간 지역민이 먹고 노는 데 그치는 축제에 가깝다. 축제가 온전히

온달이 신라와의 마지막 전투에서 전사했다고 전해지는 단양의 온달산성

살아나기 위해서는 그 정신이 분명해야 한다. 예컨대 '온달과 평강 학생 백일장'은 온달 정신의 요체를 분명히 제시한 후 그 정신을 계승할 수 있는 백일장이 되도록 해야 할 것이다.

현재 온달 문화 축제가 내건 정신은 온달의 상무 정신 함양과 추모 정도로 국한되고 있는데, 이것만으로는 미약하다. 온달이 이 지역과 연고가 있는 인물이라는 점만 가지고는 영광된 조상의 후손이니 지역 공동체에 대한 자긍심을 부여하기 어렵다. 온달 정신 전승의 의미 맥락을 더 깊이 이해하고 그것을 폭넓게 살리기 위한 노력이 필요하다.

현재 단양군에서 개발하여 사용 중인 온달과 평강공주 캐릭터가 있다. 단양군은 그 캐릭터에 대해 "단양군의 상징으로 고구려의 기상을 물려받은 강하고 충직한 '온달'과 현대 여성으로서의 역할을 제시하는 '평강'을 주인공으로 한 캐릭터이다."라는 설명을 제시하고 있다. 단양군에서는 진취적 무인 기질에 바탕을 둔 온달의 충성심과 평강공주의 자기 주도적 실천력 및 이를 뒷받침하는 지혜를 강조하고 있는 것으로 보인다. 이 가운데 평강공주에 대한 성격 규명은 약간 파격적인 면이 있다. 전통적 유교 윤리를 넘어선 평강공주를 현대의 생활 윤리를 현시한 인물로 선양하고 있으니 말이다.

하지만 이와 같은 단편적이고 추상적인 설명만으로는 미흡하다. 그러한 의미가 생활 속에 발현될 수 있도록 하는 구체적인 노력이 필요하다. 많은 비용을 들여 거행하는 온달 문화 축제의 경우만 하더라도 그러하다. 현재 축제의 프로그램 중에는 '평강공주'에 초점을 맞춘 행사가 거의 포함되어 있지 않다. '온달의 충성심'에 주안점을 두고 있으며, 그나마 그 정신을 살려 내기에는 미흡하고 거친 행사들 일색이다. 그 축제의 의의를 제대로 발현하기 위해서는 온달의 공적이 평강공주와 함께 이룩해 낸 것임을 바로 인식하고 두 사람을 공동의 주인공으로 삼아 프로그램을 재정비할 필요가 있다. 특히 자신의 삶을 주체적으로 개척한 자주적 인물로서 평강공주가 지니는 가치를 온전히 발현하는 데 힘써야 한다.

이상 지역의 축제를 한 사례로 살펴보았지만, 온달과 평강공주는 특정 지역에 국한되지 않고 오늘날의 한국인 모두에게 큰 의미를 전해 줄 수 있는 인물이다. '온달 콤플렉스'나 '온달형 인물'이라는 말이 보편적으로 쓰이고 있는 상황이다. 다만 그 명칭에서도 '온달'만이 내세워지고 있음은 아쉬운 점이다. 현대적이고 미래 지향적인 전형으로서 '평강공주형 인물'의 설정이 충분히 가능하다고 생각한다. 현대의 삶과 문화 속에 아름답고 씩씩한 한국인의 진정한 공주 '평강공주'의 정신이 널리 살아날 수 있기를 기대한다.

이동근 대구대학교 국어국문학과 교수. 한국한문학, 그 중에서도 조선 후기 전과 실기문학에 대하여 연구해 왔으며, 현재는 《삼국유사》와 《삼국사기》 소재 한문학 작품에 대하여 관심을 가지고 연구하고 있다. 대표 논저로는 〈조선후기 실존인물의 사전연구〉, 《삼국시대 한문학 연구》, 《한국고수필강독》 등이 있다.

6

온실의 꽃에서 사막의 숲으로

이경하

당금애기

고귀한 품성을 지닌 순진한 처녀였으나 혼전 임신으로 집에서 쫓겨나 '아비 없는 자식'을 기르는 시련을 겪으며, 순진한 처녀에서 사랑을 알고 자신의 행동에 책임을 질 줄 아는 당당한 여인으로 성장한다. 운명에 순응하는 듯하지만 묵묵히 자신에 주어진 책임을 다하는 성실함과 시련을 이겨내는 인내력을 갖추었다.

당금애기는 한국의 대표적인 서사무가인 〈당금애기〉의 여주인공이다. 작품의 제목은 〈당금애기〉 외에 〈제석본풀이〉, 〈초공본풀이〉 등 지역에 따라 차이가 있으며, 여주인공도 당금애기, 당고마기, 서장애기, 상남아기, 제석님 맏딸아기 등으로 달리 불린다. 남주인공의 이름 역시 중, 시준님, 석가, 또는 황금사 화주승, 청금산 청에중 등으로 다양하다. 〈당금애기〉는 제석굿에서 불리던 무가로서 무속의 생산 수호신 신화라고 할 수 있다. '당금'은 곡신(谷神)으로 지신(地神)을 의미하며, 남주인공은 스님으로 설정되어 있지만 불교 사상과는 무관한 천신(天神)의 성격을 가진다. 부계 신과 모계 신의 결합으로 새로운 생명이 탄생되는 것이 〈당금애기〉의 핵심 서사이다. 잉태와 출산의 과정에서 여주인공이 겪는 시련이 굿판에 참여하는 보편적인 여성들의 경험을 대변한다는 점에서, 이 작품의 주요 향유층은 전통 사회의 여성들이었다고 할 수 있다.

당금애기가 하는 말이

"아이고, 스님요, 아이고, 스님요, 해가 졌으니 어서 가시오."

그 소리를 듣더니만 스님의 거동 보소.

"아기씨요, 아기씨요, 어디를 가랍니까. 유수같이 흐르는 밤에 하룻밤만 유해 갑시다."

"앞문에 옥단춘아, 뒷문에 매상금아, 아버님 주무시는 방에 들어가서 자리를 봐 드려라."

아이고, 스님이 하는 말이

"아기씨요, 아기씨요, 아버님 주무시는 방 안엔 노린내가 나서 못 자겠소."

"어머님 주무시던 방 안에 자리를 봐 드려라."

"어머님 주무시던 방 안엔 아홉 형제 낳느라 비린내가 나서 못 자겠소."

"아홉 형제 오라버니 주무시던 방 안에 자리를 봐 드려라."

"아홉 형제 오라버니 주무시던 방 안엔 땀내가 나서 못 자겠소."

"그러면 딱한 스님요, 딱한 스님요, 봉당에서 자고 가시오, 빈방에서 자고 가시오, 마루 방안에서 자고 가시오, 부엌에서 자고 가시오, 정자에서 자고 가시오, 마당에서 자고 가시오."

당금아기씨가 이렇게 저렇게 말을 한다. 시준 스님은 그 소리 들은 체도 아니하고,

"아기씨요, 삼한의 당금아기씨요, 그 소리 저 소리 마시고 아기씨 자는 방안에 하룻밤만 유해 갑시다. 인물 병풍을 둘러치고 물색을 떠다가 판에다 받쳐 놓고, 병풍 안에는 당금아기씨 자고, 병풍 밖에는 스님이 자고 갑시다. 하나도 안 건드리고 자겠습니다."

— 김유선 구연, 〈당금애기〉, 《당금애기 전집》 2, 332~333쪽

인도의 샤쿤탈라, 한국의 당금애기

인도의 유명한 문학작품 가운데 〈샤쿤탈라(Sakuntala)〉라는 희곡이

있다. 산스크리트로 된 이 작품은 4~5세기에 활동했던 시인이자 극작가인 칼리다사가 지은 것으로, 인도의 전 시대를 통틀어 최고의 걸작으로 손꼽힌다. 사랑의 전원시로 불리는 이 작품은 칼리다사가 고대 인도의 전설에서 소재를 취해 재창조한 것이라고 한다. 이 전설의 핵심은 도프샨타 왕과 요정 샤쿤탈라의 사랑과 이별, 홀로 남은 샤쿤탈라의 임신과 출산, 그리고 둘 사이에서 태어난 아들을 비롯한 세 가족의 재회이다.

인도에 샤쿤탈라가 있다면, 한국에는 당금애기가 있다. 순진한 처녀가 사랑에 빠지고 그 결과로 새 생명을 잉태하지만, 사랑하던 연인은 어떤 이유에서인지 떠나 버린다. 홀로 남은 여인은 아들을 낳아 기르며 온갖 시련을 겪고, 아이가 자라 아버지를 찾을 무렵 옛 연인을 다시 만나게 된다. 떠났던 연인이 그 아이를 자신의 아들로 인정하면서 우리의 여주인공은 그동안의 고단한 삶에 대한 보상을 받는 것이다. 이처럼 사랑에 웃고 울며, 사랑의 결실인 잉태와 출산으로 인해 시련을 겪다가, 다시 그로 인해 자신의 존재 가치를 인정받게 된다는 점에서, 샤쿤탈라와 당금애기는 많은 점이 닮았다.

당금애기의 첫사랑은 흔히 '스님'으로 설정된다. 여기서 스님은 단순히 파계한 중이 아니고, 앞을 내다보는 혜안도 있고 도술도 부리는 고승이다. 그런 스님이 고귀한 집안에서 곱게 자란 당금애기에게 접근해, 부모 형제가 외출하고 없는 틈을 이용해서 하룻밤 유혹하고는 떠나 버린다. 당금애기의 잉태 사실이 가족에게 알려지면서 집안은 발칵 뒤집히고, 당금애기는 깜깜한 굴속에 감금된 채 아들 세쌍둥이를 낳는다. 성장한 아들들은 아버지를 찾아 나서고, 스님은 자신을 찾아온 아들 형제가 제 혈육임을 확인하는 시험을 한다. 결국 세 아들과 당금애기는 아버지와 남편으로부터 존재를 인정받고 신직을 부여 받는다는 것이 당금애기 서사의 결말이다.

흔히 〈당금애기〉 서사는 여성 수난의 전형이라고 하는데, 당금애기나 샤쿤탈라가 겪는 시련의 핵심은 사랑하는 사람과의 이별이라기보다 사랑의 결실인 새 생명을 홀로 낳고 기르는 과정에 있다. 사실 이러한 여주인공의 서사는 과거 오랫동안 사랑 받았고, 현재에도 지속되고 있다. 현실 속에서뿐만 아니라 소설과 드라마, 영화 등에서 끊임없이 재생산되고 있는 것이다. 지루할 수도 있는 그런 이야기가 동서고금을 막론하고 계속해서 반복 재생산되는 이유는 도대체 무엇일까? 과연 현대에도 미래에도 당금애기는 매력적인 캐릭터일까?

순진한 처녀의 혼전 임신

당금애기는 고귀한 집안에서 태어난 어여쁜 여자 아이이다. 위로 아들 형제 아홉을 두고, 그 부모가 치성을 드려 얻은 고명딸이다. 귀한 집안에서 어렵게 얻은 막내딸인 만큼, 부모와 오빠들은 당금애기를 금이야 옥이야 소중하게 여긴다. 당금애기는 선량한 품성을 타고나기도 했지만, 가족의 보호 속에 더욱 세상 물정에 어두운 순진한 아가씨로 자란다.

순진한 처녀가 비운의 여인으로 변모하게 되는 것은 사랑에 눈을 뜨면서부터이다. 부모와 오빠들이 모두 집을 비운 어느 날, 당금애기는 시주를 핑계로 접근하는 스님의 유혹에 자기도 모르게 넘어간다. 순진한 처녀가 남자의 말을 곧이곧대로 믿고 따르다 덜컥 임신까지 하게 된 것이다.

시주를 청하는 스님에게 당금애기는 부모님이 계시지 않는다고 거절하지만, 스님은 굳게 잠긴 대문을 도술을 써서 연다. 당금애기는 얼른 시주를 주어 보내려 하지만, 스님은 시주 받은 쌀을 슬쩍 쏟아 버리고 시간을 지체한다. 시주 쌀은 함부로 쓸어 담으면 안 되니, 젓가락으로 정성스럽게 한 톨 한 톨 주워 담으라면서 말이다. 그러는 사이에 해는 지고, 스님은 자고 가기를 청한다. 그리고 넓은 집에 그 많은 빈방을 두고, 유독 당금애기의 처소에서 자고 가겠노라 우긴다. 스님의 이런저런 핑계에 순진하게 속아 넘어간 당금애기는 결국 스님과 한방에서 동침을 한다. 세상 물정에 훤한 스님은 당금애기를 능수능란하게 다루며, 구렁이 담 넘어가듯 그렇게 그녀를 취한다.

당금애기는 워낙 미모가 뛰어나다고 소문이 나 있었다. 하지만 귀한 집안의 아리따운 규수에게 아무나 접근할 수는 없었다. 당금애기에 관한 소문을 들어서 알고 있던 스님은 내기까지 걸고 그녀에게 접근했던 것이다. 소기의 목적을 달성한 스님은 아들 쌍둥이를 낳을 거라는 예언만 남긴 채 미련 없이 그녀를 떠난다.

요컨대 당금애기는 몸도 마음도 다 준 첫사랑에게 버림을 받은 신세가 된다. 게다가 뱃속에는 새 생명이 자라고 있다. 별 또는 구슬 세 개가 당금애기 치마에 떨어지는 꿈을 꾸었으니, 세쌍둥이를 낳을 징조이다. 스님은 그렇게 해몽을 하고 떠나는데, 각편에 따라서는 세 아들의 이름을 지어 주기도 한다. 스님에 대한 당금애기의 감정이 어떠했는지 구체적으로 드러나는 경우는 매우 드물지만, 어떤 각편에서는 당금애기가 떠나 버린 임을 그리는 노래를 부르기도 한다. 집안에서 곱게만 자란 순진한 처녀가 어느 날 문득 사랑에 눈을 뜨면서 사랑의 기쁨과 함께 그에 따르는 고통을 알기 시작한 것이다.

탈춤에서 노승과 각시의 모습

혼전 임신 사실을 알게 된 오빠들은 당연히 불같이 화를 낸다. 여동생의 머리채를 잡고 작두 끝에 올리거나 칼을 휘두르며 당장 죽일 듯 달려든다. 하지만 어머니의 만류로 당금애기는 겨우 목숨을 건진다. 하늘에서 흙비 또는 돌비가 내려 칼이 부러져서 당금애기가 목숨을 부지하게 된다는 각편도 흔하다.

이렇게 예고된 돌풍이 한차례 지나는 동안에도 당금애기는 가타부타 말이 없다. 자신의 행동에 대한 한마디 변명도, 오빠들의 과도한 처분에 대한 어떠한 반항도 하지 않는다. 어찌 보면 당금애기는 자신이 처한 상황이 몹시 억울했을 것도 같다. 내가 도대체 무엇을 잘못했기에 이런 수난을 겪는가? 바람처럼 왔다가 훌쩍 떠나 버린 임이 원망스럽고, 또 한편 그립기도 했을 것이다. 몹시 혼란스럽고, 또 몹시 외로웠을 듯하다.

분명한 것은 당금애기가 자신의 행동에 책임을 질 줄 아는 용기를 지녔다는 점이다. 혼전 임신은 귀하게 자란 처녀에게 청천벽력과 같은 일이지만, 당금애기는 그 엄연한 사실을 부정하거나 회피하지 않는다. 그것이 자신의 자발적 선택에 의한 것이든, 자신의 순진한 어리석음에서 비롯된 것이든 간에, 이미 자신에게 닥친 불운을—적어도 임신을 의도하지 않았다는 점에서—묵묵히 감내하기로 한다. 그리고 죽음과 같은 캄캄한 터널을 지나 세쌍둥이를 출산한다.

> 딸을 돌함 속에 넣어두고 돌아와서 하루가 가고 이틀이 가고 사흘이 되니, 하루는 하도 궁금하여 뒷동산을 바라보니, 서기가 등천하고 무지개가 돌함 속으로 뿌리박고 하늘에 청학 백학이 돌함 위를 빙빙 돌기에, 아이구, 이젠 우리 당금아기가 죽어서 하늘로 등천이라도 하는 줄 알고 허개야 노개야 뒷동산으로 올라가서 돌함 속을 들여다보면서 하는 말이,
>
> "아가, 아가, 내 딸아, 죽었느냐, 살았느냐. 죽어도 말을 하고 살아도 말을 해라. 죽어도 만나보고 살아도 만나보자."
>
> 하며 들여다보니 아들 삼태를 낳아 놓았는데, 하늘에 청학 백학이 세 마리 내려와서 한 쪽 날개는 깔고 한 쪽 날개는 덮어주어, 아기들은 추워도 추운 줄 모르고 더워도 더운 줄 모르고 잠을 자는구나. 이리하여 모녀간에 상봉을 하고 보니, 딸은 백옥같이 곱던 얼굴에 나시꽃이 피어서 죽게 되었구나.
>
> — 김석출 구연, 〈세존굿〉, 《당금애기 전집》 2, 369쪽

당금애기의 혼전 임신은 그녀의 삶을 완전히 뒤바꾸어 놓는다. 온

실의 화초처럼 가족의 보호 속에 곱게만 자란 당금애기다. 그런 그녀가 혼전 임신으로 인해 사막의 한가운데로 던져진다. 그리고 어머니가 된다. 아무것도 살지 못할 것 같은 사막의 한가운데, 컴컴한 동굴 속에서 새 생명을 꽃피운다. 그것은 순진한 처녀의 죽음이요 강인한 어머니의 탄생이다.

'아비 없는 자식'의 강인한 어머니

아가씨에서 어머니로 성숙한 당금애기는 혼자 힘으로 '아비 없는 자식'을 훌륭하게 길러 낸 강인한 어머니를 대표하는 캐릭터이다.

현실 속에서 또는 여러 가지 서사물에서, 아버지 부재의 원인은 다양하게 설정된다. 남자의 단순한 변심일 수도 있고, 세계의 횡포에 의한 어쩔 수 없는 생이별일 수도 있으며, 불의의 사고에서 비롯된 사별일 수도 있다. 여하튼 아버지가 부재하는 상황에서도 어머니는 자식을 먹이고 입히고 가르치는 임무를 묵묵히 수행한다. 자식을 낳고 기르는 일은 풍족한 여건 속에서도 그 자체로 쉬운 일이 아니지만, 당금애기는 '아비 없는 자식'이라는 세상의 비호의적인 명명으로부터 자식들을 보호해야 하기에 그만큼 더 힘겹다.

"우리 아빠는 어디 있어?" '아비 없는 자식'이란 세상의 편견에 의해 상처 입은 아이들은 머리가 굵어지면서 종종 어머니에게 이렇게 묻는다. 그런 질문은 결코 피할 수 없는 것이어서 그에 대한 답을 몇 번이고 미리 연습하지만, 아직 어린 자식의 직설적인 물음에 어머니는 당황하고 곤혹스러울 수밖에 없다. 아버지란 존재는 현실에서 엄연히 부재하건만, 자식과 그 어머니의 삶 속에 끊임없이 환기되는 가장 깊은 상처이다.

"너희 이놈들, 애비 없는 자식이 글 배워 가지고 무슨 성공을 하며, 너희가 서당 참례는 어떻게 하리. 족보에 이름 없고 애비 없는 자식은 아무 벼슬도 못 해 먹는다."

하니, 이 애들이 그 길로 선생님께 하직을 하고 집으로 돌아와

"어머니요, 어머니요, 우리는 어찌 아버지가 없습니까. 헌 신도 짝이 있고 짚신도 짝이 있는데, 어찌 우리는 아버지가 없습니까. 오늘부터 우리 아버지를 찾아주십시오."

당고마기가 가만히 생각해 보니, 차마 자식들한테 아버지가 스님이라고 말하기 어려워서

"오냐, 그런 것이 아니다. 내가 저 건너 대밭에 가 소피를 봤더니 너희 세 쌍둥이가 태어났구나."

이 애들이 대밭에 가서

"아버지여, 아버지여, 우리 아버지여."

옛날 땅에는 각색 초목이 넘놀고 각색 짐승이 다 말을 했답니다. 나무가 말을 하는데

"여봐라, 너희 아버지가 어떤 분인지, 오래 오래 사시다 사후에 돌아가서 우리를 베다가 상장막대를 삼을 것 같으면 우리가 너희 아버지가 되지마는, 그렇지 않으면 너희 아버지가 아니다."

아버지가 죽으면 대나무 막대를 짚고 어머니가 죽으면 버들 작대기를 짚고, 그 때 나온 법이올시다.

— 박용녀 구연, 〈당고마기 노래〉, 《당금애기 전집》 2, 211쪽

"우리는 왜 아버지가 없어요?" 세쌍둥이의 질문에 당금애기는 이렇게 답한다. "너희 아버지는 대나무란다, 밤나무란다." 하지만 그런 둘러대기가 더 이상 통하지 않을 만큼 아이들이 자랐을 때, 어머니는 솔직하게 진실을 말해 줄 수밖에 없다. 아버지가 어느 절 스님이라는 말을 들은 세 아들 쌍둥이는 그 길로 아버지를 찾아 나서고, 결국 아버지로부터 자신의 존재를 인정받고 삼불제석이 된다. 더불어 당금애기는 삼신할머니의 신직을 부여받음으로써 그녀의 고단한 삶에 대한 보상을 받는다. 새 생명을 낳고 기르는 책임을 진 존재라는 점에서, 당금애기가 삼신할머니가 되었다는 설정은 그럴듯해 보인다.

흔히 당금애기의 일생은 여러 서사물에서 숱하게 재생산된 여성 수난사의 전형으로 간주된다. 그런 면에서 당금애기 캐릭터는 혼인 관계에서 비롯되는 온갖 시련을 겪지만 그 고통의 시간을 '행복한 결말'로써 보상 받는 여성 인물이라 할 수 있다. 혼자 몸으로 자식을 낳고 기르며 꿋꿋하게 자기 자리를 지킨 대가로, 결국 '부-모-자녀'로 이루어진 '온전한' 가정을 선물 받은 것이다.

서사무가 텍스트에서 당금애기의 삶의 여정이 그녀의 자발적 선택에 의한 것으로 드러나지는 않으며, 오히려 당금애기는 혼전 임신과 출산으로 인한 시련, 미혼모로서 자식을 기르는 고통과 같은 운명 앞에 어쩔 수 없이 희생되는 나약한 존재로 보이기도 한다.

하지만 당금애기에게 주어지는 '행복한 결말'이 어떠한 노력 없이 우연히 찾아온 행운은 아니다. 그것은 단순한 행운이라기보다는, 참고 인내한 자에게 주어지는 필연적인 보상이다. 자신의 선택과 행동에 대해 책임을 지는 용기, 온갖 시련을 밟고 꿋꿋하게 참고 견디는 인내력, 운명에 순응하는 듯하지만 묵묵히 자신의 길을 가는 성실함에 대한 보상이다. 당금애기 캐릭터는 불운에 휘둘리는 나약한 존재가 아니라, 온갖 역경을 인내하고 마침내 이겨 내는 강인한 내면의 소유자인 것이다.

현대판 당금애기들의 선택

당금애기의 처지를 현대식으로 명명하면, 미혼모나 애 딸린 과부 또는 이혼녀라 할까? 2001년에 방영된 TV 드라마 〈비단향꽃무〉는 미혼모의 사랑과 고난을 그렸는데, 공중파에서 미혼모를 본격적으로 소재화한 것은 이것이 처음이다. 주인공 영주는 밝고 명랑한 여자로, 사랑하는 사람을 먼저 보내고 유복자를 혼자 힘으로 키운다. 세상은 결코 미혼모에게 우호적이지 않지만, 그런 편견에 맞서 싸우며 직장에서 능력을 인정받고 새로운 사랑까지 얻는다. 비단향꽃무는 여주인공 영주의 탄생화이다. '영원한 아름다움'이란 꽃말을 지닌 이 꽃은 어떤 역경이 닥쳐도 밝고 꿋꿋하게 이겨 내는 용기 있고 강인한 사람을 상징한다.

미혼모를 여주인공으로 내세운 드라마는 〈비단향꽃무〉 이후에도 여러 편 만들어졌다. '밝고 씩씩한 미혼모'라는 여주인공 캐릭터에는 큰 변화가 없는 데 반해, 생부의 존재를 어떻게 설정하는가는 작품에 따라 편차가 크다. 〈비단향꽃무〉에서는 미혼모의 첫사랑이 죽은 것으로 설정되었지만, 〈노란 손수건〉에서는 여주인공을 배신하고 떠났던 남자가 불치병에 걸려 죽는 것으로 처리되었다. 〈온리유〉와 〈원더풀 라이프〉에서는 미혼모가 유복자의 생부와 재결합하는 과정을 그림으로써 '부-자-모'로 구성된 혈연 중심의 가족 이데올로기를 재확인했다. 그런가 하면 최근에 방영된 TV 드라마 〈고맙습니다〉는 생부가 '천하의 몹쓸 놈'도 아니고 버젓이 살아 있음에도 미혼모가 새로운 사랑을 찾아가는 과정을 아름답게 그렸다.

신화 속에서는 당금애기에게 주어진 선택의 범위가 그다지 넓지 않았다. 때문에 당금애기가 고단한 삶을 참고 견딘 것은 대안 없는 선택이었을지 모른다. 아주 오랫동안 현실 속의 당금애기들도 그러했을 것이다. 이른바 '애 딸린 과부'에게 선택의 여지가 별로 없었다는 것은 숱한 열녀전의 서사가 증명한다. 하지만 현대판 당금애기들의 선택은 훨씬 다양해진 듯하다. 여성 수난의 전형이었던 당금애기가 앞으로 어떤 선택을 통해 새로운 가능성을 열어 갈지 기대된다.

이경하 서울대학교 인문학연구원 HK 연구원. 한국 고전문학 전공으로 특히 문학사에 대한 젠더적 이해와 여성 문학사에 관심을 갖고 있다. 논문에는 〈여성문학사 서술의 문제점과 해결방향〉, 〈17세기 사족여성의 한문생활, 그 보편과 특수〉, 〈제국신문 여성 독자투고에 나타난 근대계몽담론〉 등이 있다.

7

신물이 탐하는 매력적인 여사제

이창식

수로부인

신물과 인간을 매개하는 존재로서 동해여신(東海女神)적 이미지 또는 제의 주관자. 〈헌화가〉와 〈해가〉 서사의 주인공으로 아름다움과 품격을 지닌 여인의 원형이다. 게다가 신통력과 문제 해결 능력도 지녔다.

수로부인(水路夫人) 설화는 《삼국유사》 권2 기이편에 수록된 이야기로, 수로부인이 체험한 신이한 일들이 동해안을 배경으로 흥미롭게 펼쳐진다. 그녀에 얽힌 사건은 〈헌화가〉와 〈해가〉라는 노래와 관련되어 일찍부터 관심의 대상이 되어 왔다. 일연이 쓴 《삼국유사》는 김부식의 《삼국사기》와 달리 불교적인 역사 인식을 담고 있는데, 수로부인 이야기의 신비적인 특징도 이와 관련이 있다. 역사적 사실로 전하고 있음에도 불구하고 허구적 요소가 두드러져 보이는 수로부인 이야기는 역사성과 환상성, 그리고 주술성을 함께 갖춘 '팩션(faction)'의 성격을 지니고 있다.

또 이틀을 더 가니 임해정(臨海亭)이 있었다. 그곳에서 점심을 먹고 있었는데 바다의 용이 갑자기 부인을 끌고 바다 속으로 들어가 버렸다. 공은 비틀거리며 땅에 주저앉았으나 아무런 계책이 없었다. 또 한 노인이 말했다.

"옛사람 말에 뭇 사람의 입에 오르내리면 쇠 같은 물건도 녹인다 했으니 바다 속의 짐승이 어찌 뭇 사람의 입을 두려워하지 않겠습니까? 당연히 경내의 백성을 모아야 합니다. 노래를 지어 부르고 막대기로 언덕을 치면 부인을 찾을 수 있을 것입니다."

공은 그 말대로 따라 하였더니 용이 부인을 받들고 바다에서 나와 공에게 바쳤다. 공이 부인에게 바다 속 일을 물으니 부인이 대답했다.

"일곱 가지 보물로 장식한 궁전에 음식은 달고 향기로우며 인간의 음식은 아닙니다."

또 부인의 옷에서는 이상한 향기가 풍겼는데, 세간에서는 맡아 보지 못한 것이었다. 수로부인은 용모가 세상에 견줄 이가 없었으므로 매양 깊은 산이나 못을 지날 때면 번번이 신물(神物)에게 붙들리곤 하였던 것이다.

— 이재호 옮김, 《삼국유사》 1, 232쪽

〈수로부인〉조의 수수께끼

수로부인 설화는 《삼국유사》 권2 기이편에 수록되어 일찍부터 흡인력이 강한 이야기로 알려졌다. 동해안을 배경으로 수로부인이 체험한 신이한 두 사건은 현실성과 환상성을 동시에 내포하고 있다.

신라 성덕왕 시절 순정공이 강릉태수로 임명되어 갈 때 동행한 수로부인은 남다른 경험을 한다. 그때 일어난 두 사건은 〈헌화가〉와 〈해가〉라는 옛 노래 두 편과 함께 실려 '꽃'과 '용'의 성격과 관련하여 일찍부터 널리 관심을 불러일으켰다.

그런데 《삼국유사》에 실려 있는 대부분의 설화들이 그러하듯이, 이 설화는 문예적 가치와는 별도로 또 다른 무엇을 함의하고 있기 때문에 많은 논란을 가져왔다. 필자는 수로부인 설화도 순전히 문학적 상상력에 입각한 허구적 형상에 머무르지 않고, 저자인 일연이 당대의 삶의 공간과 시간을 '일연의 방식으로' 의미화하여 보여 준 측면이 있다고 생각한다. 문예적 가치 이외의 이러한 특수한 기능을 '이야기의 현장성' 또는 '개연적 공간성'이라 할 수 있다. 다시 말해 이 설화는 '팩션(faction)'의 시각에서 바라볼 필요가 있다.

수로부인 설화가 지니는 현장성에 대한 이해는 채록자 일연 당대에까지 전승되던 문화적 의미를 해명하는 것이며, 또 문헌에 기록된 이야기의 문맥을 우리 삶의 터전인 오늘날의 지리적 공간 및 자연적인 배경과 결부하여 현재적 의미를 되새기도록 하는 것이다. 수로부인 설화는 수용사(受容史)를 쓸 수 있을 정도로 많은 연구와 함께 문학적 재창조가 이루어져 왔다. 그런데 그 이야기의 재해석이 다소 임의적으로 이루어진 측면이 있다. 즉, 작가들은 수로부인과 노인의 정체를 각자의 자유로운 상상력에 입각해서 흥미 위주로 풀어 내는 경향을 보이고 있다.

이 글에서는 서사에 숨겨진 상징 코드를 밝히면서 수로부인이라는 캐릭터를 구체화해 보고자 한다. 한편으로는 이야기의 공간적 배경인 삼척과 강릉 일대의 문화적 환경에 비추어 작품을 읽고, 다른 한편으로는 상대(上代)의 제의(祭儀)와 오늘날 별신제의 맥락 속에서 수로부인의 정체를 추적하고자 한다. 수로부인이 순정공을 따라가는 과정에서 신물(神物)에게 자주 붙들림을 당했다는 행위를 현장적 의미망을 통해 온전히 해명한다면, 새로운 콘텐츠 창작을 위한 팩션의 좋은 선례를 찾을 수 있을 것이다. 과연 역사 속에서 수로부인에게 일어난 실제 사건과 문학 장치로서 일연식의 코드가 어떻게 서로 어울려 재미와 감동이라는 상생의 가치를 만들어 내고 있는지, 그 수수께끼를 풀어 보기로 한다.

인간과 신 사이에 선 수로부인

수로부인 설화는 순정공의 강릉태수 부임에 동행한 수로부인에 얽힌 두 개의 사건으로 구성되어 있다. 〈헌화가〉와 관계되는 사건이 그 하나이고, 〈해가〉와 관련되는 사건이 다른 하나이다. 이 두 사건은 각기 '꽃'과 '용'에 관련되어 있다. 첫 번째 사건은 수로부인이 아득한 벼랑 위의 꽃을 갖고 싶어함으로써 생겨난 일이고, 두 번째 사건은 용이 수로부인을 탐해서 생겨난 일이었다. 그 두 사건을 해결하는 데는 주변 다른 사람의 도움이 필요했다.

우리는 그 두 사건이 언제 일어났는지를 먼저 주목할 필요가 있는데, 두 사건은 모두 음식을 차려서 먹을 때 일어났다. '음식'은 공동체적 제전의 핵심 요소이다. 제사와 같은 의례를 마친 뒤에는 반드시 함께 모여 음식을 나누어 먹는다. 두 사건이 모두 사람들이 함께 모여 음식을 나누는 상황에서 일어났다는 것은, '공동체적 나눔'의 요소가 얽혀 있음을 떠올리게 한다.

이야기에서 화제가 되는 요소들이 '비일상적'이고 '초월적'인 면모를 지니고 있다는 사실에 주목할 필요가 있다. 벼랑 위의 꽃은 보통 사람들로서는 이를 수 없는 존재를 표상한다. '용' 또한 초월적 존재이다. 문제 해결자로 나선 이들은 정체를 알기 어려운, 무언가 신비로운 존재로 생각되는 노인들이다. 그리고 사건의 핵심 주인공은 관리로 행차하는 순정공이 아닌, 그 뒤를 따르던 신비의 여인 수로부인이다.

수로부인 설화에는 합리적인 사고방식으로 납득하기 어려운 내용이 많다. 노인이 벼랑에 올라간다거나 노옹이 용을 다스린다는 행위가 무엇을 뜻하는지 분명하지가 않다. 보통 사람이 올라갈 수 없는 곳의 꽃을 노옹이 나타나서 바쳤다는 것도 이상하지만, 노인이 시키는 대로 막대기를 두드리고 노래 부르니 용이 수로부인을 되돌려보냈다는 것은 더욱 이상하다.

이러한 이야기 내용은 이 설화가 단순히 실제적 상황을 전한 것이 아니라 신화적이고 제의적인 요소를 지녔다는 점을 말해 준다. 이 설화는 오늘날과는 또 다른 오랜 옛날의 제의적(祭儀的) 문화 환경 속에서 풀어 내야 그 의미를 이해할 수 있다. 그리고 수로부인의 실체도 당대의 환경적 맥락에서 접근할 필요가 있다.

이제 이러한 사실을 염두에 두고 수로부인 이야기를 통독해 보기로 한다. 다음은《삼국유사》권2 기이편 〈수로부인〉조의 원문을 당대의 현장적 맥락을 고려하여 새롭게 번역 정리한 것이다.

1) 성덕왕 시절에 순정공이 강릉태수로 부임했다.—지금의 명주다.

2) 가다가 바닷가에 이르러 주선(晝饍, 점심)을 하는데, 곁에 있는 바위가 병풍처럼 바다를 둘러싸고 있고 그 높이가 천 길이나 되었다. 그 위에 철쭉꽃이 활짝 피어 있었다. 공의 부인인 수로가 보고서 좌우 사람에게 "누가 꽃을 꺾어다 주겠느냐?"라고 말했다. 따르는 이가 "사람은 올라가지 못할 곳입니다."라고 하고, 모두들 불가능하다고 했다. 그 옆

으로 노인이 암소를 끌고 지나가다가 부인의 말을 듣고 꽃을 꺾어다가 바치면서 노랫말을 지어 불렀다. (그 노옹이 누구인지 알 수 없었다.)

3) 노인이 부른 〈헌화가〉는 이렇다. "자주빛 바위 끝에, 잡으온 암소 놓게 하시고, 나를 아니 부끄러하시면, 꽃을 꺾어 받자오리다."

4) 다시 이틀 동안 길을 가니 임해정이 있었다. 거기서 주선을 할 때에, 바다 용이 갑자기 부인을 납치해 바다로 들어갔다. 공은 넘어져 땅에 주저앉으며 어찌할 바를 몰랐다. 또 어떤 노인이 말했다. "옛사람 말에 뭇 입이 쇠라도 녹인다고 했으니, 이제 바다 속의 짐승이 어찌 뭇 입을 두려워하지 않겠습니까? 마땅히 경계 안의 백성을 불러 모아, 노래를 지어 부르게 하면서 막대기로 치면, 마땅히 부인을 만나게 될 것입니다." 공이 그 말을 따랐더니 용이 부인을 받들고 바다에서 나와 바쳤다.

5) 뭇 사람이 부른 〈해가〉의 사설은 이렇다. "거북아 거북아 수로를 내놓아라. 남의 부인을 납치한 죄 얼마나 큰가. 네 만약 거스르고 내놓지 않으면, 그물을 넣어 너를 잡아 구워 먹으리라."

6) 공이 부인에게 바다 속에 관해 물으니, "칠보궁전에서 먹는 것이 달고 향기로우며, 불에 익혀서 먹는 인간의 음식이 아니었지요."라고 말했다. 또한 부인의 옷에서 이상스러운 향내가 났는데, 세상에서 맡을 수 있는 것이 아니었다.

7) 수로는 모습이 아주 아름답기에 '심산대택(深山大澤)'을 지날 때마다 자주 신물에게 앗긴 바가 되었다.

수로부인 설화의 서사는 수로부인이 '자용절대(姿容絶代)'하다는 사실을 주요 동인으로 삼아 이야기를 전개하고 있다. 수로부인은 빼어난 아름다움과 함께 신비감을 지녔다. 순정공 행차에서 '주선'은 문맥으로 보아 단순한 점심 먹기가 아니라 그 이상의 의식(儀式) 행위에 가깝다. 산과 바다의 판타지와 인간적 욕망이 얽혀 있다. 수로부인의 행동은 세속적인 것보다 신성성에 다가가 있다. 산의 꽃이 손짓하고 바다 짐승이 움직이고 있다. 산신의 분신인 꽃과 동해신의 분신인 용은 심산대택에 존재하는 신물(神物)이다. 사태 수습의 해결자로 노옹과 노인을 등장시키고 있는 점 또한 그렇다. 노인이 등장하여 '뭇 입으로 쇠를 녹이는' 일을 실현하는 일은, 신력(神力)의 현시를 체험하는 과정을 보여 준다고 할 수 있다.

그렇다면 이 모든 사건의 중심에 있는 '수로부인'은 어떠한 존재인가? 이에 대한 설득력 있는 답은 그녀가 인간과 신 사이에 선 중재자라는 것이다. 그녀는 세속의 순정공과 동해의 용 사이에 있으면서 초월적 존재인 '노인'의 도움을 받는다. 그녀를 통해 초월의 세계가 열리며, 그녀를 매개로 현실의 세계와 초월의 세계가 만난 것이다.

요컨대 그녀는 무속적 사제자로서의 성격을 지닌다. 평범한 보통의 사제자가 아니다. 황홀한 아름다움으로 모든 존재를 매혹하여 융화시키는, 그리하여 지상의 신력을 발휘해 내는, 오직 하나뿐인 영매(靈媒)이다. '동해 여신'의 화신이다.

수로부인, 그리고 그 곁의 두 노인

수로부인 설화는 동해안 지역을 배경으로 하여 펼쳐진다. 이 설화에는 아직까지도 '별신굿'이 성대하게 펼쳐지는 강원도 동해안 일대의 문화적 전통이 함축되어 있다. 오늘날 제의의 상대적 원형이 서사 속에 깃들어 있다. 수로부인을 '동해 여신'의 화신으로 보는 것은 그 때문이다.

수로부인 설화가 상대 제의를 바탕으로 한 무속적 세계관이 내재되어 있는 이야기라 보는 것에 회의를 가질 수도 있다. 기록 속에 무속적 요소가 뚜렷하게 나타나지 않기 때문이다. 하지만 그 이야기가 당대에 기술된 것이 아니라 고려 시대에 들어와 승려 일연이 정리한 것이라는 사실을 간과할 수 없다. 일연은 신라 시대의 이야기를 수록할 때에 자신의 세계관에서 크게 벗어나지 않았을 것이다. 불교 사상을 지닌 일연이 설화를 기술하면서 무속적인 제의의 상징적 맥락을 온전히 드러내기란 쉽지 않았을 것이다. 하지만 우리는 상상의 힘을 통해 그 서사적 문맥 속에서 흥미로운 요소들을 찾아 낼 수 있다. 비록 일연이 의도적으로 기술한 것은 아니지만, 그 속에 원형적으로 깃들어 있는 무속적 요소를 찾아볼 수 있다.

이때 아주 중요한 단서가 되는 것이 설화 속에 등장하는 두 노인이다. 설화에서 노옹과 노인은 주선과 심산대택의 신물과 관련하여 등장한다. 이런 점에서 이 둘은 신물을 제사하는 제관으로서 무당의 직능을 가진 인물이라고 추정할 만하다. 무당과 같은 직능자로 정치성과 주술성을 동시에 지닌 인물인 것이다. 철쭉꽃이 핀 벼랑이나 용이 사는 바다는 누구나 갈 수 없는 곳인데, 노옹과 노인은 쉽게 넘나들 수 있는 것처럼 표현되어 있다. 이들은 상대 제의를 주관하면서 동제에도 관여하며, 신물의 세계와 인간의 세계를 넘나들 수 있는 무속 집단으로 볼 수 있다.

노옹이나 노인은 오늘날 단오제에서 굿을 주도하는 동해안 일대의 세습무(世襲巫)의 원조라고 해도 무방하다. 왜 모든 문제를 풀어 주는 역할을 노옹과 노인이 하는 것일까? 경주에서 온 '신의 여인' 수로부인이 심산과 대택으로 통하는 길목에 이르러 이곳을 지키는 신물에게 신 내림을 당했다는 것은 무속적인 사고방식에서 볼 때 자연스런 현상이다. 그때 그 신 내림의 과정을 지켜 주고 이끌어 갈 또 다른 사제자들이 필요했을 것이고, 두 노인이 바로 그러한 역할을 하는 존재인 것이다. 다른 지역과 달리 동해안 별신굿에서는 남자 무당(양중)들이 중요한 역할을 한다는 것을 생각하면, 두 노인이 남자라는 것도 그리 이상한 일은 아니다.

두 노인을 통해 유추할 수 있는 '신의 여인'으로서의 수로부인의 특성은 그가 동행했다고 하는 순정공의 역사적 실체를 통해서도 그 면모를 짚어 낼 수 있다. 《삼국유사》에서는 순정공이 강릉태수로 부임했다는 사실만 전하는데, 《삼국사기》의 여러 기록에 비추어 보면 그가 강릉으로 갈 때 '유망(流亡)'하는 백성을 진휼하는 막중한 임무를 띠고 있었음을 알 수 있다. 이러한 사실을 염두에 두고 당대의 문화적 맥락에서 살펴볼 때 수로부인 설화에서 제의적 특성을 짚어 낼 가능성이 확인된다. 앞에서 언급한 대로 이야기 속의 '주선'은 일상적 점심식사의 차원이 아니라 상대 제의에서의 음식 나눔을 형상화한 것이라 볼 수 있다. 오늘날 별신제 또는 동제(洞祭)와 같은 제의에서 볼 수 있는 바와 유사한 모습이다.

다시 문헌에 기록된 사실을 되짚어 보면, 수로부인을 '순정공 부인'이라 하지 않은 점에 주목하게 된다. 상상을 보태서 헤아려 보면, 우리는 수로부인을 순정공과 함께 중앙에서 파견된 사제자로 추정할 수 있다. 그녀는 보통의 사제자가 아니라, 동해의 신들과 소통하고 그들을 위무할 수 있는 최선의 존재로서 뽑힌 '동해 여신'의 화신 역할을 할 만한 특별한 사제자이다. 그리고 그녀는 강릉으로 향하는 길에 그 주어진 몫을 수행한다. 임해정에서 신 내림을 겪고, 동해로 들어가 용과 짝을 맺는다. 고을 사람들이 힘을 모아 노래를 부름으로써, 용과 접신(接神)을 나간 수로부인은 무사히 귀환한다. 신성한 세계의 신비로운 향기를 온몸에 품은 채로. 그렇게 고을의 문제들은 해결되어 간다.

이것을 정리하면, 수로부인 설화 속에는 무속적인 산신 제의와 해신 제의가 구조적으로 병립되어 있다. 수로부인이 체험한 두 사건은 '심산'과 '대택'에 존재하는 신물의 현현에 따라 일어난 것이다. 곧 신물에 대한 의례 행위를 표현한 것이 수로부인 설화인 것이다. 사건 해결에 가담하는 두 노인은 무당과 같은 직능자로서 오늘날 동해안 세습무의 원형으로 볼 수 있다. 그리고 수로부인은 그 모든 의례 행위의 주역이 되는 특별한 사제자이다. 신들림의 과정을 통해 신계와 인간계를 넘나들면서, 신(神)과 인(人)의 위상을 전화(轉化)시켜 주는 인물이다.

인간은 물론 신까지 매혹하고 감동시키는 미모의 사제자 수로부인은 '가마를 탄 신라부인' 토우상을 연상시킨다. 그것은 누구나 흡인하는 아름다움의 극치이다. 아름다움에 반한다는 것은 매우 인간적이다. 수로부인의 매력은 모름지기 당대의 핵심적 화제를 이루었을 것이다. 수로부인은 수많은 사람들에 의해 아낌없는 사랑과 기림을 받았을 만인의 연인, 당대 최고의 여성 영웅이었을 것이다.

수로부인과 새로운 스토리텔링

수로부인은 놀라운 매력을 지닌 인물이다. '신비의 매혹을 갖춘 여신적 존재'로서의 수로부인은 21세기 디지털 콘텐츠의 매력적인 아이콘으로 살아날 가능성이 무궁하다. 이미 그와 관련된 여러 사업이 펼쳐지고 있기도 하다.

현재 삼척에서 수로부인을 활용한 관광지 활용 사업이 펼쳐지고 있다. 추암(錐巖)이 보이는 시루뫼 마을에 '수로부인공원'을 조성하였다. 공원에는 임해정과 해가사(海歌詞) 기념비, 드래곤 볼, 김진광 시인의 시 등이 있다. 사랑의 여의주 드래곤 볼의 설치는 수로부인의 소원과 연인의 소망을 동시에 충족시켜 주고 있다. 해가(사)터인 임해정은 《삼국유사》에서 전하는 〈해가〉의 배경 설화를 토대로 복원하였다. 문헌상의 정확한 위치를 알 수는 없으나, 삼척시는 삼척해수욕장의 북쪽 와우산 끝에 위치하는 것으로 추정하고 있다. 임해정 좌우의 해변은 절경을 이루고 있으며, 삼척시에서 바다를 끼고 있는 유일한 정자이기도 하다.

아쉬운 것은 수로부인 캐릭터가 제대로 살아나지 않고 있다는 사실이다. 캐릭터에 대한 다양한 해석과 재창조 작업을 수행할 필요가 있다.

수로부인 캐릭터는《삼국유사》를 기초로 하되,《삼국사기》를 비롯한 역사적 사실과도 연결하여 다채롭게 살려 낼 수 있다. 그녀의 흔적은 사료적으로 많지 않다. 수로부인의 유명세에 비해 관련 문헌은 미약하다. 그만큼 상상력을 발휘할 여지가 크다. 수로부인의 이미지 창출은 신의 호기심을 자극한 기질과 뭇 사람의 힘을 빨아들이는 데서 승화시키는 전략이 필요하다.

수로부인은 암벽 위의 꽃을 차지하려는 욕구 때문에 봉변을 당한다. 그 봉변은 일상의 것이 아니라 신물과 얽혀 있다. 또 용과 놀겠다는 발상 때문에 납치라는 희한한 그물에 빠지게 되는데 이 또한 신물과 관계된다. 꽃과 용은 단순히 현실만이 아니다. 수로부인이 당대 한복판을 걸어갈 수 있는 것이 빼어난 미모와 매력이 있었기 때문에 가능하였다.

수로부인의 매력은 차림새와 신통력, 품격 등에도 있지만, 해결사 역할을 하는 형상에도 깃들어 있다. 수로부인의 캐릭터는 이야기 자체의 재미와 함께 '시간 여행'의 오감을 작동시킬 수 있도록 창작되어야 한다. 그리고 '신의 여인'으로서의 신비로움을 한껏 살릴 수 있도록 해야 한다. 수로부인은 중국의 4대 미인인 서시, 초선, 양귀비, 왕소군 이상의 매력을 발휘할 수 있다. 그들은 인간을 매혹했으나, 수로부인은 신들을 홀린 미인이었다.

허구와 사실을 함께 엮은 팩션의 예술성을 살려 낼 필요가 있다. 강릉시 금진항과 정동진 부근, 삼척시 추암에서 맹방 부근 등이 모두 그러한 가능성을 지니고 있는 장소들이다. 그 현장을 수로부인의 동선과 연결하여 스토리보드화할 필요가 있다. 해안선의 유명 도로를 따라 수로부인의 신비를 체험할 수 있게 하자는 것이다.

새롭게 창조될 수로부인 이야기는 그녀의 변신적 영웅성과 자연계·신계·인간계 등을 두루 넘나드는 초인적 매성을 한껏 살려 내야 할 것이다. 또 동해 용궁이라는 환상적 신성 공간과 신라 당대의 역사 공간을 긴밀히 교차하여 이야기를 짜야 할 것이다. 예컨대 다음과 같은 방식으로 새로운 이야기를 만들어 낼 수 있을 것이다.

주인공인 수로부인은 중국의 4대 미녀와 비슷한 천상미녀, 곧 팜므파탈적 인물로 재창조한다. 빼어난 미모와 기교로 당대의 거물급 남성 인물들을 데리고 놀고 신들과 유희하는 것으로 설정해야 한다. 하지만 그녀의 이러한 행동이 결코 지나치게 작위적이어서는 안 된다. 그녀는 어려서부터 기이한 운명의 굴레 속에서 태어나 폭정의 온갖 시련과 고통을 감내하며 자란다. 그러나 뛰어난 미모와 지혜로 인해 순정공의 아내가 된다. 그때부터 그녀는 이중적 모습을 드러낸다. 겉으로는 빼어난 외모의 소유자이며 순정공의 아내이지만, 그 뒷면에는 백성들을 위한 선정을 베풀기 위해 '신이(神異)'적 면모를 보인다. 그 과정은 다음과 같다.

청렴결백한 순정공은 백성을 생각하며 그들의 고충을 해결하기 위해 폭정을 펼치고 있는 동해안 특정 지역권의 왕(용)에게 백성을 위한 구휼책을 진헌한다. 하지만 그는 오히려 역적으로 몰리고 만다. 수로부인은 어려서부터 백성들의 고통을 함께 나눠 왔기에 그들의 아픔과 백성을 위하는 남편(순정공)의 마음을 이해하게 된다. 그래서 그녀는 자신이 가진 최대의 무기인 아름다운 미모와 자신의 조력자인 노옹(老翁)의 도움으로 당대의 실력자들을 하나씩 설득하기 시작한다. 물론 그 시대 최고의 반신라적 지역 권력자인 왕(용) 역시 수로부인과 사랑에 빠진다. 하지만 수로부인의 의도와는 달리 신라 중앙 정부의 왕은 주변 간신의 참소로 그녀의 이중적 모습을 알게 된다. 결국 수로부인은 왕을 기만한 죄로 하옥되고 참수형을 받지만 순정공의 공을 생각하여 '의도적' 인 명을 통해 강릉으로 보내진다. 하지만 그녀는 역시 지방 정부의 용왕에게도 잡히게 된다. 그때 이런 그녀의 상황을 알게 된 그녀의 조력자 노옹은 그녀가 처한 사정을 세상 사람들에게 알린다.

그러자 모든 민중이 들고 일어나 동해 용왕이 사는 궁 앞에 모이게 된다. 그리고는 왕이 선정을 베풀어 주기를 원하는 노래와 아울러 수로부인의 무사귀환을 노래하게 된다. 이에 감복한 왕은 수로부인을 놓아주고 백성들을 위한 정책을 시행한다. 물론 중앙 정부와 지방 정부가 화해하고 순정공도 풀려나게 되어 수로부인과 다시 만나게 된다.

그때 중구삭금의 지팡이는 오늘날 솟대로 마을의 평화를 상징한다. 철쭉은 백두대간의 사랑 꽃을 이어오고 있다. 수로부인의 선정(善政)은 신라 토우로 태어나 흠모의 대상이 된다.

다소 비약적인 전개이지만 기존의 성과물을 고려하면 공감대를 형성할 가능성을 찾을 수 있다. 〈찬기파랑가〉의 기파랑을 바탕으로 한 3D입체 애니메이션 〈천마의 꿈〉(2003년 경주세계문화엑스포 주제영상물)처럼, 수로부인을 재해석하여 관련 서사를 결합시켜야 한다.

이와 관련하여 하이리스크 하이리턴(high risk high return)을 노리는 방안을 몇 가지 제시하면 다음과 같다.

- 수로부인 설화의 스토리텔링을 통한 뮤지컬화와 애니메이션화(수로부인 바다굿 오페라 만들기)
- 수로부인 설화의 오프라인, 온라인 게임 소재 제공(수로부인 설화의 게임 스토리텔링화와 순정공, 수로부인, 노옹, 용 등의 게임 등장인물 수용)
- 경주에서 강릉에 이르는 수로부인길과 관련된 관광상품화(경주의 감은사지, 이견대, 대왕암, 울진의 봉평 신라비, 죽변리 향나무, 망양정, 월송정, 삼척의 신남 해신당과 어촌민속전시관, 초곡의 용굴, 수로부인공원 등과 연계)

• 〈헌화가〉, 〈해가〉 등과 연계한 대중가요 만들기

• 캐릭터 산업, 팬시 산업, 테마파크 산업, 해양축제, 기줄다리기 축제 등과 연계

• 토우 수레를 탄 신라 미인 이미지와 수로부인 이야기 관련 문화상품

수로부인 캐릭터는 미래 몽상사회의 또 다른 신비의 램프와 같은 존재이다. 그녀는 변신과 환상의 대명사처럼 보인다. 수로부인의 현대적 환상은 이미지의 다양한 상상 세계로 유도할 수 있는 것이다. 고대 인물 중에서 이만큼 신화적 마력을 지닌 인물이 또 있을까. 상업적 재화(財貨)로서 문화 콘텐츠 산업화의 변신은 가치 있는 팩션의 창조적 덕목이다.

끝으로 수로부인 스토리텔링의 예술성을 위해 다음 시를 다시 읽어보는 것이 좋겠다.

하늘에서 떨어져 흩날리는 꽃잎들 사이로
그림자처럼 스쳐 지나가는 덫을 보았다.
덫에 갇힌 꿈의 얼굴이 눈물에 젖어 번쩍이고 있었다.
아득한 벼랑 위에 한 무더기 꽃으로 피어나 있었다.
돌아와 다오 소리쳐도 그 소리마저 돌아오지 않았다.
뿌리째 뽑힌 한 아름의 붉은 철쭉꽃이
풀려날 길 없는 덫을 이끌고 수로부인의 철쭉꽃이 온하늘을 떠돌아 다니고 있었다.

— 박제천, 〈수로〉

철쭉꽃이 웃고 있었다./오월이 지천에 따라 웃고 있었다.
바닷가 병풍 같은 벼랑에는/철쭉꽃이 탐스러이 웃고 있었다.
'누가 저 꽃을 꺾어 주오'/부끄러이 홍조 띤 얼굴
좌우로 살피는 수로부인./자줏빛 바윗가에
잡은 손 암소 놓고/나를 아니 부끄러워하면
꽃을 꺾어 바치 오리다./실직(悉直) 남정네 나섬에
보아라 저 홍조의 얼굴/절세미인의 환희의 얼굴을,
은밀한 저 눈엣말을,/하늘하늘, 탱탱한 저 허리를.

— 정연휘, 〈수로부인 1—헌화가〉

이 밖에 윤후명의 소설 〈삼국유사 읽는 호텔〉, 박진환의 시 〈헌화가 산조〉, 꿈동이인형극단의 〈거북아 거북아〉 등 현대적 수용을 보여주는 작품들을 통해 수로부인의 매력에 한발 더 다가갈 수 있다. 그만큼 수로부인은 신물까지 탐낸 아름다움의 화신이다.

이창식 세명대학교 한국어문학과 교수. 구비문학과 고전시가를 주로 현장론적으로 연구해 왔으며, 최근 지역 문화 콘텐츠 작업에 관심을 쏟고 있다. 지역 원형 자원을 문화 상품으로 연계하는 사업에도 참여하여 축제 등을 기획, 자문하고 있다. 저서에는 《한국의 보부상》, 《한국의 유희민요》, 《전통문화와 문화콘텐츠》 등이 있다.

8

어질고 지혜로운 이 땅의 아내, 그리고 어머니

이상구

옥영

서울 출신의 양반가 규수로 남원 향반인 최척의 아내가 된다. 전란과 위기 상황을 슬기롭게 극복하는 우리 어머니 상을 잘 대변한다. 지혜와 용기를 겸비했을 뿐 아니라 현명한 판단력과 결단력, 그리고 어질고 풍부한 정감까지 갖추었다.

《최척전(崔陟傳)》은 16세기 말부터 17세기 초에 걸쳐 동아시아를 휩쓸었던 정유재란을 배경으로 삼아 남녀의 애정과 함께 한 가족의 이산과 극적인 재회를 형상화한 작품으로, '기우록(奇遇錄)'이라고도 한다. 이 작품은 17세기 전반에 창작된 《주생전》, 《운영전》, 《영영전》 등과 같은 애정류 전기소설(傳奇小說)이라고 할 수 있으나, 남녀의 애정보다는 전란으로 인해 야기된 한 가족의 파란만장한 삶을 통해 평범한 인간들이 역사적 소용돌이 속으로 휩쓸려 들어가는 과정을 총체적으로 그려 내고 있다.

작자는 인조 때 공조참판을 지낸 현곡(玄谷) 조위한(趙緯韓, 1567~1649)이며, 그는 임진왜란 때 남원에서 피란 생활을 하던 중 김덕령 장군의 수하에서 의병 활동을 하기도 했다. 47세 때 계축옥사에 연루되어 삭탈관직을 당한 이후 가족을 이끌고 남원으로 이사를 했으며, 《최척전》은 그가 64세 때인 1621년에 창작한 것으로 알려져 있다.

어제 제가 시(詩)를 던진 것은 실로 저의 음란함을 깨우쳐 보이기 위함이 아니라, 단지 시험 삼아서 낭군의 의향을 탐지하려는 것이었습니다. 제가 비록 지식은 없으나 원래 사족(士族)으로서 애초에 저자에 노니는 무리가 아닌데, 어떻게 담벼락에 구멍을 뚫고 몰래 만날 마음을 가질 수 있겠습니까? 반드시 부모님께 아뢰어 마침내 예(禮)에 따라 혼례를 치른다면, 비록 먼저 사사로이 시를 던져 스스로 중매하는 추태를 범했으나, 정절과 신의를 지키어 아내로서의 도리를 다하고자 합니다. 이미 사사로이 편지를 주고받아 그윽하고 바른 덕을 크게 잃어버리긴 했으나, 이제 간과 쓸개가 비추듯 서로의 마음을 잘 알게 되었으니, 다시는 함부로 편지를 보내지 않겠습니다. 이제부터는 반드시 중매를 두어 제가 밀회(密會)를 즐겼다는 비난을 받지 않도록 해 주시길 간절히 바라오니, 낭군은 잘 생각하시어 일을 꾀하십시오.

— 조위한 지음, 이상구 역주, 〈최척전〉, 《17세기 애정전기소설》, 193~194쪽

우리나라의 전통적인 여성상은 '사씨'인가, '옥영'인가?

우리나라의 '전통적인 여성상' 하면 흔히 고려속요 〈가시리〉와 김소월의 시 〈진달래꽃〉에 나오는 서정적 자아나 《사씨남정기》의 사씨를 거론한다. 이들의 공통된 덕목은 순종적인 절제와 인고이다. 〈가시리〉와 〈진달래꽃〉의 서정적 자아는 자기를 버리고 떠나는 임과의 이별을 안타까워하면서도 차마 잡지 못하고 남성의 선처만 바라며, 사씨는 억울한 누명을 쓰고 시집에서 쫓겨나면서도 변명 한 마디 하지 않고 꾹꾹 참기만 한다. 특히 사씨는 어질고 유순할 뿐만 아니라 효도를 다하여 시부모를 받들고, 공손함으로 군자인 남편을 섬기며,

정성으로 제사를 받들고, 은혜로 집안의 종을 부리는 등 많은 미덕을 갖추고 있다. 그런 탓에 사씨는 조선 시대 사대부가의 현숙한 여성상의 전형으로, 나아가 중세 사회의 이상적인 여성상으로 자리 잡게 되었다.

그러나 과연 정말로 이들을 우리나라의 전통적이거나 전형적 여성상이라고 할 수 있을까? 사씨의 경우 조선 시대 사대부 남성들이 바라는 이상적인 여성상일 수는 있다. 그러나 분명 전통적이거나 전형적인 것과는 거리가 멀다. 이상적이라는 것은 그만큼 현실과 괴리가 있다는 것을 뜻한다. 또 사대부 남성들이 이상적이라고 여겼던 만큼 사씨의 형상에는 그들의 욕망과 가부장적 가족제도의 질곡이 덧씌워져 있다. 조선 시대에는 부덕(婦德)의 첫 번째 조건으로 "맑고 고요하며, 절제가 있고 가지런하며, 다소곳이 행동하여 기거동작(起居動作)에 법도가 있어야 한다."는 것을 꼽았는데, 이것은 여성의 욕망이나 주체적 삶을 억압하기 위한 가부장적 기제였던 것이다.

〈가시리〉나 〈진달래꽃〉의 서정적 자아에도 유사한 억압 기제가 작용하고 있다. 가부장적 제도와 사회에서 여성은 남성에게 종속될 수밖에 없으며, 남성에게 순종하는 것만이 목숨을 부지하는 길이었다. 죽음을 각오하지 않고는 남성의 부당한 대우와 처신에 대해 당당하게 맞설 수 없었던 것이 여성의 삶의 조건이고 현실이었던 것이다. 이런 점에서 여성의 순종적 절제와 인고는 남성 중심의 가부장적 제도와 사회가 만들어 내거나 강요한 비극적인 기표라고 할 수 있다. 요컨대 온갖 고통과 설움을 참고 견디면서 마지막 순간까지 남성의 선처만 바랄 수밖에 없었던 〈가시리〉와 〈진달래꽃〉의 서정적 자아는 불평등한 사회의 불행한 초상들이라고 해야 할 것이다.

그럼에도 불구하고 오늘날에도 적지 않은 사람들이 사씨와 같은 여성상을 전통적이거나 이상적인 양 기리며, 중등학교에서는 〈가시리〉와 〈진달래꽃〉의 서정적 자아에 대해 '우리나라 여성의 전통적인 미를 체현하고 있다.'고 가르치기까지 한다. 우리는 이들에게서 가부장적 제도와 사회의 질곡으로 인해 불행하게 살아야만 했던 여성의 고통과 힘겨움을 읽고, 그러한 삶이 되풀이되지 않도록 애써야 할 것이다. 그런데 도리어 이들을 미화하고 있으니, 잘못되어도 한참 잘못된 듯하다. 오늘날에도 남녀의 불평등한 관계를 통해 얻어지는 것이 있단 말인가?

실제 우리의 고전문학에는 잘못된 현실과 부당한 대우에 맞서 주체적이면서 진실한 삶을 추구했던 여성상이 적지 않게 나타난다. 〈온달전〉의 평강공주, 〈이생규장전〉의 최랑, 《운영전》의 운영, 《최척전》의 옥영, 《이춘풍전》의 부인 김씨, 〈변강쇠가〉의 옹녀, 《춘향전》의 춘향 등등이 그러하다. 이 가운데서도 특히 옥영은 조선 시대 여성의 참모습을 매우 사실적으로 반영하고 있다는 점에서 주목할 필요가 있다. 그녀는 버거운 현실에 절망해 몇 차례 자살하려 했을 정도로 여리기도 하지만, 끝내는 온 가족의 행복한 삶을 위해 결연한 의지로 다시 일어서는 우리의 어머니이며, 현실을 정확하게 파악하는 지혜와 자신의 삶을 스스로 개척해 가는 용기 있는 여성이다. 어질고 풍부한 정감을 지녔으면서도 지혜와 용기로 전란과 위기를 슬기롭게 극복한 옥영, 그녀는 바로 생생하게 살아 있는 우리나라 여성의 참된 전형일 터이다.

전란과 위기를 슬기롭게 극복한 옥영

옥영은 본래 서울 숭례문 밖 청파리에서 홀어머니 심씨를 모시고 살던 양반댁 규수였는데, 임진왜란 때 피란을 갔다가 남원 만복사 근처에 사는 친척집인 정상사 댁에서 기거하게 된다. 이 무렵 남원의 가난한 향반(鄕班)인 최척이 정상사에게 글을 배우고 있었는데, 옥영은 최척이 성실하게 공부하는 모습을 몰래 지켜보고 있다가 그에게 구혼의 뜻이 담긴 시를 창틈으로 던진다. 최척도 옥영의 어여쁜 모습을 언뜻 보았던 터라, 화답하는 편지를 쓴 후 아버지에게 정상사를 통해 심씨에게 청혼할 것을 부탁한다. 그러나 심씨는 최척의 가난함을 들어 청혼을 거절한다. 이에 옥영은 '전란의 와중에서 부유하되 용렬한 사람보다는 가난하더라도 어진 선비가 가문을 보존할 수 있는 길'이라며

전라북도 남원에 있는 만복사터

어머니 심씨를 설득하여, 마침내 최척과 약혼을 한다. 옥영은 양반가의 규수로서 예의와 염치를 잘 알고 있으면서도 자신이 처한 상황과 현실을 정확하게 인식하고, 이를 바탕으로 자신의 삶을 주체적으로 개척해 나갔던 것이다.

그러나 이들의 결혼은 쉽게 이루어지지 않는다. 의병장 변사정을 따라 영남으로 갔던 최척이 혼례를 치르기로 약속한 날에 돌아오지 못하고, 이를 틈타 양생이라는 부유한 자가 옥영과의 결혼을 추진했던 것이다. 양생은 정상사 부부에게 뇌물을 주고 심씨를 설득케 하여 옥영과의 혼인 약속을 받아 낸다. 뒤늦게 이 사실을 알게 된 옥영은 어머니 심씨를 설득하다가 안 되자 남몰래 목을 매어 죽으려고 한다. 다행히 심씨에게 발견되어 옥영은 목숨을 건지고, 이를 전해 들은 최척이 의병장의 허락을 받고 돌아와 옥영과 혼례를 치르게 된다. 우리는 여기에서 죽음으로써 신의와 사랑을 지키려는 옥영의 강한 면모를 엿볼 수 있다.

그러나 옥영의 고난은 여기에서 끝나지 않는다. 최척과 결혼한 옥영은 훌륭한 아내이자 며느리로서의 역할을 다하며, 아들 몽석을 낳는 등 한동안 행복하게 살아간다. 그런데 정유년 8월에 왜구가 남원을 함락하게 되면서 옥영의 본격적인 고난이 시작된다. 옥영은 남장(男裝)을 하고 홀어머니와 시아버지, 아들과 함께 남편 최척을 따라 구례 연곡사로 피란을 간다. 그러나 최척이 양식을 구하러 산을 내려간 사이 왜구가 연곡사로 쳐들어와 피란민 가운데 노약자들은 살해하고, 장정들은 포로로 잡아갔는데, 남장을 한 옥영은 장정들 틈에 섞여 일본으로 붙들려 간 것이다. 불행 중 다행으로 옥영은 본래 해상(海商)을 하던 돈우라는 선량한 왜병에게 끌려갔고, 전란이 끝난 후 남자

행색을 하고 중국과 안남 등지를 왕래하면서 장사를 하는 돈우를 따라다닌다. 그러다가 헤어진 지 4년 만에 뜻밖에도 명나라 군사를 따라 안남에 와 있던 최척을 기적적으로 만나게 된다.

최척과 옥영 부부는 조선으로 돌아오지 못한 채 중국에서 터전을 마련해 살아가던 중 둘째 아들 몽선을 낳고, 명나라 구원병으로 왜란에 참전한 후 생사를 알 수 없는 위경의 딸 홍도를 며느리로 맞이한다. 그러나 이들의 평탄한 생활도 오래가지 못한다. 무오년에 후금(後金)이 명나라를 침략하자 최척은 명군으로 참전할 수밖에 없었다. 이때 조선에서는 강홍립을 도원수로 삼아 구원병을 보내지만, 명나라와 조선 연합군은 후금에게 크게 패하고 만다. 후금의 포로가 된 최척은 조선의 구원병으로 참전했다 역시 포로로 잡힌 첫째 아들 몽석을 기적적으로 만나고, 조선인 출신 오랑캐 병사의 도움으로 몽석과 함께 탈출하여 조선으로 돌아온다.

최척의 생사를 모르고 있던 옥영은 후금이 조선군 포로는 대부분 풀어 주었다는 소문을 듣고, 최척이 살아났다면 조선으로 갔을 것이라며 아들의 만류를 물리치고 조선행을 결정한다. 준비 과정에서 풍부한 경험을 바탕으로 한 지혜로운 어머니로서의 옥영의 역할은 빛을 발한다.

> 항해가 잘되고 잘못되고는 오로지 돛대와 노에 달려 있으니, 돛대는 촘촘히 기워야 하고 노는 견고해야 한다. 또 없어서는 안 될 것이 지남석이다. 항해할 날짜는 내가 정할 것이니 나의 뜻을 어기지 않도록 해라.
>
> —〈최척전〉, 223쪽

옥영은 아들 몽선에게 돛대를 촘촘히 기우고 견고한 노와 나침반을 준비하도록 할 뿐만 아니라, 조선과 일본 두 나라의 옷을 짓고 매일 아들과 며느리에게 두 나라 말을 가르쳐 익히게 한다. 옥영의 예상대로 배를 타고 조선으로 향하는 도중 일본인 배와 중국인 해적선, 그리고 조선의 화물선을 만나게 된다. 옥영은 그때마다 일본어와 중국어, 그리고 조선어를 사용하면서 여러 위기를 극복하고 마침내 조선 땅 남원에 도착한다. 그리하여 기적적으로 살아남은 어머니 심씨, 시아버지 최숙, 남편 최척과 첫째 아들 몽석, 홍도의 아버지 위경을 만나 행복한 삶을 영위한다.

이처럼 〈최척전〉은 전란으로 인해 뿔뿔이 흩어졌던 가족이 기적적으로 재회한다는 내용으로 이루어져 있다. 그래서 '기우록'이라고도 한다. 이들의 재회는 남원 만복사의 부처인 장육금불의 천우신조(天佑神助) 탓으로 형상화된 점도 없지 않다. 그러나 이들의 기적적인 재회는 최척 가족 모두의 끈끈한 가족애, 특히 옥영의 지혜와 용기 없이는 불가능했을 것이다.

주체성이 강한 처녀에서 지혜로운 어머니로

옥영은 본래 대문 밖 길가도 나가 본 일이 없는 얌전하면서도 평범한 양반가 처녀였다. 그러한 옥영이 피란살이를 하면서 젊은 총각을 몰래 엿보기도 하고, 또 먼저 구혼의 뜻이 담긴 시를 보내기도 한다. 이러한 행위는 조선 시대의 윤리 의식이나 관습에 따르면 도저히 용납될 수 없는 것이었다. 옥영 자신이 '스스로 중매하는 추태를 범'하거나 '바른 덕을 크게 잃어버렸다.'고 했듯이, 본인 역시 이러한 사실을 매우 잘 알고 있었다. 그런데도 옥영은 자신이 직접 남편감을 고르려고 하였다. 왜 그랬을까?

> 저는 서울에서 생장하였으나 일찍 부친을 여의고, 지금껏 형제도 없이 홀로 편모(偏母)를 모셔왔습니다. 몸은 비록 영락였으나 마음은 빙호 같으며, 거칠게나마 맑고 깨끗한 행실을 알아 대문 앞에 있는 길가마저도 나가 본 일이 없습니다. 그러나 좋은 때를 만나지 못하여 세상살이에 어려움이 많고, 전쟁이 어지럽게 일어나 온 가족이 흩어져 떠돌다가 이곳 남쪽 땅까지 이르러 친척에게 몸을 의탁하고 있습니다. 나이는 이미 시집 갈 때가 되었으나 아직 받들어 공경할 사람을 만나지 못하고, 항상 옥이 난리에 부서지거나 구슬이 강포한 무리에게 더렵혀질까 두려워하고 있습니다. (중략) 가까운 곳에서 낭군을 뵈오니, 말씀이 온화하고 행동거지(行動擧止)가 단정하며, 성실하고 진솔한 빛이 얼굴에 넘쳐흐르고, 우아한 기품이 보통 사람보다 한결 빼어났습니다. 만약 제가 어진 남편을 구하고자 한다면 낭군 외에 달리 누가 있겠습니까?
>
> —〈최척전〉, 193쪽

이에 대해 옥영은 전란의 와중에 편모를 모시고 친척집에 피란 온 처지이며, 시집갈 때가 되었다는 점, 강포한 왜적들의 겁탈에 대한 두려움, 최척의 성실한 자세와 온화한 행동거지 등등을 이유로 들고 있다. 요컨대 왜적들이 온 나라를 헤집고 다니면서 부녀자들을 겁탈하는 상황이기 때문에 자신의 몸을 온전하게 지키기 위해서는 믿고 의지할 만한 남자가 필요하며, 그런 남자가 있다면 예교나 관습에 얽매이지 않고 먼저 구혼을 하겠다는 것이다. 오늘날 같으면 너무나 자연스럽고도 당연한 생각일 터인데, 당시에는 감히 꿈꿀 수도 없었던 패륜적 발상이라고 할 수 있다. 사랑에 눈이 멀면 보이는 것이 없다고 하는데, 옥영은 그런 것도 아니다. 최척을 좋아하는 것은 사실이지만, 도리어 자신이 처한 상황과 현실을 냉철하면서도 객관적으로 인식하고 있다. 옥영이 최척에게 먼저 구혼을 한 것도 냉철한 현실 인식에 기반하고 있기에 더욱 소중하고 본받을 만한 가치가 있다.

> 어머님께서 저를 위해 사위를 고르시되 반드시 부유한 사람만을 구하려고 하시니, 그 마음이 안타깝습니다. 집안이 부유하고 사윗감마저 어질다면 얼마나 다행이겠습니까? 그러나 만약 집안은 비록 먹을 것이 풍족하더라도 사윗감이 어질지 못하다면, 그 집안을 보존하기 어려울 것입니다. 사람이 어질지 못한데 제가 그를 남편으로 섬긴다면, 비록 곡식이 있다고 한들 그가 능히 우리를 먹여 살릴 수 있겠습니까? 제가 최생을 몰래 살펴보니, 그는 하루도 빠지지 않고 매일 우리 아저씨께 와서 성의를 다하여 성실하게 배웠습니다. 이로 보건대, 그는 결코 경박하거나 방탕한 사람은 아닙니다. 이 사람을 배필로 삼을 수만 있다면 저는 죽어도 여한이 없습니다. 하물며 가난한 것은 선비의 본분이요, 떳떳하지 못한 재물은 뜬구름과 같은 것입니다. 청컨대, 최생으로 마음을 정하시어 저의 소원을 이루어 주십시오. 이것은 처녀가 제 입으로 할 말은 아니지만, 제 일생과 관련된 일입니다. 그런데 어떻게 부끄러움을 꺼려하여 침묵을 지킨 채 말을 하지 않고 있다가, 마침내 용렬한 사람에게 시집가서 일생을 그르쳐 버릴 수 있겠습니까? 이미 깨어진 시루는 다시 완전하게 하기 어려우며, 물을 들인 실은 다시 희

게 할 수 없듯이, 일이란 한 번 그르치면 후회해도 소용이 없습니다. 하물며 지금 제 처지는 다른 사람들과 달라 집에는 엄한 아버지가 계시지 않고 왜적(倭賊)이 가까운 곳에 있습니다. 진실로 참되고 믿음직스런 사람이 아니라면 어떻게 우리 두 모녀로 하여금 우리 가문의 운명을 온전하게 보존할 수 있도록 하겠습니까?

—〈최척전〉, 195~196쪽

어머니 심씨가 최척이 가난하다는 것을 이유로 결혼을 반대하자, 옥영이 어머니를 설득하는 대목이다. 옥영은 '전란과 같은 위기적 상황에서는 부유한 사람보다는 어질고 현명한 사람이 집안을 더 잘 보존할 수 있으며, 가장(家長)이 없이 피란살이를 하는 모녀의 처지에서는 참되고 믿음직스런 사위를 구해야만 살아남을 수 있다.'며 어머니를 설득한다. 옥영의 '가난한 것은 선비의 본분이요, 떳떳하지 못한 재물은 뜬구름과 같은 것'이라는 생각에 관념적인 측면이 전혀 없지는 않다. 그러나 옥영은 자신의 처지와 객관적인 상황을 냉철하게 인식하고, 그것을 바탕으로 기존의 틀과 관념을 넘어서고 있다. "청컨대, 최생으로 마음을 정하시어 저의 소원을 이루어 주십시오. 이것은 처녀가 제 입으로 할 말은 아니지만, 제 일생과 관련된 일입니다. 그런데 어떻게 부끄러움을 꺼려하여 침묵을 지킨 채 말을 하지 않고 있다가, 마침내 용렬한 사람에게 시집가서 일생을 그르쳐 버릴 수 있겠습니까?" 이 얼마나 담대하면서도 놀라운 말인가? 비록 양반가 처녀이지만, 냉철한 현실 인식을 바탕으로 자신의 삶은 자기 스스로 개척해 나가겠다는 옥영의 주체적이면서도 단호한 의지를 아무리 조선 시대라 한들 어느 누가 막을 수 있었겠는가!

이처럼 처녀 시절의 옥영이 냉철하면서도 주체성이 강한 여성이었다면, 결혼한 이후의 옥영은 '어질고 지혜로운 어머니이며 아내'라는 뜻 그대로의 '현모양처'라고 할 수 있다. 최척과 혼례를 마친 옥영은 손수 집안 살림을 도맡아하면서 지극한 효성과 정성으로 시아버지와 남편을 섬기고, 예의로써 아랫사람을 부린다. 그래서 이웃 사람들에게 현모양처로 이름이 난 중국의 맹광이나 환소군보다 더 낫다는 칭찬을 듣는다. 《사씨남정기》의 사씨와 유사한 셈이다. 한시를 지을 줄 알지만 여자라는 이유로 삼가는 태도와 절박한 상황에서 자결을 먼저 생각하는 것도 사씨와 닮았다. 그러나 옥영은 끝내 좌절하지 않고 당면한 문제를 스스로의 힘으로 해결하려고 애쓴다는 점에서 소극적이고 수동적인 태도로 일관하는 사씨와 확연하게 구별된다.

옥영은 남편 최척이 소속되어 있는 명나라 군사가 요동에서 오랑캐 군사에게 참패해 거의 몰살했다는 소식을 듣고 자결을 하려고 한다. 그러나 몇 가지 정보를 통해 최척이 살아나서 조선으로 향했을 가능성이 크다는 것을 간파하고, 마침내 조선으로 돌아갈 계획을 세운다. 돛단배를 타고 중국 남쪽 지역에서 서해를 건너 조선으로 간다는 것은 죽음을 각오하지 않고는 실행하기 어려운 모험이다. 따라서 아들 몽선이 '바다에 빠져 죽을 것이 뻔하다.'며 강력하게 반대했던 것이다. 그러나 옥영의 의지는 확고하며, 경험 또한 풍부하였다. 그녀는 파도의 출몰과 조수의 흐름 등에 대한 자신의 경험과 지식을 들어 아들을 설득한 후, 튼튼한 돛대와 나침반 등 항해에 필요한 여러 물건을 잘 준비하라고 지시한다. 이뿐만이 아니다. 옥영은 조선과 일본 두 나라의 옷을 짓고, 매일 아들과 며느리에게 두 나라 말을 가르쳐 익히게 한다.

옥영의 예상대로 항해 도중 여러 가지 어려움이 발생한다. 거센 풍랑을 만나 돛이 찢기기도 하고, 해적을 만나 배를 빼앗기기도 한다. 그러나 옥영은 풍부한 경험과 지혜로 위기를 극복하는데, 다음은 그 사례 가운데 하나이다.

> 하루는 중국인 배를 만나게 되었는데, 그들이 물었다.
> "어느 지방의 배이며, 어디로 가느냐?"
> 옥영이 응답하여 말했다.
> "나는 항주(杭州) 사람인데 차를 사기 위해 산동으로 가는 중입니다."
> 또 며칠 뒤에는 일본인 배를 만나게 되었다. 옥영은 즉시 아들, 며느리와 함께 일본인 옷으로 갈아입고 기다렸다. 일본인 배가 다가와서 물었다.
> "너희들은 어느 지방 사람이며, 어디에서 오는 중이냐?"
> 옥영이 일본어로 대답하였다.
> "고기를 잡으러 바다로 들어왔다가 풍랑을 만나 표류하게 되었습니다. 배와 노가 깨지고 부러져 항주에서 배를 사서 돌아가는 중입니다."
> 일본 사람이 말했다.
> "고생을 많이 했군요! 고생을 많이 했어! 여기서 일본까지는 얼마 안 되니 남쪽으로 가십시오."
>
> —〈최척전〉, 225쪽

옥영의 주도면밀함과 선견지명이 빛나는 장면이다. 옥영이 조선과 일본의 옷을 준비하고, 또 아들과 며느리에게 조선말과 일본 말을 가르친 까닭이 여기에서 확연하게 드러나기 때문이다. 즉 옥영은 항해

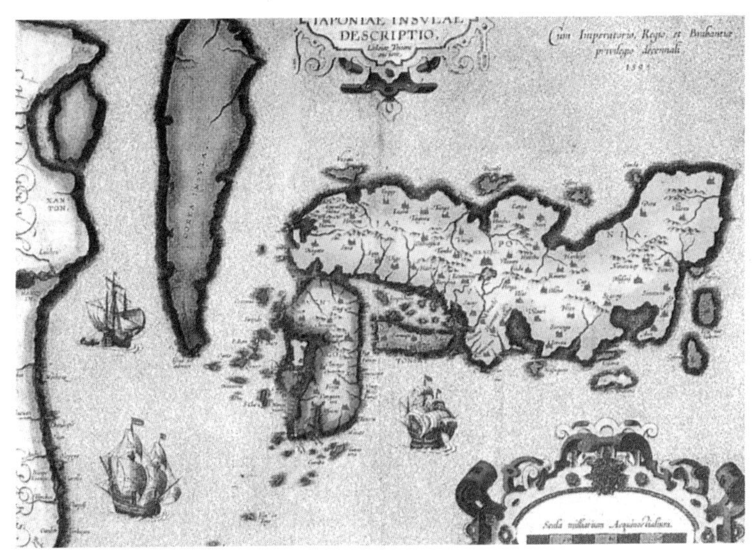

정유재란 당시인 1595년에 제작된 동아시아 지도. 세로로 긴 섬나라로 그려진 것이 한국이다. 벨기에 지도학자 오르텔리우스의 《지구 전도》에 수록되어 있다.

하는 동안 여러 나라의 배들을 만나게 될 것을 예측하고 미리 준비를 해두었던 것이다. 그리하여 중국인 배를 만나면 중국인 행세를, 일본인 배를 만나면 일본인 행세를 함으로써 위기를 모면했다. 또 마지막 단계에서는 조선의 관곡선(官穀船)을 만나 조선 사람임을 분명하게 입증함으로써 무사히 조선 땅에 발을 디딜 수 있었다. 옥영의 풍부한 경험과 지혜, 그리고 결단력 있는 행동이 아니었다면 최척 일가의 행복한 재회는 결코 기약할 수 없었으리라.

동서고금과 남녀노소를 불문하고 현실을 제대로 파악하지 못하거나, 또 파악했다고 하더라도 과감하게 행동으로 옮기지 못한 채 자신의 신세를 망치거나 무의미하게 죽어간 사람들이 아주 많다. 그런데 옥영은 어떠한가? 너무나 평범하고 일상적인 존재이지만, 위기적 상황에서는 찬란하게 빛나는 지혜와 용기를 겸비한 옥영. 그녀는 한겨레 여성의 진정한 전형일 터이다.

우리나라 여성의 힘과 역할

옥영은《옥루몽》의 강남홍처럼 영웅적인 능력을 지닌 인물도,《춘향전》의 춘향처럼 봉건적 신분 관계를 넘어서고자 목숨을 거는 투사(鬪士)적인 인물도 아니다. 옥영은 지극히 평범하고 일상적인 존재로, 우리 주변에서 어렵지 않게 만나 볼 수 있는 여성이다. 실제로 우리나라의 여성 대부분이 옥영처럼 다정다감하면서도 지혜와 용기를 겸비하고 있다. 평상시에는 나약하고 여린 듯하지만, 위기적 상황이나 결정적인 순간에는 놀라운 힘과 지혜를 발휘한다. 그 단적인 예로 1998년 외환 위기 때를 들 수 있다. 당시 우리나라 전 국민은 '금모으기 운동'을 전개해 외채를 갚았는데, 이 운동은 여성들의 주체적이고 적극적인 참여가 없었다면 성공하지 못했을 것이다.

그러나 더욱 중요한 것은 역사적 사건 속에서 드러나지 않은 우리나라 여성들의 역할이다. 상황이 어렵거나 전망이 불투명할 때 대부분의 남성들은 쉽게 절망에 빠져 자포자기하거나 가부장적 폭력을 행사하였다. 그러나 여성들은 남성들의 가부장적 폭력을 끌어안으면서 꿋꿋하게 버텼을 뿐만 아니라, 절망에 빠져 방황하는 가장의 자리를 메워 왔다. 어찌 위기적인 상황에서뿐이랴! 평상시에도 많은 여성들이 남성들의 두 배에 해당하는 생산적 활동과 역할을 해 왔다. 오늘날 우리가 이렇듯 경제적 풍요를 누릴 수 있는 것도 옥영처럼 어질고 지혜로운 우리의 아내와 어머니들의 피땀 어린 노력의 결과라고 해도 지나치지 않을 것이다.

몇 해 전 TV에서 〈아줌마〉라는 드라마를 방영한 적이 있다. '아줌마'라는 용어는 흔히 '이기적이거나 염치가 없으며, 여성스럽지 못하거나 억척스런 중년의 기혼 여성'이라는 부정적인 의미로 사용되고는 했다. 그런데 이 드라마는 '억척스런 중년의 기혼 여성'이 우리 사회에서 담당했던 긍정적인 역할을 재조명하여 정당하게 평가하려는 의도가 담겨 있었던 것으로 기억된다. 공감할 만한 발상이다. '아줌마'의 긍정적 가치는 '억척'으로 표현되는 강한 생활력과 실용주의적 사고 및 행동 등을 들 수 있는데, 이러한 자질들은 우리나라의 경제 발전에 크게 기여했다고 보아야 할 것이다.

《최척전》의 옥영 역시 중년의 기혼 여성이라는 점에서 일종의 아줌마라고 할 수 있다. 그러나 옥영은 아줌마의 일반적인 이미지와는 분명 다른 이미지를 갖고 있다. 냉철한 현실 인식을 바탕으로 자신의 삶을 스스로 개척하는 주체성과 용기를 지니고 있지만, 이기적이거나 억척스럽다고는 할 수 없다. 예의와 염치를 잘 알고 있지만, 교양미가 넘치는 상류층 부인도 아니다. 굳이 이름을 붙인다면 옥영은 '어질고 지혜로운 아줌마'라고 해야 할 것이다. 온순하면서도 단호하고, 여리면서도 주체성이 강하며, 풍부한 경험과 지혜를 가진 옥영. 이러한 옥영을 주인공으로 삼아 우리나라의 역사 속에서 여성의 역할을 정당하게 조명하는 영화나 드라마가 나오길 기대한다.

이상구 순천대학교 국어교육과 교수. 고전소설을 주로 연구해 왔으며, 최근에는 고전소설에 나타난 성적 욕망의 문제에 관심을 갖고 있다. 저서로는 《17세기 애정전기소설》, 《숙향전》 등이 있다.

9

억척 아줌마의 남편 길들이기

최혜진

춘풍 처 김씨

방탕한 남편을 길들이는 억척 아줌마 캐릭터. 주색잡기에 가산을 탕진한 춘풍을 대신해 살림을 일으키고 남편까지 따끔하게 혼내 준다. 부지런하고 억척스러우며, 동시에 목적을 위해 치밀하게 계획하고 실행에 옮기는 행동력을 갖추었다.

〈이춘풍전(李春風傳)〉은 조선 시대 말기에 유통되던 판소리계 소설이자 시대를 반영하고 있는 세태 소설이다. 판소리 창본이 남아 있지 않으나 문체와 구성 방식, 시점 등이 판소리와 유사성을 보이고 있어 창으로 불리었을 가능성이 있다. 현재 이본은 6종(서울대본, 국립도서관본, 나손본 1·2, 성산본, 김영석본)이 발견되었는데, 이본들 간에는 줄거리와 주요 인물, 배경, 삽화가 대개 일치하고 있다. 줄거리는 방탕한 인물인 이춘풍을 교정 치유하는 인물로 그의 처 김씨가 활약한 내용을 담고 있다. 조선 후기 〈배비장전〉이나 〈강릉매화타령〉, 〈무숙이타령〉 등과 같이 판소리의 영향을 입어 탄생된 소설로 보여지며, 변화하는 세태를 풍자적이고 해학적으로 그리고 있는 것이 특징이다. 이 소설은 특히 경제력을 중심으로 변화하는 여성 의식을 반영하고 있어 여성 향유층을 염두에 둔 작품으로 보인다.

슬프다. 이내 가장 남과 같이 났건마는 어이 그리 허랑한고? 청루화방(靑樓花房) 잡년에게 한 번 패가도 어렵거든, 타도 타향 먼먼 길에 막중한 공전(公錢) 내어쓰고 외로이 내려가서 허랑히 망한단 말인가? 애고 애고 설운지고. 뉘를 믿고 살잔 말인고? 전생에 무슨 죄로 인생이 이같이 되어 가장 하나 못 만나서 평생에 이 고생하여 이내 팔자 이러한가? 애고 애고 설운지고. 어이하여 살잔 말인가? 각기 천명에 매인 팔자 도망하기 어려워라. 내 몸 하나 세상에 살어 무엇 할꼬? 종남산에 나아가서 물명주 긴 수건을 한 끝은 나무에 매고, 또 한 끝은 목에 매고 대롱대롱 죽고지고. 남산의 호랑이야 내려와서 요내 몸을 물어가게. 남산 밑에 귀신들아 내려와서 요내 일신 잡아가게. 애고 답답 설운지고.

— 신해진 옮김, 〈니츈풍젼(李春風傳)〉(서울대본), 《조선후기 세태소설선》, 345~346쪽

이 여자가 사는 법

전통 시대의 아내상은 두말할 것도 없이 '현모양처'로 요약된다. 가정 내적 존재이면서 자녀를 양육하고 가사를 전담하는 아내 고유의 역할은 오랜 역사를 지닌 문화였다. 많은 고전문학 작품에서 아내, 특히 본처의 캐릭터는 순종적이고 부덕이 뛰어난 모습을 전형적으로 보여 주고 있다. 시부모를 모시는 것에서부터 집안을 다스리고 남편을 내조하며 어진 어머니로서의 역할을 하는 동안, 자신의 이름은 지워지고 헌신과 봉사의 화신이 된 이 땅의 아내들. 흥부 처가 그러하고, 별주부 처가 그러하고, 옹고집 처가 그러하고, 무숙이 처가 그러하듯이, 가난과 무능, 위선과 방탕으로 얼룩진 남편들 앞에서도

한 마디 말없이 참고 참으며 인고의 세월을 견디는 것이 당연지사로 보였다. 온갖 품팔이로 눈먼 가장을 보살피고, 자신의 몸은 돌보지 못하다가 딸을 낳고 죽어 버리는 심 봉사의 처 곽씨 부인은 그 전형적인 캐릭터이다. 이들 아내들은 온갖 고통을 자신의 몸으로 인내하며 가난과 핍박, 절망을 운명처럼 받아들인다. 왜냐하면 여필종부여야 하기 때문이다.

그러나 열·절 관념이 여성들을 억눌렀던 조선 시대에도 변화는 찾아왔으니, 18세기 이후 봉건적 구태를 벗어나려는 여러 가지 움직임이 바로 그것이다. 특히 조선 후기 상업 경제의 발달은 양반과 서민의 경계를 허무는 주요한 기제가 되기도 하였는데, 이에 따라 점차 화폐의 중요성이 커지게 되고, 경제력의 소유 여부가 인간관계를 재조정하기도 하였다. 또 이 시기, 남편과 아내 사이의 권력도 경제력과 능력의 유무에 따라 변화하고 있었음을 보여 주는 작품이 있으니 그것이 바로《이춘풍전》이다. 춘풍 처 김씨는 가정의 경제권을 장악하고, 남편의 빚을 갚음으로써 자신의 능력을 드러내고 평등한 지위를 확보했으니 이야말로 여성의 약진, 변화하는 아내상을 보여 준다고 볼 수 있다. 새롭게 변화하는 아내상을《이춘풍전》에서는 어떠한 방식으로 포착했는지 살펴보자.

착하고 일 잘하는 아내, 배신에 몸을 떨다

장안 거부의 아들로 소년 시절부터 방탕을 일삼던 이춘풍을 남편으로 둔 김씨의 삶은 어떠했을까? 대개의 아내들이 그러하듯이 삼종의 도리 속에 애간장이 타들어 가는 것을 억누르며 그저 남편이 다시 가정으로 돌아와 성실한 가장의 의무를 다하기를 바랐을 것이다. 방탕을 일삼는 춘풍에게 김씨는 "입신양명을 못하겠거든 치산에 힘을 써서 자손에게 물려 주고 부부 둘이 종신토록 화락하자."고 애절히 간구하기도 하고, "부귀도 공명이니 청루잡기 좋아 말고 이제라도 힘을 써서 부모의 조업을 지키자."고 달래 보기도 한다. 즉 김씨는 물려 준 가산을 잘 지키면서 부부가 화목하게 사는 것을 삶의 이상으로 여기고 있고, 이를 위해 가장인 남편이 부도덕한 일들을 멀리하고 성실하게 살아 줄 것을 소망한 것이다. 그러니까 김씨는 그저 가장이 마음잡고 가정으로 복귀하기를 바라는 여느 현모양처상과 다르지 않다.

그러나 이러한 아내에게 춘풍은 '주색잡기를 좋아하는 것이 장부의 할 일'이라고 하면서 한 술 더 떠 "나도 이리 노니다가 나중에 일품 벼슬되어 후세에 전하리라." 호언한다. 수틀리면 아내를 때리기까지 한다. 이러한 지경이니 아내 김씨의 삶은 그야말로 한숨과 눈물 속에 있었을 것이 당연하다. 그러나 교만한 이춘풍을 지탱해 주는 유일한 무기였던 그 많은 재산도 티끌처럼 없어지고 건초같이 말라가니, 결국 친구도 멀리 가고 기생들도 괄시를 하기 시작한다. 그제야 춘풍은 아내에게 돌아와 읍소한다. 가난하여 못 살겠다는 것이다. 그리고는 가중백사를 맡기겠으니 마음대로 치산하여 의식 염려가 없게 해 달라고 부탁한다. 그리고는 "김씨 치산 이후로 비록 천금 재물이 있을지라도 이는 다 김씨의 재물이라. 이후로 방탕한 일이 있거든 이 수기로 관가에 소송하라."는 각서를 쓴다. 김씨가 가장을 상대로 어찌 소송할 수 있겠느냐고 따지자 춘풍은 가장의 권위를 결국 포기하고 '그럴

시엔 비부지자(鄙夫之子)'임을 선포한다.

이로써 결국 가정의 경제권은 김씨에게 넘어오게 된다. 흥청망청 재물을 쓰며 가정을 등졌던 남편이 무일푼이 되어 돌아오자 드디어 김씨는 능력을 발휘하기 시작한다. 남편의 회심을 기뻐하며 김씨는 이후 온갖 바느질품으로 돈을 벌며 치산을 한다. 그야말로 부지런하고 착한 아내의 전형을 보여 주는 것이다. 김씨의 부지런하고 성실함은 알뜰한 치산으로 이어진다. 밤낮없이 힘써 일한 탓에 사오 년이 지나니 의식이 풍족해지고 가세가 불어난다. 김씨의 치산 능력과 춘풍의 반성으로 집안은 안정을 찾아가는 듯이 보인다.

그러나 이도 잠시 춘풍의 옛 버릇은 다시 도지기 시작한다. 호조돈 이천 냥을 비싼 이자로 빌려 평양에 방물장사를 가겠다고 나선 것이다. 김씨는 춘풍 앞에 꿇어앉아 "물정도 모르고, 평양은 번화하고 사치하여, 허랑한 자는 세워 두고 벗긴다."며 만류한다. "비부지자라고 수기 써서 넣어 둔 것을 잊었느냐."고 하면서 "의식을 내게 맡기고 부디 가지 말라."며 매달려도 본다. 그러나 춘풍은 오히려 '착한 아내 머리털을 이리저리 갈라 잡고 두드리며' 폭력을 쓰더니 아내를 윽박질러 집안 재물 오백 냥까지 내어서 평양으로 떠난다. 홍부가 곧 죽어도 양반 행세를 했던 것처럼, 춘풍 역시 죽어도 아내 덕에 사는 남자가 되는 것은 싫었던 모양이다. 그러나 그 방편이 아내를 도와 가세를 일으키는 것이 아니라 허세와 사치였다는 데 문제가 있다.

아니나 다를까, 춘풍은 평양 기생 추월에게 홀려 가져 간 돈 이천오백 냥을 일시에 탕진하고 결국 그 집 사환으로 거지 같은 생활을 하게 된다. 장사 간 남편이 평안히 돌아오길 바라며 지성으로 빌던 김씨는 춘풍의 소식을 듣고 배신에 몸을 떨며 추월과 춘풍에게 앙갚음을 하리라 다짐한다.

작품 초반부의 김씨는 착하고 어진 아내 캐릭터를 전형적으로 보여 준다. 순종하며 인내하고, 남편의 무능력을 타박하지 않고 억척스럽게 가정 살림을 일으켜 가장을 보살핀다. 남편의 회심에 감격하며 가정을 위해서라면 그 뒷바라지를 마다하지 않는 부지런하고 착한 아내이다. 그러나 남편의 변화를 믿었던 김씨에게 평양에서 들려온 소식은 그야말로 그동안의 믿음이 배반되는 순간이며, 기구한 자신의 팔자가 확인되는 순간이다.

춘풍은 아내에게 경제권을 이양하고 얻어 쓰는 처지의 남편이 되기보다는 빚을 얻어서라도 그럴듯한 일을 벌이고야마는 체면을 중시하는 캐릭터이다. 반면 아내 김씨는 현실적 이익과 안정을 중요하게 여기는 캐릭터이다. 자신의 능력으로 가산을 일으켰으니 그 안에서 남편이 문제를 만들지 말고 조용히 지내기를 바라는 것이다. 그러나 그것은 김씨의 바람일 뿐 아직도 춘풍은 남성의 권위를 아내 앞에서 절대 포기하지 않으려고 한다.

그러니 치산의 능력만으로는 춘풍의 문제를 고칠 수 없다는 점을 알 수 있다. 춘풍이 가정에 충실하고 특히 아내를 동등한 인격체로 여기도록 하기 위해서는 자신의 허세와 무능을 깨달아야 하며, 그것은 공적인 사회 영역에서 해결되어야 할 일이다. 김씨는 진정으로 춘풍을 교정하기 위해서는 아내에 대한 시각을 변화시켜야 한다는 것을 깨닫게 된다. 자, 이제 김씨는 분연히 일어선다.

김윤보의 《형정도첩(刑政圖帖)》 가운데 〈난장〉

슈퍼우먼 필살기—변신

> 소녀의 지아비가 마음이 허랑하와 청루미색 오입으로 한두 번 망한 것이 아니옵고, 호조 돈 이천 냥을 빚으로 얻어 내어 평양에 내려가서 평양 기생 추월이에게 다 없애고 올라오지 아니하와, 소녀의 마음이 절통하여 소녀가 남복하고 내려가서 추월이도 다스리고, 호조 돈도 갚고, 지아비도 데려다가 백년동락할 뜻이오니 마누라님 덕택으로 의심없게 하옵소서.
>
> —〈니츈풍젼〉(서울대본), 349쪽

춘풍의 허랑함에 다시 한 번 좌절한 김씨는 "전생에 무슨 죄로 인생이 이같이 되어 가장 하나 잘못 만나서 평생에 고생하며 팔자가 이러한가." 하며 탄식한다. 그녀의 눈물 바람은 그칠 새가 없다. 그러나 김씨의 평생소원이 부부 둘의 백년동락 아니었던가? 결국 그녀는 춘풍과 추월을 징치하고 복수할 계획을 세운다. 그런데 그것은 징치에서 끝나는 일이 아니라 가장을 구하고 호조 돈도 갚은 뒤 부부가 화락할 수 있도록 해야 하는 일이었다. 이제 김씨의 능력이 유감없이 발휘되기 시작한다.

그녀의 계획은 남장을 하고 비장의 권한으로 춘풍과 추월을 혼내주는 것이다. 아내이자 여성이기 때문에 드러낼 수 없었던 본질을 드러내기 위해서는 필연적으로 남성으로의 변신이 필요하다. 성적 차별을 없애고 능력의 있고 없음을 드러내 보여야 한다는 것이 김씨의 생각이다. 그리고 그 최종 목적은 춘풍이 아내의 능력과 지혜를 인정하게 함으로써 권위와 강압이 아닌 애정과 조화로 이루어진 부부가 되는 일이다. 그런데 이는 시간과 인내가 필요한 일이다.

먼저, 그녀는 차기 평양감사 물망에 오른 도승지 댁 대부인에게 공을 들인다. 아침 저녁으로 차담상을 차려 드리면서 지극정성으로 대부인을 보살핀다. 대부인은 김씨의 정성에 감격하여 아들에게 그 고마움을 알리고, 아들은 어느 모로든지 그 은혜를 갚지 않을 수 없게 된다. 바로 그때 김씨는 평양감사가 된 도승지에게 자신의 오빠를 비장으로 데려가 달라고 천거하고, 자신이 남복을 하고 찾아와 대부인과 평양감사에게 전후 사정을 아뢴다. 대부인이 박장대소하고 허락하니 평양감사 또한 기특하다고 칭찬하여, 이제 김씨의 계획은 관의 인정을 받은 상태에서 공식적으로 진행된다. 김씨의 복수는 용인된 것이므로 추월과 춘풍에게 유감없이 설욕할 수 있게 된 것이다. 그것은 결국 문제 남편을 교정하고 치유하려는 아내의 뜻을 시대가 용인하고 있다는 것이다. 또한 여성의 관계(官界) 진출이 비록 비정상적이나마 인정되었다는 점에서 김씨의 처세와 능력을 평가할 수 있다. 결국 김씨는 사회적 관계를 성공적으로 이끌어 자신이 원하는 비장의 자리에 오르며, 이러한 능력은 비장의 임무를 수행할 때에도 동일하게 이어진다.

한편, 김씨가 보여 준 처신은 비장이 되기 위한 계획 하에 이루어진 것이긴 하지만 다분히 여성적 미덕을 활용하고 있다. 노인을 정성스럽게 공경함으로써 보살핌의 능력을 보여 주고, 치산 능력에서 보여 준 것처럼 부지런하고 알뜰하여 회계비장으로서의 자질을 이미 갖추고 있었던 것이다.

김씨는 걸인이 된 춘풍을 잡아다 형틀에 매고 친다. 죄목은 호조돈을 갚지 않았다는 것이지만, 실상 외피를 벗기고 보면 그것은 아내가 남편에게 호통 치고 매를 때리는 것이다. 이로써 그간의 남편과 아내의 관계는 전도된다. 매 맞던 아내 김씨는 회계비장으로의 변신을 통해 방탕한 남편을 호통 치고 때리는 위치로 역전된다. 권력 앞에서는 한없이 초라하고 무능한 남편의 형상이 남김없이 폭로되는 것이다. 여성이라는 생물학적 요소가 아니라면 사회적으로 인정받고 권력까지 잡을 수 있는 아내의 능력과 대비되는 순간이다. 아내는 결국 남복을 통해서 자신의 여성성을 지우고 남편을 징치한다. 이는 결국 가정 안의 부부 형상이 남성과 여성이라는 관념 속에서 위선적인 질서를 요구하였음을 역설적으로 드러낸다. 능력 있는 아내와 무능한 남편의 실상을 김씨는 관권의 획득을 통해서 보여 주고 있는 것이다. 김씨는 추월에게 호조 돈의 두 배인 오천 냥을 빼앗아 춘풍에게 돌려줄 것을 약속 받고 집으로 돌아온다.

한편 춘풍은 오천 냥을 가지고 돌아와 마치 자신이 장사를 하여 남긴 듯이 거드름을 피운다. 아내 앞에서는 여전히 권위를 내세우고 거드름을 피우고 싶어하는 춘풍의 교만 앞에서 김씨는 마지막 필살기를 보인다. 다시 한 번 회계비장으로 변복하고 춘풍 앞에 나타난 것이다. 춘풍의 모습은 그야말로 아내에게 들킬까 봐 안절부절 좌불안석이다. 자신의 초라함이 드러나는 것은 곧 권위의 추락으로 이어지기 때문이다. 비장으로 나타난 김씨는 춘풍에게 평양에서 걸인처럼 있었던 일을 생각하며 자신이 먹던 죽을 먹으라고 고함친다. 김씨는 죽을 먹는 춘풍의 모습을 가소롭게 쳐다보며 생각한다.

> 이런 거동 볼작시면 뉘가 아니 웃고 볼가? 하는 행실 저러하니 어디 가서 사람으로 뵈일는가? 아무커나 속이기를 더하자니 차마 그리 우스워라. 이런 꼴을 볼작시면 나 혼자 보기 아깝도다.
>
> —〈니춘풍전〉(서울대본), 358쪽

김씨는 남편의 허세와 그 뒤곁의 초라한 모습을 남김없이 다 본 터이다. 가장의 권위 속에 숨겨진 위선은 권력 앞에서 구차하게 폭로된다. 비장으로 분한 아내에게 자신이 모든 것을 드러내고 있다는 것을 알지 못하는 춘풍은 한없이 비하되고 전락한다.

한편 추월에 대한 김씨의 태도는 다분히 과격하다. 춘풍에게 십여 대 곤장을 때리고는 불쌍한 마음에 차마 더 못 치더니 추월에게는 오십여 대의 중장을 때리고는 가져간 돈의 두 배인 오천 냥을 몰수한 것이다. 이는 물론 관권의 횡포라 여겨질 수 있는 대목이지만 아내의 입장에서 보면 통쾌한 복수가 아닐 수 없다. 남편을 유혹하여 재물을 탈

취한 것도 모자라 사환으로 부리던 추월의 악덕에 대해 그야말로 이자를 쳐서 갚은 셈이다.

그리고 춘풍은 자신이 한없이 비굴해지던 권력의 실체가 아내였다는 사실을 알게 된다. 남성 또는 남편이라는 이념의 굴레를 벗기면 인간이 만나게 된다는 사실, 자신을 사랑하고 구원해 준 이가 아내라는 이름의 여자였다는 사실을 비로소 알게 된 것이다. 김씨는 춘풍을 징치하고 용서와 포용으로 다시 받아들인다. 그리고 가정으로 복귀한 부부는 예전의 관계에서 벗어나 있다. 이미 아내에게 된통 혼이 난 춘풍은 가부장의 권위를 박탈당한 것이다. 김씨는 남장을 벗고 춘풍에게 "이 멍청아!"라고 외친다. 춘풍은 그 소리에 어이없어하면서도 '이왕에 자네인 줄 알았으나 의사를 보자하고 그리'하였다고 둘러댄다. 마지막 대화를 통해 우리는 아내 김씨의 위상이 전과 달라졌음을 감지할 수 있다. 결말 부분은 아내의 지혜와 능력을 인정한 춘풍이 이후로 바람직한 남편상으로 변모되어 행복한 여생을 누림을 보여 주고 있다.

김씨는 모든 면에서 능력을 발휘한 슈퍼우먼 아줌마 캐릭터이다. 남편과 아이들, 가족을 위해서라면 물불을 가리지 않고 억척스럽게 힘을 발휘한다. 무엇보다도 눈에 띄는 것은 바람난 남편, 가정을 등한시하는 남편을 통쾌하게 징치하는 동시에 바람직한 인간형으로 교정시키고 다시 가정을 회복시킨다는 점이다. 남성들의 전유물인 관권을 통해서 남편의 허세와 무능력을 질타하고, 가정 내에서 그 위선이 얼마나 부질없는 것인가를 수모와 굴욕을 줌으로써 깨닫게 한다. 그리고 이러한 과정을 통해서 김씨는 결국 남편을 바람직한 가장의 형상으로 만들어 가려고 한다. 남편의 못된 버릇과 비뚤어진 성품을 남성의 사회에 진입함으로써 해결하고, 아내의 능력이 남성 사회의 그것에 비해 뒤떨어지지 않음을 이야기한다. 결국 가정 경제를 주도하고 남편을 교정함으로써 화목한 가정을 이루었으니 김씨의 소원은 달성된 셈이다.

아줌마의 힘, 가정 CEO의 조건

김씨가 보여 준 능력은 변화하는 시대의 여성 형상을 함축하고 있다. 먼저 가정 경제권이 여성에게 이동하는 양상이다. 무능력한 가장이 아내에게 경제력을 양도하고 인정하는 모습을 통해서 여성의 치산 능력이 강조되고 더불어 여성의 위상도 변화할 수 있음을 보여 주고 있다. 경제권의 여하에 따라 부부 관계가 달라질 수 있다는 점을 암시하는 것이다. 김씨에게 경제력이 있음으로 인해 춘풍의 위선을 폭로하고 제압할 가능성이 생겨났다는 점을 중시할 필요가 있다. 다음은 여성의 능력과 사회적 진출 양상이다. 김씨는 주변과의 관계를 통해서 남성 사회로 진출한다. 그것은 물론 남장을 통해서였긴 하지만 외피를 벗기면 결국 여성의 능력을 드러낸 것에 다름 아니다. 김씨가 보여 준 비장으로서의 능력과 처세는 여성도 공적 영역에서 얼마든지 그 힘을 발휘할 수 있다는 것을 보여 준다.

김씨는 착하고 부지런한 아내이다. 가장의 권위와 허세에 순종하고 희생하기도 한다. 그러나 남편의 힘으로 가정을 유지하기 힘들다는 판단이 서자 억척스러운 힘을 발휘한다. 쓰러져 가는 살림을 위해 품팔이를 마다하지 않고, 평양 기생 추월에게 대혹하여 돈을 날린 남편을 치죄하고 데려온다. 여전히 아내에게 권위적인 남편의 위상을 변복을 통해 남김없이 추락시킴으로써 여성의 능력과 활동을 보여 주고 과시한다. 결국 가정의 CEO로서의 모습을 보여 준 것이다.

이러한 춘풍 처의 캐릭터는 현대에 와서도 이모저모로 재생산되고 있다. 〈이춘풍전〉의 내용을 새롭게 각색한 희곡으로 우리는 오태석의 〈춘풍의 처〉를 만날 수 있다. 오태석의 희곡으로 태어난 〈춘풍의 처〉는 봉산탈춤의 미얄과장을 계승하고 희극적인 소재를 부각하였으나 가부장제 속에서 버림받고 희생 당하는 아내상이 좀 더 비극적으로 그려져 있다. 마당놀이로 태어난 〈신이춘풍전〉(1992, 2003)은 소설의 리듬을 그대로 살려 춘풍의 방탕함에 대비되는 아내의 능력 발현을 주제로 삼으면서 사회를 풍자하고 희극성을 높였다.

최근에 방영되는 드라마에서 우리는 억척 아줌마 캐릭터를 자주 만날 수 있다. 억척 아줌마의 전형을 보여 준 TV 드라마 〈장밋빛 인생〉은 신파 멜로적인 요소가 있지만 철없는 남편과 대조적으로 생활에 분투하는 아내(최진실 분)상을 잘 드러내 보여 준 현실적인 드라마이다. 한편 TV 드라마 〈내 남자의 여자〉에 등장하는 주인공의 언니(하유미 분)는 억척 아내이자 동생을 보호하는 든든한 언니 캐릭터로 열렬한 환호를 받았다. 바람기 많은 남편을 때려눕히면서도 끝까지 포용하고 관용을 베푸는 호걸형 캐릭터의 아내상을 보여 주었다. 이처럼 춘풍 처 김씨는 이러저러하게 현대에도 주요 캐릭터로 되살아나고 있다. 중요한 것은 한 수 위의 아내가 결국 가정을 회복시킨다는 사실이다.

우리는 아줌마의 힘과 지혜를 보여 주는 캐릭터를 드라마나 CF, 영화, 만화 등에서 심심치 않게 볼 수 있다. 그러나 이러한 억척 아줌마의 캐릭터를 자주 대한다는 것은 역설적으로 춘풍과 같은 남편이 현대에도 많다는 것을 반증한다. 여전히 가부장적 권위 때문에 슈퍼우먼으로서의 삶을 살아가지 않으면 안 되는 많은 아줌마들이 있다. 때로는 눈물과 한숨으로 살아온 아내들의 삶이 김씨의 삶처럼 통쾌하고 희극적으로 그려진다면 얼마나 좋겠는가? 부부 관계의 애증을 해학적으로 그려 내어 보면 세상을 좀 더 쉽고 편안하게 살 수 있지 않을까? 한 편의 시트콤처럼 웃으면서 생각할 수 있는 캐릭터로의 접근을 희망한다.

최혜진 목원대학교 국어국문학과 교수. 판소리와 고전산문을 주로 연구하며, 고전문학의 문화 콘텐츠화에도 관심을 갖고 있다. 저서로《판소리계 소설의 미학》,《판소리의 전승과 연행자》등이 있다.

10

지상의 남자보다 천상의 고향을 사랑한 여인

이지영

선녀

천상과 지상을 왕래하던 하늘의 선녀 가운데 막내. 지상에 내려왔다가 옷을 잃고 하늘로 오르지 못하여 나무꾼과 결혼하여 살지만, 옷을 되찾자 자식들을 데리고 고향 하늘로 돌아가는 어쩔 수 없는 천상적 존재. 운명에 좌절하지 않고 기다릴 줄 아는 인내, 목적 달성을 위해 용의주도하게 계략을 꾸밀 줄 아는 지혜, 그리고 강한 모성애를 지녔다.

선녀는 전국적으로 구전되는 〈나무꾼과 선녀〉(또는 〈선녀와 나무꾼〉) 설화의 주인공이다. 이 설화는 《한국구비문학대계》에 42편이 채록되어 있으며, 그 외 설화집에도 많은 편수가 실려 있다. 또한 개인 연구자들의 채록 자료까지 많아서, 이들을 합치면 100여 편이 넘는 것으로 알려져 있다. 대단히 많은 편수가 전승되다 보니 줄거리가 다양하여 내용적 편차가 심한 편이다. 선녀가 남편(나무꾼)만 남기고 자식을 안고 하늘로 올라가기도 하고, 나무꾼이 하늘에 올라가 선녀와 자식들을 다시 만나기도 하며, 또는 그가 천상에 내려온 뒤 다시는 올라가지 못하고 죽어서 수탉이 되기도 하는 등 다양한 결말 구조를 보여 준다. 이는 이 설화의 근원과 역사가 매우 오래되었음을 말하거니와, 전승되는 동안 민중들이 다양한 상상력과 현실 의식 등을 가미하면서 여러 하위 유형들이 생겨났을 것으로 믿어진다.

그런데 그 사슴이가 일러주기를,
"그 옷을 감춰뒀다가 아이 싯만 낳거든 내 줘라."
그랬거던. 그러니까는 그렇게 일러줬거든. 그러니까는 이 옷을 감췄지. 감춰선 감추고 있는데 아, 이 선녀 둘은 시간이 되니까 올라가잖어? 그러니까 아, 이 동생은 그 날 옷을 못 찾았거던. 못 올라가구 쩔쩔 매니깐은 그 총각이 그 땐 옷은 딴 데다 감춰두구,
"그런데 왜 이렇게 이러냐구 우리 집으로 가자."
구 그리거던 그래 인제 갔지. 쫓아가선 그 집에 가서 살잖어? 살아서 인제 내외가 되선 살지. 내외가 되서 사는데, 아이를 참 하나 낳거던. 아이를 하나 낳구, 두째 아이까지 낳거던. 낳았는데 맨날 성화 박쳐 한단 말야.
"아휴! 난 옷을 잃어버려서 이렇게 못 찾고 있으니 그냥 나는 인제 천상에 생전 못 올라가갔다."
구 아, 이러면서 한탄을 하거던. 아 그러니깐 안타까와서 아이 둘 난 년에 옷을 줬단 말야. 옷을 내주니까 신랑이 옷을 내 주니까 아, 그냥 옷을 입구 아이 둘을 옆구리에다 끼구 그냥 하늘루 올라가 버리거던. 그러니까는 여편네를 잃어버리지 않았냐 말야.

— 김순이 구연, 〈나뭇군과 선녀〉, 《한국구비문학대계》 1-7, 288~289쪽

선녀를 불러오자

우리는 이야기 속에서 수많은 남녀 주인공들을 만난다. 그 가운데는 인간이 천상적인 신이한 존재와 만나는 경우도 있다. 이때 천상적 존재는 하늘에서 오거나 물속에서 오기도 하며, 더러는 귀신 또는 도깨비이기도 하다. 하지만 그보다 동물이 변하여 인간이 되는 일이 더 빈

번한 것 같다. 그리고 그 존재는 남성으로 나타나거나 여성으로 나타난다.

이야기에서 인간과 천상적 존재의 만남은 행복으로 끝나거나 불행으로 끝나는데, 전자는 우리가 사는 이 땅에서 그 두 주인공이 행복하게 오래도록 사는 것을 말한다. 그러나 그게 어디 쉬운 일인가! 대개는 어느 한 쪽이 실수를 저질러서 영원히 함께 살지 못한 채 불행하게 헤어지고, 또는 어느 하나가 죽거나 사라지고 만다.

인간은 다른 세계를 동경하면서 그곳을 찾아가고, 그곳에 머무르고, 또는 그곳의 세계처럼 살아가고자 한다. 그리하여 그곳은 죽지 않고 복락을 누리는 영원한 안식처로서, 또는 구원(久遠)의 반려자가 있는 곳으로 인식된다. 그리고 이야기 속에서 한 인간이 만나는 천상적 존재는 바로 이런 세계와 맞닿아 있다. 그런 존재와 만나 살면 늘 행복할 것 같고, 둘이 결합하여 낳은 자식은 당연히 뛰어난 능력과 아름다운 용모를 가질 것이라고 생각한다. 우리는 늘 이런 꿈을 꾸며 살아간다. 그리고 그런 꿈과 소망을 이야기로 드러낸 것이 바로 〈나무꾼과 선녀〉이다.

가난한 나무꾼이 만난 선녀는 하늘나라 옥황상제의 딸이다. 그녀는 지상에 내려와 목욕을 하다가 나무꾼에게 옷을 빼앗겨 자신의 의지와 상관없이 그와 혼인하여 가정을 이룬다. 그리고 자식을 둘 또는 셋이나 낳았기에 영영 머물러 살 줄 알았던 그녀는 막상 '자신의 옷'을 되찾자 자식들을 데리고 훌쩍 천상으로 가 버린다. 그녀에게 인간세상은 살 만한 곳이 아니었을까? 왜 그녀는 지상을 떠나 끝내 하늘로 올라갔을까? 나중에 그 남자가 지상에 홀로 남아 자식과 아내를 그리워할지 모른다는 생각을 하지 않았을까? 인간은 자신의 세계를 벗어나 이상향으로 가는 일이 정말 어렵다고 느꼈기 때문에 이런 이야기를 만들어 냈던 것이 아닐까? 지금도 수탉이 된 나무꾼이 하늘을 향해 선녀와 자식들을 그리워하며 울고 있을 것이라고 생각하면, 그 선녀를 하루빨리 찾아 내어 이 땅에 내려오게 하고, 그래서 나무꾼과 행복한 가정을 가꿀 수 있도록 하는 '프로젝트 사업'을 진행시키고 싶다. 선녀가 이 땅에 다시 올 수 있다는 것은 인간 세상이 살 만한 곳이고, 또한 둘이 진정으로 화합하면서 행복을 가꿀 수 있는 상태가 되었음을 뜻한다. 따라서 선녀를 불러오는 일은 우리 인간성의 회복, 인간 세계의 온전함을 되찾는 일이기도 하기에 시급하다.

〈나무꾼과 선녀〉 설화의 다양한 줄거리

〈나무꾼과 선녀〉는 우리나라에 널리 알려진 대표적인 설화이며, 그 기원도 상당히 오래된 것으로 믿어진다. 줄거리가 다양하여 어떤 것을 두고 대표적인 것이라 말하기 어렵다. 이것은 하위 유형이 여럿이라는 말인데, 그만큼 한국인이 이 설화를 두루 향유해 왔음을 의미한다. 이 때문에 이야기의 제목도 다양하다.

현재 이 설화의 분포는 거의 범세계적이어서, 이것이 원래 우리나라에서 만들어진 것 같지는 않다. 그 기원과 출발지를 두고 학자들은 조금씩 다른 소리를 낸다. 몽골 계통이라는 설(손진태), 수렵 시대의 남방의 수욕(水浴) 민족에서 발생했다는 설(최상수), 고대 인도의 간다라 지역에서 발생했다는 설(권녕철) 등이 연구 초기에 제기되었거니와, 최근에는 오래전 중앙 아시아의 초원 지대(카자흐 족)에서 발생하였으며 이것이 북방의 여러 민족에게 퍼졌을 것이라는 지적이 있기도 하다. 하토(A. T. Hatto)는 특이하게 그 출발지를 북극(the Arctic)으로 보고 이것이 점차 북방의 주변 지역으로 퍼져 나갔을 것으로 추정한다.

연구에 따르면 이 설화의 선녀는 원래 '새 여인(bird-woman or wife)'이고 남자는 '사냥꾼'이었다고 한다. 브리야트 지역에 거주하는 몽골 인들의 시조신화(始祖神話)를 요약하여 소개하면 다음과 같다.

> 한 청년이 바이칼 호반에서 거닐 때 동북쪽에서 백조 아홉 마리가 날아와 깃옷을 벗고 선녀로 변하여 호수에서 목욕을 하였다. 그는 깃옷 중 하나를 훔쳐 감추었고, 목욕 후 여덟 마리는 날아갔으나, 한 마리는 남아서 그의 아내가 되었다. 열한 아들을 낳은 후 백조는 고향에 돌아가고 싶어서 옷을 찾았으나 남편이 옷을 주지 않았다. 후에 그가 그녀의 간청에 못 이겨 옷을 주었는데, 그녀는 옷을 입고 백조로 변하여 날아갔다. 그가 급히 백조의 다리를 잡고 아이들의 이름을 지어달라고 외치니, 백조가 각각의 이름을 지어주고 축복을 해 준 뒤 날아갔다.
>
> — 조현설, 〈건국신화의 형성과 재편에 관한 연구〉, 101쪽

백조(그 외 거위, 오리, 따오기 등)가 선녀로 변하고, 깃옷을 얻자 선녀가 아이와 남편을 남기고 백조로 변하여 하늘로 날아간다는 내용은 모계의 신성성이 강조된 시조신화의 성격을 지니고 있다. 그런데 점차 두 주인공의 혼인에 초점이 맞추어지면서 불행한 결말이 강조되기도 하고, 또는 '새 여인'이 아이를 데리고 떠나자 남자가 가족을 찾아 떠난 뒤 그들을 만난다는 내용을 보이기도 하며, 여기에 그녀의 부모

가 찾으러 오자 부부 가족은 호수에서 헤엄을 치는 오리로 변하여 부모를 속인다는 내용이 덧붙여진 경우도 있다.

우리나라에 전해지는 이야기로 눈을 돌려 보자. 우선 남성 사냥꾼은 '가난한 나무꾼 총각'으로 바뀌고, '새 여인'은 하늘의 '선녀'가 되고, '새가 깃옷을 벗는다'는 내용은 '선녀가 날개옷을 벗는다'는 것으로 변형된다. 게다가 우리 이야기에는 사냥꾼과 사슴이 등장하며, 특히 사슴이 이야기에 중요한 역할을 담당한다. 그리고 사슴과 나무꾼은 '보은(報恩)'의 관계로 굳게 연결된다. 그리하여 나무꾼은 순전히 사슴의 지시에 따라 산속의 연못에서 목욕하던 선녀의 옷을 훔친다. 그리고 사슴은 둘의 온전한 결혼을 위한 금기(禁忌)를 일러 주며, 나중에 나무꾼이 금기를 어긴 뒤 선녀가 하늘로 올라가자 그에게 다시 나타나 하늘로 오를 수 있는 방법을 알려 준다.

줄거리를 좀 더 자세히 살펴보면 다음과 같다. 가난하고 외로운 한 나무꾼(홀어미와 같이 산다는 각편도 많다)이 사냥꾼에게 쫓기던 사슴을 숨겨 준다. 사슴은 그 보답으로 그에게 장가갈 수 있는 방법을 일러 준다. 그것은 산속의 연못에서 목욕하는 선녀들 가운데 막내의 옷을 훔치되, 아이를 셋(또는 넷) 낳기 전까지 옷을 주지 말라는 것이다. 그는 사슴의 말대로 하였고, 옷이 없어서 하늘로 오르지 못한 선녀는 나무꾼의 청으로 함께 지상에 남아 살기로 한다. 그러나 아이 둘을 낳은 뒤 선녀의 간청으로, 또는 '설마 아이를 둘이나 낳았는데 어쩌랴 싶은 마음에' 나무꾼은 선녀에게 '숨겨 둔 옷'을 주게 되고, 이에 선녀는 아이를 데리고 하늘로 오르고 만다.

이야기는 여기서 그치지 않고, 나무꾼이 선녀를 찾아 하늘에 오른 뒤 가족과 상봉하여 행복하게 살았다는 내용을 보이기도 한다. 곧 나무꾼이 사슴이 일러 준 대로 두레박(말, 나무줄기)을 타고 하늘로 오른 뒤 처자식과 재회하여 행복하게 살았다는 것이다. 한편 나무꾼이 지상에 사는 인간이라는 이유로 장인인 옥황상제(또는 처가 식구)에게 박대를 받으면서 사위 자격을 입증하는 시험을 치렀다는 내용이 들어 있기도 하다.

이 이야기에 이어서 이번에는 나무꾼이 지상에 남겨 둔 노모를 그리워하면서 선녀의 만류를 물리치고 땅에 내려오고, 또다시 금기를 어기는 바람에 영영 하늘에 오르지 못한 뒤 가족을 그리워하다가 죽어서 수탉이 되었다는 이야기도 있다. 나무꾼이 지상에 내려갈 때는 선녀가 그곳에서 지켜야 할 '금기'를 일러 주는데, '땅을 밟지 말라.'는 것과 '박국이나 닭고기를 먹지 말라.'는 것이다. 각편에 따라 '말이 세 번 울 때까지 올라타야 한다.'는 금기가 첨가되기도 한다. 이러한 금기는 신성함이 지상과 접촉함으로써 다시 속(俗)됨으로 물드는 것을 방지하기 위한 것이다. 그러나 그 금기는 원래부터 지켜지기 어려운 것이었다. 왜냐하면 나무꾼은 원래부터 순전한 인간인지라 '인간적인 정'에 이끌릴 수밖에 없을뿐더러, 어머니를 두고 말 위에서 인사만 하고 자기 집에 들어가지도 않고 그저 어머니의 얼굴만 보고서 다시 하늘로 올라갈 '못된' 아들은 세상에 거의 없기 때문이다.

이 이야기에 이어서 '나무꾼이 지상에 남겨져 죽자, 하늘의 선녀가 자식들을 시켜 그 시신을 하늘로 모셔 와 장사 지냈다.'는 이야기도 있고, 또 '천상에 살던 나무꾼의 가족이 옥황상제의 명령으로 지상으로 다시 내려와 살았다.'는 이야기도 있다. 다만 이에 해당하는 자료들은 거의 한두 편 정도만 전한다. 하지만 결말이 다르거나 여러 삽화가 들어가면서 그 줄거리가 확대되는 자료들이 계속 채록된다는 것은, 그만큼 〈나무꾼과 선녀〉가 민중들의 관심거리였음을 말해 주는 것이어서 이를 소홀히 대할 수 없다.

결국 이 설화는 크게 보아 불행한 결말(결합형)과 행복한 결말(분리형)로 끝맺는 유형군으로 나누어 볼 수가 있다. 이 가운데 '나무꾼이 천상에서 가족과 재회한 뒤 행복하게 사는' 이야기와 '지상에 내려온 그가 끝내 수탉이 되는' 이야기가 가장 많은 자료 수를 보이고 있다. 이는 사람들이 천상의 선녀와의 만남이 그리 쉬운 일이 아님을 깨닫고 있으며, 이를 통해 행복과 불행이라는 두 가능성을 함께 생각하고자 한 것이 아닌가 싶다.

나무꾼과의 만남과 헤어짐을 통해 드러난 선녀라는 인물

앞 장에서 보았듯이 〈나무꾼과 선녀〉의 주인공은 나무꾼과 선녀이지만, 중심 인물은 나무꾼이다. 왜냐하면 선녀의 목소리가 크게 드러나지 않기 때문이다. 이야기 제목도 〈선녀와 나무꾼〉보다는 〈나무꾼과 선녀〉가 더 많다. 그러나 북방 지역의 여러 민족들에 전하는 자료를 보면 여성 주인공인 '새 여인'이 시조모(始祖母)로서 신성한 존재여서, 원래 이야기에는 오히려 사냥꾼 남성보다 이야기의 주역일 가능성이 크다.

우리나라에 전승되는 이 설화에는 선녀가 '아이를 천상으로 데리고 가므로' 시조모의 모습이 구현되어 있지는 않다. 선녀의 자식들에 대한 이야기가 없기 때문이다. 그 대신에 두 주인공의 만남과 결합을 매개하는 사냥꾼과 사슴, 그리고 온전한 결합의 장애물 구실을 담당하는 천상에 사는 장인(옥황상제)과 선녀 언니들, 지상의 홀어머니 등이 등장함으로써 '남녀 결혼담'의 성격이 뚜렷하게 드러난다. 그러면서도 둘의 혼인은 생산성과 풍요와는 무관하다. 그만큼 이 설화는 집단적 가치를 실현하지 않는다는 말이다. 이와 같이 순전히 남녀 간 혼인을 위한 만남과 결합, 그리고 헤어짐의 이야기로 바뀐 점이 바로 우리나라 전승본의 특징이라고 생각된다.

앞서 이야기의 주역이 나무꾼과 선녀임에도 불구하고 선녀의 목소리가 크지 않다고 지적했다. 하지만 그녀는 엄연히 오랜 시간 동안 우리의 마음속에 자리하는 주인공 노릇을 다해 왔다. 그러므로 나무꾼에 가려진 그녀를 복권시킬 필요가 있다. 이제 선녀의 입장에 서서, 그래서 그녀의 행적에 주목하면서 이야기를 살펴보기로 하자.

대개 선녀는 옥황상제의 막내로 설정되어 있다. 그녀는 두 언니와 함께 지상의 산속 연못으로 내려와 목욕을 한다. 그 산은 대개 금강산이다. 그런데 선녀들은 왜 지상에 내려와 목욕을 하였을까? 하늘에는 목욕할 만한 공간이 없었던 것일까? 이런저런 생각을 해 보지만, 어찌 되었든 새가 연못에 내려와 물을 마시며, 연못 위에 떠다니면서 노니는 모습에서 이런 이야기를 생각하기는 어렵지 않다.

선녀들이 목욕할 때 나무꾼이 몰래 보고(물론 사슴이 일러 준 것이지만) 또 막내 선녀의 깃옷을 숨긴 것은 남성의 숨겨진 '훔쳐보기'와 '강간'이라는 성적 욕망이 반영된 것이다. 생각해 보라. 목욕을 끝내고 입어야 할 옷이 없어졌는데 한 남자가 불쑥 나타나, "왜 이렇게 이러냐구 우리 집으로 가자."김순이 구연본, 288쪽고 말한다면, 누군들 놀라고 수치스럽지 않겠는가! 온몸을 떨며 자신의 치부를 가렸을 터이나, 이야기에는 이런 내용이 전혀 언급되지 않은 채 자연스럽게 선녀가 나무꾼을 따라간다(이때 남자가 폭력적인 힘을 구사하였기 때문인지, 아니면 그가 천하의 미남이어서 선녀가 홀딱 반했기 때문인지는 논외로 치자). 이처럼 '자신의 감정을 숨긴 채 순종적이고 순진한 선녀'는 어쩌면 '전형적인 남성의 내면에 존재하는 여성, 남성의 아니마(anima)'고혜경(2006), 《선녀는 왜 나무꾼을 떠났을까?》, 125쪽일지도 모른다. 우리의 선녀는 화를 내지 않았지만, 서양의 여신 아르테미스는 정반대의 반응을 보인다. 그녀는 악타이온이 목욕하는 자신의 모습을 훔쳐보자 놀라며 그에게 '수사슴'으로 변하는 벌을 내리며, 악타이온은 자신이 기르던 사냥개들에게 물려 죽음을 당한다. 경우는 조금 다르지만, 제주도의 〈세경본풀이〉 여주인공 자청비도 빨래터에서 자신을 겁간하려던 하인 정수남을 죽인다. 어쨌든 기록문학에서 '홀로 된 여신(여성)'이 어떻게 고난을 겪는가 하는 것은 당대인의 사고방식과 관련된 것이어서 중요하다.

그런데 옷이 없어 하늘에 오르지 못한 선녀는 나무꾼의 말에 체념한 채 자신의 운명을 그에게 맡기지는 않았을 것이다. 물론 "당신이 오실 줄 알았다."면서 "천생연분이니 같이 살자."고 제안한다는 내용의 자료도 있지만, 이것은 순전히 남자들이 생각하는 환상과 꿈일 뿐이다. 오히려 나무꾼과의 결혼은 장차 자신의 옷을 되찾기 위한 전략적인 후퇴라고 할 수 있다. 이는 마치 죽어 가는 아버지(또는 부모)를 살리는 생명수(꽃)을 얻기 위하여 서천서역국에 간 뒤 이를 지키는 무장승의 요구에 응하여 '혼인하여 자식 아홉을 낳아 주는' 바리공주의 행위와 비슷하다. 바리공주의 행위를 부모를 위한 '희생'이라고 한다면, 선녀의 그것도 이렇게 불러야 하지 않을까 한다. 그러니까 단순히 어쩔 수 없다는 식의 '체념'이나 '포기'가 아니라는 말이다.

과연 선녀는 자식을 둘 낳은 뒤 나무꾼 남편으로부터 '깃옷'을 얻기 위한 작전에 돌입한다.

두째 아이까지 낳거던. 낳았는데 맨날 성화 박처 한단 말야.
"아휴! 난 옷을 잃어버려서 이렇게 못 찾고 있으니 그냥 나는 인제 천상에 생전 못 올라가갔다."
구 아, 이러면서 한탄을 하거던. 아 그러니깐 안타까워서 아이 둘 난 년에 옷을 줬단 말야.

— 김순이 구연, 〈나뭇군과 선녀〉, 289쪽

아들 형제를 낳어. 형제를 낳는디, 하루는 나무를 해갖고 오니까 아이즈의 마누라가 술 사고, 반찬 사고, 저녁을 걸게 해서 잘 먹고는 저녁 대접을 잘 허니께,
"하이 원 거시기로 해서 이렇게 했느냐?"
허니께,
"하도 참 나무만 해서 몸도 피곤헐꺼이고, 그래서 오늘란 한번 술 잔뜩 자시고 뭐 어떻게 내 뭐 힘껏 장만헌다고 이렇게 됐다."
고 그러고 저녁을 만족히 먹고는 거시 잠시로 이 날 여자가 허는 말이,
"이만치 해서 내외간이 됐고, 벌써 자식을 형제나 낳고 했으니 그래도 자기가 나한테 통정을 못허겄냐. 헌게 이번은 참 다 잊어버리고 나한테 통정을 허고 그 의복을 내 줘라!"
그러닝개, 대체 술김에 좋아서 갈쳐준 걸, 의복을 인자

— 김일현 구연, 〈나뭇군과 선녀〉, 《한국구비문학대계》 6-8, 636쪽

앞의 것을 보면 선녀는 남편에게 옷을 달라고 자꾸 조르고 있으며, 뒤의 것을 보면 아예 남편에게 좋은 음식과 술을 대접하면서 문제의 옷을 달라고 한다. 만일 결혼하자마자 정색하면서 옷을 달라고 하면 남편은 주지 않았을 것이다. 선녀는 아이를 둘 낳아 남편의 경계심을 누그러뜨리고, 감언미어(甘言美語)와 술을 동원하여 옷을 얻으려 한다. 아이를 둘 낳을 정도로 시간이 흐른데다 그동안 쌓인 정도 있어서 남편은 순간적으로 방심한다. 이 정도면 그녀는 상당히 용의주도하다고 해야 할 것이다. 이러한 노력이 없어도, 나무꾼은 '양심이 흔들려서'이근식 구연본, 255쪽 또는 "아들 둘씩 낳으니께 설마 어떠랴."신천선 구연본, 625쪽 하는 마음에 그 옷을 건네준다. 그가 사슴의 금기를 어긴 것은 기억력이 없거나 미련해서가 아니라, 이처럼 지극히 인간적인 정 때문일 것이다. 옷을 얻은 선녀는 당장 행동에 돌입하지 않는다. 남편이 나무하러 가는 것을 기다릴 정도의 인내심이 있거나, "한 번 인자 입어나 보아야것다."고 말한 뒤 "배같〔밖〕에 좀 이렇게 바람을 쐬러 나가야것다."이근식 구연본, 255쪽고 남편의 방심을 유도할 정도의 지혜를 지니고 있다.

그녀가 되돌아간 하늘은 부모와 형제가 있는 고향이다. 그리고 자신의 삶이 시작되는 원천이요, 잃어버린 자신의 중심을 회복할 수 있는 심리적, 영성적 본향이기도 할 것고혜경(2006), 《선녀는 왜 나무꾼을 떠났을까?》, 143쪽이다. 이 고향은 인간 모두가 찾아가는 곳이리라. 그런데 만일 사슴의 금기처럼 선녀가 자식을 셋(또는 넷) 이상 낳은 뒤에 '정말 우연히' 깃옷을 얻었다면 어떤 행동을 보였을까 궁금해진다. 하늘나라로 올라갔을까, 아니면 지상에 남아서 가족과 함께 살았을까? 여러분이라면 어떤 행동을 선택하겠는가? 그 가능성은 이런 것들이리라. 곧,

그럼에도 불구하고 그녀는 하늘로 올라가거나 결혼한 뒤 인간적인 모습을 닮아 가면서 친정집인 하늘나라를 주기적으로 왕래하리라는 것이다.

한편, 옷을 얻은 선녀는 자식을 안고 가는 모성애를 보인다. 원하지 않은 인간과의 생활이었지만 자신이 낳아 기른 자식을 그대로 둘 수는 없었을 것이다. 그러나 '부부 사이는 헤어지면 남남'이라는 말이 있듯이, 나무꾼 남편은 그대로 두고 떠난다. 여기서 우리가 의문을 갖는 것은, '왜 그녀가 지상의 나무꾼을 떠나 자식을 데리고 하늘로 올라갔을까?' 하는 것이다. 서두에서 말했듯이, 한 남성과의 결혼이 행복하지 않았거나, 인간 세상이 살 만한 곳이 아니었기 때문일 수 있다. 남편의 사랑이 부족했거나, 사랑의 방식이 둘 사이(각각 하늘나라 사람과 지상인이다)에 서로 달랐거나, 남편이 폭력적이었거나, 아이의 양육이 어려웠거나, 시어머니와의 갈등도 문젯거리였을 것이다. 아니면 원래부터 남성의 폭력으로 시작된 원치 않은 결혼에 대한 반감을 지울 수 없었기에 그러했을지도 모른다. 이러한 문제들은 오늘의 우리 여성들이 겪는 현실과 크게 다를 게 없다. 이런 이유 때문이라면 이제 우리는 선녀의 처지를 동정하고 그 행동을 두둔해야 할 것이다. 엄연히 가부장제 논리가 판치는 이 사회에서 여자가 남편을 둔 채 자식들과 달랑 친정으로 도망(?)간 것을 두고 비난하고 욕을 해대도 말이다.

그러나 '나무꾼이 선녀와 천상에서 재회하여 가족과 함께 산다.'는 또 다른 하위 유형을 보면, 선녀는 하늘로 올라온 나무꾼을 매정하게 대하지는 않는다. 그녀는 남편이 '여기까지 쫓아오리라는 것'을 생각하지 못한 듯 놀라며 그에게 '어찌 올라왔느냐?'고 묻는다. 그리고는 흔연히 남편을 맞아 가정을 꾸린다. 여기에 더 나아가 나무꾼을 '지상에서 온 사람'이라는 이유로 아버지와 언니들이 박대하며 '신랑 자격 시험'을 치르게 하자, 그녀는 남편의 편을 들어 준다. 그 천상의 시련은 첫째, 숨바꼭질에 의한 변신 경쟁, 둘째, 지상의 물건을 가져오기, 셋째, 힘겨루기 시합 등으로 나뉘는데, 이런 일들은 한결같이 지상의 인간 나무꾼이 감당하기 어려운 것이다. 게다가 선녀는 나무꾼이 지상에 내려가 어렵게 구해 온 물건(대개는 화살)을 언니들이 빼앗아 가자, 언니들과 변신 경쟁을 하면서 이를 되찾아 올 정도로 적극적이다. 남편을 매몰차게 대하지 않은 점은, '죽은 남편의 시신을 자식을 시켜 천상으로 모셔 오게 한다.'는 내용을 보이는 또 다른 하위 유형에서도 재차 확인할 수 있다.

한편, '수탉 유래형'에서 선녀는 남편이 지상에 두고 온 노모를 그리워하며 내려가려고 하자 이를 만류하다가, 끝내 '말'(용마 또는 비루먹은 말)을 내어 주며 허락한다. 그녀는 그가 지상에 내려가면 더 이상 하늘에 오를 수 없다는 사실을 잘 알고 있다. 그런데도 남편의 생각을 따른다. 부부의 정보다 혈육의 정으로 부모에 대한 효를 더 인정하고 있는 것이다. 그만큼 그녀는 인간적인 정과 윤리에도 충실한 여인이다. 게다가 선녀는 천상적 신이성을 지니고 있다. 이러한 능력은 앞서 언급한 '천상시련' 대목에서 잘 발휘되지만, 남편의 지상 하강 대목에서도 유감없이 발휘된다. 그녀는 나무꾼에게 말을 내어 주면서 금기를 제시한다. 설화에서 금기를 내리는 존재는 대개 신이한 속성을 지닌다. 선녀도 그 역할을 담당하고 있다. 그녀는 나무꾼이 천상에 다시 오를 수 있는 최선의 길을 알고 있는 것이다.

선녀가 이 땅에 살기 위해서는

선녀는 자신에게 닥친 운명에 좌절하지 않고 세월을 기다리며 인내하는 인물이다. 그리고 목적을 달성하기 위해서 용의주도한 계략을 세워 감언이설로 남편을 꾀어 낼 줄 알며, 원하던 '깃옷'을 얻어도 즉각적으로 행동하지 않고 상대방의 방심을 유도할 줄 아는 지혜마저 지녔다. 그러면서도 그동안 정을 나눈 남편을 버리고 떠나는 과감성과 매정함도 지닌 무서운 여인이기도 하다. 그러나 선녀는 정을 뗐던 남편이 찾아오자 다시 가정을 회복시키는 아량과 따뜻한 마음을 가지고 있다. 그리하여 자신의 가족이 남편을 박대하자 언제 그랬느냐 싶을 정도로 남편을 두둔하고 나설 정도로 자신의 가정의 행복을 지키려고 노력하는 면을 보이기도 한다. 그리고 '수탉 유래형'에서 그녀는 부부의 정보다 혈육의 정으로 부모에 대한 효를 받아들이며 중시할 줄 아는 윤리적인 면도 지니고 있다.

한편 그녀는 자식을 끝내 버리지 않는 지극한 모성애를 가지고 있다. 그리고 자신의 정신적 고향이자 부모의 고향이며 원초적 삶의 터전인 하늘나라를 잊지 않고 찾아가는 '내면의 원형상'도 가지고 있다. 우리는 죽을 때까지 고향을 그리워한다. 그런 점에서 선녀는 우리 모두의 심정을 대변하는 여인이 될 수 있다. 끝으로 그녀는 본원적인 천상적 속성에 기인한 신이성을 보여 주면서 남편의 시련을 돕는 뛰어난 능력을 보여 주기도 한다.

이상은 〈나무꾼과 선녀〉의 중심 인물로서 선녀를 복권시키면서 내세울 수 있는 특징이자 덕목이기도 하다. 우리는 이제 이것을 부각시켜야 한다. 숨죽인 채 목소리를 감추고 있었던 선녀의 모습을 발굴하는 일이 필요하다. 이 설화를 새로운 각도에서 해석하여 오늘의 현실에 맞는 이야기로 꾸미는 작업은 일찍부터 현대 소설 작가들이 보여주었다. 김지원의 〈나무꾼과 선녀〉, 심상대의 〈나무꾼의 뜻〉, 윤영수의 〈하늘 여자〉 등이 그 좋은 예가 된다. 그리고 연극계에서도 이 설화를 재해석하여 무대에 올리고 있다. 극단 초인은 〈선녀와 나무꾼〉을 대학로 소극장에서 공연(2007년 2월)하였는데, 가족 간의 폭력과 갈등을 문제 삼으면서 가족의 화합과 용서, 그리고 사랑 등을 주제로 내세웠다. 공연 사이에 '인형들의 그림자극'을 보여 주어 현실과 비현실의 경계를 허물고 동화적 환상을 불어넣어 줌으로써 설화의 현대적 수용이 나아갈 바람직한 방향의 하나를 제시하였다.

〈나무꾼과 선녀〉 설화를 바탕으로 하면서, 천상과 지상을 넘나드는 공간 설정에다 남녀 간의 사랑과 가족 간의 사랑을 첨가하고, 여기에 동물과 인간의 만남을 함께 고려하는 장편 서사물을 만들어 볼 수 있을 것이다. 그리고 소설과 동화, 연극, 영화는 물론이고 만화(애니메이션을 포함)에 이를 활용할 수도 있다. 이제 고구려 고분 벽화에 나타나는 '비천 여신상', 성덕대왕 신종에 부각된 '비천주악상'을 참고하여 한국적인 선녀상을 그려 보자.

이지영 이화여자대학교 한국문화연구원 연구교수. 한국 신화를 주제로 학위 논문을 받았으며, 설화와 고전소설에 관심을 두고 있다. 저서로는 《한국신화의 신격 유래에 관한 연구》, 《한국서사문학의 연구》, 《고전문학의 향기를 찾아서》, 《한국 건국신화의 실상과 이해》, 《한국의 신화 이야기》, 《선비의 소리를 엿듣다》 등이 있다.

11

변화를 꿈꾸는
한국인의 연금술사

강은해

두두리 도깨비

초월적 능력을 지니고 있으면서 인간에게 쉽게 속는 어리숙함을 보이기도 하는 이중적이면서 경계적인 존재. 절구공이신, 부신, 액신 등 다양한 변신 능력을 보여 주는데, 특히 두두리는 토목 관련신으로 형상화된다. 활발하게 돌아다니며 사람을 웃기기도 하고 홀리기도 하는 등 다양한 모습과 성격을 보여 준다.

'두두리 도깨비'는 구전과 문헌에 의해 전승된 신화와 민담의 주인공이며, 실제로 사람들이 도깨비를 만난 기억을 술회한 경험담으로 전하기도 한다. 도깨비 설화와 경험담은 《삼국유사》와 《고려사》, 《신증동국여지승람》에 실려 전하며, 구비 전승 자료는 《한국구비문학대계》를 비롯한 설화 자료집에 다수 수록되어 있다. 신라 때 '두두리 도깨비'를 섬기는 신화로부터 시작하여 반신화, 민담, 경험담으로 장르가 확대되었다. 도깨비 이야기의 장르 변화는 '두두리 도깨비'에 대한 신성적 인식의 변화와 함께한다. 오늘날 도깨비 이야기는 신화와 반신화, 민담, 경험담의 양식으로 공존하고 있다.

내(川)가 이래 나가 있는데, 보를 막는데, 그 참말 인제 어떤 부인네가 인제 개를 삶아 다 나왔다든가 뭐 이래 가지고 그걸 도깨비들이 잘 먹고는 보를 놓아 줬는데, 돌을 음양돌을 갖다 이래 놓아서 안 나간다는구만(돌이 빠져나가지 않는다).
거 보면 아주 허술하고 머 갖다 그냥 이래 주 아무따나 놓은겉애도 안 나가요. 도깨비 보라고 인제 아주.

— 심상호 구연, 〈공검면 지평 도깨비보〉, 《한국구비문학대계》 7-8, 1095쪽

귀신과 도깨비

도깨비와 귀신은 실존하지 않으면서도 엄연히 한국인의 의식 속에 자리 잡고 있는 존재이다. 그 점에서 귀신과 비교하면 도깨비의 특성이 두드러진다. 귀신이 죽은 자의 영(靈)과 맺어져 있는 관념이라면, 도깨비는 그것과 전혀 다른 세계의 초상이다. 귀신이 정적이고 수동적이라면, 도깨비는 동적이고 변화무쌍한 움직임 그 자체라고 할 수 있다. 그래서 귀신은 음이고, 도깨비는 음중양(陰中陽)이다.

필자가 도깨비와 사귄 이래 알아 낸 그의 정체는 그가 바로 두드림 자체, 난타의 움직임을 그 정체성으로 삼고 있는 '두두리'라는 점이다. 다시 말해 도깨비의 본질은 그가 항상 대동하고 있는 듯 꾸미는 바로 그 자신인 방망이의 두드림, 난타 그 자체가 일으키는 신명이라는 것이다.

새로운 법안이나 의사 결정을 알리는 의사봉의 두드림도 오늘날까지 이어지고 있는 도깨비 난타의 의식적 계승이라 할 수 있다. 그 두

도깨비 문양이 새겨진 백제 시대 벽돌

드림 뒤에는 새로운 원칙과 질서가 펼쳐지게 된다. 두드림, 끊임없는 난타의 행위는 새로운 세계를 지향하는 변화의 몸짓이다. 도깨비의 원래 이름 '두두리(豆豆里)'는 두드리는 존재로서의 자신의 정체성을 그대로 드러내 준다. 세계 모든 나라 사람들이 나름대로 창조와 변혁을 꿈꾸겠지만 한국인에게서 두두리가 창조된 것은 바로 새로운 것, 미지의 것을 지향하는 한국인의 초월 의지 때문이다.

일상적인 생각으로 도깨비는 웃기고 괴상하고 활동적이며 사람보다 초월적 능력을 지니면서 사람에게 속기도 하는 어리석은 존재로 그려진다. 그 모두는 그대로 도깨비의 특성이다. 거기에 비해 귀신은 차갑고 섬뜩한 이미지로 다가온다. 도깨비 이야기는 왁자지껄한 분주함과 흐드러진 열기를 피워 올리고, 귀신 이야기는 쥐 죽은 듯한 정적과 모골이 송연한 냉기를 남긴다.

색깔로 말하면 도깨비는 붉은색이고 귀신은 흰색이다. 월드컵 응원단이 도깨비를 붉은 악마가 아닌 하얀 악마 또는 다른 색의 존재로 규정했다면 그것이 한국인에게 얼마나 어색한 일이었겠는가. 귀신은 끊임없이 사람 앞에 나타나 스스로의 한을 호소함으로써 자신의 존재를 기억하도록 만든다. 살아 있는 자들이 죽은 자에 대한 죄의식과 두려움이 다하지 않는다면 귀신은 늘 상흔이 되어 따라다니는 것을 그치지 않을 것이다.

그러나 도깨비는 다르다. 인간 가까이에 있는 것을 좋아하지만 한편으로는 항상 인간의 곁에서 초월하고자 비상한다. 하룻밤 사이 못을 메우고 보(洑)를 막고, 하룻밤 사이 다리를 세우고 누문(樓門)을 짓고, 뚝딱하는 사이에 솥불믜를 생산해 내며, 바다 가득 고기를 몰아오기도 한다. 도깨비에게는 창조와 속도가 있다. 귀신은 과거를 현재에 끌고 오지만, 도깨비는 미래를 오늘로 불러들인다. 그래서 귀신 이야기는 시간이 멈추는 차단과 적요 속에 침잠하지만, 도깨비 이야기는 시끌벅적거리고 빠르게 움직이며 흥겨운 기대에 차 있다.

귀신과 인간의 관계가 구심적이라면, 도깨비와 인간의 관계는 원심적이다. 귀신은 인간 속에 수렴되고자 하고, 도깨비는 인간을 중심부로 삼으면서 가능한 한 멀고도 먼 포물선을 그리며 떠돌고자 한다. 그래서 귀신이 만들어 내는 문화가 회고와 멈춤이라면, 도깨비의 문화는 창조와 속도이다.

한국인의 생활 속에서 도깨비가 자리 잡고 있는 곳은 어디에나 창조와 속도의 신명이 있게 마련이다. 가깝게는 붉은 도깨비가 함께했던 월드컵 축제의 흥분과 신명을 떠올릴 수 있다. 오늘날 IT문화의 강국이 될 수 있었던 자질도 하룻밤 사이 불가능을 가능으로 이끄는 도깨비 정신과 연결되어 있다.

어디서나 '빨리 빨리'를 외치는 한국인의 특성이 조급성을 드러내기도 하는 일면 새로운 창조를 그 누구보다 빠르게 이루어 내는 활성적 원동력으로 작용한다. 한민족의 창조 정신과 빠른 성취는 오늘날 한류 문화의 개성으로 드러나고, 그 깊고도 먼 연원은 도깨비 문화와 맥락을 함께하고 있다.

두두리와 도깨비

두두리는 도깨비이다. 좀 더 구체적으로 말하면 두두리는 도깨비의 앞선 이름이다.

- 보(洑)를 막을 때는 도깨비한테 빌어야 돼.
- 도깨비는 음양 돌을 맞춰 쌓기 때문에 사람이 쌓은 살은 무너져도 도깨비가 쌓은 살은 절대 안 무너져.
- 도깨비가 세운 다리는 홍수가 암만(아무리) 져도 안 떠내려가.
- 도깨비가 여기 못을 순식간에 메웠어.

—《한국구비문학대계》에 있는 도깨비 보 전설들(충남 대덕, 경북 상주, 경남 진양)

절터는 본래 큰 못이었는데 두두리의 무리가 하룻밤 새 그 못을 메우고 이 절을 지었다고 전한다.

—〈영묘사(靈妙寺)〉,《동국여지승람》 경주 불우 조

왕이 비형(鼻荊)을 불러 이르되 "네가 귀신을 데리고 논다는 것이 참말이냐." 대답하되 "그러합니다." 왕이 이르되 "그러면 네가 귀신들을 부리어 신원사 북쪽 개천에 다리를 놓으라." 하였다. 비형이 칙명을 받들고 그 무리를 시켜서 돌을 다듬어 하룻밤에 큰 다리를 놓았으므로 그 다리를 귀교라 하였다. (중략) 이것이 동경 두두리의(東京 豆豆里)의 시초이다.

—〈귀교(鬼橋)〉, 《동국여지승람》 경주 고적 조

하룻밤 사이에 큰 못을 메우고 다리를 놓을 수 있는 두두리의 무리, 역시 순식간에 못을 메우고 홍수가 져도 떠내려가지 않는 다리를 세우는 도깨비, 이 두 존재들은 토목 공사의 난제를 해결하는 건축의 신성이란 점에서 하나의 모습이다. 두두리와 도깨비가 이렇게 이름이 달라진 것은 각기 그 계보가 다르기 때문이다. 두두리는 도깨비의 기능에 따라 붙여진 이름으로서 '두두을(豆豆乙)'과 같이 두드리는 소리와 그 동사적 움직임이 명사화한 이름이다(상세한 고증은 강은해의 《한국 난타의 원형, 두두리 도깨비의 세계》 참조).

두두리는 한 존재의 두드리는 동적 기능을 소중히 하고, 도깨비는 그 존재의 정적 형상, 즉 '돗구+아비', '돗가비'라는 형용을 소중히 한 이름이다. 두두리는 민간에서 부른 이름이고 한자 표기로는 목랑(木郎), 목매(木魅)이다. 목랑은 나무의 정, 나무의 신(神)이라는 뜻으로 망치·메·나무 형상의 남정(男丁), 절굿공이를 뜻한다. 절구통이 여성이라면 절굿공이는 남성의 상징이다. 즉 도깨비는 목랑이 상징하는 '돗구아비'의 형상을 계승한 이름이다.

부(府)의 남쪽 10리에 있다. 주(州)의 사람들이 목랑을 제사 드리던 땅이다. 목랑은 속(俗)에서 두두리라고 부르는데 비형 이후 속(俗)에서 豆豆里 섬기기를 심히 성히 했다.

—〈왕가수(王家藪)〉, 《동국여지승람》 고적 조

이의민(李義旼)은 무식하여 무격만 믿었다. 경주에서 사람들이 두두을이라 부르는 목매(木魅)가 있는데 의민이 이를 집에 맞아 들여 모시고 있었다.

—〈경주(慶州)의 두두을(豆豆乙)〉, 《고려사》 이의민 조

목랑은 곧 목매이다〔木郎卽木魅〕.

—《고려사》 오행이(五行二) 조

목랑과 목매가 서로 섞여 불리었듯, 두두리와 두두을도 함께 사용되었다.

신라 시대 민간에서 두두리는 신앙의 대상이었다. 두두리는 하룻밤 사이 못을 메우고 전을 짓고 다리를 세울 수 있는 초월적 능력을 지닌 존재로 특히 건축 공사 분야에 탁월한 신성이었다. 속(俗)에서 목랑을 두두리로 명명했을 때 여기에는 그 존재에게 있어 두드림의 기능이 얼마나 중요한지 스스로 열어 보여 주는 함축이 있다. 속에서 붙인 이름의 발상에 의해 우리는 두두리의 요체가 두드림의 행위와 직결되어 있다는 것을 깨달을 수 있다.

두두리의 두드림은 망치나 메와 같은 도구가 일으키는 실용적 기능을 넘어서는 것이다. 단지 실용적 연장이 만들어 내는 두드림에 의

해서 하룻밤 사이 건축 공사가 완성된다고 믿을 수는 없기 때문이다. 그래서 우리는 도깨비의 앞선 이름인 두두리가 동사적인 기능, 즉 두드림의 주술적 신명과 함께 태어난 이름이라는 것을 알게 된다. 나무신이 스스로를 두드려서 일으키는 그 신명에 대한 믿음이 두두리 섬기기를 심히 성히 했다는 신라 경주 속신의 내력이다.

신통력을 가진 힘의 주체로 불릴 때 그 호칭은 두두리의 몫이고, 무식한 자가 믿는 무격으로 취급 받거나 효험 없는 존재로 전락할 때 그 몫은 목랑이다. 도깨비는 이 같은 상황에서 나무 아비로서의 형상적 명칭을 우리말로 풀어 계승한 이름이다. 오늘날 도깨비의 이름 가까이 '두두리'라는 명칭이 들리지 않는 것은, 두두리의 신성적 기능이 점점 쇠퇴하고 형용적 기능에 의해서만 그 이름의 맥이 이어지게 되었기 때문이다.

한국 난타의 원형

도깨비는 무엇인가? 이렇게 물음을 시작하면 그 대답은 수도 없이 늘어나 그야말로 도깨비에게 홀리게 된다. 도깨비는 건축 기사이자 절구신과 야장신의 후예이며, 작은 신단수와 같은 수목 신성이며, 동시에 고기를 몰아다 주는 풍어신이기도 하고, 지역에 따라서는 병을 옮겨 주는 액신이기도 하기 때문이다. 숱한 세월을 겪으면서 도깨비의 얼굴은 그 시대와 지역에 맞는 사회적 자아를 재생산해 온 셈이다.

이번에는 달리 물어보자. 도깨비는 오늘의 우리에게 어떤 양식으로 체험되는가? 어른에게서 아이까지 보통 사람들에게 가장 공감대가 큰 도깨비 추억담은 '뚝딱'하는 방망이와 그 휘두르는 소리에 대한 시각적, 청각적 연상이라고 할 수 있다. 순수 민담으로 변한 도깨비 이야기에서 도깨비는 희화적인 존재나 선악을 판단하는 윤리적 변별자의 기능을 담당하고 있지만, 그의 손에 들린 방망이는 단지 소도구에 그치는 것이 아니다. 도깨비와 방망이의 동거 관계는 도깨비 민담의 시대에서 비롯하는 것이 아니기 때문이다. 그 역사는 도깨비가 두두리(豆豆里)라고 불린 신화의 시절로 거슬러 올라간다.

두두리의 시대는 신라로 소급한다. 처음 도깨비가 두두리라는 것을 발견하였을 때 그는 단군신화에 나오는 신단수의 축소판인 작은 신단수 또는 소우주목이라고 할 수 있는 수목에 깃든 신성의 모습이었다. 그리고 두두리가 신라 경주를 배경으로 신성시된 동경 두두리(東京 豆豆里)의 자취를 회고할 때 고조선의 신단수와 신라의 작은 신단수는 시간과 공간의 거리가 한참 떨어져 있음에도 불구하고 믿음과 동경의 한 상징이라는 점에서 그들 사이의 의미론적인 거리는 그다지 멀지 않다는 것을 이해하게 되었다.

얼마 지나지 않아 도깨비는 다시 두두리의 본모습인 절굿공이 신성으로 더 앞서 누렸던 자신의 모습을 드러내었다. 두두리는 절굿공이의 동작을 소중히 여기면서 붙여진 이름으로 농경 생활에서 절구를 신성시한 역사를 우리에게 가르쳐 주는 것이었다. 이렇게 한 얼굴에 여러 역할이 스쳐 가면서 도깨비는 다시 야장신, 대장장이의 시절을 누린 과거의 역사도 만만치 않게 밝혀 주었다.

신라는 야철(冶鐵) 문화가 번성한 나라였다. 당시 용광로가 있었던 자리에는 두두리와 두두을이란 지명의 흔적이 지금까지 남아 있다. 옛 신라 땅 경북 영천, 대구 팔공산 제2석굴, 경남 울주군 두동면, 경북 영양 등 용광로 터가 발견되는 곳의 이름은 모두 두들, 두들못, 두들골이다.

마을 이름이 두두리, 두두을, 두들이라고 불리는 곳이 옛적에 용광로가 있었던 자리라면 신라의 석탈해와 같은 대장장이신의 직능을 두두리 도깨비에게서 발견할 수 있다.

> 그 동자는 지팡이를 끌고 두 종을 거느리고 토함산(土含山) 위에 올라가 석총(石塚)을 쌓았다. 〔그곳에서〕 7일을 머물면서 성 안에 살 만한 땅이 있는가 하고 바라보았다. 초승달 같은 한 산 봉우리가 보이는데 지세가 오래 살 만한 땅이었다. 이에 내려가 그곳을 찾으니 바로 호공(瓠公)의 집이었다. 이에 속이는 꾀를 써서 숫돌과 숯을 그 집 곁에 몰래 묻어 놓고, 이튿날 아침〔詰朝〕 〔그 집〕 문 앞에 가서 말하길, "이는 우리 조상 때의 집이다."고 하니, 호공은 그렇지 않다고 하여 서로 다투었으나 결판을 못 냈다. 이에 관가에 고하니, 관에서 말하기를, "무엇으로 이것이 너의 집이라는 것을 증명하겠느냐?"고 하니, 동자가 말하기를, "우리는 본래 대장장이〔冶匠〕였는데 잠시 이웃 마을에 나간 사이에 다른 사람이 차지하여 살고 있으니, 땅을 파서 조사해보기를 청합니다."고 하였다. 그 말대로 하니 과연 숫돌과 숯이 나왔으므로 이에 그 집을 빼앗아 살게 되었다.
>
> —〈석탈해 신화〉, 《삼국유사》, 가락국기

두두리란 이름 자체가 신격 자체의 성격에 의해 불린 것이 아니라 그 작업 행위의 기능에 따라 붙여진 것일 때, 두두리의 주체는 야장신이나 절굿공이신 그 어느 쪽이나 가능하다.

도깨비는 아랫도리가 유동적이라서 외다리이거나 아래 모습이 잘 보이지 않는 등 다리에 문제를 지닐 때가 많다. 이는 대장장이 작업에서 풀무질을 할 때 바람을 보내기 위해 다리 하나를 늘 들고 일해야 했던 야장의 작업 과정을 돌이켜 보면 도깨비의 외다리가 상징해 온 바를 풀어볼 수 있다.

그리스 신화에 나오는 건축 기사이자 대장장이신인 절름발이 헤파이스토스가 이런 점에서 도깨비의 가장 가까운 친구이다. 맨손으로 빨갛게 달궈진 쇠를 척척 주무르면서 아름다운 물건을 만들어 내는 헤파이스토스와 마찬가지로, 도깨비 역시 하룻밤 사이 다리를 놓고 못을 메우고 전각을 짓는 등 뚝딱하는 사이에 일을 치러 내는 건축 기사이자 대장장이이기 때문이다.

한 얼굴에 여러 역할을 바꿔 수행하면서 바쁜 역사를 거쳐 온 두두리 도깨비에게 오직 한 가지 꾸준한 모습이 있다면 그것은 늘 방망이를 가지고 있다는 사실이다. 농경 시대의 절굿공이신, 철기 시대의 대장장이신, 수목의 신성, 건축의 기사, 뚝딱하는 도깨비 부자방망이신에 이르기까지 그 어느 시점에서도 도깨비의 동반자는 방망이이고 방망이 자체가 두두리이자 도깨비였다. 따라서 도깨비는 그 숱한 역할을 꿰는 하나의 속성, 바로 자신의 이름에 부여된 두드림의 기능, 난타의 행위를 자신의 정체성으로 삼는 원형으로서 오늘날 한국 난타의 모든 신명의 근원으로 연결된다.

두두리의 요체는 그 이름의 명명법에서 알려 주듯, 얼굴이 보여 주는 다양한 목적신격에 있기보다 동작 행위가 일으키는 기능에 집중되어 있다. 두드림, 난타의 동작은 도깨비의 얼굴이 변화하는 과정 속에서도 내버려지지 않은 두두리 도깨비의 일관된 기능이다. 두두리 도깨비의 꺼질 줄 모르는 속성이 난타의 동작에 걸려 있다면, 난타는 바로 도깨비의 본질적 성격이다.

난타가 무엇인가? 함부로 마구치거나 두들기는 난장 속의 두드림이 아니던가? 비록 그것의 시작은 물리적 동작의 지루한 반복으로 일관되겠지만 지극 정성으로 반복될 때 그 행위는 이미 구도의 경지에 버금가는 것이다. 불교의 삼천배나 삼보일배의 경지, 법고춤의 신열과 난타는 다를 바가 없다.

도깨비는 신격의 얼굴로서 좀 더 빨리 난타의 비의에 몰입함으로써 신명풀이의 목적을 이루고 있다. 20세기에 구성된 한국의 난타 팀이 주방 기구를 두드리면서 세계인의 가슴을 적시는 것은 난타 뒤에 어떤 목적을 수행해서가 아니라 두드림 자체의 신열과 법열의 카타르시스에 동참하도록 그들을 이끌어 내기 때문이다.

공연 〈난타〉의 한 장면

예나 지금이나 두두리 도깨비를 의미 있는 존재로 믿는다는 것은 달리 말하면 곧 난타의 비의를 믿는 것이다. 그 때문에 난타 뒤에 도깨비의 목적이 무엇으로 기념되듯 그 얼굴값은 자의적으로 바뀌어 가도 무방하다.

좀 더 비약해서 말하면 두두리 도깨비의 난타는 곧 종교의 구도 행위, 기도와 같은 기능을 나누어 갖는다고 할 수 있다. 묵고, 쌓이고, 가득 찬 것을 비워 내고, 내려 놓고, 씻어 내는 행위가 바로 난타이기 때문이다. 두두리 도깨비의 난타와 그 주체는 다르지만 한국 여인들이 다듬이질을 하며 내는 방망이의 난타 역시 기능면에서는 두두리의 경지에 들어설 수 있다.

두두리 도깨비에게서 절구와 야장의 주체적 직능 이상으로 두드리는 기능, 난타의 신명풀이가 더 소중하게 기억되어 왔다면, 한국 여인이 다듬이 방망이로 빚어 내는 난타의 음향 역시 옷감을 다듬는 실제적인 효용을 웃도는 것이라 할 수 있다.

한국 여인들이 다듬이질을 하는 시간은 그들의 응어리, 원과 한을 발산하는 시간이다. 가부장에게 억눌리고, 시어머니 시누이에게 닥달당하고, 조상 제사에 기진하고, 접빈객에 물 마를 날이 없는, 나아가 농사일과 생업의 부담까지 안아야 했던 한국 여인들, 그들에게 다듬이질하는 시간의 의미가 무엇이었겠는가? 그것은 바로 탈출구, 일상의 비상구 역할이 아닐 수 없다.

두두리 도깨비의 난타와 더불어 다듬이 소리의 난타는 한국 여인들이 주눅 든 일상을 뛰어넘어 초월의 피안으로 들어서는 심경의 정화 장치라고 할 수 있다. 적어도 그런 정신적 비상이 있었기에 한국 여인들은 다음 날 아침, 다시 일어나 일상의 삶으로 돌아갈 수 있었던 것이다. 원시 음악에 가까울수록 타악기가 신명의 주종임을 떠올린다면 난타가 채우기 위한 신열이 아니라 신에게 다가서기 위해 비우는 행위임을 인정하게 될 것이다. 따라서 난타는 그 자체로서 이미 고도의 문화적인 행위가 되고, 두두리 도깨비는 그 최초의 문화적 원형으로 기념비적인 자리로 복원해야 한다.

한국인의 연금술사—현실과 초월의 다리

도깨비는 오늘날 지식 기반 정보화 사회에서 정신적 양극 사이를 이어 줄 수 있는 문화적 매개자의 상징으로서 여전히 유효하다. 그는 어둠 속에서 나타나는 불이듯 한국인의 의식 속에 잠들어 있는 열정을 수시로 일깨우는 창조적 에너지이다. 그래서 사람들은 도깨비를 떠올릴 때 젊은이의 마음으로 돌아가게 된다. 우리가 일상생활 속에서 만난 사람 가운데 특별히 도깨비라고 부르는, 또 그렇게 불러온 사람들은 어떤 사람들인가?

그들은 하는 짓이 이상하고, 입는 옷도 이상하고, 생각하는 것도 이상한 도무지 상식의 끈에 붙들리지 않는 사람들이다. 보통 사람들은 그들을 아슬아슬하거나 어처구니없거나 상식 이하라고 말하는데, 그들은 반대로 보통 사람들을 어려워하고 답답해 하고 마침내는 더 이상 참을 수 없다며 분노를 폭발한다. 우리 일상인들이 그를 이해하지 못하듯, 그이 또한 우리를 이해하지 못한다. 서로의 삶의 맥락이 다르고 코드가 다르기 때문이다. 그래서 간혹 도깨비는 반미치광이처럼 비춰지기도 한다. 도깨비 그이는 끊임없이 두드려야 하고 노래

불러야 한다. 그런 의미에서 상식을 어긋난 도깨비는 예술가의 기질을 타고났다. 어떤 때는 정신 분열의 증세를 나타내기도 하는데, 이때야말로 도깨비가 그의 정체성을 가장 명료하게 드러내는 때이다. 왜냐하면 도깨비는 비형랑이 보여 주었듯, 이승과 저승, 현실과 초월의 다리 끝이기 때문이다. 보통 사람과 그들 사이에는 서로 건너기 어려운 강이 흐른다.

그러나 보통 사람들은 겉으로 대하는 태도와 달리 저 마음 깊은 곳으로부터는 그들에 대한 호기심과 동경을 품는다. 그들은 자기들이 할 수 없는 일이나 생각, 행동을 용기 있게 저지르고 서슴없이 치러내는 사람들이기 때문이다. 그래서 보통 사람들은 욕하면서도 한편으로는 그들을 부러워한다. 그들의 파격과 망나니짓에서 감히 우리가 이룰 수 없는 대리 만족, 카타르시스를 경험하면서 그들에게 매혹되기도 하는 것이다. 이런 의미에서 그들은 창문을 깨고 날아오르는 파창공들이다.

그런데 그들은 도깨비불처럼 불쑥 명멸하면서 왔다가는 사라지고, 그다지 오랜 시간 동경하는 자의 옆에 머물지도 않는다. 그들은 김소월이 읊은 저만치 혼자 피어 있는 꽃과 같다. 그래서 그들은 우리 일상인들의 거리에서 멀리 떨어져 있는 먼 그대이다. 그런 연유로 우리에게 도깨비는 하나의 그리움이 된다.

우리가 도깨비같이 느끼는 사람은 남과의 경쟁에서 이긴 사람이 아니라 스스로 창의적인 사람, 새로운 가치를 창조하는 사람, 자신의 색채를 가꿀 줄 아는 개성 있는 사람이다.

《삼국유사》에 나오는 '도화녀 비형랑' 설화는 도깨비의 본풀이인데, 이 본풀이를 통해서 당대 사람들이 비형 도깨비에게 걸었던 기대와 소망은 오늘날까지 그대로 이어지고 있다.

> 진지대왕은 사량부에 사는 도화랑이 아름답다는 소리를 듣고 그를 궁중으로 불러 관계를 맺으려 했다. 그러자 그녀가 말하였다. "첩에게 아직 남편이 살아 있습니다." 왕이 기뻐하며 말하기를 "남편이 없으면 되겠는가?"라고 말하자 "됩니다." 이 해에 왕이 폐위되어 죽고, 2년 후 도화랑의 남편이 죽자 왕이 생시와 똑같은 모습으로 도화녀의 방에 와서 말하였다. "네가 지난번 약속한 바와 같이 이제 네 남편이 죽었으니 되겠는가?"라고 말하고 7일을 머물고 홀연 사라졌다. 도화녀가 이로 인해 자식을 얻으니 이름을 비형이라 하였다.
>
> —〈도화녀 비형랑〉, 《신증동국여지승람》 경주부 고적 조

비형은 이미 죽은 진지왕의 혼령을 아버지로, 살아 있는 여인 도화녀를 어머니로 하여 태어났다. 비형이 잉태된 도화녀의 집은 7일 동안 오색구름이 지붕을 덮고 향기가 방 안에 그득하였으며, 비형이 태어날 때는 천지가 진동하는 시공간의 신성 징표를 보였다. 진평대왕은 비형아기가 남다르게 특이함을 알고 궁중에 거두어 기르고, 열다섯이 되자 집사 벼슬을 주었다. 비형은 밤만 되면 월성을 날아서 서쪽 황천강 언덕 위에서 여러 귀신들을 모아서 놀았다. 왕은 비형에게 첫 번째 과제로 신원사 북쪽 개울에 다리를 놓을 것을 명했다. 비형은 무리를 부려 하룻밤 사이 돌을 다듬어 다리를 놓게 하였고, 그 연유로 다리 이름이 귀교(鬼橋)가 되었다.

비형은 왕의 명에 따라 그가 부리는 무리 가운데 길달을 조정에 천거하고, 왕은 아들이 없는 각간 임종으로 하여금 길달을 양자로 삼게

하였다. 그런데 길달이 임종의 명에 따라 흥륜사 남쪽에 누문(樓門)을 세우고 밤마다 그 문 위에서 잠을 자기에 사람들은 그 문을 길달문이라고 하였다. 어느 날 길달이 여우로 변하여 도망을 가자, 비형은 남은 귀신들을 시켜 그를 죽이게 하였다. 그래서 귀신의 무리는 비형의 이름을 들으면 무서워서 도망을 쳤다. 이때에 사람들이 노래를 지어 부르되, "성제의 혼이 낳은 아들 비형랑의 집과 정자로다. 날고뛰는 여러 귀신의 무리들아 이곳에 머물지 말라."고 하여 나라의 풍속에 이 노래를 써 붙여 귀신을 물리쳤다고 한다.

비형이 토목석공으로서 이루어 낸 것은 다리를 놓고 누문을 세우는 일이었다. 다리와 누문은 이쪽과 저쪽, 안과 밖을 잇고 가르는 경계의 중심 장치이다. 현실 세계 안에서 다리와 누문은 이쪽과 저쪽을 연결하고 분리하는 물리적 장치이지만, 그것이 정신의 영역으로 확장되면 다리는 의식의 이쪽과 저쪽, 이승과 저승을 잇는 경계의 상징적 징표가 된다.

비형이 건설한 다리가 단순한 교량을 넘어 의식의 다리로 읽혀질 가능성은 비형의 출생 근거인 부모의 자질에서 살필 수 있다. 죽은 왕의 혼령과 살아 있는 어머니의 결합, 그것은 저승과 이승의 결합이다. 그리고 그 사이에서 태어난 비형은 이승과 저승의 경계 표지이며 중간자이다. 다시 말하면 비형 자신이 바로 이승과 저승을 연결하는 의식의 다리 그 자체이며 매개자라는 점이다.

진평왕은 비형을 거두어 기르고 장성한 그에게 첫 번째 과제로 다리 놓기를 명한다. 진평왕이 비형을 시험하는 첫 번째 시험이 그 어떤 것도 아닌 다리 놓기 입사식이라는 것은 비형이 지닌 정신적 속성을 물리적 속성으로 환치시키는 하나의 대유법이다. 진평왕 무렵 당대 사회가 비형을 창조하면서 거는 기대는 바로 이러한 의식의 다리 역할이었다. 이승과 저승의 사이에서 어느 한 곳으로 편입되지 않는 수평적 의식의 끝에 서 있는 존재, 이승 사람들의 험한 세상 다리 끝이 되어 그들 정신의 광기를 그곳에서 머물고 쉬게 하는 잉여의 휴식처 같은 것이다. 그렇기 때문에 비형은 저승의 공간에 넘어가 있는 귀신과 구별되고 현실 세계의 무당이 지니는 기능을 나누어 갖는다.

비형 도깨비의 의식의 다리와 귀교의 다리에 덧붙여 도깨비에게는 하나의 다리가 더 있다. 그것은 사람들에게 씨름하자고 덤벼드는 외다리 도깨비이다.

> 아 그전에 복재 할아버지가, 그 장력 신 사람한테는 소용없디야. (중략) 그이가 장력이 셔서 어딜 그전에 소시적에 갔다 오는데, 참 어딜 가니 도깨비가 뎀비더래야. 그래 뎀비는데, 이거를 허리띠를 끌러가주구서는, (중략) 눈깔을 꾀여서 나무에다 매달구서는 왔대는구랴. 그래 그 이튿날 가보니깐 도리깨 장치가 빳빳이 섯더래야. (중략) 도리깨 장치 구녕 뚫어져 있지.
>
> — 신홍준 구연, 〈도깨비 이야기〉, 《한국구비문학대계》 1-2, 514~515쪽

외다리 씨름꾼 도깨비를 만나는 사람들의 사정은 밤 깊은 시간, 자기 마을을 들어서기 전 다른 마을의 끝인 산자락 어디에서, 홀로 있으며, 또한 피곤과 음주로 혼몽한 의식일 때가 대부분이다. 혼몽한 시간과 혼몽한 어름의 공간, 이성이 무뎌진 혼몽한 의식에서 사람들은 외다리 도깨비를 만나 죽을힘을 다해 씨름을 한다.

신라 때 비형 도깨비의 본풀이에서 비형이 인간 의식의 가교였듯,

한 사람이 가장 고독한 단독자인 순간 씨름하자고 덤벼드는 도깨비는 바로 그 자신의 의식의 한끝에서 만난 무의식의 손짓이다. 도깨비를 씨름꾼으로 만나는 사람들의 경험담은 스스로 자기 의식의 경계에서 외다리 도깨비를 창조하고 무의식을 면대하기 위한 고독한 싸움을 벌이는 과정을 술회하고 있는 것이다.

이성적이고 냉철하며 생활 태도까지 반듯하여 술도 잘 먹지 않는 사람은 언제나 의식의 세계에 충실하기 때문에 상대적으로 도깨비를 만날 가능성이 희박하다. 그는 무의식의 소리에 귀 기울일 준비가 되어 있지 않고, 준비할 필요도 없으며, 준비하는 것 자체를 오히려 허튼짓, 무가치한 것으로 여기기 때문이다. 우리는 가장 형이하학적 존재로 치부할 수 있는 보잘것없는 도깨비가 뜻밖에도 냉철한 이성주의자의 의식 저편보다 좀 더 윗자리에 있는 형이상학적 존재일 수 있음을 목도한다.

비형과 두두리와 도깨비는 하나의 존재에 붙여진 여러 이름이다. 초월성, 어리석음, 양면성을 겸비하면서 인간의 의식과 무의식의 경계 표지로서 의식을 분리하는 촉매인 등불, 그것이 두두리 도깨비가 일으키는 불이다. 그것은 인간의 내면, 영혼, 정신이라고 할 수 있는 의식의 에너지가 응축된 힘이다. 비형 도깨비의 본풀이가 예증하듯 두두리 도깨비의 세계는 이승과 저승의 경계 표지인 중간자이며 그 사이의 가교, 의식의 다리를 상징하고 있다.

죽은 왕의 혼령과 살아 있는 도화녀의 아들인 비형이 있는 세계는 비의(秘儀)의 세계이다. 그곳은 이승도 아니지만 저승도 아니다. 그러한 비의의 세계에 우리를 데려다 줄 수 있는 자는 귀신이 아니다. 그 안내자의 몫은 불을 다루는 야장이나 곡식을 생산하는 절구신이나 작은 우주 나무인 두두리 도깨비의 것이다. 비형랑 역시 그 역할을 맡기 위해 인간의 상상 공간 속에 창조된 존재이다. 이렇듯 비형 도깨비는 이승과 저승의 경계에서 정신의 비의를 두드리는 난타, 타종과도 같은 존재로 오늘날까지 우리 앞에 나타나고 있다. 그래서 두두리 도깨비는 한국인의 정신세계를 불로 녹이고 연단시키는 주술사이며 연금술사이다.

강은해 계명대학교 한국어문학과 교수. 구비문학, 고전소설을 공부하며, 최근 동아시아 설화 비교연구로 관심을 넓히고 있다. 저서로 《한국 난타의 원형 .두두리 도깨비의 세계》, 《한국설화문학연구》 등이 있다.

12

구미호에게는 내가 천적

이홍우

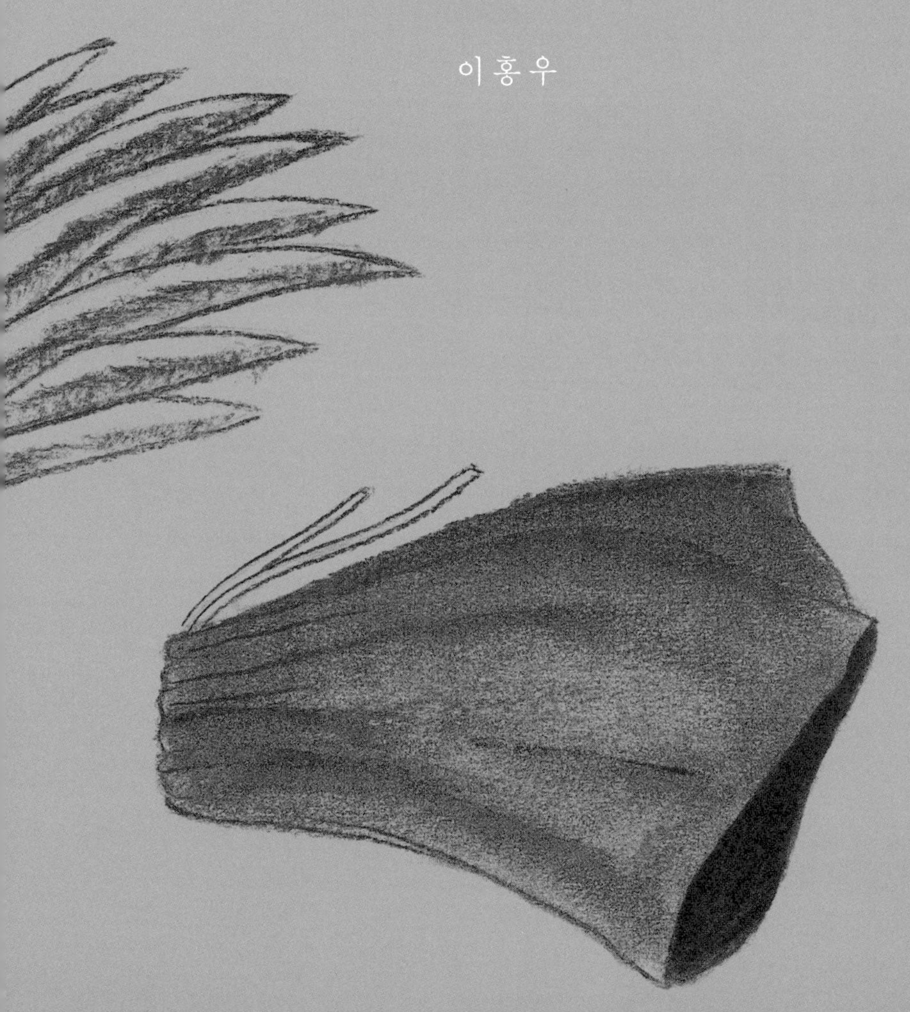

삼족구

도포 속에 들어갈 정도로 덩치가 작고 다리가 셋밖에 없지만 구미호를 물리치는 신성함을 지녔다. 자신의 운명적인 주인을 알아보는 지인지감(知人之鑑), 인간으로 변한 구미호를 식별해 내는 능력, 그리고 단번에 달려들어 구미호를 제압하는 사나움과 민첩함을 갖추었다.

삼족구(三足狗) 설화는 《한국구비문학대계》를 비롯한 설화 자료집에 여러 편의 각편이 수록되어 있다. 주로 구미호가 여자로 변해 선량한 사람에게 누명을 씌워서 해치려 하거나 왕비로 변해 한 나라를 위태롭게 할 때, 삼족구가 이를 물리쳐서 구미호의 정체를 밝히는 것이 이야기의 핵심이다. 우리나라 설화에서 구미호를 퇴치하는 방법은 여러 가지인데, 이 설화에서는 특히 보잘것없어 보이는 삼족구가 간교한 구미호를 퇴치하는 과정이 아주 흥미진진하게 전개되고 있다. 이 설화를 통해 구미호와 달리 대중들에게 잘 알려지지 않았던 삼족구를 만나 보자.

그래, 구리쇠기둥을 만들어 가지고 기름을 따악 발라 놓고 사방 가에다가 숯불을 피워 놨거든. 거 죄 있는 놈보고 올라가라고 하면 인자 아, 일 분이라도 더 살라고 올라가 떨어지면 말이여, 숯에 떨어져 갖고 타서 죽어 버리거든. 아, 방에 들어가 피 빨아먹던가 보데 백여우가. 그래 그렇게 지내는데, 시기가 백여우를 죽일 시기가 돌아왔다 이 말이야. 그래 강태공이 왔지. 백여우를 죽일라고.

올 때에 강태공이 어떻게 해가지고 왔느냐 하면, 도복 속에다 삼족구를 가지고 왔네. 삼족구. 어허, 발 셋 달린 개를 넣고 왔어. 주먹만 해. 그래, 떠억 들어와서 인자 천자 앞에 와서,

"강태공이 왔습니다."

"아-."

그렇게 아, 인자 그 여우가 요렇게 내려다 보던가보데 강태공 왔다고.

아, 그러니까 삼족구를 그냥 도복 속에서 타알 탈 털어 놓으니까 삼족구가 올라가서 그냥 백여우 모가지를 물어 제쳐버리니까 뚝 떨어지는데 발광을 하며 자빠지는데 꼬랑지가 아홉 달린 여우가 되었지.

그래서 지금 요새에 문자가, 도탄에 들었다 도탄에. 시골 백성이 도탄에 들었네 하는데, 그때 난 문자야. 도탄이라는 것은 도(塗)자에 숯 탄(炭)자, 숯에 타서 죽었다고. 그래서 그런 이야기가 있어.

— 김정균 구연, 〈구미호(九尾狐)와 삼족구(三足狗)〉, 《한국구비문학대계》 6-2, 86~87쪽

천적! 구미호 대 삼족구

스포츠 경기를 보다 보면 최강이라 일컬어지는 선수이지만 유독 한 선수에게는 기를 못 펴는 경우가 종종 있다. 객관적인 전력에서 전혀

뒤지지 않음에도 불구하고 징크스처럼 그 선수만 만나면 맥을 못 추는 기이한 현상. 팬들은 이런 관계를 흔히 '천적 관계'라고 부르며 가십거리를 만들어 낸다. 이런 천적 관계는 비단 운동 경기에서뿐만 아니라 역사 속에서나 문학작품 등에서도 어렵지 않게 만날 수 있다.

그렇다면 우리 옛이야기 속에서는 이러한 천적 관계가 어떻게 나타나고 있을까? 백수(百獸)의 왕으로 자타가 공인하는 호랑이, 그러나 이 호랑이도 토끼만 만나면 한없이 작아진다. 토끼의 꾐에 넘어가 꼬리가 강물에 얼어붙기도 하고, 몸이 불에 다 타기도 하는 등 백수의 왕이라는 이름에 걸맞지 않게 온갖 망신을 당한다. 그런 의미에서 호랑이에게 토끼는 가히 천적이라 할 만하다. 어디 이뿐이겠는가. 아무리 변신에 변신을 거듭해도 백전백패인 송양에게는 주몽이, 어수룩한 상전에게는 꾀쟁이 옛득이가, 양반 삼형제에게는 그들을 쥐락펴락하는 말뚝이가 모두 천적인 것이다.

그러나 우리 옛이야기에서 천적 관계의 백미는 따로 있으니 바로 구미호와 삼족구가 아닐까 싶다. 아리따운 여인으로 둔갑하여 구슬로 서당 아이를 홀리는가 하면, 때로는 여우 누이로 변신하여 한 가족을 멸문지화(滅門之禍)로 몰아넣는 무서운 존재가 바로 구미호이다. 그래서인지 이 구미호는 납량 특집물의 단골 캐릭터이다. 그런데 이런 구미호가 여우의 핏줄을 타고났다는 강감찬에게 복숭아 회초리를 맞아 죽기도 하고, 때로는 둔갑하는 모습을 들켜 소금 장수의 지게 작대기에 어이없는 최후를 맞이하기도 한다. 하지만 구미호에게 완벽한 천적은 강감찬도 소금 장수도 아닌 바로 다리가 셋 달린 삼족구일 것이다. 도복 속에 들어갈 정도로 작은 덩치의 삼족구가 구미호에게 곧장 달려들어 단박에 목을 물어 죽이는 장면을 보게 되면 왜 그렇게 생각하는지 쉽게 납득할 수 있을 것이다.

귀신 잡는 해병대가 아닌 구미호 잡는 삼족구의 신이한 능력이 지금부터 펼쳐진다.

사건 해결의 열쇠, 삼족구를 찾아라!

삼족구가 '여우와 삼족구', '구미호와 삼족구' 등과 같이 제목에 직접적으로 들어나는 각편은 《한국구비문학대계》에 네 편밖에 채록되어 있지 않다. 그러나 《한국구비문학대계》나 임석재 전집을 비롯한 여러 설화집에서 삼족구는 손톱을 먹고 사람으로 둔갑한 쥐를 퇴치하거나 저승사자까지 물리치는 등 다양한 모습을 보이고 있다. 그렇지만 삼족구의 진가를 제대로 보여 주는 이야기는 역시 인간으로 둔갑한 구미호를 퇴치하는 이야기일 것이다. 다른 각편에서는 삼족구가 단순히 부수적으로 언급될 뿐 적을 물리치는 그의 활약상이 구체적으로 드러나 있지 않은 데 비해, 구미호를 퇴치하는 이야기에서는 삼족구의 활약상이 실감 나게 묘사되어 있기 때문이다.

구미호를 퇴치하는 삼족구 이야기는 크게 두 가지 유형으로 전승되고 있다. 하나는 천자(天子)나 왕의 부인으로 둔갑하여 사람들을 해치는 구미호를 삼족구가 물리치는 유형이고, 다른 하나는 구미호 때문에 억울한 누명을 쓴 사람이 사형을 당하기 직전에 삼족구 덕분에 목숨을 구한다는 이야기이다. 각 유형에 따라 삼족구와 구미호의 특징이 다양하게 나타나고 있다.

첫 번째 유형은 중국을 배경으로 한 강태공과 관련된 이야기와 우리나라를 배경으로 한 궁예와 관련된 이야기가 대표적이다. 두 이야기 모두 아름다운 여인으로 둔갑한 구미호의 정체를 왕이 알아보지 못하고 그 여인을 왕비로 삼는 데서 이야기가 시작된다. 왕비는 왕을 부추겨서 점점 더 잔인한 방법으로 사람들을 죽이기 시작한다. 그리고 왕비로 변한 구미호를 퇴치하기 위한 저격수로 강태공과 궁예의 신하들은 공히 '삼족구'를 내세우고 있다.

강태공 관련 이야기에서 대국천자의 부인으로 둔갑한 구미호는 "꼬랑지 아홉 달린 여우가, 백여우가 각시가 되었다 그 말이야."김정균 구연본, 85쪽에서도 알 수 있듯 우리가 흔히 잘 알고 있는 납량 특집의 캐릭터 그대로이고, "아, 방에 들어가 피 빨아먹던가 보데 백여우가."김정균 구연본, 86쪽에서 보듯 잔인하게 사람들을 죽이고 있다. 물론 궁예의 왕비로 둔갑한 구미호도 이와 별반 다르지 않다. 그런데 이러한 간악하고 잔인한 구미호를 물리치는 존재가 조그마한 개라니, 그것도 세 발 달린 개라니 참 아이러니하지 않을 수 없다.

두 번째 유형에서 대부분의 주인공은 억울하게 살인죄를 뒤집어쓴다. 어떤 각편에서는 주인 남자가 지나가던 나그네 부부를 재워 줬는데 다음 날 아침 나그네의 부인이 갑자기 시체로 발견되는 바람에 살인죄를 뒤집어쓰게 된다. 또 다른 이야기에서는 한 진사가 제사를 지내느라 대문을 열어 뒀는데 한 여자가 그 집에 들어와 죽는 바람에 살인 누명을 쓰거나, 어떤 통인(通人)의 집에서 유부장사 부인이 죽게 되어 그가 누명을 쓰는 등, 앞의 이야기와 마찬가지로 주인공의 집에서 한 여자의 시체가 발견되어 주인공이 죽은 여자의 남편에 의해 살인 누명을 쓰게 된다.

그런데 이 유형에서 재미있는 것은 주인공의 살인죄 누명이 예견되었다는 점이다. 나그네 부부를 재워 줬던 주인 남자는 옥중에서 옛날에 목숨이 위험할 때 펼쳐 보라는 사주팔자 종이를 떠올리고는 아들을 시켜 그대로 실행하게 한다. 그리고 진사는 일전에 점을 친 봉사가 앞으로 큰 대환이 있으면 보라고 준 비봉(秘封)에 적힌 대로 하인에게 명을 내리고, 통인은 일전에 부임해서 살옥(殺獄)이 난다고 예언했던 대감을 찾으라고 아들에게 지시한다. 세 가지 이야기에서 공통적으로 주인공의 목숨을 구할 수 있는 비결은 단 하나이다. 바로 '삼족구를 찾아라!'라는 것.

드라마나 영화에서 가장 극적인 상황 연출은 주인공이 위험에 빠진 절체절명(絶體絶命)의 순간에 어디선가 구원자가 갑자기 나타나는 것일 게다. 이러한 공식은 삼족구 설화에서도 그대로 되풀이된다. 살인죄로 주인공이 사형을 당하려는 그 순간 하인이나 아들이 구해 온 삼족구가 드디어 자신의 진가를 발휘한다. 용수철처럼 튀어 올라 주인공을 위기에 빠뜨린 구미호를 단번에 제압하는 삼족구의 대활약과 함께 이 이야기는 해피엔드로 끝을 맺는다.

신성한 심판자, 삼족구

구미호를 물리치며 대단한 활약을 보이는 개라면 우선 적어도 우리의 진돗개나 풍산개처럼 용맹스럽든지, 아니면 흔히 민속에서 이름 자체에 '귀신을 쫓는다'는 의미를 지닌 삽살개처럼 표면적으로도 특출한 뭔가가 있을 것 같다. 그러나 설화 속의 삼족구는 구미호를 물리친 그의 명성과 달리 외관상 볼품이 없다. "삼족구란 개가 발이 셋이라.

〈신구도(神狗圖)〉. 네 눈과 네 귀를 가진 개로, 더 잘 보고 잘 들을 수 있어, 귀신을 잡았다고 한다. 이러한 개는 삼족구와 달리 외양에서부터 신성한 기운이 느껴진다.

발이 넷인데, 짐승은 발이 넷인데 삼족구는 셋이라."박대제 구연본, 1077쪽 란 서술에서 알 수 있듯이, 우선 이 개는 다른 짐승과 달리 다리가 셋이다. 이는 다른 네 발 달린 짐승과 비교했을 때 신체 구조부터 '비정상'이라고 할 수 있다.

게다가 삼족구의 덩치는 또 어떤가. 설화에서 묘사되는 삼족구를 보면 유달리 덩치가 작은 개로 그려지고 있다.

> 올 때에 강태공이 어떻게 해가지고 왔느냐 하면, 도복 속에다 삼족구를 가지고 왔네, 삼족구. 어허, 발 셋 달린 개를 넣고 왔어. 주먹만 해.
>
> — 김정균 구연, 〈구미호와 삼족구〉, 86쪽

삼족구가 얼마나 작았으면 도복 속에 들어갈 정도이고 '주먹만 하다'고 표현했을까. 이러한 객관적인 외양만으로 따진다면 인간으로 둔갑해 간악한 짓을 서슴지 않는 구미호를 물리쳤다는 것 자체가 믿기지 않는다. 그런데 다행스러운 것은 비록 덩치가 작고 다리도 하나가 적지만 "삼족구란 개 한 마리가 발 셋이 돋아서 뛰어다니거든요." 정난수 구연본, 35쪽에서 알 수 있듯이, 완전한 불구의 상태는 아니어서 여느 개처럼 자유롭게 뛰어다닐 수가 있다. 비정상적인 신체 구조임에도 불구하고 정상적인 운동 능력을 갖춘 삼족구의 이러한 처지는 이야기의 후반부에서 구미호를 퇴치하기 위한 중요한 개연성을 확보하게 된 셈이다.

사실 우리 민족에게 세 발 달린 동물은 그리 낯설지 않다. 태양 속에 살고 있다는 세 발 달린 까마귀인 삼족오(三足烏)나 달 속의 세 발 달린 두꺼비인 삼족섬(三足蟾) 등은 잘 알려진 캐릭터들이다. 여기서 발이 하나 모자라거나 덧붙어 있다는 사실은 중요하지 않다. 중요한 것은 바로 다리가 '셋'이라는 것이다. 잘 알다시피 우리나라 사람에게 '3'은 음양의 조화가 완벽하게 이루어진 숫자로 생각되어 옛날부터 길수(吉數)나 신성수(神聖數)로 인식되었다. 우리 민속에서 삼재(三災) 부적으로 쓰이는 '삼두매' 또한 이러한 사고가 반영된 결과물이다. 그러니 삼족구가 신성한 동물로 인식된 것은 당연하다. 비정상적인 것은 처음에 낯설게 다가오게 마련이지만 이러한 낯섦이 반복되어 행운을 가져다줄 경우 때로는 신성함으로 인식될 수도 있었을 것이다.

그래서인지 앞에서 살펴본 것처럼 볼품없는 개임에도 불구하고 삼족구는 구미호를 물리칠 수 있는 유일한 신성 동물이기 때문에 몸값이 천정부지로 뛴다. 죽을 운명에 처한 아버지를 위해서 또는 주인을 위해서 아들과 하인은 각각 삼족구를 구하러 가는데, "값은 얼마든지

무값으로 달라는 대로 드릴 테니 개를 좀 파시오." 정난수 구연본, 36쪽나, "금사(가격)는 고하(高下)간에 얼마가 되든지 달라는 대로 줄 테니 저 삼족구를, 개 이놈을 삽시다." 정점암 구연본, 812쪽에서처럼 삼족구를 사기 위해 그들은 일명 '백지수표'를 제시한다. 그 외모와는 달리 삼족구는 엄청난 가치를 지니고 있었던 것이다.

그런데 삼족구가 구미호를 물리칠 열쇠라면 뭔가 특별함이 있어야 하는데 단지 비싼 몸값 외에는 별로 눈에 띄는 특징이 없어 보인다. 이야기 후반부에서 삼족구가 구미호를 단번에 제압한다는 상황을 감안할 때 뭔가 개연성이 부족해 보이는 설정이다. 그런데 삼족구를 매매하는 과정이 재미나게 서술된 각편이 하나 있는데, 이것이 이러한 의문을 해결할 수 있는 실마리를 제공해 준다. 졸지에 여자를 죽인 살인범으로 몰린 진사는 봉사가 급한 일이 있을 때 뜯어보라고 준 종이에서 삼족구가 아니면 화를 면치 못한다는 예언을 보고는 하인을 시켜 삼족구를 구해 오라고 한다. 경상도까지 가서 겨우 삼족구를 발견한 하인은 늙은 영감에게 값에 관계없이 삼족구를 사겠다고 청한다. 그러자 영감은 다음과 같이 이야기한다.

> 그러니까 이 영감 말이,
> "개를 사겠다고 하기 전에 내가 돈을 줘서 오히려 개를 떼어 버리려고 끌고 왔오."
> "그게 무슨 말씀이요?"
> "내가 중년이 되어 이 개를 샀는데 이놈의 짐승이 연년에 개새끼를 낳아서 요것이 내 생계라오. 그래서 아, 고기나 먹을까 허고 키웠더니 이놈의 것이 사납기가 이루 말할 수 없이 사납고, 동네에서 말썽을 부리

는데 이걸 잡을 수가 없오. 여우처럼 약아서 잡을 수가 없고 그러니까 이걸 너른 바닥에 와서 어떻게 임자 있으면 떼어 버리고 가려고 내가 끌고 왔으니까 당최 돈 말씀 말고 갖고 가시오."

— 정점암 구연, 〈노루가 잡아준 집터와 삼족구〉, 《한국구비문학대계》 6-2, 812~813쪽

다리 셋에 조그만 몸뚱이의 우스운 개로 알려진 삼족구가 사실은 '한 성질'하는 무서운 개였던 것이다. 그런데 흥미로운 것은 주인도 다룰 수 없을 만큼 사납게 말썽을 부리던 삼족구가 신기하게도 자신을 사러 온 사람에게는 어떤 저항도 하지 않고 순순히 따라간다는 점이다. 애초부터 처음의 주인은 구미호를 물리칠 운명을 타고난 삼족구가 진정한 임자를 만나기 전까지 단지 보호해 주는 역할에 지나지 않기 때문이다. 그리고 삼족구의 사나운 성질도 완전히 사라진 것이라기보다는 구미호를 직접 대면하기 전까지 발현되지 않은 것으로 보아야 할 것이다. 이는 삼족구가 구미호를 제압하는 후반부에서 확인할 수 있다.

삼족구가 다른 개들과 달리 신성한 동물임을 알 수 있는 표지는 설화의 여러 곳에서 보인다. 아버지의 누명을 벗기기 위해 경주에서 서울로 간 아들에게 대감에게서 삼족구를 얻어 돌아가는 길은 아버지의 목숨이 달려 있는 한시가 급한 길이다. 이러한 다급한 상황에서 삼족구는 축지법을 써서 아들을 경주까지 이틀 만에 데려다 놓는다.

내일 일찍 가야 되니 그 이튿날 새벽에 깨워 가지고,

"속히 가거라. 여기 올 때는 힘들었지만 이 삼족구랑 가면 그렇게 힘 안 들 것이다. 이 삼족구 발자국 디딘 데로 이 삼족구 디딘 데 거기를

네가 딱딱 짚고 그래 따라가거라."

그래 대문간까지 나와서 삼족구 앞에 서서 하는 말이,

"삼족구야 이 도련님 잘 모시고 가거라."

그래 고개를 까닥 하고,

"예, 안녕히 계십시오."

그래, 삼족구 발 디딘 데로 딱 발을 떼어 놓으면, 그게 디디다가 또 걸으면 그게 어찌된 영문인지 우리가 축지하는 것처럼 해서 이틀 만에 왔다.

— 박대제 구연, 〈삼족구 이야기〉, 《한국구비문학대계》 8-5, 1077쪽

삼족구의 신이한 능력은 여기에서 그치지 않는다. 처음에 아들이 대감 집에 이르러 삼족구를 만나는 대목에서 대감이 네 임자가 찾아왔으니 절을 하라고 하자, 삼족구는 아들에게 절을 한 뒤 그 옆에 와서 앉는다. 이는 삼족구가 지인지감(知人之鑑)의 능력을 보유하고 있음을 알 수 있는 부분이다. 그리고 대감의 말을 다 알아들은 것처럼 행동하거나 심지어 직접 말까지 하는 능력을 보여 주기도 한다.

구미호의 천적으로서 삼족구의 캐릭터적 특성이 제대로 드러나는 대목은 역시 설화의 마지막 부분이다. 왕비로 둔갑하여 왕의 학정을 유도하며 수많은 사람을 죽이고, 여자로 변신하여 죄 없는 사람에게 살인 누명을 씌우려 했던 구미호는 일생일대의 제대로 된 천적을 만나게 된다. 만약 삼족구가 구미호와 대등하게 싸우다가 힘겹게 이겼다면 이는 천적 관계라고 할 수 없을 것이다. 진정한 천적이라면 '백전백승'의 결과가 나올 정도로 압도적으로 상대를 제압해야 하기 때문이다. 비록 세 발뿐이지만 삼족구는 순식간에 달려들어 구미호의

목을 물어 죽여 그 정체를 밝힌다. 게다가 삼족구는 이미 죽은 암여우의 정체까지도 철저하게 파헤친다.

삼족구란 놈이 울음소리를 듣고 귀를 쫑긋하여 듣더니 우르르 쫓아가서 모가지를 잡아서 그냥 물어서 흔드니까 허연 백여우야. 죽어나자빠졌는데, 그래서 그때 그 묘를 파니까 여우가 있는데, 암놈 수놈이더라 말이야.

— 정난수 구연, 〈여우와 삼족구〉, 《한국구비문학대계》 5-4, 36쪽

삼족구를 끌고 오니까 삼족구가 가서 죽은 시체에 캉-캉- 짖으며 달려들어 물어뜯으니까 허연 백여우가 둔갑해가지고 캥캥-하고 내빼요. 또 상인(喪人)놈들 가서 물어뜯으니까, 또 백여우가 되어 가지고 여우가 되어 가지고 내빼더라는 거예요.

— 정점암 구연, 〈노루가 잡아준 집터와 삼족구〉, 813쪽

삼족구가 딱 들어서는데, 저놈 유부장사 그 놈팽이 놈을 즉시 달려들어서 앙- 하고 목을 물어서 잡아 쓰러뜨리니까, 요새 문자로 말하면 법정 마당에서 나가떨어지는 게 여우라. 허연 백여우라. 또 거듭 백여우가 일어났는데 삼족구가 세 번 물어뜯으니까 백여우가 그제야 나자빠졌어. 그 광경을 보고 있는 그 계집이야, 그 얼굴이 죽을상이지. 그래가지고 삼족구가 막 유부장사 계집까지 물어서 자빠뜨리니까 세 번 그럴 것도 두 번 물어뜯으니까 그 앙-하고 날뛰던 백여우같이 죽어 버렸어. 암수 백여우를 물어서 죽였어.

— 박대제 구연, 〈삼족구 이야기〉, 1078쪽

결국 구미호는 죽었지만 삼족구의 행동은 우리에게 많은 생각거리를 남긴다. 삼족구가 구미호를 죽이고 도탄에 빠진 나라를 구하거나 무고한 백성의 목숨을 구하는 것은 일종의 사회적 정의가 실현되는 부분이다. 백여우를 죽인 삼족구는 "이런 일이 있는데 그 정치를 그래 하느냐, 이래하느냐 응?" 박대제 구연본, 1078쪽이라고 호통을 쳐 인간으로 변한 백여우도 알지 못한 채 엉뚱한 백성을 죽일 뻔한 관리를 꾸짖기까지 한다. 이와 같이 삼족구는 단순히 요물을 물리치는 신구(神狗)로서의 역할에 그치지 않고, 인간 사회의 잘못된 문제까지 바로잡는 심판자로서의 성격도 지니고 있음을 알 수 있다.

스포츠 경기에서 늘 승리하던 선수가 또다시 이겨서 천적 관계를 유지하듯이, 옛이야기 속의 삼족구도 번번이 구미호를 제거하며 천적 관계가 쉽게 무너지지 않음을 보여 준다. 삼족구는 언제나 자신 있게 말할 것이다. '구미호에는 내가 천적'이라고! 어떤 각편을 보면 삼족구 때문에 화를 면한 그 집안은 훗날 삼족구가 나이가 들어 죽게 되자 개 무덤을 만들어 관리하였다고 한다. 이렇듯 삼족구는 죽어서도 보통 개와는 달라도 한참 달랐다. 덩치도 작고 다리도 셋밖에 없어 비정상적이고 볼품없어 보였던 삼족구! 그러나 바로 그 삼족구가 나라와 사람의 목숨까지 구했으니, 대단한 동물임에는 틀림없어 보인다.

또 하나의 캐릭터, 삼족구

여름만 되면 구미호는 다시 태어난다. 현대적 감각으로 재무장한 〈전설의 고향〉은 컴퓨터 그래픽이라는 신기술로 한층 더 향상된 구미호를 내세워 안방극장을 장악한다. 게다가 구미호는 몇몇 영화에서도 '주연'을 맡을 정도이니, 우리나라의 요괴나 귀신들 중에는 이른바 꽤 '잘나가는' 캐릭터라 할 수 있다. 소복을 입고 입가에 피를 묻힌 백발의 구미호는 어느덧 납량 특집의 대명사가 될 정도로 확실한 캐릭터로 자리매김한 것이다.

구미호의 활약은 여기에 그치지 않는다. 최근에는 〈천년여우 여우비〉, 〈신구미호〉, 〈팔미호뎐〉 등의 애니메이션에도 등장하면서 그 활동 무대를 점점 넓혀 가고 있다. 구미호의 주가가 올라가고 있는 만큼이나 삼족구는 대중들의 관심 밖에 난 지 오래다. 왜 승자인 삼족구는 사람들의 기억 속에서 사라지고 영원한 패자인 구미호만이 승승장구하고 있는 것일까?

설화에 등장하는 구미호와 삼족구, 두 캐릭터는 비록 이야기 속에서는 천적 관계로 대결 구도를 형성하고 있지만 캐릭터가 문화 콘텐츠의 중요한 요소로 인식되는 현대의 관점에서는 둘 다 새롭게 창조해야 할 문화적 유산이다. 앞서 살펴본 것처럼 구미호는 이미 독창적인 캐릭터로 다시 태어났다. 그러니 이제는 구미호를 제압했던 신성한 개, 삼족구에 눈을 돌려야 할 때이다. 특히 삼족구의 경우는 그 특이한 생김새와 신성한 능력을 감안할 때 애니메이션이나 게임 캐릭터로 충분히 재창조할 가치가 있다.

구미호의 천적 삼족구. 이제 그가 우리 문화 산업의 곳곳에서 구미호 못지않은 활약을 펼칠 그날을 기대해 본다.

이홍우 경인여자대학교, 평택대학교 강사. 구비문학 가운데 설화를 주 전공으로 하고 있으며, 그 중에서도 재담, 소화, 만담 등에 관심을 두고 있다. 최근에는 '웃음'과 '문학'이 어떠한 양상으로 결합하고 있는지, 그리고 웃음이라는 코드가 만들어 내는 여러 문화적 현상들에 대해 흥미를 가지고 공부하고 있다. 논문에는 〈일제강점기 재담집 연구〉가 있다.

13

발가벗고 설치는 천하장사

박진태

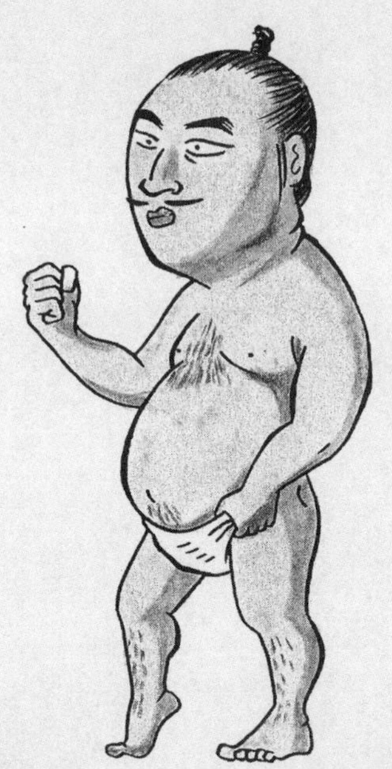

홍동지

가진 것이라고는 맨몸뿐인 없는 향촌의 하층민이지만 그 맨손으로 문제를 해결하는 뚝심을 지닌 사나이이다. 완력과 뚝심, 그리고 반골의 소유자이다.

홍동지가 등장하는 〈꼭두각시놀음〉은 대표적인 민속 인형극이다. 18세기 서울에서 공연되던 도시 취향의 인형극이 남사당패와 같은 떠돌이 놀이패에 의해 조선 후기의 향촌 사회를 반영하는 내용으로 변모되었으며, 황해도 장연의 '박첨지딸'과 충청남도 서산의 '박첨지놀이'를 파생시켰다. 남사당패는 남성으로만 조직된 공연 단체로 꼭두쇠를 우두머리로 하고, 그 밑에 곰뱅이쇠(기획 담당), 뜬쇠(연희 종목별 선임자), 가열(연희자), 삐리(초입자), 나귀쇠(등짐꾼) 등 40~50명이 한 패거리를 이루었다. 연희 종목은 풍물놀이, 버나(대접 돌리기), 살판(땅재주), 어름(줄타기), 덧뵈기(탈놀이), 덜미(꼭두각시놀음) 등이다. 〈꼭두각시놀음〉은 1964년에 국가 지정 중요무형문화재가 되었으나, 1988년에 전 종목으로 확대되어 남사당패놀이로 명칭이 변경되었다.

홍동지 : 상제님 문안드리오.

평양감사 : 이놈! 상여도 대부인(大夫人) 상여인데, 문안이고 문밖이고 왼(웬)놈이 빨가벗고 덤벙거리느냐?

홍동지 : 네밀붙을. 벌거벗었더라도 상여만 잘 미면 됐지. 무삼 잔말.

평양감사 : 네가 상여를 모시러 왔다니 듣기는 반갑다마는 빨가벗고 무슨 상여를 민(멘)단 말이냐? 괘씸한 놈 잡아내라.

(평양감사가 화를 내어 박첨지를 잡아들여서 태장을 한다.)

박첨지 : 늙은 박가가 인부까지 극력 주선하여 사 댔는데, 무슨 죄로 형장(刑杖) 태장(笞杖)이 웬일이요?

평양감사 : 이놈! 이 상여가 존중한 상여요, 또는 내행이어든 어디서 벌거벗은 놈을 인부라고 데려왔으니, 그런 향도꾼은 어디다 쓰느냐?

박첨지 : 그 향도꾼은 소인의 조카놈으로 다른 향도꾼 없어도 잘 미(메)고 갑니다.

평양감사 : 네 말이 분명 그렇다 하니 이번 행차에는 그대로 서 주마. 빨리 모셔라.

홍동지 : 상제님 짊어진 것은 뭐요?

평양감사 : 나 말이냐?

홍동지 : 그렇소.

평양감사 : 나 짊어진 것은 산에 올라가 분상제(墳上祭) 지내려고 잔득 칠푼〔七分〕 주고 강생이 한 마리 사 짊어졌다.

홍동지 : 자고로 방귀에 혹 달린 놈은 봤어도 강생이로 분상제 지낸다는 놈은 처음일세. 그러나 저러나 옌장을 차려 미여 볼가. 이렇게 미여도 좋소?

박첨지 : 이놈아! 외삼촌을 주리홍똥을 내고 무엇이 나빠서 상여를 어깨로 미지 배꼽 아래로 미는 놈이 어디 있느냐?

홍동지 : 네. 그렇소. 바로 미 봅시다.

(상여를 어깨로 메고 몸을 흔들며 신명을 낸다.)

너화 너화 넘차 너골이 너화 넘차.

— 박영하·전광식 구연, 〈꼭두각시극 각본〉, 《조선연극사》, 177~180쪽

홍동지는 왜 옷을 벗어던졌을까?

대낮에 실오라기 하나 걸치지 않고 설치는 사나이! 뭇 사람의 시선이 그리로 집중된다. 홍동지는 왜 알몸일까?

이에 대해서는 다양한 해석이 가능하다. 첫째로 서양인들은 항의의 표시로 옷을 벗고, 한국인은 머리를 삭발하는데, 왜 홍동지는 서양식으로 반항한 것일까? 성을 억압하던 유교 사회에서 보여 준 홍동지의 성(性) 금기(禁忌)의 파괴는 반유교적, 반규범적인 반항이 분명하다. 둘째로 홍동지의 알몸은 꾸밈과 가식이 없는 진솔한 모습과 천진무구한 심성을 드러낸다. 셋째로 무위자연과 원초적인 생명력을 나타낸다. 넷째로 알몸과 성기의 노출은 신체 노출 음란증, 곧 억압된 성욕의 충동적인 표현으로 연극 속의 스트리킹(Streaking)이다. 다섯째로 남성적 육체미의 발견 내지 남근 숭배의 흔적으로 남성적인 힘과 생산력 및 지배욕을 과시하는 행동이다. 누드의 연극적 표현인 것이다. 여섯째로 남색 집단인 남사당패가 공연을 빙자하여 남성 우월의식을 표출시킨 것이다.

홍동지는 '진둥이'이다. '진둥이'는 '진〔紅·紫〕'과 '둥이〔사람이나 동물〕'가 결합한 합성어이다. '흰-둥이', '검-둥이'와 조어법이 같다. 또 홍동지는 '빨갱이'이다. '빨갛+앵이'는 '노랗+앵이 → 노랭이', '파랗+앵이 → 파랭이'와 조어법이 같다. '홍(洪)동지(同知)'는 '홍(紅)'과 음이 같은 '홍(洪)'으로 성을 만들고 관직 이름인 '동지(同知)'를 붙여 만든 명칭이다. 그러나 '동지'는 모칭(冒稱)일 뿐 양반 신분을 의미하지 않는다. 홍동지는 조선 후기 향촌 사회에서 살았을 민중적 영웅상이다.

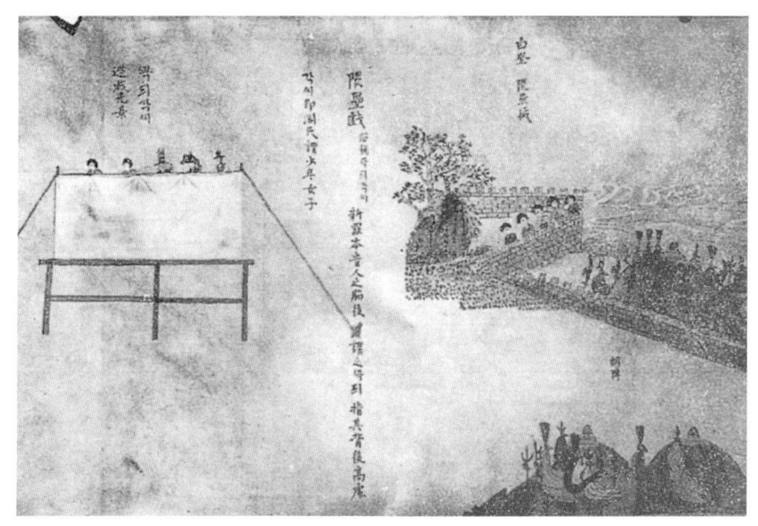

〈꼭뒤각시도〉. 옛 홍동지놀이(꼭두각시놀음) 장면을 그린 그림

〈꼭두각시놀음〉은 어떤 놀이인가?

〈꼭두각시놀음〉은 탈놀이와 마찬가지로 옴니버스 형식으로 구성되어 있다. 각 거리의 성립은 이본에 따라 차이가 있는데, 대개 다음과 같은 내용들로 이루어져 있다.

'박첨지거리'에서는 박첨지가 서울에서 주막을 거쳐 공연장에 오게 된 경위를 설명하는 과정에서 몰락한 양반이며 노쇠한 노인이라는 사실이 밝혀진다.

'상좌거리'에서는 뒷절의 상좌 두 명이 피조리들(또는 박첨지의 두 조카딸이나 딸과 며느리)과 춤추며 놀아나면, 박첨지가 홍동지를 시켜 상좌들을 내쫓는다.

'이시미거리'에서는 이시미가 박첨지를 잡아먹으려고 할 때 홍동지가 이시미를 퇴치하고 박첨지를 구출한다.

'꼭두각시거리'에서는 표생원과 꼭두각시와 돌모리집 사이에 불화와 갈등이 생기고, 박첨지가 구장(區長)으로서 재산 분배를 판결해 준다. 이본에 따라서는 박첨지가 꼭두각시의 남편으로 설정되는 경우도 많다.

'동방삭거리'에서는 동방삭 혼자서만 등장하여 산받이와 재담을 주고받는다. 이본에 따라서는 이 거리에 이어 작은 박첨지, 영노, 표생원, 깜백이도 독립된 거리를 이룬다.

'치도(治道)거리'는 평양감사(평안감사)가 서울에서 평양에 부임하는 길을 수축하는 내용이다.

'매사냥거리'는 평양감사가 매사냥을 하는 내용으로, 박첨지가 홍동지를 몰이꾼으로 천거하기도 한다.

'상여거리'에서는 평양감사의 대부인(大夫人)이나 평양감사의 상여가 나가고, 박첨지가 천거한 홍동지가 상여를 어깨에 메거나 남근으로 밀고 간다.

'건사(建寺)거리'에서는 망자(亡者)의 넋을 극락 천도하기 위해 절을 짓는다.

〈꼭두각시놀음〉은 조선 후기의 농촌 사회상을 반영하는 인형극인데, 향촌 사회의 박첨지가 부딪히는 현실 문제, 곧 승려의 파계 행위, 괴수의 출현, 주민의 가정 불화, 통치 권력의 횡포 등을 해결할 때 홍동지가 해결사로서 맹활약을 한다.

홍동지는 완력(腕力)과 뚝심과 반골(反骨)의 상징이다

평양감사 : 여봐라, 박가야. (박첨지가 나온다.)

말 들어라. 상여가 나가다가 향도꾼이 발병이 났으니, 인부를 사 대라.

박첨지 : 인부가 졸지에 없사오니 소인의 족하(조카)놈이 구진(궂은) 일 잘 보고, 괴덜머리 쩍고, 기운이 역사(力士)요, 이상야릇한 놈이오니 그놈으로 천거하옵니다.

— 박영하·전광식 구연, 〈꼭두각시극 각본〉, 177쪽

위 대목에 묘사된 것처럼 홍동지는 "구진일 잘 보고, 괴덜머리 쩍고, 기운이 역사(力士)요, 이상야릇한 놈"이다. 그 외모를 보면, 두상은 타원형이고, 얼굴과 온몸이 붉다. 머리털은 상투를 틀었고, 눈썹은 직선형으로 무성하며, 콧수염의 양끝이 위로 올라갔다. 눈은 크고 둥글지만 양 눈초리가 수평이어서 순한 인상이다. 코는 콧날이 실팍하고, 입은 한일자로 가볍게 벌린 상태이다. 얼굴은 전체적으로 좌우 대칭형이다.

성격은 선량하고 단순 솔직하고 충동적이고 저돌적이고 우직하다. 그리고 무뚝뚝하면서도 장난기가 있다.

홍동지는 다음과 같은 행동을 한다.

- 홍동지는 천하장사(天下壯士)이다. 씨름 대회에 나가 장원을 하여 황소를 탔을 정도로 '아홉 동네의 장사'이다. 이러한 역사(力士)상은 고구려 고분벽화의 씨름꾼이 원조가 될 것이다. 20세기의 레슬러 역도산과 김일, 씨름선수 이만기를 떠올리게 하는 천하장사이다.

- 정력의 화신이다. 상좌를 내쫓고 피조리들과 춤추는 홍동지의 성적 매력은 변강쇠에 못지않다.
- 백두산 호랑이를 맨손으로 때려잡는 용력으로 이시미를 퇴치하는 점에서 괴수(怪獸)나 맹수(猛獸)를 퇴치하는 영웅상이다.
- 평안감사의 매사냥에는 몰이꾼으로, 치상에는 향도꾼으로 동원되는 점에서 권력에 의해 노역(勞役)에 동원되는 인력(人力)이다.
- 부패하고 사악한 권력에 맞서는 협객이다.
- 박첨지를 위기에서 구출하며, 구장 직무를 수행하면서 부딪히는 문제를 해결해 주는 점에서 박첨지의 해결사 내지 행동대장이다.

박첨지는 경험과 지혜와 권위의 상징이다

박첨지는 서울에서도 '벽동에 사는 박사과(朴司果)'이거나 '박한량 박주사'라고 하고, "부모 슬하에 글자나 배우고 호의호식하다 부모님 돌아가서 팔도강산 유람차로 나왔다."고 하는 몰락한 가문의 후예이다. 그리고 자칭 '한강수를 거슬러 떠먹는 박영감'이며, 노름도 잘하고 선심도 쓸 줄 아는 수완가요 재담가이다. 따라서 정삼품인 첨지중추부사(僉知中樞府事)이거나 첨지 벼슬을 지낸 인물로 보기는 어렵고, 홍동지와 마찬가지로 양반을 모칭하는 향촌 사회의 노인이다.

박첨지의 외모를 보면, 두상은 역삼각형이고, 안색은 창백하다. 머리털, 눈썹, 콧수염, 턱수염이 모두 하얗다. 눈썹은 수평이고, 콧수염의 끝은 아래로 처졌다. 오른쪽 눈과 입은 수평이고, 왼쪽 눈은 눈초리가 올라갔고, 왼쪽 입은 아래로 기역 자로 당겨져 있다. 얼굴이 좌우가 비대칭이고, 고개가 왼쪽으로 기울고서 왼눈을 치뜨고 입에 힘을 준 표정이다.

박첨지의 성격은 세상 물정에 밝고, 언행에 거침이 없으며, 목소리가 크고, 입담이 좋다. 수완이 좋지만 허세를 부리며, 의욕적이지만 주책을 부린다. 구장의 권력과 외삼촌의 권위를 아울러 지닌 노인상이다.

박첨지는 다음과 같은 이중적인 행동을 한다.

- 박첨지는 해설자와 극중 인물, 구경꾼과 놀이꾼의 역할을 동시에 수행한다.
- 박첨지는 유랑인의 자유분방함과 정착민의 보수성을 보이는 언행을 한다.
- 박첨지는 평안감사의 권력에는 복종하고 동민에게는 구장의 권력을 행사하는 중간 계층이다.
- 박첨지는 홍동지에게 외삼촌의 권위를 내세우지만, 동시에 농담의 상대이기도 하다.
- 박첨지는 가부장으로서 가족을 수호하기도 하지만 가정을 파괴하기도 한다.
- 박첨지는 불교에 대한 비판 정신과 아울러 신앙심도 보인다.

이처럼 박첨지는 홍동지와 대조적인 캐릭터인데, 홍동지의 파트너로 설정되어 노인의 경륜, 지혜, 권위 의식과 젊은이의 패기, 행동력, 반항 정신이 조화를 이루면 세상만사가 모두 뜻대로 이루어진다는 사실을 입증한다.

홍동지 캐릭터의 의의와 현대적 변용

홍동지는 역사(力士)의 체격과 완력을 지니고, 정의감과 인간미가 넘치며, 반항적이면서도 장난기가 있는 캐릭터이다. 그리하여 농촌에 살면 씨름꾼이나 상머슴이지만, 도시로 진출하면 일본 깡패를 혼내주는 김두한이나, 권력과 유착된 조직 폭력배와 맞서 싸우는 TV 드라마 〈모래시계〉의 박태수(최민수 분)와 같은 캐릭터로 발전한다. 홍동지는 한국인의 집단 무의식 속에서 유전되어 온 민중적 영웅상이다. 무기를 사용하지도 않고 비전(秘傳)의 무술을 배운 것도 아니면서 오직 타고난 체력으로 공동체의 적(타락한 종교, 괴수와 자연재해, 포악한 권력)과 대결하는 홍동지는 전쟁 영웅인 장군보다 더 강한 친밀감을 느끼게 한다. 민중 봉기를 선동하는 혁명가보다는 카리스마가 덜하지만, 공상과학영화 속의 초인(슈퍼맨, 배트맨, 스파이더맨 등)보다는 더 인간적인 체취를 풍긴다.

'폭력적인 힘'에 맞서는 '정의로운 힘'을 갈망하는 인간의 꿈이 살아 있는 한 홍동지와 같은 캐릭터는 시대의 변화에 따라 끊임없이 재창조될 것이다. 바야흐로 개그 시대를 맞이하여 우직하게 힘자랑 하는 모습은 TV 오락 프로그램 〈개그콘서트〉의 골목대장 '마빡이'에게 유전의 흔적을 보이고, 우람한 어깨와 건장한 체격을 지닌 채 저돌적인 행동을 하는 모습은 '땅굴을 파서라도 취재하고 가겠다'는 〈웃찻사〉의 행동대장 '길용이'로 환생한 것도 같다.

홍동지가 단독으로 활동하지 않고 박첨지의 지시에 따라 행동한다는 점에서, 박첨지는 노인의 지혜와 권위를, 홍동지는 젊은이의 체력과 행동력을 대변한다. 그리하여 두 사람의 관계는 지휘부와 행동대원, 정책 입안자와 집행자, 이론가와 실천가, 체(體)와 용(用)의 관계로 심화·확대시킬 수도 있다. 따라서 이러한 상호 보완적인 두 캐릭터는 소설과 연극, 영화, 게임, 애니메이션, 만화, 개그 등 여러 장르에서 재창조될 수 있을 것이다. 일례로 직장에서 홍동지와 같은 말단 사원과 박첨지 같은 중간층 사원이 연합하여 평안감사 같은 상관에 맞서는 서사의 창조가 가능하다.

박진태 대구대학교 국어교육과 교수, 민속극과 고전극을 주로 연구하며, 저서로 《탈놀이의 기원과 구조》, 《동아시아 샤머니즘연극과 탈》, 《한국고전희곡의 역사》, 《전환기의 탈놀이 접근법》, 《한국고전극연구사 70년》, 《하회별신굿탈놀이》, 《한국고전희곡의 확장》 등이 있다.

14

나는야 조선의 뤼팽!

김탁환

전우치

전우치는 의로운 도적이면서 도술에 능한 술사이다. 또한 방랑과 여행을 즐기는 자유인이기도 하다. 그렇다고 속세를 떠나 신비로운 세계만을 떠도는 인물은 아니다. 전우치는 불의를 보면 참지 못하고 호기심과 정도 많으며, 특히 겨루기를 좋아하는 인물이다.

전우치는 고전소설 《전우치전(田禹治傳)》의 주인공이다. 전우치는 실존 인물로 15세기 말부터 16세기 중반 정도까지 송도를 중심으로 활동하였다. 고전소설의 작가와 창작 연대는 정확하게 알 수 없지만, 전우치의 기이한 행적이 입에서 입으로 전해지다가 17세기 이후 소설로 창작된 것으로 보인다.

전우치가 소매에서 족자 하나를 내어 놓았다. 모두 보니 역시 미인도였다. 인물이 매우 아름답고 녹색 저고리에 붉은 치마를 갖추어 입었다. 옥 같은 모습과 꽃 같은 얼굴이 아주 뛰어난 미모였다. 그 미인이 유리병을 들었는데 매우 신기롭고 기묘했다. 사람들이 보고 칭찬하여 말하였다.

"이 족자가 더욱 좋으니 우리 족자보다 낫다."

우치가 말하였다.

"내 족자의 화려함도 사람의 이목을 놀라게 하겠지만, 이 중에 한층 더 묘한 곳을 구경하게 하겠소이다."

우치가 가만히 불렀다.

"술을 지닌 선녀는 어디에 있는가?"

문득 족자 속 미인이 대답하고 나아왔다. 우치가 말했다.

"아름다운 낭자는 모든 상공께 술을 부어 드리시오."

그녀가 응답하고 푸른 옥술잔에 청주를 가득 부어 드리니, 우치가 먼저 받아 마셨다.

— 《전우치전(田禹治傳)》(신문관본), 《한국고전문학전집》 25, 342~344쪽

정의의 마법사, 전우치

〈반지의 제왕〉과 〈해리포터〉로 대표되는 유럽의 판타지가 전 세계를 강타한 지도 십 년이 되어 간다. 북유럽 신화에 기반을 둔 이 이야기들은 수많은 마법을 펼쳐 보이며 남녀노소 모두를 새로운 판타지의 세계로 이끌었다. 판타지는 더 이상 현실 도피의 수단이 아니라 세상을 읽는 더 크고 매혹적인 눈이 되었다. 민족 또는 문명권 별로 축적된 거대하고 독특한 판타지가 앞으로도 속속 선보일 예정이다.

영화 〈아르센 뤼팽〉(2004)의 포스터. 모리스 르블랑의 추리소설 뤼팽 시리즈를 영화화한 것이다.

《다빈치 코드》로부터 시작된 실존 인물이나 사건에 바탕을 둔 팩션(faction) 열풍도 거세다. 팩션에서 가장 주목 받는 장르가 바로 추리이다. 역사의 틈새를 파고들어 지적 상상력을 발휘하는 데 가장 적합하기 때문이다. 추리가 부각되면서, 명탐정 홈스 시리즈와 괴도 뤼팽 시리즈가 여러 출판사에서 앞 다투어 출간되었다.

판타지의 오묘함과 지적 추리의 재미를 동시에 추구하기 위해서는 마법사 탐정 또는 마법사 도적이라는 주인공이 필요하다. 우리 고전에서 '전우치'는 실존했던 마법사 도적에 딱 들어맞는 희귀한 캐릭터이다.

고전소설 《전우치전》은 한 인물의 일대기를 파란만장하게 살피는 여러 고전소설과는 사뭇 다른 구조를 지녔다. 《전우치전》은 전우치가 도술을 부리면서 벌이는 여러 사건들을 독립된 단위로 구성하고 있다. 가령 '나손본'에서 전우치가 사찰의 승려들을 속이고 조부모의 묘자리를 쓰는 이야기와 중국 황제로부터 황금들보를 받아내는 일 등은 필연적인 이야기의 연관성 없이 오직 전우치의 탁월함만 돋보이는 방식으로 전개된다. 출생에 대한 간단한 설명 뒤에는 전우치의 행적만 나열되다가 소설이 끝나 버리는 것이다. 이것은 고전소설 《전우치전》이 갈등을 고조시키면서 사건을 이끌어 가는 이야기가 아니라 다양한 삽화를 나열하면서 캐릭터의 독특한 특색을 중심에 둔 이야기임을 드러낸다. 이때 이야기의 매력은 치밀한 구성보다는 주인공의 개성 넘치는 언행에서 나타난다.

전우치의 일탈적인 행동은 당대의 문제를 개인의 차원에서 풀고 있다. 현실에서는 이루기 힘든 일을 전우치라는 도술에 능한 영웅이 대신 완수하는 것이다. 전우치에게 도움을 받는 이들은 대부분 가난하고 병들고 권력으로부터 억압당하는 계층이다. 소설 《인간시장》의 주인공 '장총찬'과 같은 면모가 전우치에게 짙게 드리우는 것도 이 때문이다.

단독 범행의 달인, 전우치

괴도 뤼팽은 결코 공범을 끌어들이지 않는다. 아무리 많은 위험이 따르고 오랫동안 준비해야 하는 일도 처음부터 끝까지 혼자서 한다. 전우치도 마찬가지이다. 간혹 그의 뛰어난 도술 실력을 보고 따르는 무리가 생기기도 하지만, 그들은 전우치의 계교에 따라 움직이는 꼭두각시일 뿐이다.

'나손본'에서 전우치는 십이 제국을 돌아다닌 후 도적들과 맞서 이기고 그들의 상장군이 된다. 도적들은 영천사라는 절을 털고 싶지만 그 절에 사는 승려와 백성이 수백 명을 헤아리기 때문에 이러지도 저러지도 못한다. 이때 전우치는 자신이 홀로 가서 그 절에 있는 사람들을 모두 내보내겠으니, 절이 비면 들어와서 재물을 나르라고 한다. 전우치는 가달이 강성하여 황성을 침범했다고 거짓으로 승려들에게 알린 후, 그 소식의 신빙성을 높이기 위해 자신의 혼백을 대웅전 부처상에 얹는다.

> 전우치가 몸을 변하여 신체는 완전하게 앉았던 자리에 있고, 혼백은 내려가서 부처 뒤에 붙어서 천연히 말하였다.
>
> "너희 등은 지금 급한 난리를 당한 줄을 모르느냐? 내일 대낮에 이곳으로 올 것이니 만일 여기에 있다가는 모두 멸망하는 난리를 당할 것이다. 도적이 북쪽으로 들어올 것이니 너희들은 오늘 밤에 남쪽으로 향하여 수백 리를 가서 몸을 감추었다가 닷새 후에 되돌아 오면 죽는 것을 면할 것이며 그렇지 않으면 큰 환란이 미칠 것이니 어서 가거라."
>
> —《전우치전》(나손본), 224쪽

승려들이 깜짝 놀라 영천사를 떠난 후 도적들은 텅 빈 절로 들어와서 재물을 훔친다. 여기서 도적들이 한 일이라고는 전우치가 기막힌 술법으로 승려들을 속일 때까지 기다린 것뿐이다.

이후로도 전우치는 수많은 도적질을 하지만 언제나 혼자 눈부신 범행을 저지른다. 물론 그 범행들은 완전 범죄이다. 의적 전우치를 잡기 위해 나라에서는 많은 노력을 기울인다. 그러나 번번이 전우치를 놓치고 마는데, 그것은 전우치가 평범한 사람들로는 제압하기 힘든 도술을 부리기 때문이다. 중무장한 수백 또는 수천 명의 포졸들이 전우치 한 사람의 도술을 당하지 못하는 장면에서 독자들은 통쾌함을 느끼게 된다.

이타적인, 한없이 이타적인 전우치

전우치가 도술을 부리는 동기는 이타적인 경우가 대부분이다. 다시 말해 자신의 이익을 위해서라기보다는 우연히 길을 가다가 딱한 사연을 들은 후 그냥 지나치지 못하고 개입하는 것이다. 전우치는 특히 눈물에 약하다. 평소에는 한없이 가볍고 경쾌한 성격의 소유자이지만 그만큼 정도 많고 연민도 많다.

> 이때 우치가 구름을 타고 사방으로 다니며 더욱 어진 일을 행하였다. 한 곳에 이르러 보니 백발 늙은이가 슬프게 울고 있었다. 우치가 구름에서 내려 그 우는 까닭을 물었다. 그 늙은이가 울음을 그치고 답하였다.
>
> "내 나이 칠십삼 세에 다만 자식 하나가 있는데, 애매한 일로 살인범으로 잡혀 죽게 되었기에 서러워 우노라."
>
> 우치가 말했다.

"무슨 애매한 일이 있습니까?"

—《전우치전》(신문관본), 296쪽

하루는 우치가 한가함을 타서 명승지를 두루 구경하다가 한 곳에 이르니, 사람이 슬피 우는 소리가 들렸다. 나아가서 우는 까닭을 물어보니 그가 공손히 대답하였다.

"나의 성명은 한자경이오. 내 아버지가 돌아가셨는데 장례를 지낼 길이 없고 또한 가난이 너무 심하여 칠십 세 모친을 봉양할 방법이 없어서 우는 것이오."

—《전우치전》(신문관본), 308쪽

혈연, 지연, 학연, 그 어떤 인연도 없는 이들의 눈물을 그냥 보고 지나치지 못하는 가슴이 따뜻한 사내, 그가 바로 전우치이다. 그들을 돕는다고 전우치에게 돌아오는 것은 없다. 오히려 이 일에 개입되는 바람에 시간을 허비하고 또 도둑질까지 하게 된다. 그러나 전우치는 그 일을 주저하지 않는다. 이 세계의 문제들을 혁신적인 방식으로 총체적으로 해결하지는 못하지만, 대신 그 문제들 때문에 고통스러워하고 슬퍼하는 이들을 언제든지 돕는 것이다. 이런 전우치의 모습은 슈퍼맨이나 배트맨 또는 스파이더맨에서도 발견된다. 가난하고 힘없는 자들에게 닥치는 불행을 그들 모두 우연히 접하고 최선을 다하여 돕는다. 그들에게는 따스한 마음과 의로운 기상 외에 사람들을 도울 수 있는 특출한 재주가 있다. 탁월한 영웅이 아니고는 사회의 제약을 뛰어넘어 사람들의 소원을 이룰 수 없는 것이다. 전우치에게 그 재주는 바로 도술이다.

승부사, 전우치

앞에서 언급한 여러 '-맨'들의 공통점은 극단적인 대결 구도를 지닌다는 점이다. '-맨'에서는 세상의 악을 대표하는 존재들이 항상 등장하여 그들과 목숨을 건 세기의 혈투를 벌인다.

전우치의 도술 행각을 살피면, 도술을 부릴 수 없는 권력자나 부자들을 풍자하거나 놀리는 이야기가 상당 부분을 차지한다. 이 경우 대결의 긴장은 매우 약화되고 전우치의 도술 실력을 부각시키는 쪽으로 이야기가 집중된다. 절대 권력을 지닌 임금도 전우치 앞에서는 속수무책이다.

'신문관본'에서 전우치는 두 명의 강력한 라이벌을 만난다. 먼저 강림 도령이 있다. 하늘에서 내려온 강림 도령은 전우치가 술법을 행하지 못하도록 제압한다.

> 전우치가 크게 노하여 보검을 뽑아 치려고 하였지만, 그 칼이 변하여 커다란 범이 되어 도리어 저를 해치려 하였다. 우치가 몸을 피하고자 하더니, 문득 발이 땅에 붙어 움직이지 못하였다. 급히 변신하고자 하였으나 술법을 행할 수가 없었다. 크게 놀라서 그 아이를 보니, 비록 의복은 남루하나 도법이 높은 줄 깨닫고 몸을 굽혀 빌었다.
>
> —《전우치전》(신문관본), 356쪽

전우치는 자신의 패배를 인정하고 도술을 가르쳐 주기를 청한다. 이런 승부사적 기질은 화담 서경덕과의 대결에서도 잘 나타난다. 서경덕은 남해 화산의 운수 선생에게 편지를 전해 줄 수 있느냐고 전우치에게 묻는다. 전우치는 자신만만하게 "제가 만약 못 다녀오면 이곳에서 죽고 산문(山門)을 나가지 않겠습니다."라고 답한다. 그러나 전우치는 하늘을 덮은 그물을 뚫지 못하여 화산에 가지 못한 채 돌아온다. 전우치는 술법을 써서 산문을 달아나려 하지만 서경덕과의 도술 대결에서 완패한다.

> 우치가 또 변하여 범이 되어 달리니, 화담이 변하여 청사자가 되어 물어 엎지르고 가르쳤다.
>
> "네 여러 가지 술법을 가지고 반드시 옳은 일을 위하여 행한 것이 기특하지만, 사특함은 마침내 정당함이 아니다. 재주는 반드시 윗길이 있으니, 오래 이것으로써 세상에 다니면 반드시 헤아리기 어려운 화를 입을 것이다. 일찍 광명한 세상에 돌아와 정당한 도리를 추구하는 것이 옳지 아니하겠느냐? 내 이제 태백산에 대종교의 진리를 밝히려고 하니, 그대 또한 나를 좇음이 좋을까 하노라."
>
> 우치 말하였다.
>
> "가르치시는 대로 하겠습니다."
>
> —《전우치전》(신문관본), 366쪽

우리 고전 중에는 주인공들이 죽지 않고 신선이 되거나 하늘로 올라간 경우가 있다. 그들은 큰 공을 세우고 부귀영화를 누리다가 새로운 세상으로 떠난다. 그러나 전우치는 서경덕과 도술 대결에서 패배한 후 승자의 명령을 따라서 현실 세계를 벗어난다. 전우치 자신의 고뇌가 무르익거나 삶의 필연적인 귀결로 신선계에 드는 것이 아니라 도술 대결이라는 승부의 결과에 승복하는 모습은, 전우치가 도술 그 자체를

영화 〈사망유희〉의 한 장면. 아시아 무술 영화의 장을 연 이소룡의 모습

자신의 삶과 일치시켜 왔음을 나타낸다. 전우치가 도술 실력을 연마하는 과정을 단계적으로 자세히 형상화한다면, 도술로 세상의 불의와 맞서 싸우려고 한 사나이의 삶을 실감 나게 나타낼 수 있을 것이다.

한국형 도술 드라마의 주인공, 전우치

현재 동양의 판타지는 일본과 중국이 앞서 가고 있다. 일본은 〈음양사〉를 비롯한 요괴 이야기, 중국은 이소룡, 성룡, 이연걸로 이어지는 배우들이 주연한 무술 이야기를 통해 전 세계적인 호응을 얻고 있다. 우리에게도 상상 생물에 대한 이야기나 탁월한 무술 고수들의 이야기가 없는 것은 아니지만 이를 집중적으로 담아 낼 중심 캐릭터가 흔치 않았다.

전우치는 도술과 상상 생물은 물론 의적과 추리 이야기까지 함께 버무려 한국형 판타지 이야기를 만들어 낼 수 있는 핵심 캐릭터이다. 전우치 설화와 소설《전우치》에 산개해 있는 전우치의 신출귀몰한 행적은 물론이고,《한국구비문학대계》와 여러 기록 설화들에서 확인되는 도인들의 행적을 종합한다면, 한국형 판타지 드라마 시리즈를 만들 수 있을 것이다. 전우치의 삶은 개성이라는 고려의 옛 도읍지에서 시작하여 조선으로 확장되고, 나아가 중국 전역까지 확대되면서 현실적인 세계와 초월적인 세계를 동시에 넘나드는 면모를 보인다.

전우치의 경쾌한 성격과 한 군데 정착하지 않고 떠도는 유목민적인 삶은 디지털 세상을 살아가는 신세대의 취향과도 부합된다. 게다가 자신과 무관한 사람을 돕고 악인을 응징하는 행위는 인터넷으로 대표되는 사이버 세상에서 종종 나타나는 풍광과 흡사하다. 이런 요소들을 적절히 살려 확대하면 고전을 모르고 자란 신세대로부터 설화에 대한 향수가 있는 구세대까지 모두 아우르는 이야기를 만들 수 있다.

각 사건을 60분 또는 120분 정도로 기획하여, 열 가지 사건을 다루는 20부작 드라마가 충분히 가능하다. 시즌 1에서는 전우치의 출생과 도술을 연마하는 과정에 주안점을 둔 후, 시즌 2와 시즌 3으로 확대되면서는 조선은 물론 아시아 전역에 걸친 도술인들과 대결하고 승리하는 과정을 멋지게 담아 낼 수 있을 것이다. 전우치는 한류 열풍의 흐름 속에서 한국의 정서뿐만 아니라 상상력까지 세계에 소개할 좋은 캐릭터가 아닐 수 없다.

김탁환 카이스트 문화기술대학원 교수. 신화에서 게임까지, 서사 전반에 관심을 갖고 창작과 연구를 병행하고 있다. 대표작으로 《열하광인》, 《불멸의 이순신》, 《나, 황진이》 등이 있다.

15

여기가 용궁?
나 최생이야 최생

황재문

최생

세상의 영리(榮利)에 얽매이지 않고 책과 좋은 경치를 벗 삼아 은거 생활을 하는 인물로, 집을 떠나 승려와 함께 지내면서 도가서(道家書)를 보며 학문을 닦는다. 특별한 인연도 없이 선계에 다녀올 만큼 호탕하고 기개가 높다. 궁금한 것은 참지 못하고, 아무리 위급한 상황이라도 당황하지 않는다.

'최생'은 기재 신광한(申光漢, 1484~1555)의 작품집 《기재기이(企齋記異)》에 수록된 〈최생우진기(崔生遇眞記)〉의 주인공이다. '최생우진기'는 최 아무개라는 선비가 진경의 신선을 만난 일의 기록이라는 뜻이다. 〈최생우진기〉는 김시습의 《금오신화》 가운데 한 편인 〈용궁부연록(龍宮赴宴錄)〉과 유사하다고 평가된다. 이승의 선비가 용궁에 들어가 용왕이 베푸는 잔치에 참여하고, 또 시를 지어 용왕에게 바친다는 설정이 같기 때문이다. 그렇지만 한편으로는 연명 설화의 요소가 포함된 점과 용궁에 이르기까지의 과정에 대한 설정과 표현이 다른 점 등 차이도 지적된 바 있다.

작가 신광한은 신숙주의 손자이다. 일찍이 과거에 급제하여 재능을 인정받았으나, 조광조와 가까이 지냈기 때문에 기묘사화 이후에는 외직으로 밀려났다. 그렇지만 55세 무렵부터 요직에 등용되어 벼슬이 대제학, 좌찬성에 이르렀다. 〈최생우진기〉는 신광한이 외직인 삼척부사로 나간 1520년 무렵에 창작한 것으로 추정되는데, 삼척 두타산 일대가 작품의 배경으로 등장하기 때문이다.

산 아래에는 안개 사이로 나무들이 들쑥날쑥 하고 어렴풋하게 성궐(城闕)이 있는 듯 하였다. 최생은 인간 세상이 아니라고 생각하고, 마음속으로 자못 괴이하게 여겼다. 드디어 시내에 가서 씻고서 옷을 떨치고 걸어가 성 아래에 이르렀다. 성은 모두 푸른 돌로 하늘이 만든 듯하였고, 반짝반짝 마치 옻칠을 한 것 같았다. 한 쪽에 문이 있는데, 만화문(萬化門)이라고 쓰여 있었다. 문을 지키는 자들을 보니, 머리는 이무기요 눈은 움푹 들어갔고 등짝은 자라요 몸통은 상어인데, 창을 비껴 잡고 문 양쪽에 서 있었다. 최생은 놀라서 눈이 휘둥그레진 채 감히 앞으로 나가지 못했다. 문지기들은 냄새를 맡고 혀를 날름거리며 말하기를

"이곳에 피와 고기 냄새가 난다."

하였다. 최생은 달리 방도가 없어서 죽음을 무릅쓰고 앞으로 나서며 말하기를,

"강릉 땅에 사는 최아무개가 너희 왕을 만나러 왔으니, 너희는 서둘러 아룀이 마땅하리라."

하였다. 문지기가 말하기를,

"우리 왕께서는 지금 청령각(淸泠閣)에서 손님들을 청해 잔치하고 계신다. 어떤 양계(陽界) 인간이 감히 통성명을 하는가?"

하였다. 최생이 꾸짖어 말하기를,

"나도 너희 왕의 손님 가운데 한 사람이다. 너희는 어찌 이토록 무례하게 구는가?"

하였다. 문지기들이 두려운 빛을 보이고 부끄러워하였다. 그 중 한 사람이,

"아뢰는 것이 옳겠다."

하고는 즉시 문으로 들어갔다. 얼마 뒤 달려 나와서 절을 하고 공경히 말하기를,

"왕께 인도해드릴 사람이 곧 나올 터이니, 조금만 기다리십시오."

하였다. 조금 있으려니 검은 관(冠)을 쓰고 자줏빛 패(佩)를 찬 사람이 나와서 읍을 하고 앞장서서 인도하였다. 최생은 득의양양한 표정으로 소매를 떨치며 당당하게 걸어 들어갔다.

— 신광한, 〈최생우진기(崔生遇眞記)〉, 《기재기이(企齋記異)》

선계(仙界)란 무엇인가

현대인들에게 '신선'은 흔히 비정상적 존재로 인식된다. 또한 신선은 현대인들에게 친근한 존재라고 하기도 어렵다. 오늘날 우리는 현실과 동떨어진 생활을 하거나 비현실적인 사고를 가진 사람을 신선과 결부시키고는 한다. 〈전설의 고향〉과 같은 TV 드라마에서 원한에 사무친 귀신이나 인간이 되기를 소망하는 동물은 흔히 등장하지만, 득도해서 불사의 삶을 누리는 신선이 주인공으로 등장하는 예는 찾기 어렵다. 산신령이 가끔 등장하기는 해도 조연인 경우가 대부분이다. 그만큼 '신선'은 우리에게 익숙하지만 친근하지는 않은 존재라고 할 수 있다.

그런데 과거에도 과연 그러했을까? 정확히는 알 수 없지만 과거에 신선은 동경의 대상이었던 듯하다. 인간의 보편적 소망 가운데 하나인 '불노불사(不老不死)'를 특징으로 갖고 있어서, 신선은 인간의 소망이 반영되어 형상화된 존재라고 생각되기 때문이다. 유전 공학이나 현대 의학과 같은 소망의 대체재가 있는 오늘날과는 다른 상황이었을 것이다.

적극적인 사람들은 물론 신선을 단지 동경하는 것으로 그치지는 않았을 것이다. '신선 사상'이 "죽음을 초월하고자 소망하는 의식 형태 및 그 달성에 수반되는 다양한 방법적·기술적 체계를 총칭하는 것" 정재서(1994), 《불사의 신화와 사상》, 299쪽으로 정의되는 데서 알 수 있듯이, 여러 가지 양생술(養生術)을 찾고 더 나아가 스스로 신선의 영역에 들어가고자 했던 사람들이 꽤 있었다. 그렇지만 이러한 사람들은 소수였고, 대부분의 사람들은 막연한 동경의 대상으로 보았을 것이다.

신선에 대한 동경은 동시에 신선들이 모여 있는 곳을 체계화하는 것으로도 나타나게 된다. 이미 현실 세계와 구별되는 다양한 공간을 상상 속에서 창출했던 사람들은 신선 역시도 그러한 공간 가운데 배치하게 된다. 이러한 이계(異界)에는 옥황상제로부터 신관(神官)과 신장(神將), 그리고 신선이 자리 잡고, 또한 저승사자나 각종 요괴들이 활동하게 된다. 또 공간 자체는 기화요초(琪花瑤草)로 장식된다.

이러한 공간 가운데 특히 신선들이 모인 선계는 어떠한 곳인가? 문학작품을 통해 우리는 선계에 대한 다채로운 묘사를 발견할 수 있는데, 그 가운데는 공통점이 있다. 함부로 현실 세계의 인간이 발을 들여 놓을 수 없는 곳이라는 점이다. 다녀왔다는 사람이 있기 때문에 묘사될 수 있었겠지만, 누구도 쉽게 그곳을 찾아가지는 못했다. 또 자신이 신선이 되지 않는 한 다시 같은 선계를 방문하지 못했다. 그래서 선계는 이야기나 소문으로만 존재하고, 누구나 갈 수 없는 곳, 기껏해야 꿈에서나 다녀올 수 있는 곳이 되었다.

선계로 찾아간 선비

선계가 아무나 갈 수 없는 곳이지만, 우리 고전소설의 주인공 가운데는 선계를 다녀온 인물이 상당히 많다. 왜 그럴까? 독자의 소망과도 연관된 문제이겠지만, 작품 내적으로 볼 때는 주인공이 선계와 특별한 인연이 있는 인물로 설정되기 때문이다. 고전소설에서는 선계의 사자(使者)가 정중하게 주인공을 찾아와서 모셔 가곤 한다. 또한 천상의 인물이었는데 적강(謫降)했다거나, 남다른 재능, 예컨대 뛰어난 문장력이 있어서 선계에서 특별히 초청한다는 등의 설명이 붙는다.

그렇지만 〈최생우진기〉의 주인공 최생은 선계와의 특별한 인연 없이도 선계에 다녀온다. 누가 불렀는가? 누가 재능을 인정했는가? 원래 천상이나 선계의 인물이었다가 잠시 적강하였는가? 모두 아니다. 부르는 이 없지만 혼자서 갔고, 세상의 평판 또한 높지 않았다. 원래 선계와 인연이 있었다는 증거도 없다. 그런데 어떻게 용궁으로 갈 수 있었는가? 작품의 줄거리를 우선 살펴보도록 하자.

최생은 세상에서 우활(迂闊)하다고 비웃음을 받았는데, 스님인 증공(證空)과 함께 두타산의 무주암(無住菴)에 머물렀다. 어느 날《청낭비결(青囊秘訣)》을 읽던 최생이 용추골에 가기를 청하였는데, 증공이 위험하다고 말렸다. 그렇지만 최생은 증공을 졸라서 동행했고, 반석 위에 올라서서 학소(鶴巢)와 용추(龍湫) 등을 구경하였다. 그러던 중 최생은 반석 아래로 추락하고 말았다.
혼자 돌아온 증공은 최생이 마을로 내려간 것 같다고 꾸며 대었는데, 70일 만에 최생은 현학(玄鶴)을 타고 돌아왔다. 그동안의 일을 묻는 증공에게 최생은 거짓으로 대답했지만, 결국 사실대로 말하게 되었다. 최생의 이야기는 이러했다.
추락하고 나서 겨우 정신을 차린 최생은, 굴을 발견하여 길을 찾아 나섰다고 했다. 그러다가 도착한 곳이 용궁의 만화문(萬化門)이었다. 연회에 초대되었다고 무시무시한 문지기들에게 말하여, 최생은 이미 초대받고 와 있던 동선(洞仙), 도선(島仙), 산선(山仙)과 함께 연회를 즐기게 되었다. 노래와 춤을 구경하고서 용왕의 요청에 따라 최생은 용궁회진시(龍宮會眞詩)를 지었고, 동선·도선·산선과 용왕도 또한 시를 읊었다. 최생은 선조라고 밝힌 동선으로부터 10년을 더 살게 하는 알

약을 얻고, 10년 뒤 봉도(蓬島)에서 다시 만날 것을 기약하였다. 또 최생은 증공을 위해 약을 더 청하였으나 얻지 못하였다고 했다. 이에 시키는 대로 현학을 타고 돌아왔다는 것이다.

최생은 이야기를 마치고 단지 하루의 일인 줄 알았는데 몇 달이 지났다고 했다. 이 일이 있고 난 뒤 최생은 산에 들어가 약을 캐며 살았는데 끝내 어찌 되었는지는 알지 못하고, 증공은 무주암에서 이 일을 자주 이야기한다.

—〈최생우진기〉

〈최생우진기〉에서 최생은 세상의 영리에 얽매이지 않고 책과 좋은 경치를 벗 삼아 은거 생활을 하는 인물로 설정되어 있다. 입신출세를 꿈꾸는 보통의 선비들과는 다르다고 할 수 있겠지만, 그렇다고 선계와 특별한 인연이 있었던 것은 아니다.

최생은 은거지 주변의 용추골이 신령스러운 곳이라는 말을 듣고서 함께 지내던 증공에게 안내해 주기를 청한다. 증공은 최생을 만류하는데, 일찍이 용추골을 찾아가서 벼랑 끝의 반석 위에 올랐다가 혼난 경험이 있었기 때문이다. 하지만 최생은 증공을 졸랐고, 반석 위에 올라서 학소와 용추를 볼 수 있었다. 그렇지만 결국 최생은 아래로 추락하고 만다. 선경(仙境)을 구경하고자 하는 최생의 소망이 목숨이 위태로울 수도 있다는 증공의 경고를 무시할 만큼 강렬했고, 그 결과 위험에 처하게 되었던 것이다.

그렇지만 최생은 결국 선경을 구경하고, 용왕의 잔치에도 참여할 수 있었다. 이 과정도 순탄하지는 않다. 겨우 목숨을 건져서 인간 세상이 아닌 듯한 곳을 찾아가지만, 무시무시한 용궁 문지기들은 피와 고기 냄새가 난다며 혀를 날름거린다. 위기의 순간에 최생은 자신도 초대 받은 손님 가운데 하나라고 둘러댄다. 발각된 이상 다른 계책이 없었기 때문이다. 다행스럽게도 최생의 모험은 성공하고, 그는 후한 대접을 받는다. 용왕과 여타 신선들에게 '양계(陽界)의 유자(儒者)'라는 대표성을 인정받았던 것이다.

이처럼 용왕의 잔치에서 이질적인 존재인 최생은 전혀 위압당하지 않고 자신 있는 태도를 보인다. 용왕의 물음에 답하고 그의 요청에 따라 시를 읊는다. 최생의 시는 용왕과 신선들의 공감을 얻는다. 그들은 최생에게 인간 세상으로 돌아가겠느냐고 묻는다. 최생은 삼생(三生)의 소원을 얻었으므로 돌아가지 않겠다고 한다. 이에 동선이 생명을 연장하는 약을 주고 십 년 뒤에 다시 선계에서 만날 것을 기약한다. 스스로 선계를 찾아올 때는 그곳과 별다른 인연이 없었지만, 선계에 와서 스스로 인연을 획득한 것이다. 그리고 선경을 보고 싶어서 스스로 그곳을 찾아간 선비는 이제 신선의 자격을 얻게 된 것이다.

조상의 음덕? 통달한 식견? 남다른 의리?

최생은 전기류(傳奇類)의 소설 주인공으로는 독특한 인물이라 할 수 있다. 이례적으로 적극적이고 능동적인 인물이기 때문이다. 이는 용왕의 초청을 받아 손님으로 지낸 〈용궁부연록〉의 주인공 한생(韓生)과 비교해 볼 때 더욱 선명하게 드러난다.

그렇지만 최생이 선계를 스스로 찾아가고 또 그곳의 일원이 될 수 있었던 원인을 이러한 성격의 문제로만 국한시키는 것은 온당하지 못할 것 같다. 최생에게는 인정받을 만한 요소가 있었기에, 선계에서 그를 받아들였다고 보아야 자연스러울 듯하다. 최생의 남다른 점은 어떤 것이 있었을까? 몇 가지를 살펴보자.

(1)

왕이 다 보고 나서 웃으며 동선에게 말하기를

"공은 시도 잘 짓고 사람을 깨우치기도 잘하는구려."

하였다. 동선이 말하였다.

"최생은 내 자손의 항렬이고 또 쓸 만한 자질이 있는지라 편말에 언급하였습니다."

—〈최생우진기〉

(2)

왕이 다시 9년 홍수, 7년 가뭄의 구절을 음미해보고 동선에게 말하였다.

"최생은 이치에 통달한 자라고 할 수 있습니다. 그렇지 않습니까? 세상의 유자들 가운데 자기 임금에게 아첨이나 하는 이들은 대부분 홍수나 가뭄을 하늘의 운수 탓으로 돌립니다. 만약 홍수나 가뭄을 하늘의 운수 탓으로 돌리고 사람이 할 일을 게을리 했다면 요 임금과 탕 임금에게 무슨 훌륭한 점이 있었겠습니까?"

—〈최생우진기〉

(3)

최생은 또한 청하였다.

"제가 세상에 있을 때 유학을 공부했으나 이루지 못하였습니다. 그것을 포기한 뒤에는 산수(山水)를 탐하며 망령되이 도를 구하기에 뜻을 두었는데, 부처의 가르침을 공부하는 증공이라는 사람과 더불어 노닐며 약속하기를 '죽고 사는 것을 함께하여 서로 배신하지 말자.'고 했었습니다. 지금 하루 아침에 배신을 하게 되었으니, 상서롭지 못합니다. 원컨대 한 순갈의 약을 얻어 맹세를 저버리지 않게 되기를 바랍니다."

—〈최생우진기〉

(1)은 최생에게 십 년을 더 살게 하는 알약을 준 동선이 최생에 대해 언급한 부분이다. 최치원으로 짐작되는 동선은 최생이 자신의 후손이면서 뛰어난 자질이 있다고 지적하였다. 동선은 자신의 시에서 "다시 낭중의 비결을 익혔으니 잔치자리 화려함을 자랑하지 말지어다."나 "10년 뒤 봉래섬 약속을 두었으니 맑은 꿈은 섬산을 둘렀구나."와 같이 최생에게 자상하면서도 다정하게 경계와 기대의 말을 건넨 바 있다. 적어도 선계에서라면 최치원의 후손이라는 점이 특별한 의미를 지닐 것이다.

(2)에서는 용왕이 최생의 식견을 인정하였음을 볼 수 있다. 홍수나 가뭄을 하늘의 탓만으로 돌려서 왕이 깨우치지 못하도록 하는 유자(儒者)들과는 다르다는 것이다. 이러한 지적 자체가 타당한지에 대해서는 논란이 있을 수 있겠지만, 용왕이 그 식견을 인정하고 신선들이 그 말에 동의했다는 점은 분명하다.

(3)에서는 최생이 자신과 증공의 관계를 말하면서 알약을 더 얻어서 증공과 함께 선계에서 노닐고 싶다는 뜻을 밝힌 대목이다. 최생도 선계에 보통 사람이 올 수 없다는 것을 알고 있었지만, 증공과의 의리를 지키기 위해 다소 무리한 청을 한 것이다. 이에 대해 신선들은 '신

윤두서의 〈요지군선도(瑤池郡仙圖)〉. 여러 신선들의 연회 장면을 담은 그림

의 있는 선비'라는 점을 칭찬하면서도 그 청을 들어 줄 수 없다고 답한다. 어려운 자리이지만 하고 싶은 말을 숨기지 않는다는 점과 함께 신의를 지키고자 하는 태도도 최생의 특징이자 장점이라 할 수 있다.

이상의 세 가지 장점은 여타의 소설에서라면 주인공을 선계로 '모셔 가게' 되는 원인으로 설정되었을 법한 것들이다. 그렇지만 〈최생우진기〉에서는 그렇지 않고, 최생은 별다른 인연이나 초청 없이 스스로 선계를 찾아갔다. 그리고 인정받고 받아들여질 만한 요소는 최생 스스로 선계를 찾아간 이후에야 재발견되는 것이다.

그렇다면 최생을 선계로 이끈 힘은 최생 자신의 성격과 행동에서 찾아야 할 것이다. 용궁의 문지기나 용왕을 만났을 때 보여 준 당당하고 자신감 있는 태도, 위험하다는 경고와 만류를 뿌리치고 자신의 꿈을 좇는 집념, 우활(迂闊)하다고까지 지적될 만큼 현실이나 세태를 무시하는 약간은 몽상적인 태도와 같은 것이 그러한 예가 될 것이다. 이런 성격과 행동 양식을 가진 사람이라고 다 선계에 받아들여지는 것이 아님은 물론이지만.

최생과 같은 사람을 우리 문학사에서 또 발견할 수 있을까? 약간 경우는 다르지만 《허생전》의 허생(許生)은 어떨까? 제일의 갑부를 찾아가서 돈을 내 놓으라고 한 당당함은 최생과 닮은 점이라 할 수 있다. 또 하나 허생 역시 돈을 사용할 줄 아는 '준비된' 인물이었다는 점이다. 마치 최생이 선계에 받아들여질 '준비된' 인물이었던 것처럼.

우리 시대의 최생

우리 시대에 최생과 같은 인물이 있는가? 또 최생과 같은 인물이 세상에서 용납될 수 있는가? 물론 신선이나 선계에 대한 관심의 정도가 과거와는 다른 만큼 선계에 용납된 인물을 찾을 수는 없을 것이다. 그렇다면 최생의 성격과 행동을 보여 주는 인물은 어떠한가?

영화 〈넘버 3〉에서 조연을 맡은 삼류 건달 두목 조필(송강호 분)은 어떨까? 조폭이라 부르기도 민망한 '불사파'를 만들어 놓고, 조직원들 앞에서 그는 자신의 생각을 강요하는 연설을 한다.

"예전에 말이야, 최영의라는 분이 계셨어, 최영의. 전 세계를 떠돌면서 맞짱을 뜨신 분이지. 그 양반이 황소뿔도 여러 개 작살내셨지. 황소뿔.

영화 〈넘버 3〉의 조필의 모습

그 양반 스타일이 이래. 딱 소 앞에 서면 말이야, '너 소냐? 너 황소? 나, 최영의야.' 그리고 그냥 소뿔 딱 잡아. 잡고 무조건 가라데로 좆나게 내려 치는 거야 좆나게. 소뿔 빠개질 때까지."

흥분해서 말까지 더듬는 건달 두목은 '무대뽀 정신'이니 '헝그리 정신'이니 하는 것을 조직원들에게 강요한다. 두목의 말을 불변의 진리로 받아들이기를 강요받은 집단에서, 두목의 연설은 감동적으로 받아들여진다. 그뿐이 아니다. 영화를 본 관객들에게도 이 장면은 꽤나 인상적이었던 것으로 지적된다. 왜 그럴까?

배우 송강호가 보여 준 것은 현실에서는 마주치기 어려운 당당함과 자신감으로 해석할 수도 있다. 희극적인 분위기 탓도 있겠지만, 건달 두목 조필은 관객들의 감추어진 소망을 외부로 잘 끌어낸 것이 아닐까? 또 다른 영화 〈주유소 습격 사건〉의 건달들, 특히 무대뽀(유오성 분)의 대사가 관객들의 기억에 남은 것도 같은 이유는 아닐까?

한국 영화에 등장하는 이러한 인물들은 적어도 성격이나 행동에서 〈최생우진기〉의 최생과 상당히 닮았다. 그렇지만 둘 사이에는 중요한 차이가 있다. 최생이 선계에 받아들여진 것과는 달리, 이들 인물들은 자기 집단을 벗어나서는 세상에 받아들여지지 않았을 듯하다. 건달 두목 조필이 검사 앞에서도 당당할 수 있었을까? 주유소를 습격한 건달들이 세상에서 인정받을 수 있었을까? 한번 일탈하거나 객기를 부려 본 데 지나지 않은 것은 아닐까?

둘 사이의 차이를 다시 살펴본다면, 최생이나 허생과 달리 영화 속의 조필과 무대뽀는 '준비된' 인물이 아니었다고 지적할 수 있다. 비록 세상 사람들에게 무모해 보일지라도 자기의 꿈을 갖고, 그 꿈을 이룰 능력을 갖추기 위한 나름의 노력을 하는 데 있어 이들과 구별되는 최생의 특징이 있을 것이다. 물론 완벽한 실력을 갖추어 '준비된' 조필은 더 이상 관객을 한바탕 웃게 하지는 못하겠지만, 그 나름의 의미를 가질 수는 있지 않을까 싶다. 우리 시대의 '선계'에 미리부터 인연을 갖지 못한 수많은 사람들을 혹 감동시킬 수는 있지 않을까?

황재문 서울대학교 BK21 계약교수. 문학사상 및 문학과 역사의 관련성에 대해 관심을 갖고 연구해 왔으며, 최근 20세기 초 한국문학사의 다양성을 재고하는 작업을 하고 있다. 논문에는 〈안중근의 문학적 형상화 양상 연구〉, 〈대동시선의 편찬경위와 문학사적 위상〉 등이 있다.

16

기분 나쁘면 힘세져라

정재민

이여송

임진왜란 때 조선을 구하기 위해 출정했던 명나라의 장수. 평양성 전투를 승리로 이끈 무장이다. 전형적인 무장 또는 전쟁 영웅 스타일로 오만함을 보이는 대국 장수이다. 포악하고 방자한 명군의 대명사로 일그러지고 왜소한 반영웅을 대변한다.

이여송은 임진왜란 때 누란의 위기에 처한 조선을 구하기 위해 출정했던 명나라 제독이다. 이로 인해 그는 우리 역사에 이름을 남겼을 뿐만 아니라, 임란을 소재로 한 설화나 고전소설에 중심적 인물로 등장한다. 이여송 설화는《한국구비문학대계》에만 수십 편이 실려 있을 정도로 광범위하게 전승되고 있으며, 고전소설《임진록》에서도 다양한 모습으로 형상화되어 있다. 이들 설화와 소설 속의 이여송은 전형적인 전쟁 영웅인 동시에 일그러지고 왜소한 영웅의 캐릭터를 가지고 있다. 이는 구원군이자 가해자로서의 명군에 대한 양면적인 인식을 토대로 하여 형성된 것이라고 할 수 있다. 한편 이여송 이야기는 전쟁과 단맥(斷脈) 등 남성과 관련된 화소로 이루어져 있기 때문에 주로 남성들에 의하여 향유되었던 것으로 보인다.

졔독이 문왈, “됴션왕을 ᄒᆞᆫ번 보고져 ᄒᆞ노라.” 말리 맛지 못ᄒᆞ여 승젼이 드러와 고왈, “됴션 국왕이 드러오시ᄂᆞ이다.” ᄒᆞ거늘, 졔독이 상의 나려 네필 좌정ᄒᆞᆫ 후, 눈을 드러 왕의 상을 본즉 졔왕에 긔샹이 업거늘 크게 의아ᄒᆞ여 체찰ᄉᆞ를 닐너 왈, “너의 됴션이 간ᄉᆞᄒᆞ여 우리를 업슈이 여기고 님군 안인 거슬 님군이라 ᄒᆞ여 우리을 취ᄆᆡᆨᄒᆞ니, ᄂᆡ 엇지 구완ᄒᆞᆯ ᄯᅳᆺ이 이스리오.” ᄒᆞ며, 분긔 ᄃᆡ발ᄒᆞ여 군즁의 퇴군ᄒᆞᄂᆞᆫ 명을 나리니, ᄇᆡᆨ관과 ᄇᆡᆨ셩 등이 왈, “이에 쳥병이 물너가니 장차 엇지 ᄒᆞ리오.” ᄒᆞ며, 곡성이 진동ᄒᆞᄂᆞᆫ지라.

니항복과 뉴셩뇽이 상ᄭᅴ 쥬왈, “이졔 쳔장이 믈너가온즉 왜적을 져당치 못ᄒᆞ리니 가장 망극ᄒᆞ온지라. 젼하ᄂᆞᆫ 잠간 통곡ᄒᆞ소서.” ᄒᆞᆫᄃᆡ, 샹이 즉시 방셩ᄃᆡ곡ᄒᆞ시니, 니ᄯᆡ 졔독이 장즁의셔 곡셩을 듯고 좌우더러 문왈, “이 어인 곡성이뇨.” 졔쟝 왈, “우리 퇴군ᄒᆞ므로 됴션왕이 우ᄂᆞ이다.” 졔독 왈, “이ᄂᆞᆫ 뇽의 소릐니 분명 왕ᄌᆞ의 우름이라. 가히 구치 아니치 못하리라.”

— 소재영·장경남 역주, 《임진록》(경판본), 117~118쪽

맥아더 동상을 철거하라

“맥아더 동상을 역사 속으로 던져 버리자.”

“한국전쟁의 영웅 맥아더 동상을 보존하자.”

몇 년 전 사람들은 맥아더 동상을 두고 서로 상반되는 구호를 외쳐댔다. 한 쪽에서는 동상을 철거하자고 시위를 하고, 다른 한 쪽에서는 보존해야 한다고 하면서 밤새 불침번을 서기도 했다. 문화재도 아닌 외국인의 청동상 하나를 놓고 사람들은 왜 두 패로 나뉘어 소리를 쳤을까? 과연 맥아더 동상이 간직하고 있는 그 차가운 상징과 우리의

인천 자유공원에 세워져 있는 맥아더 동상

마음을 관류하는 서글픈 역사의 응어리는 무엇인가?

인천광역시 송학동 응봉산에 위치한 자유공원, 그곳에 철거 논란의 대상인 맥아더 동상이 서 있다. 자유공원은 우리나라 최초의 서양식 공원으로서 처음에는 만국공원(萬國公園)이라고 불렀으나, 일본의 지배를 받으면서 서공원(西公園)으로 이름이 바뀌었다. 그 후 인천상륙작전의 승리를 기념하여 1957년부터 자유공원(自由公園)이라고 부르게 되었다. 이때 맥아더 장군의 동상이 세워졌다. 그 이유야 어찌되었든 간에 짧은 시간에 세 차례나 이름이 바뀐 자유공원, 그리고 그곳의 상징인 맥아더 동상의 철거 논쟁은 우리의 가슴을 무겁게 한다.

맥아더 동상에 대한 시비가 새삼 무겁게 다가오는 까닭은, 약 400여 년 전 명나라 장수 이여송을 두고 이와 유사한 논란이 벌어진 적이 있기 때문이다. 이여송은 임진왜란이 일어난 1592년 12월에 명군을 이끌고 압록강을 건너와 평양성을 탈환했던 당대의 명장이다. 평양성 전투는 승승장구하던 왜군의 기세를 단번에 꺾어 버린, 그래서 북상하던 왜군을 삼남 지방으로 철수하게 만든 중요한 싸움이었다. 이런 공적을 기리기 위해, 선조는 1593년 평양에 명나라 장수를 위한 사당을 세우고 석성과 이여송 등을 제사하게 하였으며, 친필로 '무열(武烈)'이라고 사액하였다. 무열사에 대한 국가적 제향은 조선 후기까지 지속되었다. 특히 대원군이 서원을 철폐할 때에도 무사할 정도로 중시되었다.

그런데 이여송과 맥아더는 상당한 시간적 간격에도 불구하고, 그들이 직면했던 역사적 상황과 평가는 매우 상통한다. 더구나 조선 왕조가 이여송의 생사당(生祠堂)을 세웠듯이 이승만 정권도 맥아더가 죽기 전에 그의 동상을 세웠다는 점, 그리고 후에 그들에 대한 상반된 논란이 일어났다는 점은 소름이 돋을 정도로 흡사하다. 한국전쟁의 영웅이자 제국주의의 상징인 맥아더, 그리고 조선을 구원한 맹장이자 포학한 명군의 대명사인 이여송에 대해 이렇듯 상반된 평가가 공존하는 이유는 무엇인가? 이에 대한 실마리를 찾으려면 이여송의 공식적, 비공식적 캐릭터를 살펴보는 것이 매우 유용하다. 따라서 구비설화와 고전소설에 그려진 이여송의 형상을 추적하여 그 대립적 성격을 드러내 보기로 한다.

전형적 전쟁 영웅, 사라진 이여송 화상을 찾아서

《여지도서(輿地圖書)》의 기록에 따르면, 무열사에 봉안되었던 명나라

〈이제독여송(李提督如松)〉. 일본 덴리대학교 소장

제독 이여송의 화상은 호란 때 없어졌다고 한다. 무열사는 연행 노정에 있어서 제법 중요한 장소였던 것 같다. 김창업이나 김육, 홍대용 등의 연행록에 무열사를 참배하였다고 했으며, 갓의 폐해를 다룬 이덕무의 글에서도 이여송과 함께 출정했던 친동생 이여백의 화상이 언급되고 있다. 이와 같이 무열사는 명나라의 은혜에 대한 국가적 보은의 상징이며, 그 한가운데에 영웅적 무장으로서의 이여송이 자리하고 있다. 이것이 이여송이 지닌 기본적 캐릭터라고 할 수 있다.

현재 우리가 쉽게 접할 수 있는 이여송의 초상화는 일본 덴리 대학에 소장되어 있는 〈이제독여송(李提督如松)〉이다. 그림 속의 이여송은 아청색 단령을 입고 홍전립을 썼다. 짙은 눈썹, 굵직한 눈매와 강한 눈빛, 뭉툭한 콧날과 무성한 구레나룻. 한마디로 씩씩한 남성의 모습을 하고 있다. 그러나 초상화 속의 이여송은 갑옷이 아닌 시복(時服)을 입고 있어 평생 전쟁터를 누빈 영웅적 무장의 기상이 강렬하게 느껴지지 않는다.

그렇다면 무열사에 봉안되었다가 사라진 이여송 화상은 어떠했을까? 《계산기정》이라는 사행 기록에 다음과 같은 언급이 있어 주목된다.

> 정해문(靜海門)으로 해서 들어가 무열사를 지나갔다. 이 사당에는 상서 석성과 제독 이여송의 영정을 받든다. 용비늘 무늬의 붉은색 웃옷〔龍鱗紅袍〕에 성문검(星文劍)을 든, 늠름하여 산을 무너뜨리고 강을 뒤흔들 듯한 위풍이 있다.
>
> — 이해응 지음, 〈계산기정〉, 《국역연행록선집》 8, 35쪽

용 비늘 무늬의 붉은색 도포와 성문검을 든 무장, 그 늠름한 모습이 산을 무너뜨리고 강을 뒤흔들 듯한 위풍이 있다고 했다. 그야말로 조선을 구원해 준 대국의 전쟁 영웅에 걸맞은 찬사라고 할 만하다. 이와 같은 이여송의 전쟁 영웅적 성격은 여러 문헌과 작품에서 흔히 찾아볼 수 있는 공식적 캐릭터라고 할 수 있다.

> 이때에 이르러 명나라의 군사가 안주에 도착하여 성 남쪽에 진영을 치니, 깃발과 병기가 정돈되고 엄숙함이 사람이 하는 일 같지 않았다. 내

가 제독을 만나보고 일을 의논하기를 청하니, 제독이 동헌에 있다가 들어오라고 하였다. 들어가 제독을 보니 의젓한 대장부였다.

— 유성룡 지음, 남만성 옮김, 《징비록》, 178쪽

쳔ᄌᆞ 친히 슐을 잡아 이어송의게 삼ᄇᆡᄅᆞᆯ 권ᄒᆞ시고 왈, "경은 짐의 슈족이라. 말이 원정의 조심ᄒᆞ여 부ᄃᆡ 슈이 셩공ᄒᆞ고 도라와 아름다온 일홈을 쳔츄의 유젼ᄒᆞ라." 니여송이 청영ᄒᆞ고 힝군ᄒᆞ니, 구척 장신이 구용투고ᄅᆞᆯ 씨고, 일월슌금갑을 닙고 젹토말을 타고 쳥용도ᄅᆞᆯ 들고, 낫빗션 쳥도독 갓고 눈은 홰불갓고, 소ᄅᆡ는 쳔동 갓더라. 일월긔ᄅᆞᆯ 둘너 호령ᄒᆞ니 ᄲᆞ르기 풍우갓더라.

— 《임진록》(국립도서관본), 316쪽

그래구선 법당엘 내려가 보니깐 한 장사가 칼을 짚구 있는 사진을 모시구 있어. 장사가 칼을 짚구 있는.

"이거 웬 장사를 모시고 있소?"

"이거 내 아들이올시다."

— 곽성용 구연, 〈오성과 이여송〉, 《한국구비문학대계》 4-3, 662쪽

길이 저물어서 불이 빤한 한 집에 들어가니 노할마시 있다가 방에 드가라 카거든. 그래 방에 들어가니 화상이 금방이라도 문을 열고 뛰어나오는 것 같거든.

— 나춘자 구연, 〈이여송의 원정담〉, 《한국구비문학대계》 7-4, 130쪽

유성룡은 이여송을 한마디로 의젓한 대장부라고 평하였다. 명군의

일사불란한 깃발과 병기에서 우러나오는 엄숙함을 두고, 그는 사람이 하는 일 같지 않다고 했다. 역사 군담 소설인《임진록》에서도 이여송은 장대한 체격에 찬란한 황금 갑옷을 입은 인물로 묘사된다. 범상치 않은 낯빛, 우락부락한 눈매, 거침없는 호령 소리. 평양의 무열사에 봉안되었던 이여송 화상이 대략 이런 모습이었을 것으로 추정된다. 비록 구체적이지는 않으나 구비 설화에서도 늠름한 모습의 이여송을 찾아볼 수 있다. 칼을 짚고 서 있는 장사, 금방이라도 뛰어나올 듯 역동적인 모습, 이것이 바로 이여송의 원초적 형상이라고 할 수 있다.

이와 같은 이여송의 모습은 전형적 무장 내지 전쟁 영웅으로서의 캐릭터를 대변한다. 수차례 대규모의 원정군을 이끌고 동서남북의 오랑캐와 반란군을 평정했던 전형적인 맹장의 형상인 것이다. 범인(凡人) 이상의 큰 체격과 힘, 형형한 카리스마를 지닌 얼굴, 그리고 눈부신 장식과 문양으로 꾸며진 투구와 갑옷, 섬뜩한 기운을 뿜어 내는 장검과 창. 이렇듯이 이여송은 전장을 누비며 대군을 지휘한 전형적 전쟁 영웅이라고 할 만하다.

명나라 장수 이여송을 영웅시 한 것은 조선 시대라는 시대적 배경에서 비롯된 결과라고 할 수 있다. 조선 왕조는 개국 이래 줄곧 친명 정책을 내세웠으며, 명에 대하여 스스로를 낮추어 신하의 예를 다하였다. 명군을 천병(天兵)이라고 부른 것도 이런 연유 때문이다. 천병은 해마다 조공을 보내 섬기는 천자의 나라에서 온 군사라는 뜻이지만, 하늘이 내려 보낸 군사라는 뜻도 가지고 있다. 조선 시대 사람들은 명군을 하늘에서 내려온 군사처럼 신이한, 일거에 왜군을 물리칠 수 있는 위엄을 갖춘 신병(神兵)으로 생각했던 것 같다. 마치 미추왕을 도와 이서국을 물리쳤다는 죽엽군(竹葉軍) 같은 존재처럼 말이다. 이와 같이 명나라 군대, 특히 이여송과 같은 명장이 지휘하는 구원군은 위기에 처한 조선을 구해 줄 마지막 희망이자 최후의 보루였던 것이다.

그래서 구비 설화에서는 청병을 위해 가는 사신에게 정체불명의 노구가 나타나 이여송 화상을 건네주기도 한다.

> 그래 인자 중국 드갈 때 오성카는 영갬이 그래 인자 대국 청병을 하어 드러가인께네, 그 천태산 마구 할마이가 집이 쬐매한 단칸을 거와집을 잘 져 놓고 있는데. 그 인자 오성이 드가 그날 밤 잤는 기라. 자인께네 그 인자 나오민서 그,
> "오성 너는 대국 장수 청병하러 드가제?"
> "아, 그렇다고."
> 이래 말을 했는 기라. 그래 화상을 하나 내주는 기라. 화상을 하나 내주민서,
> "니가 요 장수, 요 화상 장수를 잡아 와야 너거 나라 청병을 해가 이기지. 그라이마 딴 장수 딜고 와서는 아무 소용 없다."
> 이카거덩.
>
> — 임기수 구연, 〈이여송과 김덕령〉, 《한국구비문학대계》 7-14, 164쪽

오성 이항복이 중국에 청병을 하러 갈 때 천태산 마고할미가 화상을 하나 그려 주면서 화상 속의 장수를 데려와야 왜군을 물리칠 수 있다고 알려 준다. 다른 장수를 데려와서는 아무런 소용이 없다는 것이다. 바로 이 장수가 이여송이다. 한편 《임진록》에서는 천자의 꿈에 관운장의 혼령이 현몽하여 "요동 제독 이여송이 마땅하다."고 천거한다. 이처럼 이여송은 마고할미나 관운장 같은 신령으로부터 점지 받

은 명군의 제독으로 그려진다. 따라서 이여송이야말로 명군을 대표하는 장수로서 그에 대한 사람들의 믿음이 높았음을 의미한다.

트집쟁이 오만한 대국 장수, 기분 나쁘면 힘세져라

이여송을 영웅시 했던 조선 사람의 믿음과 달리, 그의 영웅적 캐릭터는 곳곳에서 일그러져 형상화되기도 한다. 특히 수많은 설화와 소설 속에 등장하는 이여송은 트집쟁이이자 오만한 대국 장수의 모습으로 그려지고 있다. 이렇게 일그러지고 왜소한 영웅 또는 반영웅적 캐릭터는 우리나라 사람들에게 각인된 이여송의 진정한 모습일지도 모른다.

이러한 이여송의 면모는 압록강을 건너는 순간부터 발휘된다. 그는 온갖 핑계와 트집을 일삼으면서 회군을 미끼로 하여 조선 사람들을 위협한다. 압록강에 도착한 그는 마침 홍수가 발생하자, 이를 두고 하늘의 뜻이라고 하면서 회군령을 내린다. 이에 유성룡은 밤새 배다리를 만들어 건널 수 있도록 한다. 또한 그는 갑자기 용의 간을 먹고 싶다고도 하고, 상아로 만든(또는 소상반죽으로 만든) 젓가락을 요구하기도 한다.

> 그래 따라, 오성 따라 나왔는기라. 의주 압록강을 떡 와가지고, "소상반죽 첫가치다 백룡의 간을 내 묵어야 내가 나가겠다. 군사는 은하수 물로 가주 밥을 해, 군사들 그 밥을 해가지고 묵어야 나가가 너거 나라 이기겠지. 그라이마 너거 나라 내 못 나가겠다."

> 그 의주 압록강에서 오성이 참 머리 풀고 목욕하고 강가에서 통곡을 하인께네 참 난데없는 백룡이 물에 떨어진다 카나. (중략) 그래가 인자 소상반죽 젓가치는 이거, 오성대감이 몸에 징기가 있었는 기 있었어. 그래 소상반죽 젓가치로 백룡의 간을 내다 조다 놓은께네 머라칼 수가, 그게 그런 사람이 묵기나 묵나. 그기 인자 그 시험 볼라꼬 그랬지.
>
> — 나춘자 구연, 〈이여송의 원정담〉, 164~165쪽

백룡이 하늘에서 떨어졌다느니, 소상반죽 젓가락을 바쳤다느니 하는 것은 설화적 허구라고 치부하더라도 이여송의 마음을 읽어 내는 단서가 될 만하다. 그것은 바로 조선에 대한 '시험'의 하나일 뿐이다. 조선의 인재를 알아보기 위함이라는 것도 핑계일 뿐, 진정한 이유는 다른 데 있음을 시사한다. 전란의 소용돌이 속에서 존재하지도 않는 음식을 요구하는 것, 전시 상황과는 전혀 어울리지 않는 물건을 요구하는 것은 이미 상식적 범주를 넘어선다.

이여송의 핑계와 트집은 선조와의 만남에서 절정을 이룬다.

> 졔독이 상의 나려 녜필 좌졍ᄒᆞᆫ 후, 눈을 드러 왕의 상을 본즉 졔왕에 긔상이 업거ᄂᆞᆯ 크게 의아ᄒᆞ여 쳬찰ᄉᆞᄅᆞᆯ 닐너 왈, "너의 됴션이 간ᄉᆞᄒᆞ여 우리ᄅᆞᆯ 업슈이 여기고 님군 안인 거슬 님군이라 ᄒᆞ여 우리을 취ᄆᆡᆨᄒᆞ니, ᄂᆡ 엇지 구완ᄒᆞᆯ 뜻이 이스리오." ᄒᆞ며, 분긔 ᄃᆡ발ᄒᆞ여 군즁의 퇴군ᄒᆞᄂᆞᆫ 명을 나리니, ᄇᆡᆨ관과 ᄇᆡᆨ셩 등이 왈, "이에 쳥병이 물너가니 장차 엇지 ᄒᆞ리오." ᄒᆞ며, 곡셩이 진동ᄒᆞᄂᆞᆫ지라.
>
> —《임진록》(경판본), 117쪽

선조를 알현한 이여송은 제왕의 기상이 없다고 화를 낸다. 임금 재목이 아닌 사람을 임금이라고 하였으니, 이는 상국을 무시한 처사라는 것이다. 그러고는 구원할 마음이 없어 원군을 데리고 돌아가겠다는 뜻을 밝힌다. 이에 선조는 재상들의 간청에 따라 큰 소리로 통곡하기도 하고, 항아리에 들어가 소리쳐 울기도 한다. 임금의 통곡성을 들은 후에야 이여송은 회군령을 철회하지만, 이는 '트집 잡기' 그 이상의 의미를 가지고 있음을 시사한다. 그것은 바로 자신이 선조보다 우월한 지위에 있음을 만천하에 밝히기 위한 행위라고 할 수 있다.

이와 유사한 이여송의 트집 잡기는 왜군과의 싸움에서도 지속된다. 명군의 불편이나 피해가 조금이라도 발생하면, 그에 대한 책임은 모두 조선 관리들에게 전가된다. 군량이 모자라면 모자란 대로, 비가 내리면 내리는 대로 관리들은 명군으로부터 곤욕을 당해야 했고, 그 피해는 백성들에게 고스란히 전가되었을 것이다. 이러한 이여송의 행태를 보면, 그가 왜군과의 싸움보다 조선에 대한 트집 잡기에 주력했다고 해도 과언이 아닐 것이다. 그의 언행은 임금을 무시할 정도로 조선에 대한 멸시와 우월감으로 가득 차 있었다.

트집 잡기는 이여송, 아니 명군이 택한 전략이었을 가능성이 크다. 그들은 끊임없이 트집과 핑계를 잡으면서 시간을 끌고, 그런 가운데 왜군과의 화의를 모색하는 전략을 택했을 것이다. 이를 위해 조선에 대해서는 요탓조탓하면서 온갖 핑계와 트집을 잡는 데 주력했다. 그러면서도 오로지 상국(上國)의 지위를 지키고 이를 강요하기 위한 구실을 찾는 데 전념했다고 본다. 결국 설화와 고전소설에 나타난 이여송은 트집쟁이 오만한 대국 장수의 캐릭터를 가지고 있다. 나아가 이런 캐릭터는 중화 의식에 사로잡힌 상국인 또는 대국인의 캐릭터와 상통한다. 명나라 입장에서 조선은 변방의 수많은 오랑캐 가운데 하나일 뿐이다. 그들은 한없이 오만한 상국인의 자세로 동쪽 오랑캐를 멸시하면서, 기분 나쁘면 힘을 기르라고 으스대는 것이다. 트집 잡히고 구박 받기 싫으면 스스로의 힘으로 살아 보라는 오만한 경고를 담았다고 할 만하다. 이런 오만함의 극치는 단맥 행위에서 절정을 이룬다. 이여송은 조선에 인재가 많이 나지 못하도록 하기 위해 명산을 찾아다니며 혈을 끊는다. 그러다가 자기 조상묘의 혈까지 끊어 버리는 우를 범한다. 자신이 조선인의 후손임을 모르고 스스로 조상의 혈을 끊어 버린 것이다. 이런 행위는 그가 얼마나 일그러지고 왜소한 영웅인지를 잘 보여 준다.

우리 속담에 "핑계 핑계 대고 도라지 캐러 간다."는 말이 있다. 요리조리 핑계를 대고 자기가 하고 싶은 일을 한다는 뜻이다. 이여송 아니 대국인의 모습이 바로 이와 같다고 본다. 명나라는 애초부터 조선을 구원하고픈 진정성이 약했으며, 대국으로서 위상을 지키는 데 주력하였다. 그들 입장에서 조선이나 왜국은 중화에 종속된 소국일 뿐 그 이상도 그 이하도 아니었다. 이런 점에서 본다면 이여송과 명군은 갖은 핑계와 트집을 잡으면서 자신만을 위한 도라지를 캐고 있었던 셈이다. 따라서 이여송은 오만한 트집쟁이이자 중화 의식에 사로잡힌 대국인의 캐릭터를 함께 지니고 있다고 할 수 있다.

드라마와 게임, 대국 장수의 계보 또는 영웅의 부활

한편으로는 전형적 전쟁 영웅이면서, 다른 한편으로는 일그러지고 왜소한 반영웅의 캐릭터를 보여 주는 이여송은 현대의 드라마와 게임 속에서 어떤 모습으로 재현되고 있는가? 2004년 선풍적인 시청률을 기록했던 TV 드라마 〈불멸의 이순신〉의 한 대목을 먼저 살펴보기로 한다. 그 원작 소설에서는 이여송을 다음과 같이 그리고 있다.

> "그대가 보기에 이여송은 어떤 인물이오?"
>
> 이덕형이 미리 생각해 두었다는 듯이 곧바로 대답했다.
>
> "야심이 큰 인물이옵니다. 조금도 지망지망함(조심성이 없고 경박하게 촐랑댐)이 없습니다. 필승을 장담하기는 하지만 그동안의 전황과 왜군 전력을 살피는 데도 상당한 시간을 쏟고 있습니다. 조선에서 큰 공을 세워 입지를 탄탄히 굳힐 생각인 듯합니다."
>
> — 김탁환, 《불멸의 이순신》 5권, 257쪽

서애 유성룡이 근심 어린 표정으로 조심스럽게 이여송의 인물됨에 대하여 묻자, 한음 이덕형은 한 치의 허술함도 없는 치밀한 인물이라고 답한다. 또한 그는 전황과 왜군 전력을 살피는 데 주력하고 있다고 하면서, 조선에서 큰 공을 세우려는 듯하다고 한다. 한마디로 작가는 이여송을 목적 지향적인 인간으로 파악하고 있다. 이는 개인적 목적을 달성하기 위해 조·일 전쟁을 이용할 수 있다는 뜻이다. 신속한 왜군 격퇴는 조선 사람들의 소망일 뿐, 이여송은 시간을 끌면서 자신의 전공에만 관심을 두고 있음을 말한다. 그 결과 이여송이 크게 승리한 것으로 알려진 평양성 전투에서도 수급을 늘리기 위해 무수한 조선 백성을 살육했다고 전해진다. 명군에 대한 양초 보급이 조금만 부족해도 호조판서와 경기감사를 불러다 무릎을 꿇리고 문책하는 등 상당히 포학한 성격이었음을 짐작할 수 있다.

이를 보면 이여송은 어쩔 수 없는 대국 장수일 따름이다. 왜군과의 전쟁을 얼마나 빨리 끝낼 것인가는 그의 고민거리가 아니며, 전란으로 인한 백성들의 피해 역시 그의 관심사가 아니었다. 그는 단지 구원군의 장수로서 행동하고 대접 받으면 만족하는 인물이었다. 그만큼 이여송은 오만한 자기중심주의 내지 목적 지향주의에 경도된 대국인의 대명사이다. 이런 캐릭터는 이여송에게만 국한되지 않는다. 드라마 속에 등장하는 명나라 인물들은 대체로 이여송과 유사한 성격으로 행동하는 것으로 보인다. 〈불멸의 이순신〉에 등장했던 진린 제독에게서 어렵지 않게 이여송의 이미지를 읽어 낼 수 있는 것도 이 때문이다. 진린 제독은 은제 머리 장식에 꿈틀거리는 용무늬 비단옷을 걸치고 화려한 수술이 달린 지휘봉을 든 채 과장될 정도로 아래턱과 배를 내밀고 서 있다. 단아하고 꿋꿋한 모습의 이순신 장군과 비교할 때, 진린 제독의 모습은 그의 오만한 마음을 외적으로 표현한 산물이라고 보여진다.

한편, 소설 속의 이여송이나 드라마 속의 진린이 보여 준 대국 장수의 면모는 훨씬 이전부터 존재했음을 상기할 필요가 있다. 삼국 시대에 나·당 연합군을 이끌었던 소정방, 고려 말에 전국을 돌아다니며 비문을 갉아 버리고 종을 못 쓰게 만들다 산신에게 혼났다는 호종단(胡宗旦)도 이여송의 계보에 속하는 인물이다. 또한 한국전쟁의 영웅이면서 제국주의의 상징으로 매도되는 맥아더 역시 동일한 부류에 속한다고 할 수 있다. 소정방, 호종단, 이여송, 맥아더. 이들은 시대와 상황을 달리하면서도 대국 장수의 계보를 이어 온 인물들이다. 결국 이들은 우리 역사와 문화에 각인된 대국 장수로서의 캐릭터로 수렴되는 인물군인 셈이다.

소설이나 드라마에 비하면, 게임 속에 등장하는 이여송은 전형적인 전쟁 영웅에 가깝다. 대표적인 경우가 〈임진록〉 시리즈이다. 〈임진록〉은 1996년에 개발된 〈충무공〉을 모태로 하여 제작된 조선, 일본, 명의 장수를 중심으로 하여 대결을 벌이는 모의 역사 게임이다. 여기에서 이여송은 호탕한 장수의 캐릭터로 등장한다. 그의 머리 장식과 복식도 신비감을 높여 준다. 이러한 캐릭터는 컴퓨터 게임이라는 특성을 감안한 결과이다. 게임에서는 개별 장수의 영웅적 면모를 어떻게, 또 얼마나 매력 있게 표출시키는가 하는 점이 중요하기 때문이다. 이런 의도가 반영된 결과, 게임에 등장하는 이여송은 전쟁 영웅적 면모가 특히 부각되었다고 할 수 있다.

이와 같이 소설과 드라마에 등장하는 이여송과 게임에 등장하는 이여송은 그 캐릭터가 동일하지 않다. 이는 매체의 성격이나 창작 목적에 따라 등장인물의 특정한 성격을 선별했기 때문이다. 어느 인물이건 단일한 캐릭터를 갖지는 않는다. 여러 가지 다양하고 복합적인 성격 중에서 장르와 매체의 특성에 알맞은 캐릭터를 창조하는 것이 합당하다. 따라서 적절한 선별과 그에 대한 집중적 부각이야말로 고전 속의 캐릭터를 생생하게 부활시키는 길이라고 하겠다.

정재민 육군사관학교 국어과 교수. 주로 한국 설화와 민간신앙에 관심을 갖고 연구하고 있으며, 최근에는 군대유머의 사회문화적 의미에 대한 연구를 비롯하여 군과 문학의 연관성을 탐구하고 있다. 논문에는 〈한국 운명설화에 나타난 운명관〉, 〈신병유머의 면모와 의식세계〉 등이 있다.

17

되살아오는 누이 장사의 혼

김승필

오누이 장사

빈한한 하층 집안에서 출생했지만 비범한 힘을 지닌 오누이 역사(力士) 캐릭터. 능력만큼이나 성격도 비범하여 대담성과 과단성을 보여 준다. 반면 부모의 청을 뿌리치지 못하는 정에 약한 면모도 지니고 있다.

힘이 장사인 한 집안의 오빠와 누이가 목숨을 걸고 힘내기를 하는 내용이다. 전국적인 분포를 보이는 광포 설화로 충북과 충남, 경기 이남 등 주로 남한에 분포되어 있다.

옛날에 홀어머니가 힘이 장사인 아들과 딸을 데리고 살았는데, 하루는 오빠와 누이가 한집에서 같이 살 수 없다며 지는 사람이 죽기로 하는 목 베기 내기를 한다. 즉 오빠는 하루 만에 굽이 3자 3치 되는 쇠 나막신을 신고 서울까지 갔다 와야(또는 성 쌓기) 하고, 누이는 치마로 돌을 날라다가 성을 쌓아야 하는 내기였다. 그런데 내기 과정에서 딸이 이기려 하자 어머니는 아들을 살리기 위하여 딸의 일을 지연시킨다. 결국 승리한 오빠에 의해 누이는 죽음을 당한다. 그 뒤 오빠는 자기가 비겁하게 이긴 것을 알게 되어 자살하고, 한꺼번에 아들과 딸을 모두 잃은 어머니마저 자신의 어리석음을 한탄하고는 자결한다.

대개 전설은 인간의 과실이나 한계성이 빚은 불행 내지 좌절된 역사의식을 그리는 비극이 많으나, 이 〈오뉘 힘내기 설화〉는 증거 제시와 함께 민족 전래의 비극적 전설을 암시하는 중대한 시사점을 지니고 있다.

힘내기는 시작되었다. 서울에 간 아들은 아직도 돌아오지 않았는데 딸은 성을 쌓고 나머지 한 쪽 문만을 달게 되면 끝나게 되고 이길 것만 같았다. 이것을 보고 놀란 어머니는 어차피 두 자식을 다 살리지 못할 바에는 불쌍하지만 딸자식을 죽게 하고 아들을 살리기로 결심하였다.

그리하여 어머니는 한 계교로서 얼른 찰밥을 지어 놓고 딸자식더러 너를 위하여 더운 점심을 지어 놓았으니 좀 쉬었다가 하라고 하였다. 그러자 그 딸은 곧 끝나겠으니 잠깐만 기다려 달라고 하였으나, "아, 내가 정성껏 지어 놓은 더운 점심을 그만 두나니!" 하고 성내는 어머니의 말씀이 그만 마음에 걸려 양과 같이 온순한 처녀 역사(力士)는 곧 내려와 밥상을 대하여 거의 반이나 먹었을까 그 때 오빠는 돌아왔다. 이리하여 이 힘내기는 누이가 지게 되어 가엾게도 오빠의 칼날에 누이의 그림자는 흔적도 없이 사라지고 말았다.

이것을 본 어머니는 기절하여 있었으나 아들의 간호로써 다시 살아났지마는 딸의 죽은 일이 가슴에 치밀어 올라 매일 같이 괴로운 날을 보내고 있었다. 이 일을 아들에게 말하여 일체 세상을 떠나고 싶었던 어머니는 어느 날 아들에게 누이가 진 원인을 이야기하여 들려 주었다. 그러자 이 이야기를 들은 아들은 "어머니는 저를 속였습니다. 옳지 아니한 삶은 옳은 죽음만 같지 못합니다." 하고 칼집으로부터 칼을 빼어 공중에 던져 "칼아! 너는 너 갈대로 가거라. 다만 이 세상에 우리 오누이가 살고 있었다고 하는 것만을 전하여 다오." 하는 말을 남기고 가슴을 두드리며 죽고 말았다. 아들과 딸을 잃어버린 어머니는 자식도 없는 늙은 몸이 살아서 무엇을 하랴? 하고 목을 매어 죽고 말았다고 하는데 아들이 죽을 때 던진 칼은 스스로 기운 좋게 훨훨 날아가서 아미산에 꽂히어 움펑다리가 되었다고 한다.

— 이생원 구연, 〈아미산의 움펑다리〉, 《한국민간전설집》, 80~82쪽

'누이 장사'의 원혼 달래기

구비 설화는 우리 조상들이 생활 속에 향유해 온 문학으로 그 속에는 조상들의 꿈과 낭만, 웃음과 재치, 또는 생활을 통해서 얻은 교훈이나 역경을 이겨 내는 슬기와 용기 등이 형상화되어 있다.

그사이 이야기꾼의 오롯한 기억 속에 내장되어 연행 현장에 남아 전승된 〈오뉘 힘내기 설화〉를 불러 들여다 본다. 모두 장사(將士)인 오누이는 목숨을 건 최후의 결전을 통해 힘의 우열을 가리기로 한다. 그런데 이야기 각편 모두 누이의 힘이 우월하다는 것을 보여 준다. 하지만 힘이 세어도 결국 질 수밖에 없는 부조리한 현실이 버티고 있다. 그것은 아들이 더 중요하다는 통념에 따라 딸을 방해하는 어머니(제3자)의 개입이다. 그리고 그 통념은 딸에 이은 아들의 죽음, 급기야 어머니마저 죽음으로 이어지는 한 가족의 비극으로 결론난다.

힘센 남녀가 등장하지만, 시대적인 관념으로 당연히 아들이 승리를 이끌게 되는 이야기에서 여성 측의 심리를 읽을 수 있다. 여성들은 자기들의 현재가 결국 무능력의 소산이 아니라는 사실과 부당한 통념으로 희생된 누이의 죽음에 대한 부조리를 통해 일방적인 남성 중심의 사회상을 비판한다.

당대 어두운 구석을 우회적으로 조명해 보려는 〈오뉘 힘내기 설화〉는 여성의 자율성을 확보하는 기제로서보다 지배 이데올로기가 제시한 역할을 잘 수행해 나가기 위해 상호 경쟁하는 기제로 작용한 경향을 보인다.

〈오뉘 힘내기 설화〉는 두 오누이가 자신들을 수용할 수 없는 어머니와 함께 살았다는 데서 출발하며, 팽팽하게 맞서고 있는 아들이나 딸 가운데 어느 한 세력에 어머니(제3자)가 개입해야 하는 필연성을 갖고 있다. 그래서 아들과 딸은 목숨을 내걸고 내기에서 지는 쪽이 집을 나갈 것을 약속한다. 둘의 내기는 단지 승패를 판가름하기보다 누가 몰락하고 누가 살아남느냐 하는 긴박감을 갖는다. 이는 반드시 이겨야 할 자가 패하고 패하여야 할 자가 이기는 사회 현실의 불합리성을 상징적으로 형상화한 두 세력의 화합 내지 신흥 세력의 등장을 미리 차단해 버리는 결과를 낳는다. 최근 일명 '알파걸(엘리트 집단 여성)'이라고 하는 똑똑한 여성의 기세가 등등하다. 양성(兩性) 평등의 눈초리가 날로 매서워지는 이때 현대 사회의 부산물로 자리매김하고 있는 여풍(女風) 앞에 중남사상(重男思想)에 의해 제거된 누이의 원혼을 달래며 그녀를 만나 보기로 한다.

이야기 속의 누이—새로운 질서 창조

〈오뉘 힘내기 설화〉는 힘이 장사인 두 남매가 힘내기를 하는데, 누이가 힘이 셈에도 불구하고 어미의 부당한 개입으로 억울한 죽음을 당하게 된다는 것이 기본적인 내용이다. 여기에 장수가 등장하고 두 장수의 힘내기는 질서의 주체가 되기 위한 다툼의 성격을 지닌다. 그 다툼이 오누이 사이에서 일어나고 그 의미가 다툼의 과정에 집약되어 있는 편이다. 공존할 수 없는 두 힘이 대립적으로 대치하는 혼란스런 상황이 더 강하게 부각되는 것이다. 기본 줄거리는 다음과 같다.

옛날 어느 집에 홀어머니가 힘이 장사인 아들과 딸을 데리고 살았다.(발단) 하루는 오뉘가 한 집에서 살 수 없으니 지는 자가 죽기로 하는 내기를 하기로 하였다. 그 내기란 오빠는 당일로 서울 갔다 오고 누이는 성 쌓기였다.(갈등) 그런데 딸이 아들보다 먼저 성을 쌓게 되자, 어머니는 이왕이면 아들을 살려야겠다는 생각에 딸로 하여금 작업을 늦추게 하였다.(위기) 결국 아들이 이기자 누이는 죽게 되었다. 그 뒤 아들은 자기가 비겁하게 이긴 것을 알고 자살을 하였고, 아들과 딸을 잃은 어머니도 죽어 버렸다.(결말) 지금도 딸이 쌓다 만 성이 남아 있고, 아들이 죽은 비극의 증거가 남아 있다.(證示)

— 최래옥, 〈한국설화의 변이 양상〉, 25~26쪽

오누이는 비범한 행동형 캐릭터이다. 재주가 비상한 장사이거나 사회에서 금기시 되는 날개가 달렸거나 힘이 센 역사(力士)이다. 이는 힘내기 내용을 통해 그 비범성이 더욱 돋보인다. 큰 미륵탑(딸)과 작은 미륵탑 쌓기(아들), 모시를 갈아 도복 만들기(딸)와 억새를 베어서 무등산 두르기(아들), 동산 쌓기(딸)와 압록강 건넛 마을 뒷산에 10층 탑 쌓기(아들). 이러한 내기는 보통 사람이라면 당해 내기 어렵고 힘든 일이다.

비범한 인물이 가난한 평민의 가계에 출생한 것부터 비극적인지도 모른다. 이런 능력을 갖춘 오누이를 포용할 만한, 두 자식을 중재할 만한 능력이 어머니에게는 없다. 더욱이 그녀는 중재자로서 소임을 포기한 채 두 세력 가운데 어느 한 세력에 부당하게 참여함으로써 두 세력의 균형을 파괴하면서 비극을 낳게 만든다. 어머니는 약자 편을 들어 강자를 패배하게 만드는데, 이는 강자를 몰락시키기 위한 부당한 의도로써 아들을 살리기 위한 궁여지책으로 반윤리적인 행위를 자행한다.

함경북도 혜산진의 〈오뉘탑 전설〉에는 어머니를 뺀 오누이 장사만이 등장한다. 그리고 힘내기 방법도 오라비는 압록강 건넛마을에 10층탑을 쌓고, 누이는 강 이쪽에다 동산을 쌓는 것으로 되어 있다. 공사가 거의 끝날 무렵 오빠가 승리했다는 소식을 들은 누이는 치마폭에 흙을 담은 채 자신이 쌓던 성 위에서 떨어져 죽고 만다. 이 전설은 국방과 관련되어 뒷날 호적(胡敵)을 방어하기 위해 이 탑과 동산이 사용되었다고 한다.

제주도 〈오찰방 설화〉는 앞서 살펴본 오누이 힘내기 설화와 달리 부모의 의도에 반해서 동생보다 누이가 우위에 선다(오찰방의 부모는 소 열두 마리를 잡아먹고 딸(누이)을 낳고, 소 아홉 마리를 먹고 아들(동생)을 낳는다). 동생이 분수를 모르고 우위에 서려고 한다(오누이는 힘이 장사였는데, 동생은 씨름판에서 당할 자가 없어 점차 오만해진다). 이러한

삼년산성. 신라 자비왕 때 축조한 산성

교만이 누이에 의해 극복된다(동생이 힘자랑을 하자 누이는 몰래 남장을 하고 씨름판에 나가 동생을 이기고 오만함을 꺾게 된다). 누이에 의해 비극적 요인이 해소되었을 뿐 아니라, 또 부모가 아들의 비극적 요인인 날개를 사전에 제거해 버림으로써 장사로 현실 순응적 삶을 영위하게 하며, 도둑을 잡고 '찰방'이란 벼슬까지 얻게 만든다. 이 이야기에서는 부모의 개입이 소극적이며, 역으로 동생이 누이에게 패하고, 그러한 패배에도 동생은 살아남아 현실의 역사적 소임(구월산 도둑을 잡아오라 하기에 그 일을 거뜬히 해 냄)을 감당한다. 누이가 동생보다 힘이 더 센 장수이고 부모가 누이를 미워하여 죽이려 하지 않는 점에서 여성 우위를 인정하는 제주 설화의 특이성이 엿보인다. 이런 영향은 현재까지도 남성보다 여성이 우위권을 갖는 제주도 고유의 풍습으로 고착되고 있다.

〈오뉘 힘내기 설화〉는 '누이의 부당한 패배와 죽음'을 통해 부당한 질서에 대한 민중의 항변을 핵심적으로 드러낸다. 승자보다 패자에 시선을 집중하면서 승자의 승리가 부당한 방법에 의한 것임을 항변하는 이야기 형식으로 이루어져 있다. 누이 역사(力士)는 전승 집단의 자기 투영이다. 전설 향유 집단은 그들과 자신을 동일시함으로써 신에 대한 인간 존재의 문제를 묻고, 현세적 질서의 부당성을 항변하며, 새로운 질서의 주체가 나타나기를 기대하고 염원하는 것이다.

이야기 전승 끄트머리—새로운 패러다임

김덕령이가 재주가 그렇게 좋고, 한번 시합을 했다드만. 그런게 김덕령이 누나가 김덕령이한테 죽었다는 그 말이 있잖여. 누나를 칼로 목을 쳤다는 애기가 있어. 그런 말 들어 보셨는가 모르겄어? 근디 뭐시냐 둘이 내기를 혔는디 뭔 내기를 혔는고 허니,

"나는 베를 짜서 두루메기 옷을, 내 옷을 한벌 허겄다. (조사자 : 누가 그랬어요?) 누나가. 그러고 너는 말을 달려서 무등산 일대를 한 바쿠 돌아오기로 그렇게 약속을 혔어. 안 오면 목을 치기로. 아주 죽이기로."

근디 내기를 했는디 누나가 전부 옷을 허서 옷고름까지 싹 달아서 딱 개놨어. 근디 동생이 안 돌아온다 이거여.

누나가,

"아하, 내가 죽고 말지 어찌 동생을 죽일 수 있느냐? 남자를 죽일 수가 있느냐?"

옷고름을 띴다는 거여. 옷고름을 띠고서는 기달리고 있었어. 긍게 덕령이가 말타고 싹 돌아와서 봉게 누나가 옷고름을 안 달았거든. 지가 돌아왔은게로 누나 목을 쳐 버렸다는 거여. 그리서 크게 못 됐어. 덕령이가. 긍게 그런가는 몰라도 덕령이 손에 죽었다는 그 애기 들어 봤어요?

— 심병준 구연, 〈김덕령 오뉘 힘내기〉

힘내기는 단시간에 끝내기(시간), 남보다 힘이 셀 것(힘들기), 먼 거리를 빨리 다녀오기 등의 예에 따라 또 다른 변이가 나타난다. 이 이야기는 일반적인 오누이 힘내기 설화와 또 다른 양상을 나타내고 있다. 우선 그 시합의 내용이 '성 쌓기 대 서울 다녀오기' 대신 '옷 만들기 대 무등산 돌기'로 나타나는데, 이는 아마도 증거물로 삼을 만한 성이 없었기 때문에 생긴 변이로 생각된다. 한편 이야기에 어머니의

개입이 없이 누이가 자발적으로 동생에게 져 줌으로써 죽음을 자초한다고 되어 있는 점도 특이하다.

〈오뉘 힘내기 설화〉는 흔히 남성과 여성, 특히 아들과 딸의 대결을 전형적으로 보여 주는 이야기로 해석되어 왔다. 전통적인 남아 선호 사상에 의해 여성이 당하는 불이익과 비극을 보여 준다는 해석이다. 이러한 해석은 기본적으로 타당하지만, 이 설화에 담긴 의미가 그것뿐이라고는 생각되지 않는다. 특히 〈김덕령 오뉘 힘내기〉는 '어머니의 개입'이 나타나지 않음으로 해서 '남아 선호 사상'과는 다른 차원의 해석을 필요로 한다.

이 이야기에 그려진 김덕령의 모습은 긍정적인 것이 아니다. 김덕령이 씨름판에 나와서 자기를 이긴 누이의 진심을 받아들이지 않고 굳이 누이를 눌러 자기가 최고임을 확인하려 한 행위는 경솔하고 교만한 것이었다. 그리고 시합에서 지고도 그 사실을 알지 못한 채 누이를 죽이는 것 또한 경솔하고 몰인정한 성격과 최고가 되겠다는 욕심의 소산인 바 그것은 진정한 영웅의 자질과 거리가 멀다.

'누이'의 현대판 캐릭터—내게도 사랑을!

비범한 오빠와 누이가 명예나 금전이 아닌 자신들의 목숨을 내걸고 힘의 대결을 펼친다. 이런 〈오뉘 힘내기 설화〉에 내재되어 있는 것은 다음과 같다. 인격적으로 남자는 존경 받아 마땅하고 여자는 남자의 발전을 위해 희생되어도 좋다, 남자가 가문의 대를 잇기 때문에 남자의 목숨이 여자의 목숨보다 더욱 중요하다(남아 선호 사상), 오빠의 경거망동이 장래 자신의 목숨뿐만 아니라 가문의 대를 끊을 수 있는 불행을 초래하지 않을까 하여 누이 스스로 죽음을 선택하면서까지 오빠를 구한다(모성 본능), 힘이 장사인 오누이가 한 집안에 살 수 없다는 맥락 속에 천하장사는 오직 한 명(오빠=남성)만 존재할 뿐 두 명(누이=여성)이 될 수 없다(양웅 불립 사상). 이런 설화를 계승한 현대판 '누이' 캐릭터를 TV 드라마 〈아들과 딸〉과 양귀자의 소설 〈한계령〉, 황순원의 소설 〈별〉 등에서 찾아볼 수 있다.

남아 선호 사상이 뿌리 깊은 집안에서 태어난 이란성 쌍둥이 남매(딸 : 후남이, 김희애 분. 아들 : 귀남이, 최수종 분)가 사회의 가치관과 대립하면서 겪는 갈등을 다룬 드라마 〈아들과 딸〉(박진숙 극본, 장수영 연출)에서 아들에 대한 어머니(제3자)의 편애가 극심하다. 학창 시절 항상 1등을 하며 장학금을 타는 후남이지만 부모님에게 아들 귀남이만 대우 받는다. 아들은 사법시험을 포기하고 은행에 취직하며 짝사랑 미현(채시라 분)를 포기한 채 자신만 바라보는 정자(오연수 분)와 결혼하게 된다. 후남은 자전적 소설 〈아들과 딸〉로 큰 성공을 거두고 석호(한석규 분)와 결혼을 한다.

황순원의 〈별〉은 아홉 개의 에피소드를 거치면서 '사내'의 성장 과정을 탐색하고 있는데, 이는 '별'로 표상되는 어머니에의 환상을 지워가는 과정이라 할 수 있다. 어머니가 환상이라면 누이는 현실이다. 환상이 절대적 아름다움으로 규정되고 있으며, 현실은 추한 것으로 그려진다. 사내아이는 어머니에 대하여 맹목적 사랑을 가지는데, 그 바탕은 이성에의 쏠림이라는 생래적 본성과 관계된다. 이 소설에서는 '아이'가 어머니의 환상을 지우지 않으려고 애타게 노력하는 모습이 보인다. 이는 아이가 아직도 모성 고착(mother-fixation)에 빠져 있다는 것을 말해 준다.

양귀자의 〈한계령〉은 아버지를 대신해 자신의 젊은 날을 희생해 가면서 여섯 동생을 키워 내고는 이제 인생의 허망함으로 괴로워하는 큰 오빠의 삶을 소설가인 '나'가 연민의 시선으로 바라본다. 1960~1970년대 근대화 시기를 배경으로 가족을 위해 자신의 삶을 희생할 수밖에 없었던 세대의 험난한 과거와 무기력한 현재를 보여 주면서 그들에 대한 따뜻한 이해가 필요함을 보여 주고 있다. 과거가 되어 버린 큰오빠의 삶과 그 고뇌를 수혜자의 한 사람인 '나'가 이해하는 과정을 통해 신구 세대 간의 소통 가능성을 보여 주고 있다.

TV 드라마에 등장하는 취업 주부들은 살림 잘하고 일 잘하고 시어머니 잘 다루고 예쁘고 섹시해서 연애까지 잘한다. 직장은 하나같이 전문직이고 연봉이 얼마인지 최고급 옷만 입고서 최고급 식당만 드나든다. 패션 감각 또한 슈퍼모델 저리 가라다. 요즘 남자들도 슈퍼맨 콤플렉스를 앓는다고 한다. 옛날 남자들은 돈만 팍팍 벌어다 주면 만사형통이었지만 요즘 남자들은 여러 가지 능력을 보여야 한다. 슈퍼맨이 되어야 한다고 불평이다. 돈은 물론이고, 가족에게 충실해야 하고, 처가에도 자상하게 해야 한다. 모든 면에서 강한 면모를 보여야 하고 동시에 부드러울 때는 부드러워야 한다. 키도 커야 하고, 얼굴도 짱이어야 하며, 게다가 유머 감각은 필수이다.

여자들이 여자로 산다는 것의 현실을 바로 알게 되는 때는 학교를 나온 후부터이다. 학교를 졸업하고 취직할 때 그리고 결혼과 출산을 거치면서 비로소 현실의 벽을 절감하게 된다. 그 이전까지는 남자들과 똑같이 성 차별에 대해서 무감각하다. 크게 차별 받을 일도 별로 없다. 그 때문에 오히려 나이가 어릴수록 몸은 여자임에도 머리는 이른바 보편적인 생각이라고 하는 남성 중심적 생각에서 벗어나지 못한다. 여자들은 남자보다 못난 존재이므로 남자에게 의존하며 살아야 한다는 생각은 오히려 어릴수록 더 강하다. 동화나 소설, 드라마에서 본 현실을 실제 현실이라고 착각한다. 그런 현실을 벗어나면 필경 여자로서 불행해지고 말 것이라는 암시에 걸려 버리기 쉽다.

그러나 시대는 변해 남자와 여자 사이의 엄격한 성 역할 구분이 사라져 가고 있는 게 현실이다. 남자 혼자 돈을 벌어 가족을 부양할 수 있는 시대는 지나갔다. 남자도 여자만큼이나 결혼에 대해 부담을 느끼고 결혼을 자꾸 미루고 싶어한다.

1990년대 들어 성차를 인정하면서 오히려 여성성이 남성성보다 우월한 점이 많다는 이론들이 대두되었다. 성차를 부인하건 인정하건 남자와 여자의 차이는 우리가 생각해 온 것보다 훨씬 작다.

'누이' 캐릭터는 오늘날 드라마나 연극, 소설의 인물 유형에 썩 잘 어울린다. 변화무쌍한 현대 산업 사회 속에 과거 남아 선호 사상의 족쇄로 인해 희생양이 된 '누이'와 '여성'은 이제 '알파걸'로 재탄생하게 되었다. 여성의 사회 진출이 증가해 가는 현실 속에 이제 누이 장사의 혼은 양성 평등을 구가하는 우리 곁에 자리매김하고 있다. 앞으로 우리는 설운도의 '누이'를 부르며 시대가 요구하는 '새로운 누이상'을 강하게 요구할지도 모르겠다. 아! 그리운 누이여!

김승필 정광고등학교 국어 교사. 설화와 이야기꾼을 주로 연구해 왔으며, 최근 중·고등학교 설화 교육 및 전국 중·고등학생 이야기 대회에 관심을 기울이고 있다. 저서로는 《교실 밖의 논술 여행》, 논문에는 〈경기전 이야기꾼 김달봉 연구〉 등이 있다.

18

그녀의 우습고도 희한한 혼인담

김현식

갖은 병신 노처녀

갖은 장애로 인해 나이 마흔이 넘도록 시집을 못 간 노처녀. 하지만 긍정적인 사고와 낭만적 성격으로 불우한 처지를 극복하고 자신이 바라던 행복한 삶을 이룬 여성. 자신의 신세를 한탄하기도 하지만, 그러한 신체적 불구를 극복하는 자신감과 삶을 스스로 개척하는 적극적인 성격의 소유자이다.

방각본 소설집 《삼설기(三說記)》에 수록되어 있는 〈노처녀가〉의 주인공은 '갖은 병신 노처녀'이다. 서언과 결언은 서술자가 개입되어 있지만, 본 내용에서는 '갖은 병신 노처녀'의 자기 술회가 4·4조 운문체로 전개되는 가사 작품이다. 반신이 불구이기에 짝을 맺을 수 없는 자신의 불우한 처지를 한탄하면서도, 한편으로는 '갖은 병신'이 결혼의 장애가 될 수 없다는 강한 의지를 갖고 천생연분을 점쳐 보기도 하고, 홍두깨에 옷을 입혀 가상 결혼식을 올리기도 하는 모습이 안쓰럽기도 하다. 하지만 그러한 행위는 작품을 듣거나 읽는 수용자에게는 웃음을 자아내기도 한다. 결국 그녀의 지극한 정성이 하늘을 감동시켰는지 마음으로 그리워하던 사람과 짝을 이루고, 그 뒤에 '갖은 병신'의 모습에서 '온전한' 모습으로 돌아오게 되어 행복한 가정을 이루게 된다는 내용이다.

내 서방을 내 가리지 / 남에게 부탁할까 / 내 어찌 미련하여 / 이 생각을 못 냈던고 / 만일 벌써 깨쳤다면 / 이 모양이 되었을까 / 청각(淸覺) 먹고 생각하니 / 아주 쉬운 일이로다 / 열적은 염치 돌아보면 / 어느 해에 출가할까 / 고름 맺고 내기하며 / 손바닥의 침을 뱉어 / 맹세하고 이른 말이 / 내 팔자에 타인 서방 / 어떤 사람이 내 몫일꼬 / 쇠침이나 하여보세 / 알고지고 알고지고 / 어서 빨리 알고지고 / 내 서방이 누가 되며 / 내 낭군이 누구 될까 / 천정배필(天定配匹) 있었으면 / 그쪽에서 마다한들 / 내 고집내 억지로 / 우겨서라도 아니 들까 / 소문에도 들었으니 / 내 눈에 아니 들까 / 저 건너 김도령이 / 날과 서로 동갑이오 / 뒤 골목에 권수재는 / 내 나이보다 더 한지라 / 인물 좋고 줄기차니 / 첫 번째 바람은 김도령이오 / 두 번째 바람은 권수재라 / 각각 성명 써 가지고 / 쇠침통을 흔들면서 / 손을 곧추세워 비는 말이 / 모년 모월 모일 / 나이 사십 넘은 / 노처녀는 엎드려 물으니 / 곽곽 선생 이순풍과 / 소강절 원천강은 / 영험하시니 느끼시고 / 순조롭게 하옵소서 / 후취(後娶)의 참여(參與)할까 / 삼취(三娶)의 참여할까 / 김도령이 배필될까 / 권수재가 배필될까 / 내 일로 되게 하여 / 신통함을 뵈옵소서 / 흔들흔들 높이 들어 / 소침 하나 빼여내니 / 첫 번째로 바랐던 김도령이 / 첫 가락에 나왔단 말인가 / 얼씨구절씨구 / 이야 아니 무던하냐 / 평생소원 이뤘구나 / 옳다옳다 내 이제는 / 큰 소리를 하여보자 / 형님 부러워해도 쓸데없고 / 아우년 저만한 것이 / 나를 어찌 흉을 볼까 / 큰 기침 절로 나고 / 어깨춤이 절로 난다.

— 〈노처녀가〉, 《삼설기(三說記)》

가슴을 치는 말, 그대는 노처녀

혼기가 지났는데도 아직 결혼하지 못한 여자가 있다면, 주변 사람은 그 이유를 생각해 보게 마련이다. "안 간 거야?", "못 간 거야?", "얼굴이 못생겼나?", "눈이 높나?" 등과 같이 당사자의 귀가 하루 종일

TV 드라마 〈내 이름은 김삼순〉에서 김삼순의 모습

간질간질할 정도로 여기저기서 쑥덕거릴 것이다. '핑계 없는 무덤 없다.'는 말과 같이 노처녀로 살고 있는 사연도 가지가지 아니겠는가? 조금 가까이 가서 바라보면, 혼기를 놓친 사연에 동정하고 또 나름의 이유에 응원도 할 만한데, 사람들은 일정한 거리를 두고 '어떤 문제'가 있는 것으로 비평하기에 바쁘다.

이리하여 혼기를 놓친 '노처녀'는 실체를 알 수 없는 '어떤 문제' 때문에 '히스테릭'한 성격의 소유자라는 '악평'에 시달리게 된다. 이러한 악평이 얼마 전에 방영된 드라마의 주인공들인 김삼순(김선아 분), 최미자(예지원 분), 오달자(채림 분), 오수정(엄정화 분), 홍난희(수애 분) 등의 마음을 괴롭힌 것을 보면, 노처녀의 삶은 항상 사람들의 관심 대상이라는 것을 알 수 있다.

김삼순이든 홍난희든 이들은 직장에서 꿈을 이루기 위해, 또는 더 나은 백마 탄 왕자를 물색하기 위해 혼기를 놓쳐 노처녀라는 악평을 받은 경우라고 할 수 있다. 그러나 〈노처녀가〉의 주인공에게는 '확실한 문제'가 있었다. 그녀가 노처녀로 늙을 수밖에 없었던 까닭은 다름 아닌 인간 세상에서 어찌할 수 없는 '갖은 병신'이라는 신체적인 결함 때문이었다. 이러한 운명 때문에 그녀는 가족이나 친척들에게도 외면을 당한 채, 마흔이 넘도록 혼담 한 번 오간 적 없이 '불쌍하다'는 말을 귀에 못이 박히도록 들으면서, 서러운 노처녀 딱지를 가슴에 지니고 살아왔다.

그러나 '곤충도 짝이 있고 금수도 암수가 있고 헌 짚신도 짝이 있다.'는 '자연의 음양 배합법'을 믿는 그녀는 자신이 갖은 병신이지만 이 세상 어딘가에 반드시 짝이 있을 것이라는 희망의 끈을 잡고 있다. 이러한 긍정적인 성격으로 자신의 신체적인 결함을 극복하고 천생연분을 만나 행복한 가정을 이룬 갖은 병신 노처녀, 그녀의 삶 속으로 들어가 보자.

하늘이시여! 왜 날 이렇게

《무쌍신구잡가》에 수록된 〈노처녀가〉에서는 양반인 체하며 도리만 차린 부모의 처사가 딸의 혼사에 장애가 되었다면, 《삼설기》에 수록된 〈노처녀가〉의 노처녀는 부모의 무능력이나 주변 여건이 아니라 갖은 병신이라는 당사자의 신체적인 결함 때문에 혼인을 하지 못한다.

주인공 노처녀는 딸이 셋 있는 집에 둘째 딸로 태어났기에, 언니가 시집을 가면 그 다음 차례는 당연히 자기라고 철석같이 믿고 있었다. 그러나 중매쟁이가 '아우년'을 시집보내기 위해서 들락날락하는 것을 보고 화증이 나고 질투심이 생겨 죽을 지경이다. 더구나 '아우년'이 선수 친 것이 갖은 병신이라는 자신의 신체 때문이라니.

얼굴은 곰보로 얽어 거무죽죽하며, 한 쪽 눈은 멀고 한 쪽 귀는 들리지 않으며, 왼쪽 손과 다리는 움직일 수 없고, 콧구멍은 막혀 있고 입술은 시퍼렇고, 엉덩뼈는 퍼져 있고 가슴은 뒤로 젖혀지고, 턱 아래 검은 혹이 있는 자라목 여자…….

—〈노처녀가〉, 《삼설기》

위는 노처녀의 외모를 간략히 묘사한 것이다. 과연 이 여자가 짝을 만나 행복한 가정을 이룰 수 있을까? 주변 사람들이 그녀를 불쌍하게 여길지언정, 언뜻 배필을 소개하는 데는 주저할 것이다. 당사자의 경우, 자신의 처지가 '헌 짚신도 짝이 있다.'는 '음양 배합'의 진리에서 벗어나 있다는 사실을 확인했을 때 그 심정이 오죽했겠는가마는, 당사자를 제외하면 부모가 첫째 딸 다음으로 셋째 딸을 성혼시키려는 마음을 이해할 만도 하다.

그렇다면 갖은 병신인 노처녀가 언니의 성혼 이후에 당연히 자신의 차례라고 생각한 까닭은 무엇인가?

얽은 마마 자국에서는 슬기로움이 가득하고, 거무죽죽한 얼굴은 분칠하면 되고, 한 쪽 눈으로도 버선볼을 박을 수 있으며, 한 쪽 귀로도 천둥소리 능히 듣고, 한 쪽 손과 한 쪽 다리는 병신이나 뒷간 출입이 자유롭고, 콧구멍은 막혔으나 냄새를 잘 맡고, 입술은 시퍼렇지만 연지분을 바르면 되고, 퍼진 엉덩뼈는 해산에 이롭고, 뒤로 젖혀진 가슴은 진 일 잘할 골격이며, 턱 밑에 있는 검은 혹은 귀격이고, 비록 자라목이지만 만지면 있다.

—〈노처녀가〉, 《삼설기》

그녀의 속내가 위와 같다면, 신체적인 결함 따위는 혼인의 장애가 되지 않을 것이라고 여겼기 때문이 아닐까? 오히려 신체적 결함을 하나하나 언급하며, 그러한 문제가 생활하는 데 조금도 어려움이 없다는 점을 역설하고 있는 듯하다. 그녀는 여기서 더 나아가 시부모 봉양을 비롯하여 모든 행실에 모범을 보일 수 있을 뿐만 아니라, 바느질이나 음식 장만 등에도 뛰어난 재주가 있다는 점을 은근히 드러내고 있다.

결국 자신의 처지에 대한 긍정적인 태도와 부녀자들이 하는 일은 다 잘할 수 있다는 자신감을 보이면서, 갖은 병신이라는 신체적 결함이 서방을 맞이하는 데 장애가 되지 않는다는 점을 역설하고 있는 것이다.

그러나 현실은 갖은 병신이라는 이유로 인륜지대사인 혼사에서 그녀를 소외시킨 채, 노처녀라는 딱지를 가슴에 새겨 주었다. 하지만 이렇게 소외된 현실에서도 주인공 노처녀는 좌절하지 않고 불굴의 의지를 바탕으로 현실에 불만을 제기하고, 낭만적인 상상력을 통해 스스로 서방을 맞이해 보려는 적극적인 모습을 보인다.

하늘도 감동한 그녀의 지극 정성

'갖은 병신'인 노처녀를 바라보는 가족과 친척들은 그녀의 짝을 찾아 주기 위해 적극 나서지 않고, 오직 '불쌍하다'는 말만 되풀이할 뿐이다. 어느 누구도 도와 주지 않는 상황에서 그녀는 '내 서방은 내가 가린다.'는 단호한 결단을 내린다. 이렇게 마음을 고쳐먹자 가슴을 짓누르던 체증이 단번에 뚫리고 입가에는 웃음이 절로 생긴다. 그리고 자신의 행복을 위해서라면 무엇이든지 할 수 있다는 자신감으로 마음먹은 결단을 과감하게 실행하기에 이른다.

이에 주인공 노처녀는 신랑 후보들의 이름을 쓴 쇠침을 쇠침통에 넣고 흔들다가 하나를 뽑아 천정배필을 정하게 된다. 특히 자신이 마음으로 사모하던 김 도령이 뽑히자 소원을 이루었다며 흥분을 감추지 못한 채 잠이 든다. 이렇게 쇠침을 통해서 스스로 김 도령을 신랑감으로 선택했지만, 그녀의 뜻대로 일이 순조롭게 진행될 수 있을지는 의문이다. 그러나 현실 공간의 바람이 간절하면 꿈에서나마 이루어진다고 하지 않았던가? 노처녀의 소원 역시 얼마나 간절했던지 그날 밤에 자신이 혼인하는 꿈을 꾸었는데, 신랑이 쇠침으로 뽑은 김 도령이었다. 하지만 그것도 복이라고 성혼례를 다 마치기 전에 개 짖는 소리에 '황홀했던 꿈'을 깨고 만다.

그녀의 마음은 '꿈을 현실로 여기고 꿈속의 혼인을 현실로 여겨' 실제로 김 도령을 신랑으로 맞아 가정을 이루고 싶은 바람이었는데, 한낱 개 짖는 소리 때문에 허망하게 됐으니 미치지 않고 배기겠는가? 댓바람에 돌을 들고 망령된 개를 때리러 나가다가 넘어져서 이마는 벽에 찧고 코는 문지방에 찧는 모습이 웃음을 자아내기는 하지만, 한편으로 안쓰럽기도 하고 이해도 가는 대목이다.

바람이 허망하게 무너졌으니 이 허전한 마음을 무엇으로 달랠 수 있을까? 비록 부끄러운 일이라고 생각하면서도, 자와 홍두깨로 허수아비를 만들어 갓을 씌우고 옷을 입혀 격식에 맞게 절을 하는 가상 결혼식을 올려 보지만, 그녀에게 위안이 되지 않는다. 가상 결혼식을 하다가 문득 한심하다는 생각에 대성통곡을 하니, 세상에 가장 불쌍하고 가련한 노처녀라고 하지 않을 수 없다.

그러나 지성이면 감천이라고 했던가? 허수아비를 부여잡고 결혼식 흉내를 내는 것을 보았는지, 혼인 못한 서러움에 대성통곡한 소리를 들었는지, 그녀를 불쌍하게 여긴 부모 형제의 주선으로 꿈이 아닌 현실 공간에서 김 도령을 신랑으로 맞이하게 되니, 노처녀의 지극 정성이 하늘을 감동시켰다고 볼 수 있다.

김 도령과의 혼인 날짜가 다가오자, "나도 시집간다!"라며 주먹을 불끈 쥐어도 보고, 즐거움을 감추지 못하여 엉덩이춤을 추는 그녀의 모습에, 또 돌로 때려 죽이려 했던 개에게 다가가 넌지시 "나도 이제 시집간다."라고 속삭이는 그녀의 모습에 은근한 웃음이 묻어 나기도 한다. 하지만 그 개를 향해 "밥 줄 사람은 나뿐인데, 이별하면 어찌하나."라고 말하는 대목에서는 다정다감한 그녀의 다른 모습을 볼 수 있다.

> 이렇듯이 쉬운 일을 어찌하여 늦었던고 / 신방에 이불 펴고 부부 서로 동침하니 / 원앙은 녹수에 놀고 비취는 연리지에 깃들임 같으니 / 평생 소원 다 풀리고 온갖 시름 전혀 없네 / 이전에 있던 마음 이제야 생각하니 / 도리어 춘몽 같은데 내가 설마 그랬을까 / 이제는 거리낌 없다 /

먹은 귀는 밝아지고 병신 팔을 능히 쓰니 / 이 아니 희한한가 / 혼인한 지 열 달 만에 옥동자를 순산하니 / 쌍둥일 줄 알았을까 즐겁기 한이 없네 / 하나같이 영리하고 문재가 뛰어나다 / 부부가 금슬 좋고 자손이 가득하며 / 재산이 풍족하고 공명이 이어지니 / 이 아니 무던한가

—〈노처녀가〉, 《삼설기》

위의 내용은 갖은 병신 노처녀가 김 도령을 서방으로 맞이하여 행복한 가정을 이루고 있는 모습이다. 평생의 소원을 풀었으니 이제는 시름도 없고, 혼인 전에 했던 일들이 모두 꿈만 같으니 '내가 언제 그런 이상한 행동을 했던가 싶다.'는 속내가 우습기만 하다.

그런데 그녀의 말 중에 '혼인 이후 먹은 귀가 밝아지고 병신 팔을 쓸 수 있다.'는 것은 어떤 의미인가? 본인도 희한하다고 생각하는 내용을 음미해 볼 필요가 있지 않을까?

더불어 사는 사회가 아름답다!

'갖은 병신 노처녀가 혼인할 수 있을까?'라는 물음이 어리석다는 것은 이미 밝혀졌다. 신체적 결함이라는 불우한 환경에서도 신랑을 맞아 행복한 가정을 이룰 수 있다는 간절한 생각이 하늘의 감동까지 이끌어 낸 것을 보았다.

그러면 노처녀의 모습이 왜 갖은 병신으로 형상화되었을까? 일반적인 노처녀와 같이 혼기를 놓쳐 늙어 가는 신체 건강한 여성을 설정해도 노처녀의 혼인담을 구성할 수 있는데 말이다. 따라서 갖은 병신

노처녀를 주인공으로 한 이야기는 부모가 혼사의 장애였던 《무쌍신구잡가》에 수록된 〈노처녀가〉의 주인공 이야기나, 어떤 목적을 이루기 위해서 혼기를 놓친 김삼순, 홍난희 등과 같은 노처녀 이야기와는 다른 의미를 내포한 것으로 보인다. 특히 김 도령과 부부의 인연을 맺은 뒤에 '갖은 병신'의 몸이 '온전한 몸'으로 변했다는 것은 시사하는 바가 크다고 할 수 있다.

《조선왕조실록》을 보면, "나이 많은 처녀로서 가난하여 시집가지 못한 사람이 많으면, 화기(和氣)를 손상하여 재앙을 부르니, 안팎으로 하여금 널리 탐문하여 나라에서 적절히 자재(資材)를 지급하라."(중종 4년, 5월 28일)는 기록이 있다. 여기에서 과년한 노처녀가 많으면 우주 자연의 음양이 조화를 이루지 못해 결국 재앙의 원인이 된다는 대목을 눈여겨볼 필요가 있다. 이와 같이 혼례를 올리지 못한 '노처녀의 문제'가 자연계의 조화로운 기운이 손상되어 자연 재앙으로 발현된다면, 인간 세상에서는 각 개인에게나 사회에 어떤 재앙의 원인으로 재현될 수 있기 때문이다.

'갖은 병신'이던 그녀가 김 도령과 혼인한 뒤에 음양의 조화를 이루어 '온전한 사람'의 모습으로 변신했다는 사실이, 곧 노처녀의 모습이 '갖은 병신'으로 형상화된 까닭을 이해하는 단서가 되지 않을까 싶다. 혼기에 이른 선남선녀라면, 각각 남편과 아내를 맞이하여 화목한 가정을 이루는 것이 자연의 법칙일진대, 그러한 이치에서 벗어나 조화로운 기운이 어그러진 처녀의 모습이 갖은 병신으로 형상화된 것은 아닌지 생각해 볼 수 있다는 것이다. 그녀가 김 도령과 '더불어' 한 가정을 이룸으로써 몸을 감싸고 있던 굴레를 벗어 버린 것으로 볼 때, 긍정적 사고와 자신감 등의 신랑을 맞이하기 위한 노력은 결국 혼인

세상을 적시는 사랑
오아시스
oasis
세상에서 가장 착한 손을 가진 남자
세상에서 가장 맑은 눈을 가진 여자
우리, 사랑하게 해주셔서 감사합니다.
www.oasis2002.com
설경구, 문소리 주연 〈초록물고기〉 〈박하사탕〉 이창동 감독 작품

영화 〈오아시스〉의 포스터

을 통해서 조화로운 자연의 이치를 회복하여 '온전한 사람'이 되기 위한 의지의 표현이 아니었을까?

얼마 전에 상영된 영화 〈오아시스〉의 여주인공 황공주(문소리 분)의 모습이 갖은 병신 노처녀의 모습과 무엇이 다른가? 황공주는 비록 전과범이기는 하지만, 홍종두(설경구 분)와 함께 있을 때 서로를 '오아시스'라고 여기면서 '온전한 사람'이라는 사실을 인식하고 행복해하지 않았던가?

우리 주변에는 사회 구성원으로 '더불어' 살기를 바라지만, 황공주와 같은 신체적인 결함으로 고생하는 장애우, IMF로 직장을 잃고 거리로 나앉은 노숙자, 그리고 안정된 직장을 갈구하는 비정규직 노동자, 정부의 지원이 없으면 생계 유지가 어려운 극빈자 등과 같이, 각 개인이나 사회의 무관심 때문에 이미 소외된 채 살고 있거나 점차 소외되어 가는 수많은 사람들을 볼 수 있다.

이런 점에서 갖은 병신 노처녀의 이야기에서 시사하는 '더불어 사는 삶'의 의미는 그만큼 소중하다고 할 수 있다. 한 개인도 '온전한 사람'이 되기 위해서는 누군가와 '더불어' 살아야 하듯이, 사회 또한 사람들이 서로의 입장을 이해하며 '더불어' 살 때, 비로소 '온전한 사회'를 이룰 수 있지 않을까 싶다.

김현식 서울시립대학교 국어국문학과 강사. 고전시가를 전공하고 있으며, 조선 후기에 창작된 가사 작품에 주된 관심을 두고 있다. 논문으로는 〈서호별곡과 서호사의 변이양상과 그 의미〉, 〈영삼별곡과 도통가를 통해서 본 권섭의 가사창작양상과 그 의미〉, 〈마천별곡 연구〉 등이 있다.

19

주고받지 못하는 사랑에 대하여

박이정

독수공방의 여인

어린 나이에 부부의 인연을 맺은 경박한 남자가 자신을 버리자, 자신의 불행을 슬퍼하며 한탄 속에서 사는 여인. 우유부단하고 소심하다. 문제 해결 능력의 여부와 관계없이 문제 해결 자체가 어려운 상태에 놓여 있어 자기 비하, 자기 연민에 빠지곤 한다.

〈규원가(閨怨歌)〉는 규중 여인의 원망을 담고 있는 가사 작품이다. '원부사(怨夫詞, 怨婦詞)' 또는 '원부가(怨婦歌)' 라고도 하며, 《고금가곡(古今歌曲)》과 《교주가곡집(校註歌曲集)》에 실려 전한다. 작자에 대해서는 허난설헌과 허균의 첩 무옥이라는 두 가지 설이 있다.

아마도 모진 목숨 죽기도 어렵구나
돌이켜 헤아려 보니 이리 하여 어이 하리
靑燈(청등)을 돌려놓고 綠綺琴(녹기금) 비스듬히 안아
接蓮花(접련화) 한 곡조를 시름조차 섞어 타니
瀟湘(소상) 夜雨(야우)에 대나무 소리 섞어 도는 듯
華表(화표) 千年(천년)에 別鶴(별학)이 울며 다니는 듯
玉手(옥수)의 타는 手段(수단) 옛소리 있다마는
芙蓉帳(부용장) 寂寞(적막)하니 뉘 귀에 들리리오
肝腸(간장)이 九回(구회)하여 굽이굽이 끊겼어라
차라리 잠을 들어 꿈에나 보려 하니
바람에 지는 잎과 풀 속의 우는 짐승
무슨 일 怨讐(원수)로서 잠조차 깨우는가
天上(천상)의 牽牛織女(견우직녀) 銀河水(은하수) 막혔어도
七月七夕(칠월칠석) 一年一度(일년일도) 失期(실기)치 않거든
우리 님 가신 後(후)는 무슨 弱水(약수) 가렸건대
오거니 가거니 消息(소식)조차 끊겼는고
欄干(난간)에 기대서서 님 가신 데 바라보니
草露(초로)는 맺혀 있고 暮雲(모운)이 지나갈 제
竹林(죽림) 푸른 곳에 새소리 더욱 서럽다
世上(세상)에 설운 사람 數(수) 없다 하려니와
薄命(박명)한 紅顔(홍안)이야 날 같은 이 또 있을까
아마도 이 님의 지위로 살동말동 하여라

— 정병욱 외 편, 〈규원가〉(《교주가곡집》본), 《한국고전문학정선》, 280~282쪽
* 괄호 안 한자어 표기 및 옛말의 부분적 수정은 인용자

여인은 정말 그를 원망하고 있는가

우리 옛노래에 등장하는 여인 가운데 한 많은 여인 베스트 3를 꼽으면, 〈가시리〉의 여인, 〈아리랑〉의 여인과 함께 〈규원가〉의 여인이 순위 안에 들어갈 듯하다. 이 여인들의 한은 떠나가는 또는 떠나간 사랑에서 비롯한다. 알콩달콩 사랑을 나눌 때만 시간이 멈추길 바라는 게 아니다. 가는 사람 발걸음을 멈추게 하는 방법이 시간을 붙잡는 것밖에 없는 경우도 있다. 임과 함께할 시간을 붙잡아 이불 속에 넣어 두지 못한 여인들은 하릴없이 임을 떠나보내고 말았다.

〈규원가〉는 흔히 임에게 버림받은 여인의 슬픔과 원망을 노래한 작품이라고 한다. 가볍디가벼운 사람과의 짧디짧은 사랑 이후, 긴 고독의 시간을 보낸 여인이 자신을 버린 사람을 원망하는 것은 당연한 일이다. 눈물과 한숨으로 점철된 세월을 보낸 여인의 마음에 어떻게 원망의 마음이 생겨나지 않을 수 있을까?

원망은 한껏 사랑을 주고받지 못한 아쉬움 때문에 생겨난다. 그 뿌리가 상대방의 사랑을 원했던 마음에 있으므로 원망 또한 사랑이다. 왜 그랬냐고 하는 생각이 들면 들수록 여전히, 아직도 '사랑하고 있구나.' 하고 확인하게 되는 것이다. 이런 원망도 시간이 지나면 사그라진다. 원망이 사라지는 것은 그 사람도 자기 자신도 밉지 않을 때이다. 그때 사랑은 정말로 돌이키기 어려운 것이 된다.

그런데 〈규원가〉의 여인은 정말 떠나간 그 사람을 원망하고 있는가? 여기서 묻고 싶은 것은 그녀가 과연 그런 사람인가 하는 점이다.

허랑한 남자를 구름같이 만나서

〈규원가〉는 임에게 버림받고 홀로 빈방을 지키는 여인이 자신의 젊은 날을 회상하는 것으로 시작한다. 여인의 부모는 애지중지 키운 딸이 점잖은 군자의 짝이 되리라 생각한다. 그런데 어찌 된 운명인지 여인은 장안의 건달과 부부의 인연을 맺는다. 그 후 여인은 한시라도 마음 편할 날 없이 살얼음 밟듯 조심스런 세월을 보낸다. 남편과 함께한 시간은 이팔청춘 꽃다운 나이와 함께 꿈같이 흘러가 버린다. 그리고 남편은 떠난다. 여인은 자신의 모습이 스스로 보아도 사랑스럽지 않은데 누구를 원망하겠느냐며 자괴감에 빠진다.

여인은 오랫동안 소식조차 주고받지 못한 남편과의 인연이 끊어졌다고 생각하면서도, 그가 어디에서 어느 여인과 함께 머물고 있는지 궁금해 하고 그리워한다. 그러면서 눈 섞인 바람이 차가운 겨울밤, 하염없이 비 내리는 긴 여름날, 이유 없이 시름겨운 봄날, 귀뚜라미 소리가 마음을 저미는 가을밤을 아쉬움과 눈물로 보낸다. 생각에 생각을 거듭하다 보면 속절없는 인생 어떻게 사나 싶기도 하지만, 그렇다고 이 세상을 떠나는 것도 쉬운 일이 아니다.

여인은 시름을 잊고자 거문고를 탄다. 그런데 마음이 더 먹먹해진다. 여인이 연주하는 거문고 소리는 변하지 않았는데, 그것을 들어주던 사람의 마음은 변했다. 빈자리의 허전함이 더 마음 아프게 다가온다. 시름을 달래 줄 것 같았던 거문고조차 마음을 더 어지럽힐 뿐이다.

이제 여인은 잠을 청해 꿈속에서나마 임을 만나 보려 한다. 그러나 예민해진 여인은 바람에 떨어지는 잎 소리, 가는 풀벌레 소리에도 잠을 깬다. 일어나 난간에 서서 멀리 임 가신 데를 바라보는데 이제 소식을 들을 기회도, 만날 기약도 없을 것 같다. 어스름한 대나무 숲 사이로 들리는 새소리도 서럽고, 세상 누구보다 서러운 사람이 된 듯한 생각에 살아도 사는 것 같지 않다.

이렇게 죽고 싶은 마음이 들 만큼 여인을 괴롭힌 것은 무엇일까? 한탄과 자괴감에 빠져 헤어나지 못할 것같이 만든 것은 무엇일까? 떠나간 그를 원망하는 마음이었을까? 여인의 불행은 그가 떠남으로써 표면화되었지만 문제의 핵심은 거기에 있지 않다. '허랑한' 남자를 '구름같이' 만나면서 여인의 불행이 시작되었기 때문이다.

원망도 못하는 소심쟁이

〈규원가〉의 여인이 열대여섯의 나이에 만난 장안 유협 경박자(長安 遊俠 輕薄子)는 그녀에게 첫사랑이다. 그런데 그는 점잖은 군자와는 너무나도 거리가 먼 사내이다. '경박자'라고 한 것으로 보아 장안 유협이라는 그는 의협심 강한 무법자라기보다는 장안을 휘젓고 다니는 건달에 가까웠을 듯하다. 상대방으로 하여금 살얼음을 디디는 것처럼 마음 쓰게 하는 것으로 볼 때 쉽게 토라지고 싫증내는 성격이었을 것이다. 백년가약을 맺고는 오래지 않아 연락을 두절하고 정처 없이 돌아다니면서 아예 인연을 끊은 것처럼 사는 것으로 보아, 책임감이라고는 눈곱만큼도 없는 그야말로 날건달이다.

세상을 잘 알지 못했던 어린 나이에 남자를 만나 평생 어여쁘게 여기겠다는 말을 믿고 백년가약을 맺은 여인은 그의 마음에 들기 위해

자나 깨나 신경을 곤두세운다. 그녀는 자신의 희생이 따르더라도 타인과의 관계를 성실하게 가꾸어 나가고자 노력하고, 그러한 노력을 쉽게 포기하지 않는 사람이다. 여인은 장안 유협 경박자가 떠나간 뒤에도, 그가 돌아오기는커녕 어떻게 지내는지 소식조차 알 수 없는 상황이 지속됨에도 불구하고 떠나간 그 사람을 계속 생각하고 그리워한다. 그가 돌아올 것이라 믿기 때문에 그렇게 하는 것은 아닌 듯하다. 여인은 시간을 되돌릴 수 없는 한, 사람도 애정도 돌이킬 수 없다는 것을 알고 있다. 그런데도 그녀가 미련을 버리지 않는 까닭은 떠나간 사람에 대한 깊은 사랑 때문일까?

〈규원가〉에서 여인은 서로에게 애틋했던 시절과 그때 그 시절 그의 모습에 대해 노래하지 않는다. 첫 만남의 설렘이나 함께했던 시간 동안의 아름다움을 말하지 않는다. 떠나가던 날의 가슴 아픔도 보이지 않는다. 좋았던 것이든 안 좋았던 것이든 추억하지 않는다. 그리움이 깊어질수록 그와 함께 있어 행복했던 때의 모습을 자꾸 떠올리게 마련인데 여인은 그렇게 하지 않는다. 뿐만 아니라 정처 없이 떠돌고 있는 그에 대한 걱정도 별로 하지 않는다. 꿈에서라도 봤으면 하고, 떠나간 곳을 바라보며 소식을 기다리고, 서러운 마음에 살동말동 한다고 하면서, 과거의 모습을 추억하지도 현재의 안위를 걱정하지도 않는다. 영원할 것 같았던 꿈같은 시간이 그의 배신으로 끝난 것에 대해 원망할 법도 한데 여인은 그를 원망하지 않는다. 그녀는 과연 떠나간 그 남자를 사랑했던 것일까?

지금 여인에게 중요한 것은 아파하고 있는 자신이다. 여인은 경박한 남자와 덜컥 백년가약을 맺어 삶을 의탁해 버린데다가, 그 변변치도 않은 남자에게 버림을 받고서도 미련을 떨치지 못한다. 그녀는 분명 하늘이 정해 준 인연이라고 무작정 믿고 기대했던 철없음이 원망스럽고, 귀밑에 난 흰 솜털이 꽃다웠던 그 시절을 그냥 그렇게 보냈다는 사실이 후회스러웠을 것이다. 우유부단하고 소심한 여인은 이러한 상황이 모두 자신에게서 비롯되었다고 생각한다.

〈규원가〉의 대부분을 차지하는 것은 여인이 홀로 보낸 시간 동안 느꼈던 외로움에 대한 토로이다. 그러는 가운데 여인이 확인하는 것은 떠나간 임을 향한 감정이 아니라 그를 그리워하고 있는 스스로에 대한 연민이다. 여인에게 그리움은 부질없는 습관이 되어 버렸다. 여인이 서글퍼하는 것은 곱씹을 만한 추억도 없이 외로움을 토로하고 있는 자신의 모습이다. 막연한 그리움과 기약할 수 없는 기다림이 계속되는 삶, 그녀가 진정 원망했던 것은 바로 그것일지도 모른다. "사랑의 비극이란 없다. 사랑이 없는 것이 비극일 따름이다."(시몬 데스카)라는 말이 여인의 비극에 딱 들어맞는다.

연애가 지속되는 주동력은 서로를 향한 애정 또는 그에 대한 믿음일까? 연인들이 헤어지지 않는 이유는 아주 단순하게도 당장은 헤어지고 싶지 않기 때문이 아닐까? 흔들리는 상대의 마음보다 믿기 어려운 것은 이별이 닥쳐온다는 사실이다. 애정 관계의 파탄으로 인한 괴로움과 상대방과의 결별이 가져다주는 허전함을 못 견딜 것 같다는 생각이 최후의 순간까지 서로 간의 관계와 상황을 직시하는 것을 방해한다. 관계와 상황의 악화를 바라보면서도 내 사랑이 바닥날 때까지 어떻게 하지 못하는 것이다. 어찌할 바를 모르는 상황은 이별이 닥쳐와도 마찬가지이다.

이별에 대처하는 방식은 세 가지 유형으로 나눠 볼 수 있다. 첫 번째, 상대를 실컷 욕하고 자신의 마음을 정리한다. 두 번째, 상대에게 매달리면서 잘 할 테니 떠나지 말라고 한다. 그것도 안 되면 기다릴 테니 언제든 돌아오라고 한다. 세 번째, 자책하고 또 자책한다. 상대에게는 어떠한 말도 건네지 못한다.

〈규원가〉의 여인은 어디에 속할까? 두말할 것 없이 세 번째 유형이다. 〈규원가〉의 여인은 〈아리랑〉의 여인처럼 시원시원하지 않다. 날 버리고 가는 사람 발병나라고 말이나 할 수 있으면 그렇게 '미련 곰탱이'처럼 답답하게 굴지 않을 터인데, 그 근처에도 가지 못할 사람이다. 〈가시리〉의 여인처럼 정말, 진정 떠날 거냐고, 나는 어쩌라고 떠나려 하냐고 하면서 붙잡지도 못한다. 붙잡기라도 하면 미련은 덜 남을 법한데, 죽을동 살동 한 지경이라면서도 다시 오라는 말 한 마디를 못한다. 다시 오라고 하기는커녕 누가 봐서 자신을 어여쁘게 여기겠냐며 임이 떠난 것이 당연하다고 합리화하면서 돌아오지 않을 거라고 스스로를 설득한다. 그리고 이것을 상처 받은 자신을 위로하는 방편으로 삼는다.

〈규원가〉의 여인이 노심초사 지키려고 했던 사랑은 장안 유협 경박자가 일방적으로 떠남으로써 깨진다. 관계 파탄의 원인은 경박한 그 남자에게 있다. 그러나 여인은 '내가 저를 위해 얼마나 마음 썼는데, 어떻게 나한테 이럴 수가 있어.'라고 원망하지 않는다. 대신에 왜 자신이 버림받았나 고민하고 '살얼음 디디듯 살았으니 그의 마음을 상하게 할 만한 일은 없었던 듯한데, 이팔청춘의 꽃다움이 사라져서인가? 그렇다면 그건 인지상정(人之常情)이니 할 수 없지.'라고 체념한다. 그리고는 긴 시간 슬퍼하고 외로워한다.

여인은 상대편에게 잘못이 있는데도 그에 대해 원망도 못하는 소심쟁이이다. 그의 면전에 대고 하는 것도 아닌데 말이다. 그녀의 소심함은 그저 싫은 소리 하지 않는 데 그치지 않고 스스로 자책하는 데 이른다. 상처 입은 마음을 달리 풀 데 없으니 자기 자신만 계속해서 괴롭히게 되는 것이다. 이런 그녀의 모습은 답답해 보이기까지 한다.

답답한 소심쟁이의 매력

사람들은 오랜 시간 이 답답한 여인을 사랑해 주었다. 그 덕분에 우리는 그녀를 만나게 되었다. 그녀의 가장 큰 문제인 답답함은 사실 그녀의 매력 포인트이기도 하다.

흔히 차가운 매력을 동경하고 멋지고 깔끔한 사람을 선망의 눈으로 바라본다. 하지만 그런 사람을 좋아하고 부러워하면서도, 자신이 그렇지 않고 또 그렇게 되기도 쉽지 않다는 것을 잘 알고 있다. 게다가 그 사람들이 자신의 가려운 곳을 긁어 주지 못한다는 것을 더욱더 잘 알고 있다.

당연한 말이지만 대부분의 사람들은 화려하거나 세련되지 않다. 평범한 다수의 사람들에게는 답답한 구석이 있다. 정도의 차이만 있을 뿐이다. 이별을 맞았을 때 사람들은 어떤 태도를 취할까? 상대에게 적당히 원망을 퍼붓고 훌훌 미련을 털어 버리는 것, 이것이 가장 이상적이다. 하지만 쉽지 않다. 미련이 사라질 때까지 상대에게 매달리는 것, 그것도 쉬운 일이 아니다. 대개는 뭘 해야 할지 몰라 아무것도 하지 못한 채 시간에 모든 것을 맡긴다. 기껏 한다는 것이 불 꺼진 방에서 혼자 웅크리고 우는 것이다.

〈규원가〉의 여인은 화려하고 세련되지 않다. 어디나 있을 법한 평범한 여인이다. 오랜 시간 그녀가 사랑 받은 까닭은 그 평범함에 있다. 〈규원가〉의 여인을 사랑한 사람들은 그녀의 모습에서 소심하고 답답한 자신의 모습을 보았을 것이다. 때문에 왜 그러느냐며 복장 터져 하면서도 그녀에게 연민을 보내는 데 주저하지 않았을 것이다. 제대로 보지 못하고 사랑에 빠지고, 사랑을 지키는 데 실패하고, 사랑이 떠나간 뒤에도 미련을 접지 못해 어찌할 바를 모르는 여인의 모습은 다름 아닌 그녀를 사랑한 사람들의 모습이기도 하다. 이렇게 보면 여인의 답답함은 사람들의 공감을 불러일으키는 가장 큰 매력 포인트이기도 한 것이다.

〈규원가〉 여인이 지닌 캐릭터와 그에 대한 사람들의 반응은 옛날이나 지금이나 크게 다르지 않다. 2007년에 방영된 TV 드라마 〈내 남자의 여자〉에 나온 김지수(배종옥 분)가 자신의 처지를 가사로 불렀다면 〈규원가〉와 같은 노래를 불렀을지도 모른다.

지수는 순수하고 정직하며, 세심하고 배려심도 많다. 남편과 아들에게 100점짜리 아내이자 엄마로 살면서, 밖으로는 봉사 활동까지 열심히 해서 천사라고 불린다. 융통성이 없는 편이어서 고집스러운 점이 있지만 스스로 그러한 점을 시인하는데다가 남에게 뭐든 베푸는 성격이라, 불편한 관계의 사람에게도 결국 진심을 전하고 사랑을 받는다.

그런데 그녀가 만들어 가던 평화는 남편이 자신의 친구와 혼외정사를 하는 것을 알게 되면서 무너진다. 지수는 팥으로 메주를 쑨다고 해도 믿었던 자신을 왜 이렇게 만들었냐며 남편을 원망하고 자신을 불행하게 만든 친구를 미워한다. 하지만 마음 한 켠에는 오랫동안 외롭게 산 친구를 이해하고 싶기도 하다. 이러한 지수에 대해 사람들은 한편으로는 답답하게, 다른 한편으로는 대단하게 여기면서, 평범한, 푼수 같은, 아줌마다운 모습 속에 순수함을 지닌 그녀의 캐릭터를 아꼈다.

남편과의 관계를 정리해 나가면서 지수를 괴롭혔던 것은 앞으로 어떻게 살아갈까 하는 고민이었다. 그런데 이 고민은 지수에게 오히려 득이 되었다. 지수는 〈규원가〉의 여인과 별다를 것 없이, 직면한 이별에 어찌할 바를 몰랐지만 〈규원가〉의 여인의 운명을 답습하지는 않았다. 그녀는 남편과 헤어지고 샌드위치 가게를 하면서 썩 괜찮은 남자와 좋은 관계를 쌓아 간다. 이렇게 살 수 있는 것은 그녀의 행운이다. 이러한 행운을 가져다준 것은 새로운 삶의 가능성이다. 그 때문에 죽을 것 같은 아픔에도 시간을 약 삼아 몸과 마음의 건강함을 되찾을 수 있는 희망을 지니고 살아간다. 이별 이후 해야 할 일은 자신을 사랑하는 것이다. 버린 그 사람도 버려진 자신도 미워하지 말아야 한다.

〈규원가〉의 여인은 끝내 마음을 수습하지 못한다. 스스로를 돌보지 않은 그녀의 슬픔은 이별 이후 그리워하는 것 외에 아무것도 할 수 없는 상황에서 비롯한다. 〈규원가〉의 여인과 〈내 남자의 여자〉의 김지수, 평범한 두 여인의 불행과 행운을 가른 것은 새로운 삶의 가능성이다.

박이정 서울대학교 국어국문학과 강사. 18세기 시가사의 여러 국면에 관심을 가지고 있다. 논문으로는 〈이중경의 노래에 대한 인식 및 시가 창작의 양상과 그 의미〉 등이 있다.

20

불행하지만 누구보다 삶을 사랑한 억척 여인

임주탁

덴동어미

불행으로 점철된 인생 경험이 묻어나면서도 매사에 적극적이고 활달한 예순 넘은 빈곤층 노파. 상부(喪夫)와 개가(改嫁)를 되풀이하는 과정에서 늙고 자라목이 된 자신과 손발에 장애를 가진 아들 하나만 남는다. 개가에 대한 세상의 인식에서 자유롭지는 못하지만, 착한 심성과 적극적이고 활발한 성격으로 자신의 삶과 주변 사람에 대한 책임감을 보인다.

덴동어미가 등장하는 〈화전가〉는 경북대학교에서 소장하고 있는 《소백산대관록(小白山大觀錄)》에 실려 전하는 가사 작품으로서, 경상도 순흥의 비봉산을 배경으로 하는 화전놀이 장면을 묘사한 것이다. 누가 언제 지은 것인지는 분명하지 않지만, 작품 속의 배경으로 등장하는 순흥 지방의 부녀자들이 화전놀이를 할 때 부른 듯하다. 덴동어미가 괴질로 인해 두 번째 남편을 잃게 되는 '병술년'이 1886년이라는 연구 결과와 그 시기 그녀의 나이가 서른에 못 미쳤는데 화전놀이가 벌어지는 현재 예순을 훌쩍 넘긴 나이에 이른 점 등을 고려할 때 1900년대나 1910년대 즈음에 지어진 듯하다. 화전가의 일반적인 형식을 갖추고 있으면서도 17세 청상과부의 개가를 만류하며 늘어 놓는 덴동어미의 사설이 작품의 삼분의 이 가량 차지하고 있어 여느 화전가와 사뭇 다른 특징을 보여 주고 있다.

첨에 당초에 친정 와서 서방님과 함께 죽어 저 새와 같이 자웅되어 천만 년이나 살아 볼 걸. 내 팔자를 내가 속아 기어이 한 번 살아 보려고, 첫째 낭군은 추천에 죽고 둘째 낭군은 괴질에 죽고 셋째 낭군은 물에 죽고 넷째 낭군은 불에 죽어, 이내 한 번 못 잘 살고 내 신명이 그만일세. 첨에 낭군 죽을 때에 나도 한 가지 죽었거나 살더라도 수절하고 다시 가지나 말았다면 산을 보아도 부끄럽지 않고 저 새 보아도 무렴(無廉)치 않지. 살아 생전에 못된 사람 죽어서 귀신도 악귀로다. 나도 수절만 하였다면 열녀각은 못 세워도 남이라도 칭찬하고 불쌍하게나 생각할 걸, 남이라도 욕할 게요 친정 일가들 반가할까?

— 임기중 편, 〈화전가〉(경북대 소장본), 《역대가사문학전집》, 225쪽
* 현대역은 인용자

조혼과 재해가 빚어낸 농촌 여성의 불행

근대적인 변화는 도시 중심으로 확산된다. 모든 변화의 물결이 파장처럼 한꺼번에 농촌 사회로 밀려드는 것은 아니지만, 농촌 사회의 근본적이고 중요한 문제에 대한 근대적인 해결책은 농촌 사회에도 전면 수용되게 마련이다. 조혼과 재해(사고·질병·홍수 등)로 인해 늘어나는 청상과부의 개가 문제는 근대적인 기운이 감돌기 이전부터 조선 사회에서 매우 근본적이고 중요한 문제의 하나로 자리하고 있었다. 그런 까닭에 이 문제를 해결해야 한다는 요구는 근대적인 개혁의 과정에서 한층 더 뚜렷하게 부각된다. 청상과부의 재혼 요구는 동학 농민 운동을 계기로 공론화되고 갑오개혁의 내용으로 채택되기에 이른다. 하지만 법적으로나 제도적 차원에서의 개가 허용으로 이 문제를 둘러싼

논란이 일시에 해소된 것은 아니다. 그런 사안이라면 근대적인 기운이 감돌 시기에 비로소 이 문제가 공론화되지는 않았을 것이다.

'덴동어미 화전가'로도 불리는 〈화전가〉는 근대적인 개혁의 움직임이 활발하게 일어나던 시기에 청상과부의 개가 문제를 담론 형식으로 수용한 작품이다. 국가 사회의 전반적인 흐름은 개가를 허용하는 방향으로 나아가고 있는데도 〈화전가〉는 청상과부의 개가에 극력 반대하는 목소리를 매우 강하게 드러내고 있다. 그리고 그러한 목소리의 주인공이 가장 소외된 계층의 덴동어미라는 것은 매우 흥미로운 사실이다. 덴동어미는 청상과부로 살지 않고 개가를 거듭한다. 이렇게 개가를 거듭한 그녀가 오히려 개가를 적극 반대하는 데에는 다음과 같은 이유가 있다. 거듭된 개가는 그녀의 삶을 개선하기는커녕 자기 존재 의의와 삶의 가치마저 퇴락시켰기 때문이다. 개가 문제를 고민하던 청춘과부가 덴동어미의 경험적 증언을 듣고 개가를 하지 않기로 결심하는 데서 개가 이후 덴동어미의 삶이 얼마나 끔찍하고 비극적인 것으로 받아들여졌는지 알 수 있다. 개가는 덴동어미의 불행의 시발점이며, 잇따르는 자연재해는 연속적인 불행의 원인이 된다. 〈화전가〉는 이 불행이 궁핍한 농촌 여성이 벗어날 수 없는 운명이었음을 아울러 보여 준다고 할 수 있다.

거듭되는 상부(喪夫)와 개가를 통해 형성된 덴동어미의 형상

경상도 순흥 읍내 임 이방(吏房)의 딸로 태어난 덴동어미는 열여섯에 예천 읍내 장 이방(吏房)의 아들과 혼인한다. '준수(俊秀) 비범(非凡)

풍후(豊厚)'〈화전가〉(경북대 소장본), 201쪽한 남편을 사랑하는 마음이 절로 우러나던 덴동어미는, 혼인한 지 일 년 만에 친정에 함께 온 남편이 그네에서 떨어져 죽음으로써 청상과부가 된다. 이후 그녀는 파란만장한 삶을 살게 된다.

시부모와 친정 부모의 합의와 권유로 상주 읍내 이승발의 후취로 개가하여 새 삶을 꾸리게 되지만, 수만 냥의 이포(吏逋)를 갚느라 삼 년 만에 시댁은 풍비박산이 난다. 할 수 없이 둘째 남편과 유리걸식하다가 경주 읍내에서 숙박업을 하는 손 군노(軍奴)의 집에서 신분과 체면을 버리고 담살이(머슴살이)를 시작한다.

덴동어미는 부엌어미, 남편은 중노미가 되어 담살이를 하며 번 돈을 돈놀이로 불려 나간다. 하지만 나라 전역에 창궐한 괴질(콜레라) 때문에 그녀는 두 번째 남편을 잃고 또다시 유리걸식하게 된다. 그러던 중 울산 읍내에서 그녀 못지않게 파란만장한 삶을 살아온 서른 살 노총각 황 도령을 만나 다시 개가함으로써 운명을 바꾸고자 노력한다. 끼니를 빌어먹으며 사기 장사로 적잖은 돈을 벌게 되지만, 이번에는 홍수에 의한 산사태로 또다시 세 번째 남편을 잃게 된다.

그녀는 함께 장사를 하던 주막집 아낙의 권유로 엿장사를 하던 이웃집 홀아비 조 서방에게 다시 개가한다. 그리고 쉰 살이라는 많은 나이에 첫 아들을 낳는다. 그러나 행복도 잠시뿐, 별신굿판에 내다 팔 엿을 고는 도중에 집에 불이 나서 네 번째 남편은 죽고 만다. 아들은 겨우 살렸으나 한쪽 손은 오그라져 조막손이 되고 한쪽 다리는 빼드러져 장채다리가 된다.

이렇게 하여 예순을 넘긴 나이에 그녀는 장애를 가진 아들 덴동이를 들쳐 업고 마침내 고향인 순흥에 돌아온다. 나이 들어 늙고 또 사

김중근의 〈걸식녀〉. 동냥 그릇을 머리에 이고 밥을 얻으러 다니는 여인의 모습

기 장사 엿 장사를 하며 자라목이 된 자신의 몸뚱이와 손과 발에 장애를 가진 아들, 이것이 첫 남편을 잃고 개가를 하면서 시작된 그녀의 파란만장한 삶의 유산이다.

늘그막에 꾸려 가는 고향 순흥에서의 삶도 순탄할 리 없다. 꿈도 희망도 없는 삶의 지속이었다. 그런데도 덴동어미는 "가지, 가지, 가고말고. 낸들 어찌 안 가리까?"〈화전가〉(경북대 소장본), 196쪽 하며 화전놀이에 자발적으로 참여해서는 다음과 같이 놀이판의 흥을 돋우는 구실을 한다.

> 어떤 부인은 글 용해서 내칙편(內則篇)을 외워 대고, 어떤 부인은 홍이 나서 칠월편(七月篇)을 노래하고 어떤 부인은 목성 좋아 화전가(花煎歌)를 잘도 보네. 그 중에도 덴동어미 멋 나게도 잘도 논다. 춤도 추며 노래도 하니 웃음소리 낭자(狼藉)한데…….
>
> —〈화전가〉(경북대 소장본), 198~199쪽

이뿐 아니라 화전놀이에 참여하여 열일곱 청춘과부의 개가 의지에 맞서 개가를 통해 팔자를 고치기보다는 청춘과부의 운명을 천명으로 받아들일 것을 권유한다. 이 얼마나 우스꽝스러운 장면인가? 그런데도 덴동어미의 권유는 매우 진지하고, 슬픔에 싸인 청춘과부는 그녀의 권유를 받아들인다. 이로써 순흥 비봉산의 화전놀이는 화전놀이 본래의 흥을 되찾게 된다.

화전놀이는 봄기운을 온몸으로 맞으며 부녀자들이 일상생활에서 받은 스트레스를 해소하는 연례적인 행사이다. '등고(登高) → 유산(遊山) 또는 화전놀이 → 귀가(歸家)'의 연례적인 순환 패턴은 갈등하는 일상에서 조화로운 일상으로 전환하는 과정이다. 이 과정에서 화전놀이에 참여하는 구성원들은 그 장에서 일상의 부정적 측면, 곧 불만과 스트레스 등을 털어 버림으로써 새로운 마음으로 일상에 복귀한다. 〈화전가〉에서 '덴동어미'는 모든 구성원으로 하여금 일상의 부정적 측면을 해소하는 데 중핵적인 역할을 하는 인물이다.

'덴동어미 화전가' 속의 화전놀이에 참여하는 구성원들 대부분은 일상에서 벗어나는 행위 자체만으로도 즐거움을 느낀다. 하지만 청상과부들은 삶의 고독을 감내하기가 버겁다. 따라서 개가를 통해 그것을 해소하려는 욕망을 가지고 있어 우울하고 답답하기만 하다. '덴동어미'는 청상과부들로 하여금 이 욕망이 더 큰 불행을 가져다줄 수 있다는 것을 자신의 경험으로 증명해 보인다. 한마디로 '개가는 나같이 불행한 운명을 겪게 할 뿐'이라는 것이 덴동어미의 주장이다. 덴동어미는 개가 이후의 삶보다는 개가 이전의 삶이 더욱 가치가 있음을 드러내기 위해 개가 이후에 불행했던 자신과 청상과부의 이야기를 들려 준다. 개가 후 자기 삶의 불행은 '덴동'이라는 장애인 아들과 늙어서도 희망이 없는 자신의 형상으로 남아 있다. 확실히 덴동어미의 삶은 누구도 닮거나 경험하고 싶지 않았을 것이다. 그러므로 그녀는 화전놀이에 참여한 청춘과부들에게 금지 규범이 되기에 충분하였던 것이다. 그렇다고 덴동어미가 악인은 아님은 물론이다.

나 같은 여인이 되지 마라

개가 이후 덴동어미의 삶은 비극의 연속이었으며, 현재의 삶도 절망적이다. 덴동어미는 그 비극과 절망의 계기가 개가에서 비롯되었음을 역설한다. 그리고 개가 후의 과정은 앞서 인용한 대목에서와 같이 정신적 가치의 훼손 내지는 타락의 과정으로 인식한다.

열여섯에 시집가서 열일곱에 상부한 덴동어미, 이후 거듭된 개가의 기저에는 남부럽지 않은 삶을 살아보겠다는 욕망이 자리하고 있었을 뿐이다. 그런 까닭에 세 차례의 개가 이후 그녀의 행동은 일관되게 생활 조건을 개선하는 데 억척스런 면모를 보여 준다.

> 이내 봉놋방 나가서는 서방님을 불러내어 서방님 소매 부여잡고 정다이 일러 하는 말이 "주인(主人) 마누라 하는 말이 안팎 담살이 있고 보면 이백오십냥(二百五十兩) 줄라 하니 허락하고 있사이다. 나는 부엌어미 되고 서방님은 중노미 되어 다섯 해 작정만 하고 보면 한 만금을 못 벌리까? 만 냥 돈만 벌게 되면 그런 대로 고향 가서 이전만치는 못 살아도 남에게 천대는 안 받으리, 서방님은 허락하고 지성으로 버사이다."
>
> —〈화전가〉(경북대 소장본), 205~206쪽

> 영감은 사기 한 짐 지고 골목에서 크게 외고, 나는 사기 광주리 이고 가가호호(家家戶戶) 도부(到付)한다. 조석이면 밥을 빌어 한 그릇에 둘이 먹고, 남촌북촌의 다니면서 부지런히 도부하니 (중략) 도부장사 한 십 년 하니 장바구니에 털이 없고, 모가지가 자라목 되고 발가락이 문질러졌네.
>
> —〈화전가〉(경북대 소장본), 215~216쪽

그날부텀 양주 되어 영감 할미 살림한다. 나는 집에서 살림하고 영감은 다니며 엿장사라. 호두약엿 잣박산의 참깨박산 콩박산에 산자과 질민 사과를 갖추 갖추 하여 주면 상잣고리에 담아 지고 장마다 다니며 매매한다.

—〈화전가〉(경북대 소장본), 219~220쪽

이렇게 억척스럽게 살지만 그녀에게는 늘 불운의 그림자가 드리워져 있을 뿐이다. 상부-개가를 반복하는 삶 속에서 그녀는 육체적 고통만 겪은 것이 아니라 스스로 정신적 가치의 타락까지 경험한 것으로 인식한다.

활달하고 매사에 적극적인 성격을 가졌음에도 불운을 거역할 수 없는 삶의 조건으로 늘 함께했던 덴동어미, 사십여 년 동안의 인생 경험을 통해 그녀가 도달한 결론은 "거역할 수 없는 운명이라면 받아들여라. 거역할 수 없는데도 거역하려는 몸부림은 결국 지금의 나처럼 늙어서도 희망이 없고 일상생활에서는 마을 구성원과 함께할 수 없이 외딴 곳('건넌집')에서 살아야 하는 처지를 면할 길이 없다."라는 것이다. 그래서 덴동어미는 외로움과 슬픔에 싸여 있는 청춘과부에게 "부디 나 같은 여인이 되지 마라."고 가르치는 것이다.

개가는 선택의 문제이다. 막 상부한 여인에게 개가는 새로운 희망일 수 있다. 덴동어미의 거듭된 개가 또한 상부에서 오는 절망에서 벗어나 새로운 희망을 찾는 과정이었음이 분명하다. 하지만 운명은 덴동어미에게 거듭된 절망만 안겨다 주었을 뿐이다. 그런 까닭에 덴동어미는 자신의 경험을 근거로 청춘과부들에게 개가가 새로운 희망이기보다는 더 큰 절망을 안겨 줄 수 있음을 역설함으로써 청춘과부들의 신중한 선택을 권고하고 있는 것이다.

나 같은 여인을 만들지 마라

거듭된 상부와 개가 이후의 생존을 위한 악착스런 노력은 덴동어미를 〈변강쇠가〉의 '옹녀'와 견주어 보게 한다. 결핍된 상황을 개선하기 위한 몸부림이 육체적인 타락으로까지 나아간다는 점은 옹녀와는 다르지만 육체적인 고통의 연속과 심화, 정신적인 타락, 그리고 그 과정에서의 운명 극복을 위한 줄기찬 노력 등은 두 인물이 서로 다르지 않기 때문이다. 또 욕망의 추구 과정이 곧 정신적 타락의 과정이라는 점에서 덴동어미는 브레히트(Bertolt Brecht)가 창조한 '억척어멈(Mutter Courage und Ihre Kinder)'과도 견주어 볼 만한 인물이다. 비록 옹녀와 억척어멈이 덴동어미처럼 자신들의 입으로 직접 내뱉은 것은 아니지만 두 인물 역시 독자나 관객들에게는 덴동어미와 마찬가지로 '닮고 싶지 않은 인물'로 받아들여질 것이다.

하지만 이와 같은 이성적 판단에 의한 수용 못지않게 감성적 수용도 이루어질 수 있다. 독자나 관객들은 이들에게 인간으로서의 불행한 운명에 대한 동정과 연민을 느낄 것이기 때문이다. 더 이상 불행할 수 없는 운명적인 삶을 살아가면서도 덴동어미는 모든 고통을 스스로 떠안을 뿐, 남을 힘들게 하거나 남에게 고통을 전가하지 않는다. 그런 점에서 덴동어미는 결코 악인일 수 없다. 스스로는 정신적 타락을 경험한 듯 인식하고 있지만, 그 역시 덴동어미가 악인이 아니라 착한 심성의 소유자임을 드러내는 것으로 볼 수 있다. 더 이상의 개가를 단념

하고 장애를 가진 아들을 끝까지 보살피며 일생을 마감하겠다고 결심하는 대목에서도 덴동어미의 착한 심성은 거듭 확인된다.

덴동어미의 욕망은 사랑하는 남편과 함께 자식을 낳아 기르며 단란한 가정을 꾸려서 남부럽지 않게 살아가는 것이다. 따라서 그녀의 욕망은 특별한 것이 아니라 보통 여성들이 가지는 일반적인 욕망이라 할 수 있다. 이러한 욕망의 성취는 예나 지금이나 경제적 기반이 취약한 여성에게는 지난한 일임이 분명하다. 물론 덴동어미는 가난한 가정에서 태어난 것은 아니지만 그녀가 부모의 동의에 따라 개가한 후 남편을 잃고도 귀향하지 못한 데에는 그의 집안 역시 풍비박산했음을 짐작할 수 있다. 이렇게 활달하고 매사에 적극적이지만 삶은 불행하기만 한 심성 착한 여성의 형상은 비단 덴동어미가 살았던 그 시대에 국한되지 않고 오늘날 우리 주변, 특히 소외 계층에서 어렵지 않게 찾아볼 수 있다. 다큐 미니 시리즈 〈인간극장〉의 주인공들은 지독하게 어려운 처지인데도 적극적이고 활달하게 생활하며 착한 심성과 밝은 표정을 잃지 않음으로써 보는 이들의 심금을 울리는 인물인 것이다.

보편적인 욕망을 추구하는 과정이 정신적 타락과 육체적 고통을 겪는 과정일 뿐이라면 덴동어미처럼 차라리 전통적으로 고수해 온 이데올로기나 가치를 지키는 것이 올바른 선택이라는 인식에 도달하기 십상이다. 그런 점에서 덴동어미가 화전놀이에 참여하여 내칙편(內則篇)과 칠월편(七月篇)을 읽는 부인들과 함께 신명 나게 춘흥(春興)을 즐기며 청춘과부의 개가에 대해 똑같이 반대하는 생각을 가지더라도 그 생각의 내면은 사뭇 다르다고 할 수 있다. 그녀가 차마 내뱉지 못한 말이 있다면 그것은 '부디 나 같은 여인을 만들지 말라.'라는 말이리라. 한 번도 사회에 대한 비판의 목소리를 드러내지 않았는데도 독자가 이런 목소리를 들을 수 있다면, 그것은 브레히트가 '억척어멈'이라는 인물을 창조하여 관객들로 하여금 현실에 대한 비판 의식을 가지게 하려 한 효과와 다르지 않을 것이다.

주인공의 내면적 품성과 동일시하려는 정신 작용에서 이루어지는 자기 순화(純化)와, 주인공의 외양적 상황과의 동일시를 거부하려는 정신 작용에서 이루어지는 사회 비판. 덴동어미는 독자들로 하여금 두 방향의 반응을 동시에 나타내게 하는 인물인 것이다.

임주탁 부산대학교 국어교육과 교수. 한국문학을 두루 공부하고 있으며, 특히 최근 수년 동안은 고전시가 작품의 문맥(context)을 복원하는 일에 몰두해 왔다. 현재는 하버드 옌칭연구소의 객원교수(Visiting Scholar, 2007~2008)로 동아시아 가악 체계의 비교연구를 진행하고 있다. 저서로는 《고려시대 국어시가의 창작 전승 기반연구》와 《강화 천도, 그 비운의 역사와 노래》가 있다.

21

내숭 따윈 필요 없어

조선영

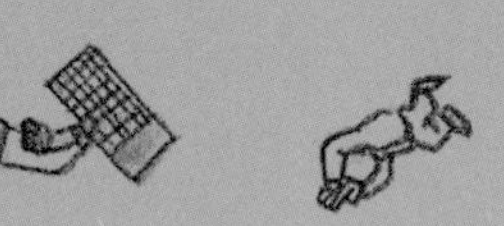

방귀쟁이 며느리

집을 날려 버릴 정도로 엄청난 위력의 방귀를 뀌는 며느리. 방귀를 뀌어 집을 날려 버리자 시댁에서 쫓겨나지만, 쫓겨 가던 길에 방귀의 힘으로 내기에 이겨 부(富)를 얻게 된다. 자신의 치부를 당당하게 드러내 보이며 사람들이 그것을 긍정적으로 인식하게 하는 인물이다. 이런 적극성과 긍정성, 그리고 경제적 능력으로 다시 시부모의 인정을 받게 된다.

〈방귀쟁이 며느리〉는 전국적으로 구전되어 온 방귀 설화의 일종으로, 《한국구비문학대계》를 비롯한 설화 자료집에 40여 편이 수록되어 있다. 남성보다는 여성 구연자가 많다. 이들 구연자들은 시부모쯤 되었을 나이로 연령이 높다.

"너는 워째 얼굴이 노랑꽃이 피느냐?"

"저는 방귀를 참어서 그래요."

"그러면, 네 얼굴이 병이 되더락 방귀를 참어서 되느냐아. 그러닝깨 방귀를 껴봐라."

그러닝께

"그러먼 시아버닌랑 상지둥을 붙들구, 냄편네는 대문작 백대문을 붙들구, 시눌랑 솥단지를 붙들구. 셔머니는 문짝을 붙들으라."

구 허더래요. 그래 방귀 한 번 끼먼 시아버지는 지둥을 붙들구 뱅이 돌구. 시어머니는 문짝을 붙들구 막 그냥 왔다 갔다 허구. 즈이 냄편은 백문쪽을 각구 '덜컹덜컹' 허구. 시누는 솥단지루 쑥 들어갔다 쑥 나왔다 허더랴. 그래 시아버지가

"구만 껴라."

이래서 방귀를 멈추더래요. 그렇게 호되게 뀐 사람두 있이요.

— 조한순 구연, 〈방구장이 며느리〉, 《한국구비문학대계》 4-6, 596쪽

여성은 꼭 조신해야 하는가

우리 설화에 나오는 여주인공들을 한번 떠올려 보자. 콩쥐, 심청, 춘향, 우렁 각시 등등의 인물들을. 이들은 서로 다른 이야기에 등장하는 각각의 인물이지만 이들에 대한 이미지는 대체로 비슷하다. 착하고 가련하고 조신하고 어여쁜 여인의 이미지가 머릿속에 떠오른다.

이는 여성이면 아름다워야 하고 정숙해야 하고 조신해야 한다는, 기존의 인식을 반영하는 것이다. 이들이 우리와 똑같이 방귀를 뀌고 대소변을 볼 것이라는 것을 감히 상상이나 할 수 있겠는가? 아무리 생각해 보아도 이들은 풀잎 위의 청초한 이슬만 먹고 살 것 같다.

여성에 대한 고정된 인식은 자신의 목숨을 바쳐서까지 시부모를 봉양하는 효부를 창조하는 데도 한몫했다. 시부모는 하늘과 같은 존재로, 며느리는 항상 시부모를 존경하면서 그 앞에서 얌전하게 행동해야 했다.

하지만 자신의 가족과 떨어져 시부모와 함께 사는 며느리의 심정은 어떠했겠는가? 예로부터 전해지는 〈시집살이요〉를 통해서도 알 수 있듯, 그들이 삶에서 느끼는 스트레스는 실로 어마어마했을 것이다. 그러나 며느리가 빨래터나 부엌에서 〈시집살이요〉를 부르며 시댁 가족을 흉보았더라도, 시부모 앞에서는 꼼짝 못하고 조신하게 행동했을 것임은 보지 않아도 뻔한 일이다.

하지만 산신령보다 더 어렵고 호랑이보다 더 무서운 존재인 시부모 앞에서 방귀를 뿡뿡 뀌어 댄 발칙한 며느리가 우리 설화에 등장한다. 이 며느리는 '뽀옹' 하고 부끄럽게 방귀를 뀐 것이 아니라, 온 집안이 떠나갈 정도로 엄청난 위력의 방귀를 뀌었다. 그래서 이름하야 '방귀쟁이 며느리'라고 불린다. 물론 이 며느리가 버릇없이 무턱대고 시부모 앞에서 방귀를 뀐 것은 아니다. 얼굴이 노래지고 땀이 흐를 정도로 방귀를 참았으니 말이다. 그런 며느리가 안쓰러워 시부모가 허락을 해 주어서 며느리는 방귀를 뀔 수 있었다.

그렇다면 자세한 사연 속으로 한번 들어가 보자.

이야기 속 방귀쟁이 며느리

아니아니 방구는 못하리라

할아버지 방구는 노막방구요
할머니 방구는 망신방구고
시아버지 방구는 호령방구요
시어머니 방구는 잔소리방구
시동생 방구는 건달방구요
시누 방구는 앙살방구
미누리 방구는 도둑방구요
지수씨 방구는 조심방구요
큰어머니 방구는 무더방구
작은오마니 방구는 간살방구
(중략)
이 방구 저 방구 다 뀌어도
우리 서방님 방구는 사랑방구
좋다 얼씨구 좋다 지화자가 좋아
방구 타령은 걷어치우고

— 황수원 구연, 〈방귀타령〉, 《한국구비문학대계》 7-16, 183~184쪽

이는 경상북도 선산군 고아면에서 전해지는 〈방귀타령〉이다. 〈방귀타령〉에서는 가족 구성원을 하나하나 들면서 각각의 방귀를 특징과 관련지어 노래하고 있다. 시아버지는 호령을 많이 해서 호령 방귀고, 시어머니는 잔소리를 많이 해 대서 잔소리 방귀, 시누이는 하도 앙살을 떨어서 앙살 방귀, 시동생은 건달처럼 굴어서 건달 방귀인 것이다. 이때 며느리 방귀는 '도둑 방귀'라고 표현했다. 다른 지역에서 전해지는 〈방귀타령〉에서도 며느리 방귀를 '도적 방귀' 또는 '숨은 방

귀'라고 표현했는데, 이를 통해 시댁에서 며느리가 마땅히 지녀야 할 태도가 무엇인지 충분히 짐작해 볼 수 있다.

이야기에서 며느리는 방귀를 뀌지 못해서 시댁 어른들이 걱정할 정도로 얼굴이 노랗게 변한다. 그런 며느리를 안쓰럽게 여긴 시부모님은 어려워하지 말고 방귀를 마음껏 뀌라고 허락한다. 그러자 한참을 망설이던 며느리는 마지못해서 방귀를 뀌겠다고 한다.

> 그래 한날, 그러만 신랑을 지둥 붙들어라 카고, 집 넘어간다고 지둥 붙들어라 카고, 또 시어마이는 문 붙들어라 카고, 뭐 마 동시는 정지문 붙들어라 카고, 이래 얼라는 방아 눕히 놓고 그래 인제 고마 방구를 끼인깨네 고만에 〔청중 : 집이 왔다리 갔다리 하고〕〔제보자 : 응〕 집이 휘떡 넘어가고, 신랑이 지둥을 안고 뱅뱅뱅뱅 돌아가민서
> "고만 참아라, 고만 참아라, 고만 참아라."
> 〔일동 : 웃음〕
> 동시에 정지문에 드갔다 나갔다
> "하이고 사람 살리게."
> 카거든. 그래.
>
> — 김봉열 구연, 〈방구쟁이 며느리〉, 《한국구비문학대계》 7-16, 613쪽

방귀는 형체가 없는 대신 뀔 때 소리가 나고 지독한 냄새를 풍긴다. 둘 다 주된 특징이지만 방귀와 관련된 이야기들은 냄새보다는 소리에 초점을 맞추는 경향이 있다. 일례로 버스에서 음악을 듣고 있던 학생이 베토벤의 교향곡 〈운명〉에 맞추어 방귀를 뀌어서 창피함을 모면하려 했다는 우스갯소리를 들 수 있다. 이 우스개는 그 학생이 음악

에 맞추어 제대로 방귀를 뀌었지만, 자신이 이어폰을 끼고 있다는 사실을 잊고 있었기에 결국 버스 안의 사람들이 모두 그 방귀 소리를 들었다는 반전으로 웃음을 자아낸다. 이렇듯 이야기들이 방귀 소리에 초점을 맞추는 이유는 아마도 그 소리가 주는 민망함 때문일 것이다.

시부모는 며느리가 여느 며느리들처럼 소리 나지 않게 조용히 도둑 방귀를 뀔 것이라고 여겼던 모양이다. 그러니 얼굴이 노래지도록 방귀를 참고 있는 며느리를 안쓰럽게 여기며 방귀 뀔 것을 허락해 준 것일 게다. 그러나 며느리는 집이 날아갈 정도로 대단한 위력의 방귀를 뀌었다.

기둥에 매달려서 뱅글뱅글 도는 수모를 겪은 시부모가 며느리를 쫓아낸 것은 당연한 일이다. 도둑 방귀를 뀌어야 마땅한 사회에서 며느리가 뀐 괴력의 방귀는 도저히 용납될 수 없는 것이었다.

방귀를 통한 능력 과시

며느리는 소박을 맞아 친정으로 돌아가게 된다. 자신의 방귀 때문에 시댁 식구 모두가 혼비백산이 되었던 사실을 뻔히 아는 며느리는 시부모님 앞에 무릎을 꿇고 애원해 보지도 못한 채 그대로 쫓겨나는 수밖에 없었다. 그런데 이때 집안의 최고 권위자라고 할 수 있는 시아버지가 며느리를 바래다준다.

하지만 '하늘이 무너져도 솟아날 구멍은 있다.'고 하지 않던가. 친정으로 쫓겨 가는 길에, 며느리는 자신의 방귀도 쓸모가 있다는 것을 시아버지에게 증명해 보일 기회를 얻게 된다. 가는 도중에 만난 유기

장수, 비단 장수와 내기를 하게 된 것이다.

인제 며느리 보내는디 그냥 보낼 수 있간디, 그서 떡 쪼께 히가지고 인제 보내는디, 가는 질 초에가 청실 배나무가 미끔헌 놈이 있는디 높아. 높은 놈이 있는디 배는 노래 익어서 다 먹고는 싶은디 높아서 따 먹들 못혀. 근디 지금 말허자면 여기서 히방 정읍 저 내왕허고 허는 장꾼들이 그전이는 모다 걸어 대닌게, 그 비단장사 모다 유기장사 그 돈 많은 짐을 한 짐씩 짊어지고 가다가, 그 청실 배나무 밑이서 쉴 때 되았던가 그 쉬고 앉어서,

"참 누가 청실 배가 따 줬이먼은 맛 봤이먼, 이 비단 짐 이놈 다 줘도 원이 없겄다."

시아바니허고 며느리허고 가다 들은게, 며느리가 들은게 그 소리 듣기거든. 그서 저만치 가서 시아버니보고 물었어. 아 그런게,

"아 저 양반들이 이러고 저러고 허니, 가 실지로 그릴라냐고 알아보고 오시오."

근게 시아버니가 가서는,

"아까 당신들 뭐라고 혔소. 여 배나무 배 쳐다보고?"

"아 여 배 하나씩 우리 따서 먹게 히주먼은 우리가 여 황해짐, 유기짐 다 짊어졌소. 우리가 모다 반짐 혀서 절반씩 절반씩 주리다."

아 그런게,

"꼭 그럴라냐?"

"꼭 그런다."

고. 근게 며느리한티 가 이 애기를 혔거든.

"그런다고 헌다."

긋더니,

"내가 가, 그 배를 딸 수가 있소."

근게, 여작 인제 거그 앉었는 이 보고,

"저리 조께 비끼시라."

고, 그리놓고는 배나무 밑이다 똥구멍을 대고 똥을 몇 번 뀌어댄게 배가 쫙 쏟아져 버렸네.

"당신들은 몇 개를 자시든지간에 양대로 자시고 황해짐이나 갈러 돌라."

고. 아 이런 수, 여러 사람 것을 갈라 놓고 본게 비단이 그냥 멧 짐이 되고 유기야 뭣이야 이런 보화가 없거든.

— 한광주 구연, 〈방귀장이 며느리〉, 《한국구비문학대계》 5-7, 518~520쪽

결국 며느리는 내기에서 이겨 유기와 비단까지 얻게 된다. 다른 설화에서는 삼베 장수와 내기를 해서 삼베를 얻었다고도 하고, 시아버지가 먹고 싶어하는 꿩을 방귀로 잡아 주었다고 하기도 한다. 이렇게 며느리는 자신의 방귀가 '부(富)'를 얻는 데 쓸모 있음을 직접 실현해 보인다.

이것을 보고 시아버지는 생각을 고쳐먹게 된다. 아무짝에도 쓸모없는 방귀라고 여겼는데, 알고 보니 며느리의 방귀는 꽤 '쓸 만한 방귀'였던 것이다. 그래서 시아버지는 며느리를 데리고 다시 집으로 돌아간다.

며느리가 방귀를 이용해서 유기와 비단 따위를 얻은 것은 방귀에 대한 기존의 부정적 인식을 뒤집는 것이었다. 시아버지는 집을 날려버릴 정도로 강한 며느리의 방귀를 다른 곳에 사용하면 쓸모 있다는

것을 깨닫게 되었다. 즉 며느리는 자신의 특성을 부정적인 것에서 긍정적인 것으로 바꾸어 버린 것이다.

이때 방귀는 며느리의 '생활력' 또는 '노동력'을 의미한다고 볼 수 있다. 시댁 식구들은 며느리에게 곱고 올바른 행실과 예절 바르고 얌전한 태도를 요구했다. 하지만 그것만이 생활하는 데 필요한 가치인 것은 아니다. 한 집안 살림을 맡아 꾸려 나가기 위해서는 며느리에게 다른 무엇보다도 생활력이 중요하게 요구되는 것이다.

이로써 며느리는 더 이상 자신의 방귀를 수치스러워하지 않아도 되었다. 다시금 시댁으로 돌아가게 된 며느리는 어땠을까? 시부모도 이제 그녀의 방귀가 얼마나 가치 있는 것인지 깨닫게 되었으므로, 며느리는 더 이상 눈치를 보면서 얼굴이 노래지도록 방귀를 참지 않아도 되었을 것이다. 오히려 시부모는 그녀의 방귀를 '복 방귀, 쓸 방귀'라고 말하며 며느리를 더욱 사랑했을 것이다. 방귀를 부정적인 것으로 여기고 며느리에게 도둑 방귀만 뀔 것을 강요는 환경에서, 며느리는 적극적으로 자신의 능력을 과시해 보이며 방귀를 긍정적인 것으로 인식하게 하였다. 비로소 가정 안에서, 사회 안에서 며느리가 자기 목소리를 낼 수 있게 된 것이다.

방귀쟁이 며느리의 현대 캐릭터화

이 이야기는 외부의 인물인 며느리가 방귀를 통해서 새로운 가정에서 온전한 식구로 인정받게 되는 과정을 그리고 있다. 며느리는 본래 다른 집안에서 나고 자란 사람으로, 처음에는 시댁 식구들에게 낯선 존재이다. 혼인 제도에 의해 '가족'이란 이름으로 묶여지기는 하지만, 온전한 의미의 가족으로 인정받기까지는 어느 정도의 시련이 뒤따른다.

이 이야기에서 며느리는 방귀 때문에 시련을 겪는다. 온 집안을 날려 버릴 정도로 방정맞은 방귀를 뀌었기에 시부모는 며느리를 자기 집안사람으로 인정하지 않고 쫓아냈다. 며느리는 이 시련을 극복해야만 온전한 시댁 식구로 인정받을 수 있었다. 결국 며느리는 방귀를 이용하여 자신이 시댁 가정에 꼭 필요한 사람이란 것을 증명해 보이고 시댁으로 다시 돌아간다.

그런데 여기에서 주목해야 할 것은, 며느리가 시련을 극복하고 시댁으로 돌아갈 수 있었던 까닭이 며느리의 행동 변화에 있는 것이 아니라 방귀에 대한 시댁 식구들의 의식 변화에 있다는 점이다. 며느리가 조신해졌기 때문이 아니라 방귀에 대한 시댁 식구들의 의식이 변했기 때문에 며느리는 다시 돌아갈 수 있었던 것이다. 시댁 식구들은 며느리의 방귀가 부정적인 것이 아니라 긍정적이라는 것을 깨달았다. 즉 이 이야기는 "여성이란 마땅히 얌전하고 조신해야 한다."는 기존의 편견을 뒤집는다고 할 수 있다. 나약하고 얌전한 여성만 치켜세우는 사회 인식을 꼬집고 있는 것이다.

오늘날에도 역시 여성은 조신하고 얌전해야 한다는 편견이 사회 전반에 자리 잡고 있다. 각종 드라마나 영화들에서 예쁘지 않고 억척스런 여주인공을 내세워 그러한 편견을 깨려고 노력하기는 하지만, 어째 그 힘이 미약해 보인다. 대체로 이런 이야기들은 조신하지 못했던 여성이 조신한 사람으로 변하면서 끝나기 때문일 것이다. 조신함을 강조하는 사회의 편견을 문제 삼기보다는 조신하지 못한 개인의 태도를 문제 삼는 경향 때문에 그 노력이 쉽지 않은 것인 듯하다. 이런 점에서 오늘날 사람들이 지니고 있는 편견에도 경종을 울린다고 할 수 있다. 그러면서 또한 여성들이 정체성을 가지고 자신을 당당히 드러내 보이며 기존의 인식을 변화시킬 수 있는 사람이 되어야 함을 강조하고 있다.

방귀쟁이 며느리는 매우 발칙하다. 시부모 앞에서 엄청난 방귀를 뀌고도 당당할 수 있으니 말이다. 어디 그뿐인가? 그녀는 시부모에게 사랑까지 받는다. 그녀는 편들어 주는 사람도 없이 오로지 혼자였지만, 그럼에도 자신의 단점이 장점으로 생각되도록 사람들의 인식을 바꾸었다. 달리 말하면 세계의 눈치를 보며 행동하지 않고, 세계를 자신에게 맞추었다고 할 수 있다. 그것이 가능했던 이유는 아마 자기 정체성이 확고했기 때문이 아닐까? 정체성이 있었기에 시집에서 쫓겨나는 시련도 꿋꿋이 극복할 수 있었던 것이리라.

자, 그러면 엄청난 방귀를 뀌어 대는 며느리를 캐릭터로 만들면 어떨까? 조신함을 강조하는 사회에서 주눅 들지 않고 오히려 그러한 생각이 사람들의 편견임을 일깨우는 이 매력적인 며느리를 말이다. 며느리가 방귀를 뀌는 것은, 기존의 캐릭터 '방귀쟁이 뿡뿡이'가 텔레비전 프로그램에서 어린이들과 놀며 방귀를 뀌는 것과는 차원이 다르다. 며느리의 방귀는 요즘에도 여전히 편견에 가득 찬 사회를 향해, 그런 사회의 눈치를 보며 주눅 들어 사는 사람들을 향해 뀌는 그런 비판의 방귀인 것이다.

조선영 서울대학교 국어국문학과 석사. 구비문학을 연구하고 있으며, 학위 논문으로 〈여신 당신화 연구 : 원혼형을 중심으로〉가 있다.

참고문헌

1/ 황진이

기본 텍스트

유몽인, 이민수 역주, 《어우야담(於于野談)》, 《한국한문소설선》, 서문당, 1975.

이긍익, 《연려실기술(燃藜室記述)》, 《고전국역총서(古典國譯叢書)》 제1집, 민족문화추진회, 1966.

이덕형, 《송도기이(松都紀異)》, 《국역 대동야승(國譯大東野乘)》 71, 민족문화추진회, 1971.

참고문헌

강전섭(1986), 《황진이 연구》, 창학사.

문정배(1994), 《황진이 : 정복되지 않은 여자》, 미래문화사.

서대석(1982), 〈시조에 나타난 시간의식〉, 《백영정병욱선생환갑기념논총》, 신구문화사.

이학(2001), 《황진이가 되고 싶었던 여인》, 범우사.

장덕순(1978), 《황진이와 기방문학》, 중앙일보사.

조세형(1992), 〈'동짓달 기나 긴 밤' 의 시공인식〉, 《한국고전시가작품론》1, 집문당.

2/ 장화와 홍련

기본 텍스트

김동욱 편(1975), 〈장화홍년전〉(경판 18장본), 《고소설판각본전집》 2, 인문과학연구소.

인천대학교 민족문화연구소 편(1983), 〈장화홍련전〉(경성서적업조합 발행 구활자본), 《구활자본 고소설전집》 13, 인천대학교 민족문화연구소.

전기락 외 편(1865), 〈장화홍련전〉(박인수본, 한문), 《가재사실록》.

참고문헌

가토 다이조 지음, 오근영 옮김(2007), 《착한 아이의 비극》, 한울림.

김재용(1990), 〈계모형 고소설의 시학적 연구〉, 서강대 박사 논문.

이승복(1995), 〈계모형 가정소설의 갈등 양상과 의미〉, 《관악어문연구》 20, 서울대학교출판부.

전성탁(1975), 〈장화홍련전 연구〉, 고려대 석사 논문.

조안 루빈-뒤치 지음, 김선아 옮김(2007), 《착한 아이 콤플렉스》, 샨티.

조현설(1999), 〈남성지배와 장화홍련전의 여성형상〉, 《민족문학사연구》 15, 민족문학사연구소.

황혜진(2005), 〈문화적 문식성 교육을 위한 고전소설과 영상변용물의 비교 연구—《장화홍련전》과 영화 〈장화, 홍련〉을 대상으로〉, 《국어교육》 116, 한국어교육학회.

3/ 목화 따는 노과부

기본 텍스트

딱따구리 할머니 구연(2001, 2002), 〈목화 따는 노과부와 엿장수〉 1, 2.〔박상란(2006), 〈구전설화에 나타나는 성적 주체로서의 여성캐릭터 – '목화 따는 노과부' 를 중심으로〉, 《한국고전여성문학연구》 12집, 한국고전여성문학회 전재〕

참고문헌

이인경(2001), 〈구비설화에 나타난 여성의 '성적 주체성' 문제〉, 《구비문학연구》 12집, 한국구비문학회.

임재해(2001), 〈설화에 나타난 여성주의다운 상상력 읽기와 민중의 여성인식〉, 《구비문학연구》 12집, 한국구비문학회.

한국고전여성문학회 편(2002), 《조선시대의 열녀담론》, 월인.

4/ 선덕

기본 텍스트

〈이혜동진〉, 《삼국유사》, 의해 제4

〈선덕여왕의 지기삼사〉, 《삼국유사》, 기이 제1.

〈선덕왕〉, 《삼국사기》, 권5 신라본기 제5.

〈심화요탑〉, 《대동운부군옥》 권 20.

참고문헌

권문해(2003), 남명학연구소 경상한문학연구회 옮김, 《대동운부군옥》, 소명출판사.

김부식, 이병도 역주(1983), 《삼국사기》, 을유문화사.

박순정(2000), 《선덕여왕을 클릭하면 큰 지혜가 보인다》, 오늘.

셰리 홀먼 지음, 이나경 옮김(2005), 《선덕여왕, 별과 달을 사랑한 공주》, 문학사상사.

신선희(2005), 《우리 고전 다시 쓰기》, 삼영사.

M. H. 에리브럼즈 외, 김재환 역(1993), 《노튼 영문학 개관 Ⅰ》, 까치.

이동환 옮김(1994), 《삼국유사》, 장락.

황패강(1976), 《신라 불교설화 연구》, 일지사.

5/ 평강공주

기본 텍스트

〈온달〉, 《삼국사기》 열전 권5.

우계홍 구연, 윤수경 정리, 〈온달 이야기〉, 이창식(2002), 《단양팔경 가는 길》, 푸른사상.

참고문헌

김대숙(1994), 〈온달전의 구비문학적 이해〉, 《한국설화문학연구》, 집문당.

김현길(1997), 〈온달-아단성과 아차성에 관한 연구〉, 《온달산성의 문화와 역사》, 단양문화원.

단양군(1991), 《단양군지》, 서경문화사.

이기백(1967), 〈온달전의 검토〉, 《백산학보》 3호, 백산학회.

이동근(1991), 〈삼국사기 논찬부의 문학적 검토〉, 《조선후기전문학연구》, 태학사.

이창식(1997), 〈온달축제에 대하여〉, 《아시아지역의 축제》, 국제아시아민속학회.

이창식(1998), 〈온달전설의 구비성과 기록성〉, 《고전문학연구》 14집, 한국고전문학회.

이창식(2000), 《온달과 단양》, 단양문화원.

임재해(1982), 〈온달형 설화의 유형적 성격과 부녀의 갈등〉, 《여성문제연구》, 효대 여성문제연구소.

6/ 당금애기

기본 텍스트

김진영·김준기·홍태한 공편(1999), 《당금애기 전집》 1·2, 민속원.

서대석·박경신(1996), 《한국고전문학전집-서사무가 1》 30, 고려대학교 민족문화연구소.

신동흔(2004), 《살아있는 우리 신화》, 한겨레신문사.

참고문헌

서대석(1980), 〈제석본풀이 연구〉, 《한국무가의 연구》, 문학사상사.

홍태한(2000), 《서사무가 당금애기 연구》, 민속원.

7/ 수로부인

기본 텍스트

〈수로부인〉, 《삼국유사》 권2 기이편

이재호 옮김(1997), 《삼국유사》 1, 솔.

참고문헌

《삼국사기》 권8, 신라본기

《삼국유사》(최남선본).

이영태(2005), 〈수록경위를 중심으로 한 수로부인조와 헌화가의 이해〉, 《국어국문학》 126, 국어국문학회.

이창식(1990), 〈수로부인 설화의 현장론적 연구〉, 《동악어문론집》 25집, 동악어문학회.

이창식 외(2005), 《문화콘텐츠와 스토리텔링》, 역락.

조동일(1990), 《삼국시대 설화의 뜻풀이》, 집문당.

조태영(1999), 〈삼국유사 수로부인 설화의 신화적 성층과 역사적 실재〉, 《고전문학연구》 16집, 한국고전문학회.

최인표(1987), 〈삼국유사 수로부인의 역사적 성격〉, 《한국전통문화연구》 8집, 전통문화연구소.

황패강(2001), 《향가문학의 이론과 해석》, 일지사.

8/ 옥영

기본 텍스트

조위한 지음, 이상구 역주(1999), 〈최척전〉(천리대본), 《17세기 애정전기소설》, 월인.

참고문헌

강진옥(1986), 〈최척전에 나타난 고난과 구원의 문제〉, 《이화어문논집》 8, 이화여자대학교출판부.

민영대(1993), 《조위한과 최척전》, 아세아문화사.

박일용(1990), 〈장르적 관점에서 본 최척전의 특징과 소설사적 위상〉, 《고전문학연구》 5, 한국고전문학회.

박희병(1990), 〈최척전-16·7세기 동아시아의 전란과 가족이산〉, 《한국고전소설작품론》, 집문당.

소재영(1980), 《임병양란과 문학의식》, 한국연구원.

조혜란(1998), 《옛 여인들 이야기》, 박이정.

한국여성연구소 여성사연구실(1999), 《우리 여성의 역사》, 청년사.

9/ 춘풍 처 김씨

기본 텍스트

신해진 옮김(1999),〈니츈픙젼〉(서울대 가람문고본), 《조선후기 세태소설선》, 월인.

참고문헌

곽정식(1985), 〈이춘풍전의 신연구〉, 《국어교육》 51·52합집, 국어교육연구회.

김종철(1985), 〈배비장전 유형의 소설 연구〉, 《관악어문연구》 10, 서울대학교 국어국문과.

여운필(1987), 〈이춘풍전과 판소리의 관련 연구〉, 《부산여대 논문집》 24, 부산여자대학교출판부.

장덕순(1953), 〈이춘풍전 연구〉, 《국어국문학》 5, 국어국문학회.

정병헌(1990), 〈이춘풍전〉, 《한국고전소설작품론》, 집문당.

최숙인(1982), 〈이춘풍전 연구〉, 《이화어문논집》 5, 이화여자대학교 한국어문학연구소.

최혜진(1999), 〈판소리계소설의 골계적 기반과 서사적 전개양상〉, 숙명여대 박사 논문.

10/ 선녀

기본 텍스트

김순이 구연(1982), 〈나뭇군과 선녀〉, 《한국구비문학대계》 1-7, 한국정신문화연구원.

김일현 구연(1986), 〈나뭇군과 선녀〉, 《한국구비문학대계》 6-8, 한국정신문화연구원.

신천선 구연(1982), 〈선녀와 나뭇군〉, 《한국구비문학대계》 1-6, 한국정신문화연구원.

이근식 구연(1981), 〈닭이 높은 데서 우는 이유〉, 《한국구비문학대계》 3-2, 한국정신문화연구원.

참고문헌

고혜경(2006), 〈나무꾼과 선녀〉, 《선녀는 왜 나무꾼을 떠났을까?》, 한겨레출판.

배원룡(1993), 《나무꾼과 선녀 설화 연구》, 집문당.

이지영(1987), 〈한국결혼시련담연구—〈나뭇군과 선녀〉와 〈우렁색시〉형 민담을 중심으로〉, 서울대 석사 논문.

조현설(1997), 〈건국신화의 형성과 재편에 관한 연구〉, 동국대 박사 논문.

A. T. Hatto(1961), "The Swan Maiden : A folk-tale of north Eurasian origin?", *Bulletin of the School of Oriental and African Studies*, Univ. of London, V.24 N.2.

11/ 두두리 도깨비

기본 텍스트

심상호 구연(1983), 〈공검면 지평 도깨비보〉, 《한국구비문학대계》 7-8, 한국정신문화연구원.

신홍준 구연(1980), 〈도깨비 이야기〉, 《한국구비문학대계》 1-2, 한국정신문화연구원.

〈도화녀 비형랑〉, 《삼국유사》 권1.

《동국여지승람》 경주 불우 및 고적.

《신증동국여지승람》 경주부 고적.

〈오행이(五行二)〉, 〈이의민〉, 《고려사》.

참고문헌

강은해(2003), 《한국 난타의 원형, 두두리 도깨비의 세계》, 예림기획.

강은해(2006), 《한국설화문학연구》, 계명대학교출판부.

박은용(1986), 〈목랑(木郎)고〉, 《한국전통문화연구》 2집, 효성여자대학교 한국전통문화연구소.

12/ 삼족구

기본 텍스트

김정균 구연(2002), 〈구미호(九尾狐)와 삼족구(三足狗)〉, 《한국구비문학대계》(재판) 6-2, 한국정신문화연구원.
정점암 구연(2002), 〈노루가 잡아준 집터와 삼족구〉, 《한국구비문학대계》(재판) 6-2, 한국정신문화연구원.
박대제 구연(2002), 〈삼족구 이야기〉, 《한국구비문학대계》(재판) 8-5, 한국정신문화연구원.
정난수 구연(2002), 〈여우와 삼족구〉, 《한국구비문학대계》(재판) 5-4, 한국정신문화연구원.

참고문헌

경기도박물관(2004), 《익살과 재치》.
구미래(1992), 《한국인의 상징세계》, 교보문고.
김종대(2001), 《우리문화의 상징세계》, 다른세상.
임석재(1990), 《한국구전설화-전라북도 편 Ⅰ》, 평민사.
정재서 역주(2002), 《산해경》(신장판), 민음사.
천진기(2003), 《한국동물민속론》, 민속원.
하지홍·임인배(1996), 《한국의 토종개》, 대원사.

13/ 홍동지

기본 텍스트

박영하·전광식 구연, 김재철 채록(1974), 〈꼭두각시극 각본〉, 《조선연극사》, 민학사.
남운용·송복산 구연, 이두현 채록(1969), 《한국가면극》, 문화재관리국.
남형우·양도일·최성구 구연, 심우성 채록(1980), 《남사당패연구》, 동화출판사.
노득필 구연, 최상수 채록(1981), 《한국인형극연구》, 정동출판사.
박용태 구연, 서연호 채록(1990), 《꼭두각시놀이》, 열화당.

참고문헌

박진태(2001), 《한국고전희곡의 역사》, 민속원.
윤광봉(1994), 《유랑예인과 꼭두각시놀음》, 밀알.

14/ 전우치

기본 텍스트

김일렬 옮김(1996), 《전우치전》(신문관본), 《한국고전문학전집》 25, 고려대학교출판부.
김일렬 옮김(1996), 《전우치전》(나손본), 《한국고전문학전집》 25, 고려대학교출판부.
김동욱 편(1974), 《전우치전》(경판본 17장본), 《영인 고소설판각본전집》 2권.
김동욱 편(1974), 《전우치전》(경판본 22장본), 《영인 고소설판각본전집》 5권.

참고문헌

김일렬(1974), 〈홍길동전과 전우치전의 비교 고찰〉, 《어문학》 30, 한국어문학회.

김탁환(2005), 《부여현감 귀신체포기》, 이가서.

박일용(1984), 〈전우치전과 전우치 설화〉, 《국어국문학》 92, 국어국문학회.

조동일(1984), 〈고전소설과 정치－전우치전을 중심으로〉, 《문학과 정치》, 민음사.

조혜란(2003), 〈민중적 환상성의 한 유형－일사본 전우치전을 중심으로〉, 《고소설연구》 15, 한국고소설학회.

최삼룡(1988), 〈전우치전의 선도사상 연구〉, 《한국언어문학》 26, 한국언어문학회.

15/ 최생

기본 텍스트

《기재기이(企齋記異)》(고려대학교 만송문고 소장본)

참고문헌

소재영(1990), 《기재기이 연구》, 고려대학교 민족문화연구소.

유기옥(1990), 〈신광한의 기재기이 연구〉, 전북대 박사 논문.

유정일(2005), 《기재기이연구》, 경인문화사.

이종은·윤석산·정민·정재서·박영호·김응환(1996), 〈한국문학에 나타난 유토피아 의식 연구〉, 《한국학논집》 28집.

이지영(1996), 〈금오신화와 기재기이의 비교 연구〉, 서울대 석사 논문.

정재서(1994), 《불사(不死)의 신화와 사상》, 민음사.

16/ 이여송

기본 텍스트

소재영·장경남 역주(1993), 《임진록》(경판본·국립도서관본), 고려대학교 민족문화연구소.

유성룡 지음, 남만성 옮김(1970), 《징비록》, 현암사.

곽성용 구연(1982), 〈오성과 이여송〉, 《한국구비문학대계》 4-3, 한국정신문화연구원.

나춘자 구연(1980), 〈이여송의 원정담〉, 《한국구비문학대계》 7-4, 한국정신문화연구원.

임기수 구연(1984), 〈이여송과 김덕령〉, 《한국구비문학대계》 7-14, 한국정신문화연구원.

임원기 구연(1985), 〈혈 찌른 이여송〉, 《한국구비문학대계》 7-18, 한국정신문화연구원.

김탁환(2004), 《불멸의 이순신》, 황금가지.

참고문헌

김태준 외(1992), 《임진왜란과 한국문학》, 민음사.

이강칠 외(2003), 《역사인물 초상화 대사전》, 현암사.

임철호(1989), 《임진록 연구》, 정음사.

장경남(2000), 《임진왜란의 문학적 형상화》, 아세아문화사.

최문정(2001), 《임진록 연구》, 박이정.

황패강(1992), 《임진왜란과 실기문학》, 일지사.

17/ 오누이 장사

기본 텍스트

이생원 구연(1984), 〈아미산(峨嵋山)의 움펑다리〉, 《한국민간전설집》, 통문관.

이준수 구연(1984), 〈괘궁정(掛弓亭)과 십층탑(十層塔)〉, 《한국민간전설집》, 통문관.

심병준 구연, 김승필 채록(1992), 〈김덕령 오뉘 힘내기〉, 전북 익산군 왕궁면 광암리.

고승두· 강문호 구연, 〈오찰방〉, 현용준(1996), 《제주도 전설》, 서문당.

김영익 구연(1980), 〈미럭탑과 왕궁탑〉, 《한국민속종합조사보고서》 전북 편, 문화공보부 문화재관리국.

손성녀 구연(1982), 〈김덕령 오뉘 힘내기〉, 《전북민담》, 형설출판사.

참고문헌

강진옥(1980), 〈한국 전설에 나타난 전승 집단의 의식 구조 연구〉, 이화여대 석사 논문.

강현모(1994), 〈비극적 장수설화의 연구〉, 한양대 박사 논문.

김영경(1990), 〈거인형 설화의 연구〉, 이화여대 석사 논문.

김학성(1979), 〈설화의 파생태와 그 의미〉, 《향토문화연구》 2, 원광대학교 향토문화연구소.

박혜란(2003), 《여자와 남자》, 웅진씽크빅.

소재영(1994), 〈제주 지역 설화 문학의 비교 연구〉, 《숭실어문》 11, 숭실어문학회.

신동흔(1993), 〈역사인물담의 현실대응방식 연구〉, 서울대 박사 논문.

조용선(2002), 〈역사 인물 설화의 현실 인식 방법 연구〉, 고려대 석사 논문.

천혜숙(1987), 〈전설의 신화적 성격에 관한 연구〉, 계명대 박사 논문.

최래옥(1977), 〈한국설화의 변이 양상〉, 《구비문학》 2, 한국정신문화연구원.

최래옥(1981), 《한국구비전설의 연구》, 일조각.

현길언(1980), 〈힘내기형 전설의 구조와 그 의미〉, 《현암 현평효박사 회갑기념논총》, 국어국문학회.

18/ 갗은 병신 노처녀

기본 텍스트

〈노처녀가〉, 《삼설기》

〈노처녀가〉, 《무쌍신구잡가》

참고문헌

김용찬(1996), 〈《삼설기》 소재 노처녀가의 내용 및 구조에 대한 검토〉, 《한국가사문학연구》, 태학사.

박일용(2005), 〈'노처녀가(1)' 의 담론 형태와 그 시학적 의미〉, 《조선후기 시가와 여성》, 월인.

최규수(1999), 〈삼설기본 노처녀가의 갈등 형상화 방식과 그 의미〉, 《한국시가연구》 5집, 한국시가학회.

19/ 독수공방의 여인

기본 텍스트

정병욱 외 편(1985), 〈규원가〉(《교주가곡집》 본), 《한국고전문학정선》, 아세아문화사.

참고문헌

강전섭(1973), 〈원부사(怨婦辭)에 대하여〉, 《한국어문학》 11, 한국언어문학회.

이혜순(1992), 〈규원가(閨怨歌) 독해〉, 《한국고전시가작품론》 2, 집문당.

20/ 덴동어미

기본 텍스트

임기중 편(1992), 〈화전가〉(경북대학교 소장본), 《개인본 역대가사문학전집》, 아세아문화사.

김문기(1983), 〈화전가〉(경북대학교 소장본), 《서민가사연구》, 형설출판사.

임형택·고미숙 편(1997), 〈화전가〉(경북대학교 소장본), 《한국고전시가선》, 창작과비평사.

참고문헌

고혜경(1995), 〈"덴동어미화전가" 연구〉, 《한국언어문학》 35, 한국언어문학회.

김용철(1995), 〈덴동어미화전가 연구(1)－서사구조와 비극성을 중심으로〉, 《19세기 시가문학의 탐구》, 집문당.

김유정(1999), 〈소백산대관록 소재 화전가 연구〉, 《동국어문론집》 8, 동국대학교 국어국문학과.

김종철(1992), 〈운명의 얼굴과 신명－된동어미 화전가〉, 《백영정병욱선생 10주기추모논문집 한국고전시가작품론》, 집문당.

류탁일(1988), 〈화전가(덴동어미의 비극적 일생)의 서사구조〉, 《석하권영철박사 화갑기념 국문학연구논총》, 효성여자대학교출판부.

박경주(1999), 〈된동어미화전가에 나타난 여성의식의 변화 양상 고찰〉, 《국어교육》 99, 한국국어교육연구회.

박경주(2001), 〈여성문학의 시각에서 본 19세기 하층여성의 실상과 의미－변강쇠가, 미얄과장, 된동어미화전가의 비교를 통해〉, 《국어교육》 104, 한국국어교육연구회.

박정혜(1998), 〈덴동어미화전가에 나타난 혼인 및 개가의식 연구〉, 《새국어교육》 55, 한국국어교육학회.

박혜숙(2005), 〈덴동어미화전가와 여성의 연대〉, 《여성문학연구》 14, 한국여성문학학회.

신태수(1989), 〈조선 후기 개가 긍정문학의 대두와 화전가〉, 《영남어문학》 16, 영남어문학회.

유해춘(1990), 〈화전가(경북대본)의 구조와 의미〉, 《어문학》 51, 한국어문학회.
윤영옥(1998), 〈소백산대관록의 화전가 연구〉, 《한국시가의 사상적 모색》, 실헌이동영교수 정년기념논총간행위원회.
정흥모(1991), 〈덴동어미화전가의 세계인식과 조선후기 몰락 하층민의 한 양상〉, 《어문논집》 30, 민족어문학회.
함복희(2003),〈덴동어미화전가의 서술특성과 주제적 의미〉, 《어문연구》 117, 한국어문연구회.

21/ 방귀쟁이 며느리

기본 텍스트

조한순 구연(1984), 〈방구장이 며느리〉, 《한국구비문학대계》 4-6, 한국정신문화연구원.
황수원 구연(1985), 〈방귀타령〉, 《한국구비문학대계》 7-16, 한국정신문화연구원.
김봉열 구연(1985), 〈방구쟁이 며느리〉, 《한국구비문학대계》 7-16, 한국정신문화연구원.
한광주 구연(1986), 〈방귀장이 며느리〉, 《한국구비문학대계》 5-7, 한국정신문화연구원.

참고문헌

김영경(1990), 〈거인형 설화의 연구〉, 이화여대 석사 논문.
노영근(2003), 〈'방귀쟁이 며느리' 민담의 신화적 성격〉, 《구비문학연구》 16, 한국구비문학회.
박영호(2004), 〈별난 방귀를 뀐 며느리〉, 한동대 석사 논문.
성은아(2000), 〈한국 방귀설화 연구〉, 동의대 석사 논문.
손문숙(2001), 〈'방귀 잘 뀌는 며느리' 의 유형별 구조와 의미〉, 《동남어문》 12, 동남어문학회.
황인덕(1997), 〈한국 방귀 소화의 유형, 묘미, 의미〉, 《비교민속학》 14, 비교민속학회.

우리 고전 캐릭터의 모든 것 4

엮은이 | 서대석

1판 1쇄 발행일 2008년 3월 31일
1판 2쇄 발행일 2009년 11월 23일

발행인 | 김학원
편집인 | 선완규
경영인 | 이상용
기획 | 정미영 최세정 황서현 유소영 유은경 박태근 김은영 김서연
디자인 | 송법성
마케팅 | 하석진 김창규
저자 · 독자 서비스 | 조다영(humanist@humanistbooks.com)
스캔 · 출력 | 이희수 com.
조판 | 새일기획
용지 | 화인페이퍼
인쇄 | 청아문화사
제본 | 정민제본

발행처 | (주)휴머니스트 출판그룹
출판등록 제313-2007-000007호(2007년 1월 5일)
주소 | (121-869) 서울시 마포구 연남동 564-40
전화 | 02-335-4422 팩스 | 02-334-3427
홈페이지 | www.humanistbooks.com

ISBN 978-89-5862-235-2 03810
ISBN 978-89-5862-236-9 (세트)

만든 사람들

기획 | 유은경(yek2001@humanistbooks.com) 황서현
편집 | 임미영 조희경 양은경
디자인 | AGI 황일선 신경숙
일러스트 | 신동근